CORPOS OCULTOS

CAROLINE KEPNES

CORPOS OCULTOS

Tradução
Ryta Vinagre

Rocco

Título original
HIDDEN BODIES
A Novel

Este livro é uma obra de ficção. Referências a acontecimentos históricos, pessoas reais ou localidades foram usadas de forma fictícia. Outros nomes, personagens, lugares e incidentes são produtos da imaginação da autora, e qualquer semelhança com fatos reais, localidades ou pessoas, vivas ou não, é mera coincidência.

Direitos para a língua portuguesa reservados
com exclusividade para o Brasil à
EDITORA ROCCO LTDA.
Rua Evaristo da Veiga, 65 – 11° andar
Passeio Corporate – Torre 1
20031-040 – Rio de Janeiro – RJ
Tel.: (21) 3525-2000 – Fax: (21) 3525-2001
rocco@rocco.com.br
www.rocco.com.br

Printed in Brazil/Impresso no Brasil

CIP-Brasil. Catalogação na publicação.
Sindicato Nacional dos Editores de Livros, RJ.

K46c Kepnes, Caroline
Corpos ocultos / Caroline Kepnes; tradução de Ryta Vinagre.
– 1. ed. – Rio de Janeiro: Rocco, 2019.

Tradução de: Hidden bodies
ISBN 978-85-325-3164-3
ISBN 978-85-8122-787-0 (e-book)

1. Romance americano. I. Vinagre, Ryta. II. Título.

19-60570 CDD-813
CDU-82-31(73)

Meri Gleice Rodrigues de Souza – Bibliotecária CRB-7/6439

O texto deste livro obedece às normas do
Acordo Ortográfico da Língua Portuguesa.

Este livro é para você, mãe.
Obrigada pela vida.

1

COMPRO violetas para Amy. Rosas, não. As rosas são para quem fez alguma coisa errada. Desta vez, fiz tudo certo. Sou um bom namorado. Escolhi bem. Amy Adam vive o momento, e não no computador.

— A violeta é a flor símbolo de Rhode Island — digo ao cara que embrulha minhas flores. Suas mãos sujas e descuidadas roçam as pétalas, as minhas pétalas. *A merda de Nova York.*

— É mesmo? — Ele ri. — Vivendo e aprendendo.

Pago em dinheiro e levo minhas violetas para a East Seventh Street. Faz calor para maio e sinto o cheiro das flores. *Rhode Island.* Estive em Rhode Island. Fui a Little Compton no inverno passado. Eu estava apaixonado, petrificado porque minha namorada — *descanse em paz, Guinevere Beck* — corria perigo graças a sua amiga emocionalmente instável — *descanse em paz, Peach Salinger.*

Alguém buzina para mim e peço desculpas. Sei quando algo é culpa minha, e se você atravessa em uma faixa de pedestres com o sinal piscando, a culpa é sua.

Como foi culpa minha no inverno passado. Repasso o erro mentalmente umas três vezes por dia. Que eu estava escondido em um armário no segundo andar da casa dos Salinger. Que precisava fazer xixi, mas não podia sair. Então urinei em uma caneca — em uma *caneca* de cerâmica — e baixei a caneca no piso de tábua corrida do armário. Fugi. Tive a oportunidade, e a verdade é esta: esqueci a caneca.

Sou um homem transformado graças àquele dia. Você não pode voltar ao passado e alterá-lo, mas pode seguir em frente, tornar-se uma pessoa que *se lembra.* Agora, me comprometo com os detalhes. Por exemplo, eu me recordo com completa exatidão do momento em que Amy Kendall Adam voltou ao Mooney Rare and Used, voltou a minha vida. Vejo seu sorriso, seu cabelo indomável (louro) e seu currículo (mentiroso). Isso já faz cinco meses e ela alegou procurar um emprego, mas você e eu sabemos que procurava por mim. Eu a contratei e ela chegou no horário em seu primeiro dia com um caderno espiral e uma lista de livros raros que queria ver. Tinha um recipiente de vidro com *superfrutas* e me disse que elas ajudavam a viver para sempre. Eu disse a ela que ninguém consegue viver para sempre e ela riu. Tinha um riso bonito, tranquilo. Ela também tinha luvas de látex.

Peguei uma delas.

— O que é isso?

— Assim eu não danifico os livros — explicou ela.

— Quero você na frente da loja — argumentei. — Este é só um emprego simples, basicamente abastecer as estantes, cuidar da caixa registradora.

— Tudo bem. Mas você sabia que existem exemplares de *Alice no País das Maravilhas* que valem mais de *um milhão de dólares*?

Eu ri.

— Detesto partir seu coração, mas não temos *Alice* lá embaixo.

— Lá embaixo? — perguntou ela. — É onde vocês guardam os livros especiais?

Eu queria colocar minha mão na base de suas costas e levá-la para a gaiola, onde os *livros especiais* são conservados, encaixotados, protegidos. Queria tirar sua roupa, trancar a nós dois ali dentro e comer a garota. Mas eu era paciente. Dei a ela uma caneta e um formulário da Receita Federal.

— Sabe de uma coisa, eu podia te ajudar a garagear livros antigos — disse ela. — Nunca se sabe o que se vai encontrar em vendas de garagem.

Abri um sorriso.

— Só se você me prometer não chamar isso de garagear.

Amy sorriu. No entender dela, se ia trabalhar aqui, ela ia *deixar uma marca.* Ela queria que viajássemos ao subúrbio e fôssemos a vendas de espólio, procurássemos baixas de biblioteca e metêssemos as mãos em caixas vazias na rua. Ela queria *trabalhar junto,* e é assim que você passa a conhecer alguém muito bem, e muito rápido. Vocês descem a ambientes desabitados e bolorentos juntos e saem correndo juntos para tomar uma golfada de ar fresco, riem e concordam que a única coisa a fazer é tomar uma bebida. Nós viramos uma equipe.

Uma velha de andador ergue os olhos para mim. Abro um sorriso. Ela aponta as violetas.

— Você é um bom rapaz.

Sou mesmo. Agradeço a ela e continuo andando.

Amy e eu começamos a namorar alguns meses atrás, quando estávamos no Upper East Side, na sala de visitas de um morto. Ela puxou a lapela do blazer azul-marinho que tinha comprado para mim — por cinco pratas — em um bazar. Ela me pediu para gastar *setecentos* em uma edição autografada e amarrotada de *O desfile de Páscoa.*

— Amy — sussurrei. — Neste momento Yates não é tão grande e não vejo um reaparecimento no horizonte.

— Mas eu adoro — ela implorou. — Este livro significa tudo para mim.

As mulheres são assim; são emotivas. Você não pode fazer negócios desse jeito, mas também não pode olhar para Amy, com seus grandes olhos azuis e o cabelo louro e comprido saído de uma música do Guns N' Roses, e lhe dizer não.

— O que posso fazer para você mudar de ideia? — Ela pressionou.

Uma hora depois, eu era o proprietário de um *Desfile de Páscoa* muito acima do preço e Amy estava chupando meu pau no banheiro de um Starbucks em Midtown, e isso foi mais romântico do que parece porque nós nos *gostávamos.* Não foi um boquete; foi *felação,* meus amigos. Ela ficou de pé, puxei seus jeans surrados até o chão e parei de repente. Eu sabia que ela não gostava de se depilar; em geral suas pernas estavam eriçadas e ela vivia falando em *conservação da água.* Mas eu não esperava uma moita. Ela me beijou.

— Bem-vindo à selva.

É por isso que abro um sorriso enquanto ando e é assim que você fica feliz. Amy e eu somos mais sensuais do que Bob Dylan e Suze Rotolo na capa de *The Freewheelin'* e somos mais inteligentes que Tom Cruise e Penélope Cruz em *Vanilla Sky.* Temos um projeto: acumular exemplares de *O complexo de Portnoy.* É um de nossos livros preferidos e relemos juntos. Ela sublinhou suas partes favoritas com um marcador permanente e eu disse a ela para usar uma caneta mais delicada.

— Não sou delicada — afirmou. — Detesto o delicado.

Amy é um marcador permanente; é passional. Ela é louca por *O complexo de Portnoy* e eu quero possuir todos os exemplares amarelo-escuros já produzidos e guardá-los no porão para que só Amy e eu possamos tocar neles. Eu não devia exagerar no estoque de um título, mas gosto pra cacete de Amy perto de nossa parede amarela de livros. Philip Roth teria aprovado. Ela riu quando eu disse isso e falou que devíamos escrever uma carta para ele. Ela tem imaginação, tem coração.

Meu telefone toca. É a Gleason Brothers Electricians a respeito do umidificador, mas isso pode esperar. Recebi um e-mail do BuzzFeed sobre uma lista de *livrarias independentes descoladas,* e isso também pode esperar. Tudo pode esperar quando você tem amor na sua vida. Quando você pode simplesmente andar pela rua e imaginar a mulher que ama, nua em um monte de *Portnoys* amarelados.

Chego à Mooney Books e a sineta soa quando abro a porta. Amy cruza os braços e me olha feio, e talvez ela seja alérgica a flores. Talvez as violetas sejam uma merda.

— Qual é o problema? — pergunto, e espero que não seja isso, o início do fim, quando a garota vira uma babaca, quando evapora o cheiro de carro novo.

— Flores? — pergunta ela. — Sabe o que quero mais do que flores?

Faço que não com a cabeça.

— Chaves — disse ela. — Um cara esteve aqui e eu podia ter vendido o Yates para ele, mas não pude mostrar o livro porque eu não tenho as *chaves.*

Jogo as flores no balcão.

— Calma aí. Você pegou o número?

— Joe — ela bate o pé. — Eu adoro este negócio. E sei que estou sendo burra e não devia dizer a você o quanto estou interessada. Mas francamente. Eu quero as chaves.

Não digo nada. Preciso memorizar tudo, trancar bem longe por proteção, o zumbido baixo da música — "Sweet Virginia", dos Rolling Stones, uma de minhas preferidas — e a luz, que agora é perfeita. Não tranco a porta. Não viro a placa de ABERTO. Vou ao outro lado do balcão, tomo-a nos braços e a inclino, beijo-a e ela corresponde.

NUNCA dei uma chave a ninguém. Mas é isso que devia acontecer. Sua vida deve se expandir. Sua cama deve ter espaço suficiente para outra pessoa e, quando esse alguém aparece, é tarefa sua deixar entrar. Tomo posse de meu futuro. Pago a mais para ter ridículas chaves temáticas, cor-de-rosa e floridas. E quando coloco essas coisas metálicas e rosa na palma da mão de Amy, ela as beija.

— Sei que isto é muito — diz ela. — Obrigada, Joe. Vou guardar como a minha vida.

Naquela noite, ela aparece e assistimos a um de seus filmes idiotas — *Cocktail,* ninguém é perfeito —, transamos, pedimos uma pizza e meu ar-condicionado pifa.

— Vamos chamar alguém? — pergunta ela.

— Foda-se — digo. — O Memorial Day está chegando.

Abro um sorriso, prendo-a na cama e suas pernas não depiladas arranham as minhas, e agora estou acostumado com isso. Gosto disso. Ela passa a língua nos lábios.

— O que está aprontando, Joe?

— Você vai para casa fazer as malas — digo. — Vou alugar para nós um pequeno Corvette vermelho e vamos dar o fora daqui.

— Você é louco. Aonde vamos nesse pequeno Corvette vermelho?

Mordo seu pescoço.

— Você vai ver.

— Vai me sequestrar? — pergunta ela.

E se é isso que ela quer, então, sim.

— Você tem duas horas. Vá fazer as malas.

2

ELA se depilou; eu sabia que a garota tinha esse potencial. E eu fiz minha parte. De fato aluguei um conversível vermelho. Nós somos *aqueles babacas* e atravessamos a parte arborizada de Rhode Island. Somos o seu pior pesadelo. Nós somos felizes. Não precisamos de você, de nada de você. Não estamos nem aí para você, para o que pensa de nós, para o que fez conosco. Sou o motorista e Amy é a garota dos sonhos e estas são nossas primeiras férias juntos. Enfim. Eu tenho amor.

A capota está arriada e cantamos junto com "Goodbye Yellow Brick Road". Escolhi essa música porque estou resgatando tudo, todas as coisas bonitas do mundo que foram corrompidas por minha namorada tragicamente doente Guinevere Beck. (Vejo agora que ela sofria de transtorno de personalidade limítrofe. Não se pode consertar isso.) Beck e suas amigas horríveis estragaram muito de mim. Não posso ir a lugar nenhum em Nova York sem pensar em Beck. Achei que nunca voltaria a ouvir Elton John porque tocava uma música dele quando matei Peach.

Amy dá um tapinha no meu ombro e aponta um falcão no céu. Abro um sorriso. Ela não é o tipo de babaca que precisa baixar o volume da música e discutir sobre a ave e ler sobre o assunto. Meu Deus, ela é boa. Mas não importa o quanto fica bom, ela sempre está presente, a verdade:

Eu me esqueci de pegar a caneca.

Aquela merda de caneca me assombra. Entendo que existem consequências. Não sou único nisso; estar vivo é ter uma caneca de urina por aí. Mas não consigo me perdoar por estragar tudo, como uma garota "esquecendo" um cardigã depois de uma ficada. A caneca é uma aberração. Um defeito. Prova de que não sou perfeito, embora eu costume ser muito preciso, muito minucioso. Eu não tracei um plano para resgatá-la, mas Amy me faz desejar ter um. Quero o mundo limpo para nós, fresco como Lysol.

Agora ela me estende seus óculos escuros arranhados.

— Você está dirigindo — diz ela. — Precisa deles mais do que eu.

Ela é a anti-Beck; ela se importa comigo.

— Valeu, Ame.

Ela beija meu rosto, a vida é um sonho febril e me pergunto se estou em coma, se tudo isso é uma alucinação. O amor fode com a sua visão e não tenho ódio no coração. Amy leva tudo isso embora, minha curandeira, minha bela antisséptica. No passado, eu tinha uma tendência a ser intenso; você pode até chamar de obsessivo. Beck era tão confusa que, para cuidar dela, eu precisava segui-la até sua casa, invadir seu e-mail, me preocupar com seu Facebook e o Twitter e com seus torpedos incessantes, todas as contradições, as mentiras. Escolhi mal com ela e sofri as consequências. Aprendi minha lição. Dá certo com Amy porque não posso persegui-la na internet. Olha só: ela está fora da rede. Sem Facebook, sem Twitter, sem Instagram, não tem sequer um endereço de e-mail. Ela usa celulares descartáveis, e preciso programar seu número novo em meu telefone a intervalos de duas semanas. Ela é a analógica definitiva, minha combinação perfeita.

Quando ela me contou isso, fiquei espantado e fui meio crítico. Quem consegue ficar offline? Seria ela uma biruta pretensiosa? Será que estava mentindo?

— E os cheques de pagamento? — perguntei. — Você deve ter uma conta bancária.

— Tenho uma amiga no Queens — respondeu ela. — Os cheques são nominais a ela, e ela me dá o dinheiro. Ela é usada por muitos de nós. Ela é o máximo.

— "Nós"?

— O povo offline — disse ela. — Não sou a única nessa.

Os babacas querem ser floquinhos de neve. Querem que você lhes diga que ninguém neste mundo se compara a eles. (Com minhas desculpas a Prince.) Todos os pequenos monstros da fama no Instagram — olhem para mim, botei geleia na minha torrada! —, e eu encontro alguém diferente. Amy não tenta se sobressair. Não fico sentado sozinho, rolando por suas atualizações de status e seguindo suas fotografias enganosas de alegria encenada. Quando estou com ela, estou com ela, e quando me deixa, vai aonde disse que iria.

(É claro que eu a segui e, de vez em quando, olho seu telefone. Preciso saber se ela não está mentindo.)

— Acho que sinto o cheiro de sal no ar — diz Amy.

— Ainda não — digo a ela. — Mais alguns minutos.

Ela assente. Não briga por uma merda idiota. Ela não é a furiosa Beck. Aquela garota doente mentia para as pessoas com quem tinha mais proximidade — eu, Peach, a merda dos companheiros *escritores* da faculdade dela. Ela me disse que o pai tinha morrido. (Não tinha.) Me disse que detestava *Magnólia* só porque a amiga Peach odiava o filme. (Ela mentiu. Li seu e-mail.)

Amy é uma garota legal e as garotas legais mentem para estranhos por educação, não a pessoas que elas amam. Mesmo agora, ela veste uma camiseta puída da universidade de Rhode Island. Ela não foi aluna da URI; não foi aluna de lugar nenhum. Mas sempre usa uma blusa de universidade. Comprou uma camiseta da Brown para mim, só para esta viagem.

— A gente pode dizer às pessoas que sou estudante e você é meu professor. — Ela riu. — Meu professor *casado.*

Ela desencava essas camisetas em várias lojas da Legião da Boa Vontade por toda a cidade. Seu peito está sempre gritando *Go Tigers! Arizona State! PITT.* Fico inclinado nas pilhas de livros e ouço quando quem entra na loja tenta contato com ela — *Você foi aluna de Princeton? Você estudou na UMass? Você estudou na NYU?* — e ela sempre diz que sim. Ela é gentil com as mulheres e deixa que os caras pensem que têm uma chance. (Eles não têm.) Gosta de uma conversa. Gosta de uma história, minha pequena antropóloga, minha ouvinte.

Estamos nos aproximando da estrada que nos leva a Little Compton, e justo quando penso que a vida não pode ficar melhor, vejo luzes piscando. Um policial vem na nossa direção. Firme. Suas luzes estão acesas e a sirene berra, e a música sumiu. Piso no freio e tento conter o tremor nas pernas.

— Mas que merda é essa? — diz Amy. — Você nem estava acima da velocidade.

— Acho que não — digo, mantendo os olhos no retrovisor enquanto o policial abre a porta.

Amy se vira para mim.

— O que foi que você fez?

O que foi que eu fiz? Assassinei minha ex-namorada Guinevere Beck. Enterrei seu corpo no norte do estado de Nova York, depois culpei seu terapeuta, o dr. Nicky Angevine. Antes disso, estrangulei sua amiga Peach Salinger. Eu a matei a menos de oito quilômetros de merda daqui, em uma praia perto da casa de sua família, e fiz com que parecesse suicídio. Também dei sumiço em um imbecil viciado em drogas chamado *Benji Keyes.* Seu corpo cremado está em seu depósito, mas a família pensa que ele morreu na farra. Ah, outra coisa. A primeira garota que amei, Candace. Eu a atirei no mar. Ninguém sabe que fiz nenhuma dessas coisas, e assim esta é uma pergunta do tipo se-uma-árvore-cai-na-floresta.

— Não faço ideia — digo, e isto é uma merda de pesadelo.

Amy mexe no porta-luvas, procurando pelos documentos da locadora, retira-os, depois fecha o compartimento com uma pancada. O policial Thomas Jenks não tira os óculos escuros. Ele tem ombros redondos e seu uniforme é um tanto grande demais.

— Habilitação e documentos do carro — diz ele. Seus olhos esquadrinham meu peito, a palavra BROWN. — Está voltando para a faculdade?

— Só indo a Little Compton — digo. E depois disfarço. — Até que enfim. Dando um tempo.

Ele não reconhece minha defesa passivo-agressiva. Eu não estava acima da velocidade permitida e não sou um babaca da Brown, e é por isso que não uso camisetas de universidades. Ele examina minha carteira de habilitação de Nova York. Passa-se um século, depois outro.

Amy tosse.

— Policial, o que fizemos de errado?

O patrulheiro Jenks olha para ela, depois para mim.

— Você não ligou a seta quando virou.

Tá de sacanagem comigo, filho da puta?

— Ah — digo. — Me desculpe.

Jenks diz que precisa de "alguns minutos" e volta a seu carro, partindo em uma corrida, e ele não devia correr. Ele também não devia precisar de "alguns minutos". Enquanto ele abre a porta da viatura e desliza para dentro, penso em meus crimes anteriores, minhas atividades secretas, e minha garganta se fecha.

— Joe, relaxa — diz Amy, com a mão em minha perna. — É só uma infração menor de trânsito.

Mas Amy não sabe que matei quatro pessoas. Estou transpirando e ouvi falar a respeito disso. Um cara é parado por uma infração menor e, de algum modo, pela mágica sádica dos computadores e do sistema, o cara é preso por todo tipo de merda. Eu podia meter uma bala na minha cabeça.

Amy liga o rádio de novo. Tocam cinco músicas, vinte minutos se passam e o policial Thomas Jenks ainda está em seu automóvel, de posse de minhas informações pessoais. Se ele vai lavrar uma simples multa por deixar de ligar a seta, se tudo se resume a isto, então por que ele está ao telefone? Por que continua pressionando botões no computador? Será que minha liberdade termina no começo *da temporada*, quando meu iPhone mostra o sol e o céu está inchado de chuva? O caso é que conheço um policial nesse estado. O nome dele é Nico e ele acha que meu nome é Spencer. E se ele viu minha foto no computador? E se me reconheceu, ligou para *Jenks* e falou, *conheço esse sujeito.* E se...

— Joe — Amy fala, e quase me esqueço de que ela estava ali. — Parece que você está tendo uma crise de pânico. Não é ruim. Não é nem mesmo uma multa por excesso de velocidade.

— Eu sei — digo. — É só que eu detesto policiais.

Ela acaricia minha perna.

— Eu sei.

Ela alcança o cooler e pega um pêssego. Um *pêssego.* É claro que me mata que a gente esteja retrocedendo. Ela está comendo um pêssego e eu estou obcecado com Peach Salinger e minha caneca de urina. Peach, pêssego.

Aquela caneca.

Procuro acreditar que passou. Imagino uma empregada limpando-a, enojada, esfregando bem, lavando com água sanitária. Imagino um golden retriever — as pessoas com casas de veraneio adoram seus cachorros grandalhões — e ele fareja, mete a pata na caneca e a derruba, e seu dono chama, ele corre e minha urina escorre para a tábua corrida e eu estou a salvo. Imagino uma criança Salinger brincando de esconde-esconde. A caneca é derrubada. Estou a salvo. Vejo uma prima Salinger, uma babaquinha, mandando uma mensagem de texto, distraidamente jogando os sapatos no armário, dando um chilique quando uma caneca cheia encharca seus preciosos Manolos, suas sandálias Tory Burch. Ela joga os calçados no lixo. Estou a salvo.

Ouço a porta bater. Jenks está de pé. Ele pode me pedir para sair do carro. Pode mentir para mim. Pode tentar me enganar. Ele pode pedir a Amy para sair do carro. Ele usa colônia, o coitado, e me entrega a habilitação e os documentos da locadora.

— Peço desculpas pela demora — diz ele. — Sabe como é, eles nos dão esses computadores e na metade do tempo estão travados.

— Tecnologia — solto um suspiro. Livre. *Livre!* — Então, acabou conosco?

— Mais um motivo para eu querer que você use a seta — ele faz piada.

Eu sorrio.

— Peço sinceras desculpas, policial.

Jenks nos pergunta se moramos *bem na cidade* e digo a ele que é mais sossegado no Brooklyn e que tudo vai ficar bem. Sou abençoado. Sinto o cheiro do esperançoso spray corporal de Jenks. Vejo sua vida pequena, está tudo em seus olhos, sonhos não realizados, sonhos que ele não tentou realizar, sonhos que ele não realizaria, não porque seja um maricas, porque ele simplesmente não vê seus sonhos em detalhes, o detalhe que impele uma pessoa a pegar suas tralhas, a se mexer. Ele virou policial pela simplicidade do uniforme; você não precisa pensar no que vestir todo dia.

— Divirtam-se — disse ele. — Cuidado com a segurança.

Volto para a estrada e fico aliviado que meu dia, minha vida, não tenham terminado ali. Tenho uma das mãos no volante e manobro a outra embaixo do short de Amy. Vejo nosso acesso à frente, aquele que leva a Little Compton. Não quero a polícia em nenhum momento de meu futuro e admito que fodi com a história, que deixei uma ponta solta e nunca, jamais farei isso de novo.

Desta vez, quando viro, ligo a merda da *seta.*

3

PARAMOS na Del's Lemonade e nos sentamos a uma mesa de piquenique, brindando com copos de raspadinha de limão. Amy dá de ombros.

— Está tudo muito bom — diz ela. — Mas, sinceramente, não é assim *tão* bom, entendeu?

Adoro seu jeito do contra.

— As pessoas acham que tudo fica melhor quando elas estão de férias.

— O País do Yelp — diz ela. — Gente infeliz quer classificar uma raspadinha com uma estrela e gente insegura que quer que todo mundo tenha inveja delas e ficam tipo "melhor raspadinha do muuuundo".

Às vezes queria que ela tivesse conhecido Beck.

— Nossa — digo. — Você descreveu com exatidão a minha ex.

Ela estala os lábios.

— Qual delas?

Estamos de férias, então me descontraio. Conto um pouco sobre Beck, embora você não deva falar de sua antiga namorada com a nova.

— Então ela era uma garota da Ivy League? — ela pergunta. — Ela era esnobe?

— Às vezes — digo. — Mas era principalmente triste.

— Olha, a maioria das pessoas que vai a essas universidades é louca, porque passou a infância toda *tentando* ingressar nessas universidades. Elas não conseguem viver o momento.

Eu a comeria nesta mesa bem aqui e agora.

— Você está coberta de razão — digo. — Já namorou alguém assim?

Ela nega com a cabeça.

— Pode me mostrar o que você tem, mas não quero mostrar o que tenho.

Ela é a única mulher no mundo que conhece o valor do mistério. Ela joga a raspadinha numa lixeira e nos deitamos na mesa, olhando os galhos balançarem bem acima de nós.

— Fala — diz ela. — Pode me contar.

Começo pelo início, na loja, Beck sem sutiã — Amy diz que isso é querer atenção — e Beck comprando seu Paula Fox — Amy diz que foi para me impressionar — e é aí que Amy fica tão linda e incomum. Ela não me interrompe para contar a própria história, nem entra em uma arenga ciumenta. Ela me escuta e é uma esponja. Para mim é uma catarse descrever a crueldade de Beck, e é por isso que às vezes você precisa entrar em um carro e sair. Não acho que pudéssemos ter esta conversa em Nova York. Me sinto tão consciente com Amy, e ela simplesmente entende quando lhe conto sobre Beck tuitando do Bemelmans Bar, que ela precisou procurar *solipsista* no dicionário. Quando lhe conto que Beck se referia a Little Compton como *LC*, ela dá um pontapé no vento. Ela entende. Tudo isso. Sou compreendido. Ela vira a cabeça.

— Vocês vieram aqui juntos? — Sua voz é mais alta e desconfiada.

— Não — digo. E, tecnicamente, não é mentira minha. Eu segui Beck até aqui. É diferente.

Conto a ela de como Beck me traiu com seu terapeuta.

— Que horror — diz Amy. — Como você descobriu?

Eu a fiz prisioneira, invadi seu apartamento e encontrei a prova em um MacBook Air.

— Só tive uma sensação — minto, porque de certo modo também é uma verdade. — Daí perguntei e ela me contou, depois acabou. Nós terminamos.

Ela faz carinho em minha perna. Digo a ela para procurar Nicholas Angevine no Google, ela procura, passa os olhos pelas manchetes e me olha, apavorada.

— Ele a matou?

— Foi — digo. E é impressionante. Armei o homicídio para cima dele com tanta eficácia que nem mesmo *existo* na página da Wikipedia sobre o crime. — Ele a assassinou e a enterrou perto da segunda casa da família dele, no norte do estado.

Ela estremece.

— Você sente falta dela?

— Não — respondo. — É claro que lamento por ela. Mas não foi bom entre nós, sabe? E quando você apareceu, quer dizer, parece doentio, mas foi assim, depois eu sinceramente não sentia mais falta dela.

Ela bate o joelho no meu.

— Que amor. — Ela me promete que não vai me trair com um terapeuta. Ela é cautelosa com médicos e psiquiatras, "gente que prospera com a dor dos outros".

Meu Deus, adoro seu cérebro, todo rosado, piegas e desconfiado. Eu a beijo.

— Volto logo — diz ela e deixa a bolsa comigo, atravessando o estacionamento até o banheiro. Ela se afasta de mim, vira-se e dá uma piscadela, como faz na loja. Quando desaparece no banheiro, pego seu telefone na bolsa.

Nunca tenho medo do que vou descobrir quando olho seu telefone. Só quero saber tudo. É como aquele cara no antigo filme da Julia Roberts que adora vê-la experimentar chapéus e dançar com "Brown Eyed Girl". Nada no telefone de Beck nunca me fez sorrir, mas vasculhar o aparelho de Amy sempre reafirma o que sinto por ela. O primeiro item em seu histórico de busca no Google é *Henderson é um porre.* Ela está lendo reprises de seu talk show *F@#k Narcissism*, aquele que nós odiamos ver duas vezes por semana, em que ele fica sentado no sofá e os convidados sentam-se à mesa. O gancho é que ele está sentado no sofá porque é um *narcisista* que só quer falar de si mesmo, mas evidentemente toda entrevista recai em conversas sobre os filmes de merda que o *apresentador* está promovendo. Ela diz que o sucesso de Henderson é uma prova de que nossa cultura se aproxima de um apocalipse canibalesco.

— O que está fazendo?

Tomo um susto e quase deixo cair o telefone de Amy. Levanto a cabeça com sentimento de culpa enquanto sua sombra cai sobre mim. Ela está de pé, de braços cruzados e os olhos estreitos.

Merda. Engulo em seco. Fui apanhado.

— Amy — digo, agarrado a seu telefone. — Sei o que parece, mas não é nada disso.

Ela estende a mão.

— Me dá meu celular.

— Amy — suplico. — Me desculpe.

Ela vira a cara. Devolvo-lhe o telefone e quero que ela se sente comigo, mas ela volta a cruzar os braços. Seus olhos estão marejados.

— E eu estava literalmente pensando como sou feliz com você.

— Me desculpe — digo de novo.

— Por que estava xeretando? — ela exige saber. — Por que está estragando tudo?

— Não é nada disso. — Estendo a mão para ela.

— Não — ela me enxota. — Eu entendo. Você não confia em mim. E por que deveria? Fui eu que apareci com a porra de um cartão de crédito roubado quando te conheci. É claro que você não confia em mim.

— Mas eu confio em você — digo, e como a verdade parece estranha. — Estava olhando seu telefone porque sou completamente louco por você e quando você vai ao banheiro, sinto sua falta. — Fico de joelhos e me humilho. — Amy, eu juro. Nunca fui tão louco por alguém e sei que isto é uma maluquice. Mas eu amo você. Até quando você está no banheiro, eu quero mais.

No início nada acontece. Ela fica inexpressiva. Depois suspira e mexe no meu cabelo.

— Levanta daí.

Estamos nos acomodando no banco quando uma família sai de uma minivan, barulhenta, cheia de areia. Cinco minutos atrás, teríamos feito ótimas piadas sobre eles. Agora estamos sérios. Aponto o grupo com a cabeça.

— Você e eu não fomos criados assim e somos meio estragados por causa disso. É difícil para gente como nós confiar nos outros, mas eu confio em você.

Ela observa a mãe passar loção nas crianças.

— Tudo bem — diz ela. — É verdade. Sobre a infância de merda e a confiança.

Seguro sua mão enquanto vemos o pai tentar trazer à razão o filho irracional de quatro anos, dizendo que ele não pode tomar outra raspadinha porque não teria nenhum espaço para os cachorros-quentes do churrasco. O menino grita, estridente. Ele *não quer um cachorro-quente — ele quer uma raspadinha.* A mãe se aproxima, agacha-se, abraça a criança e fala, *Diga à mamãe o que você quer, por favor.* O menino grita *raspadinha* e o pai diz que a mãe está mimando a criança e a mãe diz que é importante se comunicar com as crianças e respeitar seus desejos. É como assistir à televisão, e o programa é encerrado quando eles desaparecem na minivan.

Amy coloca a cabeça no meu ombro.

— Gosto de você.

— Não está chateada comigo?

— Não — diz ela. — Eu também sou assim. Às vezes nem acredito em como somos parecidos.

Enrijeço.

— Você olhou meu telefone? — *CandaceBenjiPeachBeckCanecadeUrina.*

Ela ri.

— Não. Mas se você um dia deixasse seu telefone, eu olharia. Também não sou muito de confiar nas pessoas.

Faço que sim com a cabeça.

— Olha, não quero ser esse cara. Mas nós podemos melhorar.

Ela aperta minha mão.

— Eu podia foder.

Ficar juntos é a melhor sensação do mundo, melhor do que o sexo, melhor do que um conversível vermelho ou aquele primeiro *eu te amo*.

— É? — pergunto.

— É — ela responde, e a imitação é um sinal de amor.

Esta foi uma boa ideia, a viagem. Pedimos mais raspadinhas para a estrada e voltamos ao Corvette. Houve uma fusão atômica, somos as únicas pessoas que sobraram na Terra e por isso as pessoas não deviam cometer suicídio, porque talvez, um dia, você possa vir a se sentar na sombra com alguém que é *agradavelmente diferente*! Eu a faço rir tanto que ela derrama raspadinha pelos cantos da boca. Depois saímos da estrada e encontramos um local tranquilo, eu como a garota e, quando termino, eu a tenho derramando-se pelo canto da *minha* boca. As suas férias não são as melhores do mundo. As minhas são. Eu as conquistei. Ela me pegou fuçando seu telefone e ainda abre as pernas.

Quando chegamos ao hotel, ela arqueja.

— Caramba.

E quando entramos no quarto e chegamos à varanda, eu não arquejo. Sabia que estávamos perto, mas não tinha percebido que era possível vê-lo com tanta clareza — o chalé dos Salinger, piscando, iluminado por fogos de artifício, cheio de gente. Gente que pode ou não ter visto minha caneca. Amy aponta a casa com a cabeça.

— Conhece aquelas pessoas?

— Uma delas — respondo. — São os Salinger.

Conto a Amy sobre a amizade disfuncional de Peach com Beck e seu inevitável suicídio. Amy me envolve com os braços e, se isto fosse um desenho animado, eu podia esticar meu braço de borracha até a praia, entrar naquela casa, subir aquela escada bamba, entrar naquele quarto, resgatar minha caneca de urina e depois, só então eu teria tudo.

4

NO dia seguinte, vamos à praia com toalhas Ralph Lauren. Sentamos perto dos Salinger. Imagino que talvez, *talvez* possa pedir para usar o banheiro deles. *Nós* podemos pedir para usar um banheiro. Ninguém vai dizer não a Amy e, enquanto ela está batendo papo, posso ir ao segundo andar. É um tiro no escuro, mas é só o que tenho.

— Caramba — diz ela, protegendo os olhos com as mãos. — Ele parece *puto da vida.*

Eu me viro. Um Salinger assovia e parte intempestivamente em nossa direção. Meu saco se retrai. Amy resmunga.

— Eles são horríveis, como você disse.

— Vamos ficar calmos.

Mas ele não está calmo. Ele cospe.

— Esta praia é particular — ele rosna. As famílias me fascinam; Peach morreu, mas ali está o nariz dela, o cabelo encaracolado dela. — Vocês precisam ir para o outro lado da areia.

Não dá para ir para o outro lado da areia, e Amy tira a camiseta como se fosse Phoebe Cates em *Picardias estudantis.*

— Eu peço desculpas — diz ela. — Quer nos informar mais alguma coisa?

Ela sorri e ele encara seu corpo, e ela é um gênio do caramba. Ele volta de mansinho para sua esposa feia, e Amy ri.

— Já podemos entrar na água?

— Preciso me esquentar — digo, mas na verdade preciso fazer um reconhecimento dos Salinger. São tantos, porra, brincando em seus *trampolins* na água, na areia, como se a areia, o mar e o *chalé* não bastassem. Crianças correm e homens Salinger mais velhos com bermudas de algodão e camisetas de manga curta falam da Vineyard Vines, de campos de golfe na

Irlanda, de reencontros. As mulheres reclamam de babás, balconistas e uma garçonete que todas elas acham que dá em cima de seus maridos gordos. Você nunca saberia que esta família perdeu sua *filha*, sua *irmã*, sua *tia*. Eles estão de férias em cada sentido do termo e seu único propósito é alertar a quem passa que não pode usar o trampolim, nem se sentar perto demais. Nunca tinha visto uma família assim de babacas, vivendo por barricadas. Já gritaram conosco e não vou entrar naquela casa hoje.

Então, foda-se.

Agarro Amy, jogo-a em meu ombro, ela grita e os Salinger encaram, com inveja de nós, jovens, pobres, *apaixonados*. Eu a carrego para a água, a mesma água em que descartei Peach, a mesma água em que ela veio à tona meses depois de seu trágico suposto suicídio. Amy passa as pernas em mim e os invejosos homens Salinger olham, desejam, bebem. Ficamos assim, colados no túmulo marinho de Peach e quando saímos da água, a maioria dos Salinger se retirou para dentro da casa. Agora esfriou e vestimos suéteres, e Amy tira de sua bolsa de praia um livro infantil intitulado *Charlotte and Charles*.

— É o meu preferido — diz ela. — Posso ler para você?

— Claro que sim.

Ela se recosta em mim e a história começa desse jeito: dois gigantes, um homem e uma mulher, até moram em uma ilha deserta. A mulher é solitária, mas o homem se sente seguro. Chegam humanos e, enquanto a mulher se entusiasma, o homem fica hesitante. Da última vez que humanos foram até lá, ficou tudo uma merda. Os humanos tentaram matar os dois. Charlotte quer tentar de novo e Charles obedece, mas é claro que os humanos estão tocando sinos, cujo som vai matar Charlotte e Charles. Só que Charlotte e Charles usam protetores de ouvido.

Há um terremoto e Charlotte e Charles ajudam os humanos, depois nadam para uma nova ilha. A penúltima página do livro traz uma imagem dos gigantes em uma ilha, juntos, à noite. Vários anos se passaram. Eles olham as estrelas e Charlotte deseja que apareçam mais pessoas. Charles diz que as pessoas fariam a mesma merda e eles seriam sacaneados. Charlotte concorda que isto é possível. Mas ela também lembra que ele pode estar enganado. E no canto da página há uma embarcação. Está chegando gente.

Amy fecha o livro e sorri para mim.

— E aí?

— Esse livro é sombrio pra caralho.

Ela bate na minha perna.

— Não pode usar palavrões em *Charlotte and Charles.* — Ela se vira de frente para mim. — Me diga o que você acha.

— Eu gostei — digo.

Ela me cutuca.

— Anda. O que você *achou*?

Isto parece um teste e devíamos estar de férias. Dou de ombros.

— Quero um tempo para absorver tudo. Não gosto dessa cultura de ler um livro e vomitar uma reação imediata.

Ela vira a cabeça de lado como uma professora que tem um aluno lerdo.

— Isso eu entendo — diz ela. — Já li este livro umas cem vezes e levei a vida toda para pensar nele. — Ela estremece.

— Está com frio?

Ela joga o livro na bolsa e saímos da praia. Não consegui pegar a caneca e não consegui entender *Charlotte and Charles*, e andar na areia simplesmente não é divertido. Nunca.

De volta ao hotel, tomamos banho juntos, ponho meu Charles em sua Charlotte e ela me ajuda a responder ao cara do BuzzFeed. Levamos vieiras cajun, rolinhos de lagosta na manteiga e cannolis para nosso quarto. Comemos na cama e trepamos na cama e rimos na cama e acordamos inchados e felizes.

Transo com Amy no chuveiro e na banheira *de imersão* e na sacada — o lugar preferido dela, ela me diz durante o que chama de *mirtilos na cama* — e transo com ela no sofá de três lugares, depois no sofá de dois lugares. Memorizo seu rosto, seus lábios tremendo, *Ah, Joe*, as pernas palpitantes, agarrando-se. Ela abre a boca, minha pequena foca. Jogo um mirtilo naquele buraco em seu rosto, aquele que toma meu pau de um jeito que nenhuma boca jamais fez.

Ela dá uma piscadela.

— Boa pontaria.

Agora moramos aqui, neste quarto, nestes lençóis, como se uma merda de música de John Mayer criasse vida. Brincamos que vão isolar este quarto quando sairmos porque ninguém jamais o ocupará como nós. Eu a amo mais agora do que cinco minutos atrás, mais do que amei cinco horas atrás. Infrinjo as regras e digo isso a ela porque Amy não é como as outras mulheres.

— Eu sei — diz ela. — Não é estranho como a maioria das pessoas só fica *mais* irritante e você só fica *menos* irritante?

Bato o travesseiro nela.

— Não sou irritante.

Ela dá de ombros, brincando, entramos numa guerra de travesseiros e ela me prende na cama e joga mirtilos em minha boca, e eu encosto a boca na dela e comemos juntos, uma só boca. Pergunto-lhe sobre *Charlotte and Charles* e ela me diz para esquecer, e marco todo seu corpo com meus chupões. Vão ter de jogar fora esses lençóis e quando ela goza, grita e joga um travesseiro pelo quarto. Ele sai pela janela, pulando a sacada.

Ela ri.

— Então acho que isso foi o que você chama de orgasmo de um travesseiro.

Por um breve momento, vejo Beck, como Beck montava um travesseiro verde. Bato na bunda de Amy.

— No fim das contas, não sobrará nem um travesseiro aqui — digo, pronto para outra.

Mas ela coloca a mão em meu peito.

— Eita — diz ela. — Joe, nós *precisamos* sair.

— Não *precisamos* fazer nada — digo, e isso deve ter sido muito mais fácil na Idade Média, antes dos restaurantes, quando não havia uma merda de *Guia de Cupons de Little Compton* feito com o propósito explícito de interferir em nossa fodelança.

— Olha — diz ela, folheando o guia de cupons. — Scuppers by the Bay. Eles têm uma banda.

— Entregam em domicílio? — Tento, e é uma perda de tempo.

Ela sai da cama me dizendo que eu estarei agradecendo depois de ter uma boa refeição. E é assim que você sabe que está apaixonado. Você veste *calça social*, finge entusiasmo com ostras e *rock leve ao vivo*, pega as chaves e sai.

O Scuppers by the Bay está lotado de babacas. O lugar é apertado e os manobristas parecem chapados. Tem uma banda cover com mil integrantes tocando no fundo — assassinando "What's Love Got to Do with It" da Tina Turner — e o clamor na cozinha encontra páreo em um bebê mimado e gritão a uma mesa próxima, com pais mimados alvoroçados com vieiras no espeto. Não fizemos reserva e o cupom não é válido à noite, e dizem-nos para esperar no bar por uma hora, talvez duas.

Sugiro sairmos, mas Amy indica, com a cabeça, um casal no bar. Estão muito produzidos, ele gira seu vinho na taça e ela bebe alguma coisa azul. Não quero falar com eles, mas quando Amy cochicha para seguir a deixa dela, começo a ficar duro. Ela passa gloss na boca.

— Tá legal — diz ela. — Vamos fingir ser outras pessoas e dar um golpe neles.

— Sério?

Seus olhos faíscam.

— Você será Kev e eu serei Lulu.

Nós somos mesmo parecidos. Gosto de nomes falsos, mas estou acostumado que eles sejam um meio de sobrevivência ou fuga, como aconteceu quando o policial Nico acreditou que eu era Spencer Hewitt graças a meu boné Figawi.

— Não sei não, Amy — digo, de sacanagem. — Lulu parece muito inventado.

Ela bate palmas, animada, e decidimos que somos Kev e Mindy, do Queens.

— Eu sou chef de cozinha e você é aspirante a ator.

— Ator? — Isso magoa. Por que não diretor? Ou médico?

Ela pega meu queixo na mão em concha.

— Bom, você é gostoso demais para fazer qualquer outra coisa, amor.

Eu queria levá-la para o banheiro de deficientes físicos e comer essa garota até explodir seu cérebro, mas ela já se infiltrou no casal *legal.* Quando uma mulher quer socializar, não há pênis no mundo que consiga substituir a conversa irrelevante sobre o corretor automático do iPhone — *foda! Hahahahaha* — e inconvenientes com carros alugados. Então formamos pares com Pearl e Noah Epstein. Eles também são de Nova York — *Mas que loucura!!!* — e ambos são advogados e na verdade são divertidos e adoráveis. Quando trocamos um aperto de mãos, Noah diz, "Oi, essa é a Pearl, eu, Noah, e somos o que o Hall da Fama do Grammy chamaria de verdadeiros judeus".

Falamos de Woody Allen e depois também conhecemos Harry e Liam Benedictus. Harry é abreviatura de Harriet — bocejo —, ela é planejadora financeira e ele é corretor de valores. Eles têm *dois filhos de menos de três anos* e são caretas, mas também são cheios de elogios. Liam *adora cinema* e quer saber de minha carreira. Batemos papo — *não é engraçado quando sua mãe manda torpedos?* —, e eu invento umas merdas sobre minha mãe maluca me mandando receitas de ensopados. Amy fala que a mãe *dela* pensa que LOL significa Lots of Love e nossos novos amigos acham que somos *engraçados pra caralho.*

A conversa vaga às vezes para lugares terríveis, as altas e quedas do NASDAQ, mas sobrevivemos. Neste bar, mentindo para esses estranhos, nunca houve sinceridade maior entre nós. Ficamos mais íntimos a cada mentira, disfarçados juntos, numa fusão. Amy fala de seu pai imaginário, aquele que lhe manda artigos sobre Rachael Ray. Ela é vulnerável e precisamos disso, fingir ser pessoas que têm pais, pais que mandam mensagens de texto, telefonam, amam e pedem ajuda com anexos. A hostess diz que agora podemos nos sentar, se estivermos todos dispostos a nos espremer a uma mesa de cabine, eu quero espremer meu pau em Amy e ela aplaude. Ela *adora* cabines. Todas as mulheres adoram cabines.

A caminho de lá, Amy cochicha:

— Eu não tinha razão?

— Sim — digo. — Isso é o máximo.

Sento-me ao lado de Amy, nossas pernas ficam espremidas. Ela bate os nós dos dedos na mesa e começa um jogo.

— Tá legal, tudo bem — diz ela. E cada homem neste restaurante trocaria sua mulher por Amy. — Cena de sexo preferida no cinema. Eu começo. *Atração perigosa.*

Já ouvi tudo isso, o quanto Amy adora Ben Affleck e Blake Lively juntos. Deslizo a mão por baixo de sua saia e ela não protesta, e desloco a mão por baixo de sua calcinha, para sua nádega.

Noah venera aquele informativo britânico da HBO — mas que surpresa — e manda as vieiras meio cruas de volta para a cozinha, e Pearl vira seu chablis e diz que é porque ela tem *schpilkas.* Harry *é artesão* de joias e vende no Etsy. O garçom volta com as vieiras, dou a primeira mordida e concordo com a cabeça.

— Efas esfão ferfeitas.

Todos de nosso grupo riem de minha piada idiota e fácil, e podíamos ser amigos na vida real. Seria um longo comercial da Swiffer, com cachorros e petiscos em Park Slope. Começo a querer que eles não pensem em mim como um aspirante a ator chamado *Kevin.* Mas se eles soubessem que nós dois só temos o ensino médio e nunca fomos para a universidade, se soubessem que trabalhamos no *varejo,* essas pessoas não fariam amizade conosco. Aperto a coxa de Amy; isto sim é real, meu ganho líquido.

Amy diz que eu *certamente vou me dar bem como ator* e Pearl fala que tenho *um daqueles rostos.* O marido dela ri e os olhos de Amy brilham, e ela pegou sol demais hoje. Eu queria poder apertar o botão PAUSE e ficar aqui, neste momento, com a luz desvanecida. É disso que falam todas as canções de amor, do momento em que você encontra seu próprio caminho para o futuro com alguém e não há como voltar.

Amy pisca para mim e sai da cabine para pedir uma música — "Paradise City", do Guns N' Roses —, a banda não a conhece e ela está fazendo beicinho enquanto nossos novos amigos falsos discutem o cardápio. Dou um beijo em seu rosto.

— Você é um amor.

— Por que isso?

Acaricio sua coxa e subo a mão aonde antes havia uma selva.

— Eu entendi.

Ela fica confusa.

— Hein?

— "Paradise City" — digo. — Guns N' Roses, como na primeira vez, quando você me deu as boas-vindas à selva.

Ela fica inexpressiva. Pearl quer saber se preferimos lula ou mexilhões e Amy diz *os dois,* e ela não se lembra de nossa ligação do Guns N' Roses. Ela não é inteligente como eu, mas talvez seja melhor termos algumas diferenças.

Quando chega a hora de lidar com a conta, Amy tira o ticket do manobrista do meu bolso. Pede licença para ir ao banheiro, depois finjo receber um telefonema e vou para a calçada. Nós nos agarramos e o manobrista traz o Corvette, vamos embora e parece que nunca estivemos lá.

— Eu me sinto meio mal — digo. Gostei de Peal & Noah & Harry & Liam.

— Ah, francamente. — Ela suspira. — Quando você divide uma conta dessas, quase fica mais fácil se metade das pessoas desaparecerem, entendeu?

Quando voltamos para o quarto, ela traz os mirtilos para a cama e me chupa com sua boca de superfrutas e eu esmago mirtilos em seus peitos. Quero conversar sobre nossas mentiras, nossos pais e sobre *Charlotte and Charles,* mas ela diz que devemos dormir por causa da viagem de volta de carro amanhã. Sei que ela tem razão, mas, ao mesmo tempo, não suporto a ideia de estar dormindo, perdendo um segundo de nossa vida juntos.

Enquanto Amy ronca, vou à varanda e vejo as luzes no andar de cima da casa dos Salinger. Foda-se aquela caneca. Ela não me assusta mais. Agora tenho uma parceira e desta vez vou esquecer a caneca de propósito.

5

A viagem de volta é sempre diferente daquela de ida. Estamos ambos meio esgotados, com certa ressaca. Não queremos parar no Del's para raspadinhas e concordamos que gelo com limão é justo o tipo de coisa que parece ótima quando você começa as férias, mas não é o que você quer quando volta para casa. Pegamos trânsito. Rimos de nossos falsos amigos e nos esquecemos de descobrir a marca dos lençóis do hotel. Ela segura minha mão ao acaso, como quem diz, *Nem acredito que você é real.* Isto é amor, isto é domingo e quando estamos de volta à cidade, ela faz um carinho em meu pescoço.

— Você vai me odiar se eu só quiser minha própria cama?

— Eu jamais poderia odiar você — respondo.

Entramos em sua rua e sinalizo com a seta, ela ri e esta será uma brincadeira para nós, daquela vez que alugamos o Corvette vermelho e fomos parados por não usar uma merda de *seta.* Estou louco para envelhecer com ela. Paro o carro na vaga. Ela me beija.

— Obrigada. Tomara que você saiba o quanto é maravilhoso.

Eu a abraço e respiro seu cheiro. Alguém atrás de nós buzina. Aceno para o babaca dar a volta e Amy sai do carro. Na locadora de veículos, o cara me pergunta se tive algum problema com o carro. É com grande prazer que digo a ele que *nós* não tivemos problema nenhum. Ele me olha como se eu estivesse louco e está tudo bem, porque estou. Estou louco de amor.

Na manhã seguinte, quero chegar à loja o mais cedo possível. Estou ansioso para ver Amy. Ansioso para contar que descobri Pearl & Noah & Harry & Liam na internet. Ansioso para descobrir se ela assistiu *F@#k Narcissism* ontem à noite e, se assistiu, o que achou de Kevin Hart. Pergunto-me que calcinha ela estará usando hoje e fico excitado para ver se a história da depilação continua.

Apresso o passo e chego à loja, mas a música em minha cabeça cessa abruptamente. A porta está entreaberta. Se Amy chegou cedo, a porta estaria fechada, e o sr. Mooney não aparece na loja há séculos. Abro-a completamente e entro. Vejo partículas de poeira no ar e meu nariz se adapta à loja, como um lugar tem um cheiro diferente quando você volta depois de alguns dias. Meus sentidos estão em brasa, fomos roubados e não quero esse tipo de perturbação depois de um fim de semana tão bom.

As violetas que comprei para Amy estão no chão, espalhadas, secas, o vaso aos pedaços. Tem papel para todo lado, livros virados. Meu laptop sumiu. Vou ao balcão na ponta dos pés e, em silêncio, retiro o facão do esconderijo abaixo da entrada principal. Já não o seguro há algum tempo e ele está mais pesado do que eu me lembrava.

Não estou chamando a polícia. Nem todos eles são Jenks e aprendi a minha lição. Vou de mansinho ao fundo da loja, verificando as prateleiras a minha esquerda e à direita. Passo por Ficção e Biografia e, no fundo da loja, a porta do porão também está entreaberta. O silêncio da loja pesa em meu cérebro. Eles já foram embora há muito tempo, é o que penso. Mas se ainda estiverem aqui, vou cortar a garganta deles. Seguro firme o facão ao descer lentamente a escada, sem fazer barulho. Quando chego ao último degrau, arquejo e deixo o facão cair. Não preciso mais dele.

Não há ninguém ali, mas alguém *esteve* no lugar, alguém que come *superfrutas.* Tem uma tigela no chão ao lado do buraco aberto onde antes ficava a parede amarela de *O complexo de Portnoy.*

Amy.

Ela roubou cada exemplar, não deixou nem sequer um para mim. Ela levou também a primeira edição do Yates, a que ela jogou pra cima de mim, aquela que começou tudo. Tem um exemplar sujo de mirtilo de *Charlotte and Charles* no chão, bem ao lado de meu computador e das chaves cor-de-rosa, aquelas que fiz para ela. Pego o telefone, ligo para ela e é claro que este número agora está morto, fora de serviço, acabou, exatamente como todos os outros.

Deixo-me cair de joelhos e grito. Ela me abandonou. Ela me roubou. Engoli aquele papo furado de ela precisar da própria cama e ela deve ter vindo direto para cá depois que a deixei em casa. Jogo suas superfrutas na parede. *Supervaca.*

Pego *Charlotte and Charles.* Agora entendo o significado desta merda de livro. Não confie nas mulheres. Nunca. Abro o livro, e dentro dele tem um recado escrito à mão:

Desculpe-me, Joe. Eu tentei. Mas na verdade não somos iguais. Nós dois nos seguramos. Nós dois perdemos o controle. Nós dois temos segredos. Seja generoso com você. Com amor, Amy.

Não fiz uma lista completa de tudo que ela levou, mas, até agora, estimo 23 mil dólares em livros raros. Ela sabia o que fazia no dia em que entrou aqui, e eu caí nessa. Eu devia ser arrastado para um matagal e baleado por ser tão burro, pensando com a cabeça do pau. *Nós somos iguais*, disse ela. Meu cu. Ela que se foda.

Ela vendou meus olhos com suas luvas de látex e seus olhos de boquete. Isto nunca foi amor, nem na praia, em Little Compton, nem nesta gaiola, nem na minha cama. A piranha veio para me enganar, para me roubar e eu fiz a merda das chaves para ela.

Pego o laptop, saio da gaiola e a tranco — meio tarde, babaca —, subo a escada e tranco a porta do porão — mas que porra de babaca eu sou, eu devia trancar *a mim mesmo* no porão — e é quando vejo outra bagunça. Amy saqueou a seção de que eu menos gostava da loja: Teatro. Roubou manuais para atores:

A preparação do ator

10 Ways to Make It in Hollywood

How to Make Them Call You Back

Monologues for Women Volume IV

Tá de sacanagem comigo, seu animal ladrão e mentiroso de perna cabeluda? Minha cabeça roda. Amy não é uma socióloga sem instrução formal, usando parafernália universitária em experiências sobre o comportamento humano. Ela não estava mentindo para Noah & Pearl & Harry & Liam. Estava *representando*. Por que outro motivo roubaria esses manuais?

Sento-me ao balcão e desperto o laptop. Ela alega ser muito *fora da rede* e superior a merdas de computador, mas conseguiu apagar o histórico de pesquisa recente. Minhas faces ficam doloridas à ideia dela neste campo, tentando me bloquear, tentando eliminar a pesquisa que fez em *meu* computador. Bom, ela devia ter aprendido um pouquinho mais sobre o funcionamento desses equipamentos. O que eles podem fazer por mim. O Chrome não é assim tão simples. Ela só limpou a última hora de seu tempo em meu computador, e não a merda do histórico todo. Sei de minhas pesquisas recentes — livros raros e hotéis em Little Compton — e não é lá muito difícil lançar a luz sobre a porra das palavras-chave dela:

UCB, retratos mais baratos, retratos gratuitos, cursos baratos no UCB, Ben Affleck, livros usados valiosos, vender livros raros, preço de Philip Roth, testes de elenco, chamadas de elenco, teste para a vizinha loura, aluguel em Hollywood

Ela também não limpou a porra dos downloads que fez, e eu puxo sua requisição a um curso básico de improvisação: aulas de improvisação básica na Upright Citzens Brigade e um roteiro para uma merda de curta-metragem com uma capa que remete a um anúncio da Craigslist. Então a vaca fugiu para tentar se dar bem em Hollywood. *Se dar bem em Hollywood* é a frase mais nojenta deste idioma. É mais perturbadora do que *serial killer prolífico* e *doença terminal rara.* Estou ansioso para pegá-la e lhe contar a fracassada iludida que ela é.

Imprimo seu histórico de busca e não há nada mais apavorante do que perceber que a pessoa que te conhece melhor é quem menos te ama, até sente pena de você. Ela sabia que eu era fodido e solitário. Ela sabia que eu queria um boquete e uma namorada e sabia que eu queria tanto essas coisas que teria deixado que ela visse *Cocktail* cinquenta vezes numa merda de semana na minha cama, que eu daria a ela a porra de uma chave. Fiz isso e não posso desfazer. Mas posso encontrá-la. Posso eliminá-la.

E é o que farei. Ela não vai andar por aí pensando ter se safado dessa. Porra, não. Ela não vai pensar que sou um imbecil com quem você pode trepar e largar com *Charlotte and Charles.* Lambi seus mamilos com minha língua e comi sua moita cabeluda e ela me usou. Ela é cruel. Ela é perigosa. Ela é incapaz de amar. Ela é uma sociopata. Pior do que uma limítrofe. Por isso ela usa aquelas merdas de celulares descartáveis. Ela é uma criminosa.

Ela pensa ser muito inteligente, mas se você apaga uma hora, não quer dizer merda nenhuma, a não ser que você apague as semanas que levaram àquela hora. Ela pensa que a vida é melhor fora da rede. Sei. Ela vai morrer pensando assim. Vaca. Ligo para a JetBlue. Compro uma passagem. Desculpa, Amy. Você perdeu.

6

SE tem uma coisa que aprendi com aquele charlatão tarado do dr. Nicky Angevine e sua paciente/amante Beck, é que não dá para controlar o que os outros fazem. Você só pode controlar seus pensamentos. Se houver um rato em sua casa, você tem de assumir a tarefa de remover a praga, montar as armadilhas, verificar as armadilhas. Amy é meu rato, mas esta é a *minha* casa e já mergulhei fundo no processo de extermínio. Liguei para a UCB e aleguei ser um cara chamado Adam que está verificando a matrícula. Assim consegui confirmar que existe uma garota chamada *Adam. Amy* fez reserva para um curso de improvisação.

Comuniquei a rescisão do aluguel. Foda-se aquele buraco e já está na hora de dar o fora dali, de meu apartamento aonde levei as mulheres erradas para a minha cama, garotas frias da cidade — seus corações são cruéis e fracos — e não posso me tornar um daqueles nova-iorquinos que deixam a cidade vencer. Não estarei sentado ao balcão daquela merda de loja da próxima vez que uma garota entrar e bater as pestanas para mim. Eu me mandei.

É junho e a cidade está podre de calor fecal irrelevante. Em Los Angeles, haverá um calor diferente, aquele que deixou os Beach Boys bronzeados e fúteis, um calor que não te persegue na sombra.

Entro no trem e começo minha viagem úmida e fedorenta até o sr. Mooney. Pensei em lhe escrever uma carta ou telefonar, mas foram muitos anos. Devo uma despedida a ele. Minha viagem termina, enfim, e saio do trem onde uma banda de mariachi começa a tocar e piranhas tiram selfies. Adeus, povo do metrô.

Um cara de terno sai de uma delicatessen do outro lado da rua com rosas frescas, correndo, tentando, acreditando. Idiota. Entro no açougue e compro as linguiças preferidas do sr. Mooney. Torço para que ele não chore. Torço para que ele não tente me trancar em seu porão. Viro a esquina e bato em sua porta.

Ele não sorri.

— Não me diga que fomos roubados de novo?

— Não temos tanta sorte, sr. Mooney. — Eu rio. Ele ficou quase feliz quando liguei e contei sobre o roubo. Disse que o dinheiro do seguro é *o mais lindo dinheiro que existe no mundo.*

— Bom, então, qual é o problema? — Ele solta.

— Nenhum — insisto. Estendo a linguiça. — Está com fome?

Ele abre a porta de tela e gesticula para eu entrar. Sua casa tem cheiro de caixa de areia para gatos e mulheres velhas, e ele não tem nem gato, nem esposa. Ele tem dois ovos no fogo e o rádio ligado.

Ele coloca minhas linguiças na geladeira antiga.

— Quer um café com leite? — pergunta.

Não.

— Claro!

Ele sacode o preparado em pó e coloca um copo pequeno e lascado na mesa diante de mim. Fala de um travesseiro que comprou de um infomercial, que a mulher ao telefone disse que ele não podia devolver porque já se passaram trinta dias. Fala dos ovos no mercado de seu bairro. Antigamente eram mais baratos, agora estão ridiculamente caros porque são de alguma fazenda próxima.

— Mesmo assim, deviam ser mais baratos — ele reclama. Ele gesticula com o braço flácido. Não quero ficar assim um dia, sozinho, fritando ovos, comendo alimentos locais em uma fúria mesquinha. Ao mesmo tempo, porém, não consigo sequer imaginar amar alguém de novo.

O sr. Mooney termina de fritar os ovos e se senta comigo à mesa. Os ovos passaram do ponto. E brilham. Penso que ele usou meio quilo de manteiga e acho que não lava a frigideira desde 1978.

— E então, a que devo esta honra? — pergunta ele.

Bebo meu café com leite. Por milagre, ele desce.

— Bom, decidi que preciso de uma mudança. Vou para Los Angeles.

Ele arrota. O arroto é molhado. Pedaços de ovos voam de sua boca.

— Qual é o nome dela?

— O nome de quem?

— Da mulher — diz ele. — Ninguém se muda para lugar nenhum se não for por uma mulher.

Hesito, depois conto a respeito de Amy, de seu desejo de ser atriz, de ela ter escondido isso de mim. Não digo que ela foi a ladra.

— Eu sabia que havia uma mulher. — Ele mergulha o dedo no ketchup do prato e lambe. — Pode ser mais sensato deixar que ela toque a vida.

Nego com a cabeça.

— É uma coisa que preciso fazer.

O sr. Mooney suspira.

— Vire o mundo de lado e tudo que está solto vai cair em Los Angeles.

— Quem disse isso foi Frank Lloyd Wright.

— E ele tinha razão. — O sr. Mooney se levanta da cadeira e joga sua esponja fedorenta na pia. — Los Angeles é a morada do mal, Joseph. É o útero da imbecilidade. É de lá que vem tudo de ruim, o cume do vulcão da estupidez desta nação. Não é lugar para um homem inteligente. Por isso não tem nada para se assistir na porcaria da televisão. Você fica melhor aqui. — Ele nunca vai dizer isso, mas vai sentir minha falta.

— Eu lhe darei meu endereço de e-mail, assim podemos manter contato.

Ele pega meu prato e coloca por cima do dele. Sei que se eu me oferecer para lavar os pratos, ele vai ficar irritado.

— E-mail não tem fundamento — ele rejeita minha ideia. — Só me prometa que não vai desperdiçar sua vida em uma droga de computador.

Digo que o verei novamente em breve, uma barata passa correndo e ele pisa nela com sua bota.

— Você não tem como saber disso — diz ele. — Não há jeito de você saber disso. — Ele me diz para trancar a porta quando sair. — Aquelas escoteiras desgraçadas estão mais dedicadas do que nunca.

MEU apartamento está vazio. Tudo que vou levar comigo está na gigantesca bolsa de viagem de meu pai, aquela que nunca usei, porque nunca fui tão longe, nunca tive a oportunidade de guardar tudo que quero, meus livros, minhas roupas, meu travesseiro, meu computador. Há uma batida na porta e não procuro o olho mágico, imaginando ser o senhorio para reclamar dos danos. Mas não. É o sr. Mooney, de óculos escuros. Não consigo enxergar seus olhos.

— Um conselho — ele começa. — Arrume quem chupe seu pau.

— Tudo bem.

— Arrume quem chupe seu pau — ele repete. — Não vá para a cama com atrizes. Não perca seu tempo com quiosques de hambúrguer. Não veja filmes demais. Não coma vegetais demais. Não chame vegetais de *veggies*.

Não entre na piscina. É fria e suja. Não vá para o mar. É frio e sujo. Não tenha filhos. A maioria que nasce lá vira michê.

— Entendi.

Ele olha fixamente minha geladeira com a tomada desligada.

— A loja está fechada?

— Está — declaro. — Trancada, de portas arriadas.

— Ótimo — e ele sorri. — Talvez eu fuja também.

— Não quer entrar e se sentar?

Mas não há onde se sentar. Ele coloca a mão no bolso do peito. Pega um envelope grosso e estende para mim.

Eu protesto.

— Não posso aceitar isso.

— Sim, você pode. Vai precisar.

Ele desce lentamente a escada e percebo que talvez jamais volte a vê-lo. Pego minhas coisas e passo a chave por baixo da porta. Um garoto gordo do primeiro andar pergunta para onde vou.

— Califórnia — respondo.

— Por quê?

— Para fazer do mundo um lugar melhor. — Dou alguns livros ao garoto, nenhum deles é raro, todos são importantes. O garoto fica agradecido, eu sou nobre e é verdade. Vou fazer do mundo um lugar melhor. Aquele garoto já está folheando *O senhor das moscas*. A seguir: Amy, amarrada, caindo ao fundo de uma piscina. *Califórnia*.

7

NÃO leio durante o voo até o LAX. Não vejo um filme. Fuço o Facebook — finalmente entrei pra valer, como Joe Goldberg, como eu —, mas não é o que você está pensando. Eu *preciso* fuçar o Facebook. Sou um caçador saindo para um safári selvagem e preciso de guias em minha caminhada por este pequeno trecho ao pé das colinas de Hollywood chamado Franklin Village. Preciso de camuflagem. Preciso de *amigos,* e não é a pior coisa do mundo precisar de pessoas. Sou inspirado pelos filmes *Velozes e furiosos* em que os heróis Toretto e O'Conner não conseguem caçar os bandidos sem primeiro montar uma equipe. Preciso de ajuda para encontrar Amy, assim como eles precisam de ajuda para encontrar um chefão das drogas brasileiro e corrupto. E posso dizer isso, pelos aspirantes na Upright Citzens Brigade: eles são uma galera receptiva. Aceitam como amigo *Joe Goldberg, roteirista,* e essa gente fala muito. Sobre a secadora de roupas e o Tinder e seus sapatos e seus testes. E, *sim,* eles falam de alguém a quem se referem como *Amy Offline.*

A melhor fonte até agora é um sujeito chamado Calvin, que trabalha em um sebo de livros perto da UCB. Ele postou um anúncio de emprego para alguém pegar um turno de trabalho e escrevi a ele. Acho que consegui o emprego; nenhum dos outros *manos* que ele conhece têm experiência com uma caixa registradora. Pergunto sobre livros raros, se ele algum dia viu uma primeira edição de *O complexo de Portnoy.* Talvez Amy já tenha começado a movimentar seu estoque. Ele responde:

rs cara a gente tem tipo um livro valioso por ano. O que mais tem é gente que mora em Beachwood e larga as merdas mofadas quando se muda ou os pais morrem ou coisa assim. Ou tipo gente do quarteirão que está quebrada e tenta vender suas coisas, mas quase sempre é superfácil, é tipo se você ganha duas pratas é um cara supermaneiro.

Além do Facebook e do Twitter, Calvin tem um site onde revela tudo que você talvez queira saber a respeito dele. Ele é um aspirante a roteirista-diretor-ator-produtor-sonoplasta-comediante de improviso. Dá para imaginar alguém que quer tanto atenção que a identidade exija todos esses hifens? Ele venera Henderson e Marc Maron, suspensórios, barbas e fotos de barbas, Tinder, bacon, *Breaking Bad* e coisas dos anos 80. No Brooklyn, esse sujeito estaria trabalhando em uma empresa de marketing. Ele estaria se fazendo de coitado, verificando seu plano de poupança tarde da noite. Mas Calvin tem uma conta no PayPal em que os "fãs" podem ajudá-lo a pagar o aluguel. Jamais poderia respeitar Calvin, mas ele é tranquilo e fica agradecido por eu estar disposto a cobrir seu horário quando ele precisa fazer testes.

Peço uma Sprite Zero com vodca. Meu segundo amigo mais útil no Facebook é um aspirante a comediante de stand-up, mais velho, de nome *Harvey Swallows.* Eu me candidatei a um apartamento perto da UCB, em um prédio chamado *Hollywood Lawns.* Harvey é o síndico, e quando mandei a ele um e-mail sobre o apartamento, ele respondeu com uma solicitação de amizade no Facebook e um convite para ser seu fã. *Angelinos.* Harvey é o equivalente da Costa Oeste de meu antigo colega de trabalho Ethan Ponto de Exclamação. Harvey é outro livro aberto em site: trocou o nome para Harvey Swallows e se mudou para Los Angeles a fim de ser comediante na "juventude madura de 57 anos". Seu bordão é *Tô certo ou não tô?.* Ele adora *#TBT* e compartilhou muitas fotos de sua antiga vida no Nebraska, quando era casado, vendia apólices de seguro e ficava doente de aspirações. Observação ao ego: *não ficar* doente de aspirações. Elas devoram seu cérebro, enganam seu coração e você acaba num palco em um porão dizendo coisas sem graça e esperando que alguém ria.

Ninguém está rindo e/ou pagando Harvey para dizer coisas engraçadas, então ele é síndico de 45 apartamentos no Hollywood Lawns. O lugar é uma boa mudança de ritmo para mim. Saio do Facebook e vejo fotos de meu novo lar. Tem uma piscina — eu podia segurar Amy embaixo da água — e tem uma banheira de hidromassagem — eu podia ferver a vaca — e tem um *salão de jogos* — posso asfixiá-la com um taco de sinuca — e fica a uma distância de caminhada de tudo que eu possa querer. Inclusive, é claro, Amy.

Ela pode não estar no Facebook, mas não é possível querer uma carreira de atriz em Los Angeles sem a internet. Uma garota como Amy, uma sociopata nova em folha sem agente nenhum, sem ligações, ela começaria procurando trabalho na Craigslist. Qualquer um pode publicar uma seleção de elenco no site e os atores enviam suas fotos e currículos *constantemente*, segundo Calvin. Então redijo uma seleção de elenco, planejada especificamente para ter apelo ao ego arrogante de Amy.

ASSUNTO: Você é mais alta e mais bonita que a vizinha?
MENSAGEM: Filme independente procura atriz principal. Deslumbrante e loura. 1,70-1,80. Idade entre 25 e 30. Responder com fotos/currículo.

Fico espantado com a velocidade de tudo aquilo. Em alguns minutos, tenho dezenas de garotas me mandando fotos. Minhas mãos tremem sempre que abro o e-mail de uma delas. Algumas estão *nuas*, algumas são feias, outras são até lindas, mas nenhuma delas é a supervaca.

Peço outra vodca com Sprite Zero e as duas garotas do outro lado do corredor conversam sobre *o Método Barre* — elas adoram — e *carboidratos* — elas odeiam — e *diretores* — elas querem conhecê-los. Pergunto-me se Amy se tornará esse tipo de gente em Los Angeles, se eu não a matar primeiro. Parte de mim quer falar com ela sobre as babacas do avião; porém, uma parte maior de mim quer gritar com ela, responsabilizá-la por tudo que fez, mas não posso, ainda não. Abro um documento no Word e escrevo para mim mesmo.

QUERIDA Supervaca

Você é uma coisa cruel e má e eu queria que você nunca tivesse entrado na minha vida com suas luvas e seu papo furado. Cocktail *é uma porcaria porque no fim a protagonista é recompensada por ser uma sacana superficial e interesseira. Você acha que caminha para algo bom. Não é verdade. Você é imatura. Até quando se depilava, suas pernas eram peludas. Você errou ao roubar daquelas pessoas em Little Compton. Elas são melhores do que você. Mirtilos são nojentos e você vai morrer, haja o que houver. Você precisa cortar o cabelo. Suas pernas são compridas demais. Sua pele é um desperdício de espaço, porque não existe coração dentro de você. Você é covarde e falsa demais para estar no Facebook. Você sabe chupar um pau. Mas você não é especial. Você está morta.*

A mulher mais velha a meu lado bate em minha bandeja. Aponta a tela.

— Você é roteirista?

Salvo o documento. Eu o fecho.

— Sim. Estou escrevendo um monólogo nisso.

Ela aponta os retratos.

— E dirigindo? Está selecionando elenco, não é? Vejo que tem fotos.

— É! — Limites: para onde vocês foram? — Há esperança aqui.

Ela concorda com a cabeça.

— Sabe, se está selecionando elenco, minha sobrinha mora em North Hollywood e ela é *muito* talentosa. Pode vê-la em Gretchen Woods ponto com.

Então aqui é assim. Digo que estou fazendo um filme para adultos, ela arqueja e vira a cabeça para a janela, e talvez agora não vá andar por aí dizendo a homens ao acaso como encontrar sua sobrinha online. Mas ela me deu uma ideia. Ser roteirista é um ótimo disfarce durante minha expedição. Direi que estou trabalhando em algo chamado *Eternamente Kev e Mindy*, e será sobre mim e Amy e nosso último fim de semana em Little Compton. Começará com Amy me dizendo que não consegue dormir na própria cama e sei como termina: eu mato Amy.

Peço outra vodca com Sprite Zero e volto ao Facebook. Um dos amigos de Calvin, Winston Barrel, me adicionou. Ele nem sequer me conhece. Aceito a amizade com Winston. De imediato recebo um convite para uma apresentação de comédia junto com outras 845 pessoas. Isso é bom. Quando empurrar o corpo extralongo de Amy em uma piscina de borda infinita e fizer com que pareça acidente — atreva-se a sonhar! —, vou ficar bem, porque terei me tornado um cara do Facebook, um cara normal. Vivemos em uma época em que as pessoas que não têm 4.355 amigos são consideradas suspeitas, como se cidadãos socialmente entrincheirados também não fossem capazes de homicídio. Preciso de amigos para que meus *amigos*, quando Amy desaparecer, possam revirar os olhos à ideia do bonito e gregário Joe *matando* alguém. Não posso ser aquele sujeito que "fica na dele". Isto é por demais alinhado com o estereótipo datado, mas generalizado, de um "assassino", reforçado por "noticiários" de televisão tendenciosos, não importa quantos maridos felizes acabem matando suas mulheres. Todos queremos ter medo de solteiros. É endêmico. É americano.

Clico por meus novos amigos angelinos no Facebook. Eu os adoro; parecem crianças, pelo jeito como simplesmente têm *esperança*. Eu os detesto; parecem crianças, pelo jeito como simplesmente têm *esperança*. Eu os invejo. Eles não sacrificam seus corpos por livrarias e não desperdiçam a vida nos subterrâneos, andando de metrô e se expondo a substâncias químicas e merda velha. As pessoas se mudam para Los Angeles para *se dar bem*. Elas sonham mais intensamente do que as pessoas de Nova York e acreditam que socializar intensamente é fundamental, que a vida gira em torno de "quem você conhece".

E, sinceramente, não detesto tanto o Facebook como pensei que detestaria. (Chupa essa, Amy. Desculpa, Beck.) Depois de ingressar, existe uma rede em que você pode ser o centro, isto nos dá poder. A espécie humana é interessante, é divertido observá-la. Assim como os gatos. As pessoas são tão solitárias que passam o aniversário na internet, agradecendo aos outros por lhe desejarem um feliz aniversário, gente que só sabe que é seu aniversário porque o Facebook lhes disse. Dou um "Curtir" em *Velozes e furiosos* para me estabelecer como um cara divertido, depois escrevo a Amy: *Prezada vaca, o Facebook não passa de gente tentando se ajudar a não ficar solitária. Vai se foder. Com amor, Joe.*

O piloto diz que estamos quase chegando, eu me curvo para frente e vejo Los Angeles pela minúscula janela. A cidade é uma grade e, como a moita de Amy naquela primeira vez que a vi, a coisa é esparramada. Não consigo conter um sorriso. Amy está *fora da rede*, mas tem livros raros que podem ser rastreados e aspirações que exigem socialização online. Vou encontrá-la. Queria poder abrir a janela agora e cair de paraquedas em Franklin Village, onde sei que está, mas ela pode me ver chegando e seria como cochichar ao cervo, *Psst, estou aqui*, pouco antes de atirar nele.

8

A primeira música que ouço no LAX é aquela merda bobinha do Tom Tom Club sobre sair da cadeia, e isso me deixa sóbrio e tenso. Um moleque da Universidade da Califórnia bate sua mala gigantesca em mim. As pessoas são intrometidas e turistas esbarram em mim, todos em um êxodo para conseguir fotos de Sean Penn, que está na esteira de bagagens. Em Nova York, as pessoas brigam para pegar um trem que as leve para casa ou para se arranjar nos corredores espremidos da Trader Joe's. Em Los Angeles, elas brigam para sentir o cheiro de um ator, de um velho.

Recebi duas comunicações eletrônicas desde a aterrisagem.

Uma é de Harvey: *Caraca! Seu crédito é perfeito! A maioria das pessoas que se muda para cá tem um crédito péssimo!*

É meu destino conhecer gente que abusa da pontuação. A outra mensagem é de Calvin: *Temos Blu-ray então traz alguns filmes que você queira ver durante seu turno.*

Não se deve assistir a filmes em uma livraria, e entro no táxi e o motorista digita o endereço do Hollywood Lawns em seu GPS, eu me pergunto se Amy pegou um táxi ou um ônibus. Pergunto-me quando a imaginação vai parar. Detesto esta parte da separação, quando a mulher *mora* na sua cabeça. Preciso de sexo, pegamos La Cienega e a cidade fica mais cintilante à medida que seguimos para o norte, e vejo mulheres de vestidos de noite andando durante o dia, como se não houvesse problema nenhum nisso. Vejo sem-tetos como os de *Um vagabundo na alta roda* e vejo o edifício da Capitol Records, e meu coração se acelera quando chegamos à Franklin Avenue — Amy, Amy, Amy — e quando saio do táxi, piso em cocô de cachorro.

— Porra — fervilho. Meu coração martela, o sol, a vodca excessiva.

O motorista ri.

— A galera de Los Angeles, cara, eles gostam de seus cachorrinhos.

O Hollywood Lawns parece o prédio de *Karate Kid,* e os cachorros presos nos apartamentos pequenos e quentes latem enquanto subo a escada. A placa ALUGA-SE irradia: MENSAL. Pergunto-me se Amy mora aqui, neste mesmo prédio. Nunca se sabe. Ela é o tipo de efêmera mentirosa que gravitaria para isto; seu aluguel em Nova York era *semanal.* Eu devia ter entendido na época, mas o pau deixa a gente cego.

Harvey parece mais velho pessoalmente, parece de cera, tem sobrancelhas arqueadas. É difícil olhar para ele e deixar que fale comigo sobre seu número, e concordo em tomar umas bebidas com ele. Ele me diz que meu apartamento fica no primeiro andar, bem ao lado de seu escritório, e eu elaboro desculpas futuras para evitar ficar com ele. Ele me avisa de umas merdas ridículas.

— Uma coisa você precisa saber sobre Hollywood, novato — diz ele. — Isto não é Nova York. Você não pode atravessar com o sinal fechado para você. Vão te multar e essas multas se acumulam.

— Eu sabia que Los Angeles era uma cidade anticaminhada, mas essa merda é ridícula — digo.

Harvey sorri.

— Você parece eu quando vejo Joe Rogan na TV. Totalmente ridículo. Tô certo ou não tô?

A conversa sobre Joe Rogan não faz parte da minha vida, então não boto pilha, como não se deve rir de uma criança que solta palavrões.

— Olha — digo. — Vi a placa lá fora. Você tem um monte de gente se mudando para cá ao mesmo tempo?

— O mundo é cheio de sonhadores — diz ele. — Algum amigo seu está procurando?

— É — digo. E é aí que eu preciso pegar leve. Não quero dizer que estou *procurando* Amy Adam porque então, quando ela desaparecer, eu serei suspeito. Sou cauteloso. — Conheço uma garota que está procurando. Mas ela quer dividir.

Fato: Amy nunca teve uma casa só dela. Ela é uma sanguessuga.

Harvey assente.

— Se eu ganhasse uma moeda por cada gata que se muda para cá para dormir no sofá e pagar metade do aluguel... — Ele meneia a cabeça. — Poderia forrar as paredes com as moedas! Tô certo ou não tô?

Harvey me apresenta a outro cara do prédio, Dez, belicoso, meio brutamontes. Ele também mora no primeiro andar e parece um figurante de um vídeo de Eminem lá pelos anos 2000. Dez tem um cachorro, Little D, e um conselho para mim.

Ele me olha firmemente.

— Não. Fode. Com. Delilah.

Faço que sim com a cabeça.

— Beleza.

Preciso de alguém assim em minha equipe, alguém fluente no linguajar imbecil desmiolado dos anos 90 da Califórnia e que sem dúvida tem acesso a Xanax e narcóticos variados.

Harvey desencava a chave de meu novo lar e me diz que Delilah é um *doce* e *simpática* e sei que isto significa *desesperada* e *piranhuda*, e insiste em dizer que os caras do prédio são uns grossos.

— É meio como se eu fosse apresentador de talk show e todo mundo entra em minha sala para treinar suas falas — diz ele. Por que todo mundo quer ser Henderson? — Então, apareça quando quiser, treine seus trecos. Aqui tem uma vibe Seth MacFarlane, tá ligado, Broseph?

— Parece ótimo — minto.

— Tô certo ou não tô? — ele pergunta, como se tivesse um contrato consigo mesmo para soltar o próprio bordão pelo menos duas vezes por hora.

Meu apartamento tem cheiro de laranja podre e frango e está cheio de móveis cor-de-rosa, uma mobília de menina. A antiga inquilina *Brit Brit* se mudou de repente, a contragosto.

— Os pais dela apareceram aqui, tudo nervosinho — diz Harvey, acendendo uma luminária cor-de-rosa em formato de bolha e iluminando um pôster de Kandinsky. — Ela gastou metade do dinheiro que eles deram em uma plástica no nariz e o resto com *pó*, depois foi parar num hospital porque o *nariz dela sangrou*. — Ele meneia a cabeça e dá um tapinha no futon rosa-choque. — Sei que tem alguma piada nisso. As coisas engraçadas aparecem em trios. Vou descobrir, juro. Mas então, a boa notícia é que você se deu bem, Broseph. O futon, o frango no freezer, a televisão, é tudo seu. Os pais dela queriam que jogássemos fora.

Pelo menos não preciso ir à IKEA.

— Ótimo.

Harvey pega a lata de lixo.

— Sei que uma coisa que você não quer é frango *velho*. Já volto, Broseph!

É a primeira coisa quase engraçada que ele diz. Pego uma faca Rachael Ray de um novo cepo na bancada. São úteis, afiadas, mas eu queria que os cabos não fossem laranja. Viro o futon e a coberta está manchada, molho

Sriracha e sêmen. Aquele Kandinsky preso por fita adesiva me dá saudades de Nova York. Eu quero sexo. Ouço uma batida na porta, depois entra uma mulher. Parece uma das garotas que vi na rua. Maquiagem completa e um vestido colante de lycra um número menor do que o dela. Ela é gostosa, mas não tanto quanto pensa. Eu a quero em minha equipe, possivelmente em meu pau.

— Relaxa — diz ela. — Meu nome é Delilah e só vim pegar o liquidificador.

Quase digo a ela que seu apelido é Não Fode Com Delilah, mas ela está falando demais para eu conseguir dar uma palavra que seja. Está atrasada para o trabalho — é repórter de fofocas — e mora bem no andar de cima — *peço desculpas pelo barulho que você ouvir no futuro, as paredes são finas feito papel* — e aquela *puta cheia de coca* lhe prometeu um liquidificador. Ela está abrindo os armários, bate suas portas.

Delilah está furiosa. Talvez saiba que existe um decreto no prédio contra sua vagina. Ela aponta o Kandinsky.

— Tecnicamente, isso também é meu — diz ela. — Mas acho que você vai gostar. Você até tem cara de saber de quem se trata.

— Andrew Wyeth — digo.

Ela assente.

— Que legal — diz ela. — Brit Brit não sabia quem era. O Cala a Boca Harvey te falou sobre ela?

Todo mundo tem um apelido.

— Um pouco — respondo. — Parece uma história triste.

Delilah me conta que Brit Brit veio para cá para *representar* e acabou se prostituindo.

— Ela ia para Las Vegas com os caras e voltava péssima — diz ela. — E insistia para eu ir com ela, dizia que aqueles caras são *incríveis* e que você não precisa pagar por nada e você fica no Cosmo e se diverte pra caramba.

— Hum.

— Exatamente. Então, fiz as malas para ir com ela. Quer dizer, eu sei que não vou *realmente*, mas eu queria ver todos eles no aeroporto, vai que tem alguém famoso ali, alguém sobre quem eu possa escrever. E no aeroporto, de um fôlego só, ela fica toda, "Ah, a propósito, você precisa trepar com pelo menos dois deles, mas você tem de escolher os dois e não é ruim, eu juro!"

— E quem foram os dois que você escolheu? — pergunto.

— Ha — ela ironiza. — Não. Eu disse que ia chamar a polícia e os pais dela se ela entrasse no avião.

— E você deu esses telefonemas?

— É claro que não — diz ela. — Ela pegou o avião de volta no dia seguinte, fui buscá-la, levei à Baskin-Robbins e deixei ela chorar.

Vou à cozinha e encontro o liquidificador no armário acima da geladeira. Ela me olha de cima a baixo.

— E aí, você tem um nome?

— Joe Goldberg. E você?

— Eu já te falei — diz ela.

— Eu sei. Mas qual é seu nome verdadeiro?

— Ai — diz ela. — Melanie Crane. Mas não é mais. Melanie Crane é a garota que acabou com seu mestrado em jornalismo porque se apaixonou por um cara casado do *New York Times*. — Ela dá de ombros. — Isso parece fazer um século. É o que adoro em Los Angeles. É tudo novo. Agora sou uma repórter infiltrada e *ghostwriter*. Aqui é possível literalmente *deixar* seu passado para trás.

Todas elas pensam assim, essas garotas — Amy —, que elas podem *deixar seu passado para trás*. Será que elas não sabem que não é assim tão simples? Se não terminou, não é o passado.

— Devia me dar seu número — diz Delilah enquanto limpa o liquidificador. — Recebo muitos convites para festas. Você pode ser acompanhante um dia desses, sair do bairro. — Ela aponta para mim. — Advertência: você precisa sair do bairro. As pessoas que moram aqui vão sem parar ao Birds e ao La Pou, e tem muito mais nesta cidade. — Ela suspira. — Quer dizer, é importante sair por aí.

Ela explica que o Birds é um boteco simpático e animado e La Poubelle é um bistrô da moda e escuro, e que todos no Village tendem a um ou outro. Sou lembrado do episódio de *The Office* em que B. J. Novak diz que não quer uma identidade no trabalho. Depois ele queima um bagel de pizza e consegue uma: "O Cara do Fogo". Não sou um cara do Birds, nem um cara do La Pou, mas digito meu número no telefone de Delilah. Posso precisar dela.

Delilah ri.

— Estou sendo meio hipócrita — diz ela, e me pergunto se as pessoas de Los Angeles pensam em voz alta sobre elas mesmas como fazem os nova-iorquinos em silêncio, mentalmente. — Quer dizer, vou ao Birds quase toda noite e até tenho uma tatuagem inspirada por uma música que eles tocam lá. Mas o caso é que eu vou *bem tarde*, depois de ter ido a outros lugares, entendeu?

Ela se curva para frente, puxa o vestido para cima e me incentiva a me aproximar para ver sua perna — bem depilada, bronzeamento artificial — e tem umas palavras gravadas na face interna da coxa. Uma letra da Journey. Como se precisasse estar na coxa desta mulher depois de ser usada em *Os Sopranos* e *Glee* e em cada bar da América.

— Sei que é patético — ela fala e dá um tapinha na minha cabeça, ordenando que eu me levante. — Mas você não pode morar aqui se não acreditar.

Delilah é quase especial e é difícil uma mulher ser assim, não bonita o suficiente para ser bonita, nem inteligente o suficiente para ser inteligente. Amy ganha fácil; ela é mais alta, mais gostosa, mais inteligente. Há algo muito inseguro em Delilah e ela jamais faria amizade com alguém como Amy, que consegue cruzar as pernas e comer mirtilos com seu cabelo oleoso. Delilah é uma garota que tenta. Amy é uma garota que leva. No fim das contas, é melhor tentar. Agora eu sei disso.

Há um instante de silêncio em que Delilah e eu podíamos fugir juntos e nossa dinâmica seria criada: eu a inspiraria a se livrar das aspirações que a estão pressionando, *marcando seu corpo*. Ela me livraria de Amy. Mas quero me vingar e Delilah quer seu liquidificador. Ela acena. Vai embora. Fim.

Baixo Journey. Imagino a coxa de Delilah apertada em minha cara e bato uma punheta em meu futon cor-de-rosa. Depois disso, tomo um banho e visto jeans — recuso-me a usar short — e uma camiseta. Jogo fora a comida de Brit Brit (doenças, resíduo de cocaína) e passo no escritório de Harvey. Ele está tirando um selfie e a lata de lixo que não devolveu está aqui. Isso é muito diferente de Nova York. Eu podia passar meses sem ver o vizinho em meu próprio prédio. Mas a sala de Harvey é uma caixa de vidro. Todo mundo aqui quer desesperadamente ser visto, notado. E a vantagem disso é que o desejo de ser visto é uma venda nos olhos. Harvey nem mesmo nota quando passo pela porta e começo minha caçada a Amy.

9

A vaquinha gananciosa, sociopata e interesseira não passaria *um dia sequer* sem suas superfrutas, então meu primeiro destino é um mercadinho do bairro, o Pantry. Mas isto não é um mercadinho. É um museu de arte moderna, em parte néon, em parte para-choque amassado, e uma parte placas de madeira reaproveitadas. O piso é esponjoso, a fonte nas etiquetas de preço é espiralada e a iluminação não é fluorescente. A música é mais alta do que em um mercadinho normal e as músicas estão em toda parte, uma verdadeira mixtape — Donny Hathaway e Samantha Fox e Everly Brothers e DMX — e uso o Shazam em tudo porque quero uma gravação.

Este seria um mercadinho se Cameron Crowe fizesse mercadinhos, e a iluminação é boa, fraca, de club. Cada corredor tem um nome engraçado. Tem um corredor de *livros* (ANTES DE VIRAREM FILMES), lanches (COISAS RUINS :)), temperos (ROSEMARY & THYME) e bolos e biscoitos processados (APETITOSAS CALORIAS VAZIAS). O corredor de ração animal é engarrafado e se chama AMOR INCONDICIONAL, e o corredor de alimentos infantis se chama AMOR SEMI-INCONDICIONAL.

A maioria das mulheres aqui é parecida com Amy, alta e desgrenhada, com o cabelo zoneado e cestos cheios de superfrutas. É aqui que vou encontrá-la. Sei disso. Mas não a encontro na seção de orgânicos (POR MIM), nem na seção de hortifrutis mais baratos (PELO ALUGUEL). "Talking 'Bout My Baby" de Fatboy Slim aparece, e quando é que você ouve isso em um *mercadinho*? Acho que nem é possível ficar irritado aqui e talvez eu possa gostar de Los Angeles, ou pelo menos desta parte da cidade.

A seção de flores (PERDÃO/EU TE AMO) é um deserto e talvez ninguém ame ninguém em Los Angeles. Tem orquídeas e rosas, e depois vejo violetas, mais elétricas e roxas do que aquelas que comprei para Amy.

Uma mexicana baixa e gorducha de jaleco azul-claro sorri.

— São tingidas, senhor. — Ela ri. — Deus não faz assim.

É claro que Ele não faz; essas flores são o equivalente botânico de implantes mamários. Agradeço a ela, sigo adiante e todo mundo ali está muito *feliz.*

Meu telefone toca. Seis mensagens de texto consecutivas, todas elas imagens, todas de Delilah. Abro uma por uma, prints de convites para festas em Hollywood, completos, com endereços, instruções para estacionamento, logotipos de patrocinadores, datas e horários. Uma dessas festas será na casa de *Henderson. Henderson!* Vou matar a parte avariada de meu cérebro que queria poder contar a Amy sobre isso. Mando um torpedo a Delilah. *Valeu. A gente se fala.*

Ela responde: *Divirta-se com Calvin.* :)

Fico petrificado. Isso não está certo. Não contei a ela onde estou trabalhando. Digito: *Hein?*

Ela responde: *Somos amigos. Eu o vi a caminho do trabalho. Ele é legal. Boa digestão!*

Ela deixou o erro de digitação de propósito para poder me mandar outra mensagem dez segundos depois: *Digestão. Ha. DIVERSÃO. Adoro o corretor automático.*

Argh. Não respondo a Não Fode Com Delilah. Vou até QUEIMADURA PELO FRIO, o corredor onde mantêm as porções para solteiros e os legumes congelados para yuppies e, parado ali, na frente das refeições prontas, está Adam Scott. É a primeira celebridade que vejo e eu o adoro em *Quase irmãos*, em *Burning Love* e *Solteiros com filhos*, e minhas mãos ficam úmidas e talvez eu realmente esteja virando um angelino, porque na verdade isso parece importante para mim.

E não sou o único. Uma aspirante a atriz olha para ele enquanto digita no telefone e o mesmo faz um boboca que segura um pacote de aspargos congelados. Duas garotas do ensino médio dão risadinhas e tiram uma foto dele, e é aí que me toco. A vantagem das redes sociais e de ver celebridades é que a rede é lançada, no mundo todo, 24 horas por dia. O Facebook não basta; preciso usar tudo isso.

Pego meu telefone e baixo o Twitter e o Instagram, e é a coisa mais difícil que já fiz na vida. *CandacePeachBenjiBeck* não toquem nisso porque isto sou eu me surpreendendo, fazendo algo que nunca pensei que faria. Sigo Adam Scott no Twitter, depois procuro por seu nome. E lá está, as pessoas tuitaram e aparentemente Joshua Jackson e sua namorada injustamente bonita também estão aqui.

Aimeudeus literalmente acabei de ver Pacey #dawsonscreek #pantry #ilovela
Mas como Adam Scott é um gato. Ele é tão quente que a comida congelada está toda derretendo no mercadinho agora mesmo. Não vou dizer qual delas. #Gulosa
Diane Kruger é bonita demais. #nãoéjusto #celebridadevista #nãopossosó-comprarcomida
Los Angeles, onde você não consegue fazer compras sem se sentir um #fracasso #pantry #adamscott #joshjackson #dianekruger #eunãotenholivronempiro-cahá4meses

Olho o balcão e ali está ele, Joshua Jackson. Está rindo. Está perto. As pessoas aqui não se limitam a comprar frutas caríssimas, elas procuram por celebridades, como estou procurando por Amy. Eu me aproximo de um cara que descarrega pêssegos.

— Mano — digo, porque vou falar a língua *nativa.* — Não quero ofender, cara, mas esses preços, fala sério?

— Eu sei — diz ele. — Mano, não conta pra ninguém, mas eu prefiro o Ralph's. Aquele na Western. Dá pra comprar tipo cinquenta burritos com cinco pratas.

— É. — Jogo minha armadilha. — Mas a minha namorada, ela devia ir ao Ralph's. Mas vem aqui e torra todo o meu dinheiro em *amoras* e Wolfgang Puck. Ela jura que não, mas trabalhamos em horários diferentes, então nunca consigo alcançá-la.

Ele ri. Seu nome é Stevie e ele é ator e baterista e pergunta como é Amy.

— Uma gostosa, fria como pedra — digo. — Cabelo louro comprido, olhos azuis, ela sempre usa uma camiseta qualquer de universidade, jeans cortados e tênis grandes e chamativos. Não tem como errar. — Zebras se destacam no pasto e ela não é nada parecida com as vacas de Los Angeles com seus vestidos maxi e suas roupas não-tenho-emprego-e-suei-muito.

Ele diz que Amy *parece familiar, em particular os tênis.*

— Quando você acha que a viu? — pergunto.

As rodas estão girando no cérebro estragado por substâncias de Stevie. Ele levanta a mão.

— Mano — diz ele. — Ela esteve aqui tipo três dias atrás, com outra garota, e elas estavam bêbadas e comendo mirtilos e eu falei assim, "As senhoras precisam pagar" e elas fugiram.

Isso.

— Quem era a outra? — pergunto.

Ele dá de ombros.

— Eu vi principalmente a sua — diz ele. — Ela era *ótima.*

Stevie e eu batemos um high-five e ele quer me mandar um torpedo se Amy aparecer. Digo que não, está tudo bem, ele está muito ocupado aqui, eu vejo isso. Mas ele insiste. Ele está morto de tédio e pode muito bem *tirar uma foto* de Amy no *movimento fraco.*

Faço um teste com ele.

— É sério, mano?

Ele faz que sim com a cabeça.

— Juro.

— Pela mãe — confirmo, surpreso que não exista ironia em jogo aqui. Trocamos números e encho meu carrinho de Krispies de arroz, leite, salada Wolfgang Puck e peito de peru.

Quando estou pagando, a mulher sorri, imensamente.

— Ray e Dottie mandam seu amor.

— Quem? — pergunto.

A mamãe cheia de botox atrás de mim fica toda *aaaaai.*

— Você é um fofo — diz ela. — Você é novo aqui. Eles são os donos — diz ela. — É um lance do Pantry. Ray e Dottie mandam seu amor.

Olho a caixa. Ela concorda com a cabeça.

Ray e Dottie são uns gênios do caralho. Que melhor jeito de conquistar uma cidade de rejeitados e desesperados do que criar um negócio em que a última coisa que eles fazem antes de levar seu dinheiro e mandar você embora é dar seu *amor*?

Meu tour continua e passo pela livraria dilapidada em que trabalharei. Uma placa na vitrine diz VOLTO EM CINCO OU DEZ MINUTOS e continuo até o teatro da UCB. É menor do que eu esperava, parece uma fachada. Cartazes cobrem o vidro, implorando minha atenção, e uma garota gorducha com uma prancheta pergunta se quero um ingresso.

— É — digo, *improvisando.* — A turma de iniciantes se apresenta logo?

— Que turma? — ela pergunta. Alguém lá dentro bate na janela e ela acena com a prancheta. — Quer um ingresso para o Master Blasters às cinco?

Não, não quero isso. Ela volta para dentro do prédio e continuo andando. Estou quase em casa, perto da esquina da Franklin com a Tamarind e andar aqui é desagradável, não é como caminhar em Nova York. Pego o telefone, verifico o Facebook e *puta que pariu,* porque alguém comentou sobre a Fora-da-Rede Amy largando o curso da UCB. Meu coração está aos saltos, o calor, a notícia. Merda.

E aí tem aquele fenômeno em que você está pensando em alguém e de repente esse alguém aparece. Porque bem ali, na vitrine do Birds Rotisserie Chicken Café & Bar, tem uma foto de Amy. É um instantâneo de câmera de segurança, em preto e branco e reticulado, mas é ela, dona do cabelo louro e comprido e da camiseta STANFORD SWIMMING. Abaixo da foto, estão as palavras: *Vitrine da Vergonha.*

Entro no Birds. Sento-me ao balcão. Quando a bartender gata pergunta o que quero, digo a ela para me surpreender. Abro um sorriso. Esta mulher precisa me querer. É assim que vou conseguir que ela me fale de Amy.

Ela dá uma piscadela.

— Espero que goste de abacaxi.

Detesto a merda do abacaxi.

— Adoro — digo. — Pode trazer.

Seus peitos são duros, falsos, rudes, iguais a ela, presos contra seu peito pela camiseta preta. Seu nome é Deana e ela é o que acontece quando a gostosa do vídeo do Guns N' Roses fica adulta. Agora é real e ela me diz como Amy chegou à *Vitrine da Vergonha.*

— Ela começou vindo umas duas semanas atrás — diz ela. — Foi um pé no saco desde o primeiro dia, pedia *vodca com mirtilo* e mandava as bebidas de volta, alegando que estavam fracas, ou que não eram o que ela queria. Totalmente suspeita. Tipo, ô piranha, eu te vi bebendo. Depois ela simplesmente saía sem pagar a conta.

— O pior — digo. — Vocês chamaram a polícia?

Deana para de agitar minha bebida e olha para um velho de cabelo ruivo e liso. Eles riem de alguma piada particular.

— Se chamamos a polícia? — ela repete.

— Exatamente há quantos minutos você se mudou para cá? — pergunta o homem.

— Hoje cedo — digo. Deana fica animada e toca uma sineta, pega um megafone e ganho uma dose gratuita de Patrón.

O homem se apresenta para mim. Seu nome é Akim, e Deana diz que eles não chamaram a polícia porque esta é Hollywood. Ela dá de ombros.

— Eles têm coisa melhor para fazer do que ir atrás de garotas que fogem sem pagar a conta.

Deana diz que Amy é admitida no La Poubelle porque lá é diferente.

— Os homens pagam bebida para garotas assim, do tipo modelo. — Ela não disfarça seu nojo. — Pessoalmente, não vou a lugar nenhum onde não possa pagar por minha própria bebida. Questão de respeito próprio.

Fico horas no Birds, bebendo aquela merda de abacaxi, fazendo as coisas certas com Deana, rindo de suas piadas, deixando que *ela* é que diga que não namora clientes. Deixo uma gorjeta polpuda, levo meus mantimentos para casa, troco de roupa e vou apressadamente ao La Poubelle, o lugar onde Amy deve estar. É um bar comprido e escuro, parece o casco de um navio pirata parisiense. Sento-me no canto do fundo. Fico até as duas horas, esperando Amy aparecer. Compro um Xanax de Dez. Tenho certeza de que vou encontrar Amy em 24 horas, no máximo em 48. Ela não tem aula. Ela estará aqui. Ela estará.

10

MAS ela não esteve lá. Ela não foi ao La Pou naquela noite, nem em nenhuma noite. E agora já faz um mês e tentei de tudo — trilha, Craigslist, invasão do banco de dados dos moradores de Harvey, até Pilates —, mas ainda não consegui encontrar Amy. Só o que tenho para mostrar por tudo isso é um bronzeado de fazendeiro e um monte de camisas novas e neutras que nunca teria comprado em Nova York. Meu cérebro me odeia por todas as chamadas de elenco estúpidas que publiquei. Nenhuma delas funciona. Ainda estou otimista. Escuto "Patience" do Guns N' Roses e penso em caçadores e exploradores que passaram noites incontáveis no meio selvagem, sem saber onde estavam ou se encontrariam o que procuravam. Mas Los Angeles é monótona pra caralho e está me cansando, porque ainda não a encontrei. E quando tento conversar com as pessoas, todo mundo diz o mesmo: Tinder!

Vão se foder. Amy não está no Tinder. Ela é inteligente demais. Falsa demais. Antiquada demais. *Mas somos iguais.* Fico tão louco que não consigo dormir e Dez ri — *tu gosta mesmo dos seus calmantes* — e compro oxicodona, só para o caso de precisar drogá-la.

Detesto isso aqui. Todo mundo é um erro. Delilah é ruim de paquera. Harvey é agressivo demais a respeito da bebida. E cada dia na verdade são três dias, uma manhã de congelar, um dia escaldante e uma noite fria. Você precisa de muitas roupas. E todo dia é igual, e por isso é importante se prender a um calendário. Entendo por que as pessoas se mudam para cá e acordam um dia coçando a cabeça, perguntando-se quando elas fizeram quarenta anos ou em que ano estão.

É claustrofóbico e não tenho carro e odeio Amy por não estar no Facebook, por não ter um e-mail que eu possa invadir. Vivo quase exclusivamente neste quadrado gigantesco de terra limitado pela Tamarind Avenue a oeste e a Canyon Drive a leste. Em Nova York, você pode andar por horas e passar despercebido e pode seguir uma mulher por várias quadras sem que ela perceba. Mas o clichê é verdadeiro e as pessoas não caminham aqui, a não ser para aprimorar a merda preciosa de seu corpo ou chegar a outra forma de transporte, um carro, um ônibus, um Lyft. Elas calçam tênis e carregam cantis prateados por aí, e eu faria qualquer coisa só para ter uma hora na Seventh Avenue no meio da noite. Sinto falta de ser invisível. Acho que é possível que eu também esteja engordando.

Todo dia um barulho medonho me acorda, Stevie do Pantry mandando acidentalmente uma mensagem de texto para mim em vez de à namorada, Harvey praticando com seu ukulele, ou gente aparecendo para bater papo perto do prédio. Não sou esnobe, mas a média por aqui simplesmente é, bom... não é Nova York. Olho meu teto de pipoca e penso em meu lindo apartamento antigo. Verifico Pearl & Noah & Harry & Liam; agora vivo por tabela através deles. Às vezes penso em fazer amizade com eles e confessar tudo. Talvez Amy tenha se enrolado e dito a uma das mulheres algo que me ajude a encontrá-la. Mas ela é uma profissional. Ela sabia o que estava fazendo.

NO começo de julho, assino um cheque do aluguel e entrego a Harvey.

— Não fique triste — diz ele. — Dizem que leva uns dez anos para se ajeitar por aqui. Você precisa manter o otimismo. Tô certo ou não tô?

Mostro o polegar para cima que ele tanto quer, ele aplaude e eu fujo, e estou muito enjoado da estupidez de tudo isso, Harvey e a porra do seu sorriso largo, meu chefe Calvin, que é uma irritação inteiramente diferente.

Não é nada parecido com a Mooney Books, e Calvin é uma daquelas pessoas que fica melhor no Facebook do que na vida real. Seria mais sensato para ele evaporar e viver exclusivamente online, com sua franja telegênica de cabelo escuro e basto. Quero tirar essa merda da sua testa e arrancar também seus enormes óculos idiotas. Aqui, eu me sinto muito assim, com vontade de arrancar a roupa do corpo das pessoas de um jeito nada sexual, raspar a cabeça delas, colocar todas em fila para os chuveiros de *Silkwood*. Calvin guarda todas as suas senhas em uma folha de papel na carteira, o imbecil de merda, e sempre tem um filme rodando na livraria, como se isto fosse uma locadora de vídeo dos anos 90. Hoje é *Amor à queima-roupa* para que Calvin possa me falar pela quinquagésima vez que rodaram parte dele na rua em Beachwood.

— Beleza, Joe-Bro?

— Beleza, Calvin.

Alguma coisa *sempre* está beleza com Calvin, e ele parte para uma história sobre seu gerente que parece inventada. No mês passado soube que os Calvins são muitos, depende das drogas que ele estiver tomando. Existe o Calvin Cocaína, fortalecendo-se para um teste na série *Better Call Saul.* Existe o Calvin Maconha, relaxado, vendo Tarantino e sonhando em estar em um filme de Tarantino, rindo alto de piadas que deveriam fazer você sorrir. Existe o Calvin Ator Rejeitado, com a barriga aparecendo através de uma camiseta roxa e apertada, de óculos, fedendo a produtos capilares, dizendo-me para fazer silêncio porque ele está *visualizando.*

Em alguns dias, Calvin é roteirista. Faz um rabo de cavalo no cabelo. Trabalha em algo chamado *Food Truck Fantasma.* Em alguns dias, é um filme de terror adolescente exagerado e personalista sobre um food truck mal-assombrado. Em outros, é uma ideia para a IFC sobre um food truck que pertence a fantasmas. Excêntrico, ele gosta de dizer, como se isto significasse que o programa de televisão não precisa de uma *história.* Em outros dias ainda, *FTF* é o roteiro de um piloto — possivelmente HBO ou FX, mas *nunca* um canal aberto — sobre o serial killer que percorre o país matando gente e fazendo burritos delas. O caso é que *Food Truck Fantasma* é como Calvin e como todo mundo aqui, são mortalmente *inconsistentes.* Muda, dependendo do que ele assistiu na noite anterior. Do que seus amigos assistiram.

Pelo menos hoje estou tratando com o tipo bom do Calvin Cocaína. Ele dança, bate no peito e me fala de *Amor à queima-roupa* de novo, e ele é melhor assim, animado com um teste, vestindo-se como uma criancinha. Ele sai para tentar *se dar bem em Hollywood* e publico outra seleção de elenco inútil na Craigslist — *loura alta e bonita.*

Meus anúncios vão ficando menos inspirados com o passar do tempo, e cada dia que Amy não envia uma foto a um de meus elencos imaginários, pareço um detetive em um daqueles programas em que te provocam um choque com o fato de que é quase impossível encontrar uma criança depois de 24 horas de desaparecimento. Isso pode enlouquecer você, procurar por alguém em Los Angeles, e é por isso que as pessoas aqui são tão infelizes. É difícil pra caralho encontrar as coisas. Fama. Amor. Vaga para estacionar. Gasolina barata. Fotos boas que não sejam caras. Um agente. Um empresário. Uma happy hour em que os nachos não sejam uma merda. Uma vigarista loura e alta chamada Amy.

Foi um mês longo sem chuva, sem nuvens, sem nenhum avistamento. E me deixa doente pensar no passado porque eu fiz a minha parte. Montei minhas armadilhas. Reuni minha equipe. Calvin sabe que deve me mandar um torpedo no segundo em que alguém entrar neste lugar com um exemplar de *O complexo de Portnoy*, e a essa altura Amy já devia ter aparecido. Como a garota paga pela merda das superfrutas?

Harvey sabe que deve me dizer se alguma garota nova aparecer, louras altas com camisa de universidade. Dez também. Deana, do Birds, saiu do emprego, mas montei armadilhas melhores ali, e também no La Pou e em todos os lugares entre um e outro. Comprei frascos de vitaminas pré-natais e disse a garçonetes que minha namorada separada de mim está grávida. Consegui arrancar algumas lágrimas. As mulheres que trabalham no Birds disseram que somos todos uma *família* no Village e que elas não conseguem entender como sou um amor, carregando vitaminas por aí. O cara atrás do balcão do La Poubelle simpatizou comigo. Ele me olhou nos olhos, levantou o saco e me prometeu que ficaria de olho. Eu tive muita esperança. Então, por que ainda não a encontrei?

Calvin volta todo ligado de pó, aos uivos e gritos, fazendo uma dança idiota que ele faz depois de ter *arrasado*. Ele entra no Tinder.

— Meu Deus — digo. — Você não acabou de ficar com alguém na noite passada?

Ele faz que sim com a cabeça.

— Não é o que estou fazendo agora. Estou trabalhando na coisa, JoeBro. O Tinder é o mais importante banco de dados de casting do mundo — ele delira. — O lugar onde *todo* ator e *toda* atriz aparece, tipo o que era a boa arte antigamente, ou a fonte de refrigerante de farmácia nos anos 50. — Ele solta um arroto. — A porra do Tinder, cara. Meu amigo Leo, ele foi escalado pelo Tinder na semana passada.

— Mas não é só um site de encontro e essas merdas? — protesto. Não quero que isto seja verdade. Não quero entrar e não quero que Amy esteja nele, *tinderando* por aí.

Calvin arrota.

— Navega. Trepa. Agenda.

Não tenho alternativa. Eu entro. Navego. E, 24 horas depois, acho que meus olhos estão acabados e minha cabeça está tão cheia de rostos que tenho medo de perder espaço na parte visual de meu cérebro. São mulheres demais. E todas elas estão ali. É um banco de dados infinito e quando as garotas no Tinder entram em meu raio de 80 quilômetros, posso vê-las em meu telefone. Agora o Tinder domina meu cérebro e, sempre que navego, imagino Amy com uma camiseta da USC, bocejando e andando em meu raio, e não consigo parar de navegar porque preciso encontrá-la. Não durmo nada há dois dias, porra.

É a atitude mais patética até agora e acho que a Califórnia está me afetando. Telefono ao sr. Mooney. Ele não tem paciência.

— Eu te falei — ele vocifera. — Trate de arrumar quem chupe o seu pau.

Então eu tento. Encontro uma garota chamada Gwen no Tinder, e é como pedir comida chinesa. Nas fotos, Gwen é radiante e pacífica, reluzindo como arroz frito com linguiça de porco. Gwen aparece e ela não é tão radiante pessoalmente, da mesma forma que arroz frito com linguiça de porco sempre é mais gorduroso do que você deseja. Sua pele é cansada. Ela é pálida. Ela é a prova de que elas não podem ser todas *garotas da Califórnia* e me fala de sua aula de teatro e de seu último encontro ruim do Tinder. Ela bebe vinho tinto e olha para si mesma no espelho. Tem os dentes manchados. Ela espirra. Eu digo "saúde". Bebo vodca e procuro por Amy no balcão. É diferente estar aqui com uma mulher em vez de Calvin. Estou encarando as pessoas e Gwen percebe.

— Eu era assim no meu primeiro mês — diz ela. — Todo mundo aqui é tão *mais bonito.* Até os homens.

Naturalmente, enquanto estou no bar com Gwen, vejo a mulher mais atraente que já vi na vida. E não consigo situar quem é. Ela não tem uma beleza clássica, de forma alguma, e também não é jovem. Seu moletom macio caindo pelo ombro exibe a quantidade certa dos peitos, como duas taças de sorvete, suaves e cremosos. O cabelo é algodão-doce. As pernas são caramelo. Quando o bartender me traz o copo de água que pedi uma hora atrás, a algodão-doce e eu estendemos a mão para ele ao mesmo tempo.

— Me desculpe — diz ela.

— Pode pegar — digo.

Ela sorri. Seria uma babaquice dar em cima dela na frente de Gwen, e eu não sou babaca. Por isso concordo em ver o apartamento novo de Gwen. Ela mora em uma pousada perto de uma piscina em Los Feliz. É deprimente, pequeno e tem fotos da Madonna para todo lado. Gwen monta em mim, fecho os olhos e imagino a algodão-doce. Nós usamos um ao outro. Ela chupa o meu pau.

Passo a noite na pousada de Gwen e ali vejo que é verdade quando aspirantes a atores iludidos dizem que tudo se resume ao senso de oportunidade. Na *única porra de noite* em que saio do Village e durmo em Los Feliz, acordo com três mensagens de texto de Calvin:

Cara, a garota aqui com O complexo de Portnoy
Ela tá esquisita sobre o pagamento quer em dinheiro no depósito direto você quer comprar dela?
Tudo bem, ela estava com pressa então a gente acertou p vc

Minhas mãos tremem e esta pousada tem cheiro de sopa e eu estou fora da cama rangente e procuro meus sapatos e merda. Isso é minha culpa. Perdi o foco. Preciso sair daqui, mas não consigo encontrar a porra do sapato, olho embaixo da cama e não tem nada além de consolos, saltos agulha e manuais para atores. Fodam-se meus sapatos. Eu não os mereço.

Meu Lyft está a um minuto e saio para o sol dominador e imbecil na-sua-cara, abaixo a cabeça e aqui estão os sapatos, enfileirados ao lado dos calçados de Gwen, como se ela quisesse que as pessoas naquela casa grande soubessem disso, sobre nós.

Entro no Lyft e o motorista quer saber se deve pegar a Franklin ou a Fountain, ele não tem óculos escuros, o ar-condicionado está com defeito e ele digita errado o nome de minha rua no GPS. A expressão *aventura de uma noite* é equivocada. Não existe isso de aventura de uma noite. Às vezes, o que você faz em uma noite destrói seu futuro.

11

NÃO é um livro. É um *roteiro*. Branco, fino, cada folha presa por tachas de bronze. Calvin esfrega os olhos. Chapado. Tomando uma raspadinha de couve.

— Cara, você disse *O complexo de Portnoy*.

Estou furioso.

— O *livro*.

— É — diz ele. — E tá bem aqui.

— Isto é um *roteiro* — digo num silvo. — Quem coleciona *roteiros*?

— JoeBro, não me leve a mal, mas você precisa relaxar. Algum dia fez um jejum de sucos? — Ele bate um maço de cigarros American Spirits na mesa. — Você fica intenso demais. Isso dispara seu cortisol. O cortisol não é legal.

É como ser parado na estrada por não usar a seta, e eu podia matar Calvin. Podia matar Amy. Podia matar todo mundo e colocá-los em um liquidificador e fazer uma raspadinha deles. *Velozes e furiosos 5* passa na televisão e vejo Dominic Toretto e o finado Brian O'Conner montarem uma equipe. Minha equipe é uma bosta.

— JoeBro — diz Calvin. — Você fez pegação no Tinder e parece todo infeliz e uma merda.

— Vim correndo para cá pelo livro.

— Bom, tipo assim, o roteiro é *sobre* o livro, então é meio que o livro, só que numa forma diferente, como o café gelado ainda é café, mesmo sendo frio.

Não consigo evitar.

— Vai à merda, Calvin — vocifero.

— Cara, você precisa relaxar.

Toretto nunca *relaxa* porque não se chega a lugar nenhum neste mundo ficando *relaxado,* e Calvin continua falando de um *LP* dos Flaming Lips e food trucks e Big Bear e bacon, que ele ficou *acabado* na noite passada. Eu queria ter o Calvin Cocaína. O Calvin Maconheiro é impossível, um irmão Duplass sem talento, metido e lerdo. Os *parças* dele mandam mensagens de texto. Estão em alguma merda de mercado no centro e podem nos trazer o almoço e Calvin ainda não entende que eu não bebo vegetais, nem ligo para *food trucks de doidões em K-Town.* Eu me importo com livros.

Digo a ele que não estou com fome e ele diz que preciso rir, me dá seu iPad e me manda ver um *vídeo de matar do Henderson.* Digo a ele que não quero ver o vídeo, mas ele diz que eu preciso.

— Henderson tá no ar — diz ele. — Ele tá *puto* com a namorada nova e esse troço vale ouro. Esse ouro vale o troço. Genial.

Todo mundo aqui chama tudo de *genial.*

— Calvin.

— JoeBro, você precisa relaxar. Veja. Relaxe. Seja.

Mas como posso relaxar quando Delilah manda torpedos, grudenta, e Calvin tagarela sobre levar a ideia de *Food Truck Fantasma* ao Comedy Central ou ao IFC. Ele pode *ficar estranho* com isso e entra no Adult Swim e está batendo no balcão o vaporizador que nunca funciona e seu ego incha e *Food Truck Fantasma* seria *verdadeiramente* mais suave na HBO e talvez você até consiga colocar John Cusack *naquele* truck e talvez ele pegue as garotas e desapareça e procure pelas garotas e *nunca as encontre, porque é tipo um Food Truck Fantasma e ele é um fantasma e não sabe disso.* Eu desisto e digo a Calvin que é *genial* e ele manda mensagens para seu *parça de redação Slade,* e aposto minhas bolas que Calvin e Slade nunca vão escrever *Food Truck Fantasma* desenho animado, filme ou série da HBO. As pessoas em Los Angeles falam de escrever, mas na verdade não fazem isso. É o equivalente de Los Angeles de ir aos Cloisters ou ao Met em Nova York. Você diz que vai, mas no fim das contas é sábado ou faz calor demais, ou faz frio demais, ou você pode muito bem ver televisão.

Mas que merda me deixa tão superior a ele? Eu nem consigo encontrar Amy.

— Vou dar um pulo no vizinho pra outra raspadinha de couve — diz ele. — Quer?

— Não, obrigado.

— JoeBro. Você precisa sair da sua cabeça, meu irmão. Veja o H.

— Calvin, é uma porcaria.

— O vídeo tem dois minutos.

— Na verdade, eu odeio Henderson.

— Ninguém odeia Henderson — diz ele. — Você me mata de rir, JB.

Desisto de novo e vejo Henderson em *F@#K Narcissism.* Ele está no sofá, com uma de suas camisetas características riam-de-mim (#PEITOS), falando de uma garota com uma *buça suja.* Não gosto dessa abreviação; é uma xoxota, ou uma vagina, mas não é uma *buça.* Ele chama a garota de uma *porca orgânica* que esfrega *superfrutas* por seus lençóis e é difícil alcançar sua *buça* por causa da *moita* que ela tem. Minhas mãos começam a tremer e eu aumento o volume.

"Mirtilos", Henderson critica. "Eu digo a ela para pôr os mirtilos em sua buça e acho que esse é um pedido razoável. Eu fico com fome. Dou uma dentada. Mas aqueles lençóis, os meus lençóis, são lençóis de muitos fios, gente. Tudo bem, lamento ser esse babaca, mas não consegui um contrato com o Comedy Central. Consegui um *contrato* com esses idiotas. Então esses lençóis não são baratos. E ela vai me compensar, sabe como é, fica toda carinhosa, mas aí meu programa aparece e ela quer *assistir.* Dá pra acreditar nessa merda? Então agora eu tenho mirtilos, meu saco dói e sou meu próprio empata-foda. Você está sentado em seu futon de merda em seu apartamento de merda e sonha em ter a garota e os lençóis e o dinheiro, daí você consegue e, epa. Será que posso trepar na minha própria cama? Mas é claro que não! Eu sou meu próprio empata-foda!"

A plateia ruge. Ele olha para alguém do público. Grita: "Eu te amo, Amy, gata. Superbeijos, gata, tá tudo bem, né?"

Meu coração martela e minha garganta se fecha. A câmera não vira para Amy e eu volto o vídeo e ele diz de novo — *Eu te amo, Amy, gata.* Ela está dormindo com o inimigo, o *meu* inimigo, o *nosso* inimigo. A vaca duas-caras cruel, e em *Crimes e pecados* Mia Farrow joga essa merda em Woody Allen. Eles assistem a filmes juntos e se unem em seu desprazer por um produtor de televisão interpretado por Alan Alda. Woody é apaixonado, meigo, nobre, e no fim Mia Farrow decide se casar com *o produtor.* Ela diz a Woody que ele não é tão ruim assim. Quando eu passar minha mão pelo pescoço sujo de porra de Amy, ela vai dizer o mesmo sobre Henderson, vai me dizer para relaxar. Neste momento, no balcão da livraria, tendo encontrado Amy, também preciso fazer alguma maldade. Tenho de mandar uma mensagem a Calvin: *Isso é genial.*

Calvin volta correndo, talvez tenha tomado algum Adderall, e ele está *eufórico* por eu ter visto a luz e me juntado a ele na veneração ao altar de

Henderson, mais engraçado que Richard Pryor, mais inteligente que Jerry Seinfeld — *sabia que ele nem mesmo foi pra Harvard? Ele nunca fez paródia de Conan!* — e ainda assim Henderson é um gênio — *literalmente, seu QI é tipo 10 mil* — e ele levanta peso e ele luta e o homem sabe fazer qualquer coisa. Neste momento está em Malibu, surfando e instagramando *enquanto* está nas ondas. Eu podia ir a Malibu, afogá-lo e esmagar sua cabeça nas pedras, mas com o trânsito e os horários dos ônibus, só conseguiria chegar ao pôr do sol.

— Ele mora na praia? — pergunto.

— Não, ele mora nas colinas — diz Calvin. — Ele promove aqueles exercícios de sexta à noite em que enche a casa de gente e experimenta material novo, sabe como, uns shows ao acaso, ele gosta de fazer isso na casa dele.

É sexta-feira. Meu coração podia explodir de facas Rachael Ray.

— Legal — digo. — Você quer ir?

Calvin dá de ombros.

— Sei lá, JoeBro. Estou tipo na zona da escrita e eu costumava sair com a turma dele. Quer dizer, eu conheci o cara, mas estou tipo tentando dar tudo na escrita agora, sabe como é, voltar pra cena quando minha merda estourar em vez de só ficar zanzando e tal.

Ah, mas Calvin, você nunca vai estourar porque você nunca vai terminar nada. Respiro fundo. Raciocino.

— Bom, isso é ótimo, mas às vezes o caso é que você precisa voltar a ter contato com as pessoas, sabe? Aposto que se você contar a ele sobre *Food Truck Fantasma* ele vai ficar maluco.

Calvin suspira.

— É verdade, mas eu sinto que me divirto com ele e adoro o cara, mas ele simplesmente *não seria* o produtor certo para *FTF*, tá entendendo?

Porque não existe nenhum *FTF* e eu vou voltar para Nova York algum dia — prometo a meu cérebro, vou voltar —, mas digo isto:

— Sinceramente, Calvin, você é um cara estranho. Tipo assim, *FTF* pode ser um sucesso, mas imagina Henderson e o pessoal dele ficando amarradões nele, e aí você usa essa munição para ir pra seus lugares da fama.

Vou ficar sentado aqui contando mentiras o dia todo para conseguir que Calvin concorde em ir a esta festa. Amy estará lá. Preciso estar lá. Mas não posso aparecer sozinho. Não posso ser *aquele cara* e não posso levar Harvey porque a única coisa mais arrepiante do que um sujeito sozinho em uma festa é um sujeito com um *velho* em uma festa.

Calvin hesita.

— Eu não sei a senha.

Eu estou muito perto. Eu o venci com meus elogios e não há escolha. Preciso desta senha. Preciso dela agora. Mando uma mensagem a Delilah: *Uma pergunta à toa. Você sabe a senha para o Henderson?*

Ela responde: *Roupão de Capuz de Jim Walsh.*

Escrevo: *Valeu.*

Ela me escreve: *É o máximo, né? Adoro as senhas dele. Adoro o velho 90210.*

Não respondo. Ela escreve mais: *Eu poderia ir. Você vai?*

Mas não posso ter Delilah por perto. Depois de aparecer com Calvin, vou escapulir, alguma besteira sobre encontrar uma garota, e então vou encontrar Amy e pegá-la sozinha e não posso ter Delilah me seguindo por ali e me perguntando o que procuro. É maldade, é maldade, mas é o único jeito de impedi-la de aparecer na casa de Henderson. Escrevo a ela: *Na verdade, foda-se. Quer jantar mais tarde, 10 ou 11? Quero ir no Dan Tana's. E aí?*

Ela responde: *SIM*

Calvin está tocando música, entrando no modo de festa, tagarela sobre a *guac* de Henderson. E tenho certeza de que Delilah está em seu apartamento, quicando, decidindo que vestido piranhudo vai usar para mim esta noite, sem perceber que ficaria muito melhor se ela se cobrisse, se me provocasse.

Imagino Amy de joelhos chupando o *namorado* dela e aposto que ela não precisa fazer nada para se arrumar para sua grande festa esta noite. Aposto que eles têm empregadas.

12

NÃO se vai a uma festa de mãos abanando e minha sacola retornável do Pantry está recheada de corda, minha faca Rachael Ray, luvas de borracha, sacos plásticos, fita adesiva e a oxicodona de dez.

Passei a tarde toda procurando fotos da casa de Henderson na internet. Às vezes é mais fácil planejar o crime se você souber um pouquinho mais sobre a cena. Mas não consegui encontrar fotos da casa de Henderson online e fiquei meio louco tentando bolar o que fazer.

Se Amy me amasse, seria diferente. Eu podia olhar nos olhos dela e gesticular para ela se encontrar comigo do lado de fora, e podíamos trocar sussurros sobre nossos arrependimentos e nossos sentimentos não resolvidos. Eu podia dizer a ela para dar uma desculpa, e podíamos escapulir juntos e dirigir para as montanhas ou a praia. Los Angeles é cheia de lugares para esconder um corpo, mas quando a pessoa dentro do corpo não ama você, não é fácil transformar aquela pessoa que respira em outra morta.

Comprei uma tonelada de oxicodona de dez, imaginando que isto é Hollywood. As pessoas têm overdoses o tempo todo. Mas depois percebi que Henderson está apaixonado por ela e se ela desmaiar, ele vai ficar agitado com essa merda e chamar uma ambulância. Então peguei um Lyft para a Home Depot, onde comprei coisas ao acaso, corda e fita adesiva, sacos plásticos, cintas plásticas e luvas de plástico. A garota da caixa registradora deu uma piscadela e disse que também é uma grande fã de *50 Tons,* e foi nisso que nossa sociedade se transformou. Trepar e matar são a mesma porcaria.

Agora vou para fora com minha sacola, e Delilah manda uma mensagem: *Não quero ser uma stalker, mas divirta-se comprando mantimentos. :)*

Eu a ignoro. Para o bem dela. Quero que ela aprenda a ser menos disponível.

No La Poubelle, Calvin já está meio bêbado, praticando hashtags.

— O que você acha melhor? — pergunta ele. — House of Henderson ou Henderson's House?

Começo a plantar as sementes para meu álibi e digo a ele que convidei uma garota do Tinder. Ele diz legal e é melhor que se lembre disso, na eventualidade de uma investigação. Calvin pede um Uber e três de seus *parças* aparecem — merda merda merda — e pagamos nossa conta para encontrá-los na calçada. Todos os caras trouxeram cerveja e eles jogam os packs de seis latas na mala, e enchem meu saco porque insisto em segurar no colo minha sacola retornável do Pantry. Está apertado demais, os amigos de Calvin são barulhentos demais e eles não param de falar da porra da minha sacola.

Verme um: "É sua maquiagem aí dentro?"

Verme dois: "Não, é o pau dele aí dentro."

Verme três: "Ouvi falar daqueles paus retráteis. O teu cresce um pouco mais a cada dia."

Calvin: "Pessoal. Se vocês falarem mais alguma merda sobre o pau retrátil do JoeBro, ele não vai contar a vocês onde podem arrumar um."

Esses caras são pálidos e inchados, com camisetas espalhafatosas por baixo de camisas de flanela amarrotadas, e eles detestam Woody Allen e adoram Wes Henderson. Eles rejeitam *Crimes e pecados*, acham prolixo, e acho que nunca viram o filme todo. Eu queria que fosse socialmente aceitável brandir uma faca. Mas o motorista é um espectador inocente e eu não o submeteria a nenhuma tortura a mais. Estamos perto e ainda não sei como vou matar Amy.

Verme um: "Os americanos não são engraçados para entender *Parks and Recreation*."

Verme dois: "*Parks and Recreation* não é americano o bastante para entender os americanos."

Verme três: "Eu foderia com a Amy Poehler."

Verme um: "Eu poehleria com a Amy Fode."

Calvin: "É porque ela é seu extremo oposto?"

Calvin me cutuca; ele cheirou coca demais.

— JoeBro, sai dessa — diz ele. — Foi você que queria tanto ir. Entra no clima. Tem gente que mataria para estar nesta festa.

Continuamos subindo e descendo morros e este país precisa de uma justa; esses babacas deviam ser desafiados e derrotados. O motorista do Uber é modesto e inexpressivo, e eu não ficaria surpreso se ele matasse a todos nós. Desaparece gente em Los Angeles; este é um lugar triste, mal-assombrado. Ainda estamos rodando, subindo, subindo, subindo, e não sou um verme de tênis Puma e esses idiotas não vão calar a boca.

Eles rotulam Chelsea Handler de puta, Jimmy Kimmel de vendido e Jimmy Fallon de um filho da puta sortudo e estão todos errados sobre tanta coisa no mundo e *já chegamos?*. Não ambiciono me escravizar e morar ali. Essas colinas são taciturnas e neutras, mesmo quando subimos, meus ouvidos estalam e eu devia ter vindo sozinho. Não tenho um plano e esses morros nem são os morros certos, os morros cintilantes e glamorosos que pairam acima do Chateau Marmont. São colinas de hipster, onde gente indolente de roupa descolada finge que jamais quis ser *podre de rica*, só queria ficar *à vontade, sabe como é, relaxado.*

O alarme de meu telefone dispara porque são dez e meia. Mando uma mensagem a Delilah: *Tem uma merda rolando, aguenta aí, talvez mais tarde uma bebida em vez do jantar.*

Ela responde: *Tá tudo bem. Me avisa! Posso comprar bebida!*

O mundo é excessivo demais com Delilah e sua falta de respeito próprio e Amy, com seu ego gordo e grande. Vou lidar com uma garota de cada vez e coloco meu telefone no modo avião. Estamos descendo. Chegamos. O motorista diz que ele *não está* disponível para nos levar para casa mais tarde e precisa ir embora, o cretino de sorte — e minha garganta está apertada, minha cueca encolheu — as secadoras do Hollywood Lawns não são boas — e estou batendo os dentes. Eu começava a pensar que nunca chegaríamos e agora acabou.

Acompanho os vermes para dentro da casa, onde Bobcat Goldthwait morou por algumas semanas no final dos anos 90 (até parece que me importa). Tem uma câmera de segurança ao lado do *portão aberto* e uma placa acima dela que diz MOSTRE SUA LÍNGUA PARA MIM, SOU FALSA. O lance dos californianos é que eles acham legal o destemor; não há uma só medida de segurança intacta, o que, para mim, é ótima notícia.

Atravessamos o gramado crescido onde hipsters ficam à toa, tirando selfies e falando de se dar bem na *Meca*. Damos a senha e entramos pela porta de mogno enorme — puta que pariu — e sinto cheiro de eucalipto, pepino e dinheiro. Não vejo Amy. Fico agarrado a minha sacola.

— Calma — diz Calvin. — Olhe por aí. Lord Henderson é a porra do pote de mel.

Deixo que ele encontre o guacamole, depois arrio em um sofá e fico irritado porque *gosto* do sofá. Há muito tempo não entro num lugar tão bonito. Se tivesse dinheiro, teria uma casa igualzinha a essa, e nem acredito que Amy é namorada de Henderson. Ela mora aqui, com todas as coisas requintadas, e eu fui iludido a pensar que ela estaria intocada em algum buraco com uma irmandade de alpinistas aspiracionais concorrentes. Minha cabeça roda e eu me levanto. Não vou ficar sentado neste sofá, sabendo que ela *chupou Henderson* neste sofá.

Vou para a cozinha e Calvin se junta a mim. Ele ainda não conseguiu nenhum guacamole; ele encontra alguns amigos. Tomou alguma coisa. Eu posso sentir. Ele sofre uma metamorfose. Está agressivo. Estende a mão para minha sacola. Eu me retraio.

— Eu fico com ela.

— É legal — diz ele. — Todo mundo está colocando a bebida que trouxe na cozinha. Henderson tem um bar inteiro montado.

— Eu fico com ela — insisto.

E aí percebo que agora tudo pode começar, antes até de ter uma bebida ou algo para comer, porque lá vem Henderson. Ele é mais radiante e mais magro pessoalmente e o sorriso na sua cara combinaria mais com uma *action figure*. Amy não está com ele, mas provavelmente aprovou a camiseta de merda que ele usa, uma foto do livro do ano de Louis C.K., a citação embaixo diz "Van Halen é uma Merda" e um imbecil depois de outro baba — *a melhor camiseta do mundo, cara isso é demais, cara arrasou, cara Van Halen é uma merda* mesmo — e Henderson diz *não há de quê*, como se ele tivesse feito a piada, como se tivesse feito a camiseta, como se ele tivesse um décimo do talento de Louis C.K. Não há nada de autêntico no namorado de Amy, com sua pele reluzente. É verdade; quando você se dá bem no show business, faz um pacto com o diabo. Quanto mais fotos tiram de você, menos existe dentro de você (a não ser que você seja a Meryl Streep) e Henderson é um fantasma, todo músculos, sem gordura, todo exterior, nenhum interior.

— Acorda, garoto — diz Calvin. — Descola um guac antes que acabe tudo.

— Guac batizado — diz algum babaca, pego um Dorito e meto no guacamole. Não há nada de extraordinário neste *guac*, em nenhum *guac*, e a Califórnia precisa se acalmar, porra. Não passa de abacate. Guacamole é guacamole e, embora às vezes seja viscoso e nojento, nunca é *delicioso*.

Procuro por Amy e não a vejo, e onde ela está? As namoradas parasitas não têm de parasitar seus namorados numa hora dessas, quando um monte de mulheres entra na casa? Um fã pergunta a ele sobre a namorada. Eu paro.

— Esta noite ela está no Norte, com a mãe dela — diz ele.

Namorada. No Norte. Não. Não. Eu não tinha pensado que ela não estaria aqui. Procuro me acalmar, mas tem barulho e Cartas Contra a Humanidade não é *tão* divertido e garotas espirituosas vestem roupas atrevidas e antigas com penteados propositalmente dos anos 50. *Prezadas mulheres de Nova York: vocês são superiores.* Vou de um cômodo a outro procurando por Amy, embora ela tenha *ido para o Norte.* Sirvo vinho em uma taça e Calvin tagarela sobre Henderson.

— Steve Martin retuíta tudo que ele tuíta — Calvin o exalta. — Não importa o que ele diga. Isso não é legal?

Henderson aparece, mete salgadinhos em sua boca cheia de implantes.

— É legal pra caralho, meu irmão.

— Isso é o máximo — diz Calvin. — É demais. Aí, esse é o Joe, ele trabalha pra mim na Counterpoint.

Henderson assente, uma garota com um microfone canta e Henderson pergunta se Calvin ainda mora *no Village.*

— Estou em Beachwood — responde Calvin, desfalecendo como uma garota em um show do New Kids on the Block. — Joe mora no Hollywood Lawns.

Henderson olha para mim. Ele não tem poro nenhum e seus cílios são longos demais.

— O Birds — diz ele. — Eu *adoro* aquele lugar. Todas aquelas garotas bêbadas e maduras. Ah, cara, eu costumava ir lá como quem vai ao McDonald's. *Farra.*

Henderson *tem uma sensação* e sobe em uma cadeira, depois em sua ilha de mármore, ele assovia, e o ambiente fica em silêncio.

— Vocês se importam se eu pegar este microfone aqui e talvez trabalhar numa parte que estive preparando sozinho?

Aplausos. *Sim. Nós te amamos, Henderson.* E depois, o coro: *Vai! Vai! Vai!*

Henderson nos conta que está se encontrando com alguém. (Aplausos.) Ele diz que está indo bem. (Aplausos.) Ele diz que o nome dela é Amy. (Aplausos.) Ele diz que Amy viajou. (Aplausos ainda maiores, propostas de cama, boquete etc.) Cada mulher neste lugar grita alguma coisa na linha de *vou-pra-cama-com-você* e se você quiser ver o contrário do feminismo, vá à casa de um comediante.

Ele continua.

— Quando o gato sai, o rato se masturba no sofá e rejeita convites para as festas. — Os *uivos,* e não acho que uma plateia de Nova York ia rir tanto assim. — Mas o caso é que estou feliz. Entrei numa. Quando Kate Hudson me manda um torpedo para encontrá-la no estacionamento da CVS pra uma rapidinha, eu fico, não, cara. Arrume umas tetas novas.

De novo as mulheres estão rindo e isso não está certo.

— Eu estou tão feliz que posso passar de carro por uma escola primária sem sentir uma profunda amargura por nunca ter trepado em todo o tempo que passei no primário.

Não é engraçado, fazer piada de crianças molestadas. Henderson não entende que acabou para ele.

— Hoje mais cedo, estive com umas prostitutas japonesas e falei, "estou tão feliz em meu relacionamento que vocês não precisam chupar meu pau, só trepem entre vocês".

Mais risos.

— Minha namorada ia me *odiar* se eu confessasse isso, então todos vocês têm de se dar as mãos em toda a América e me prometer que não vão me dedurar.

Calvin jura sua aliança junto com todos os outros seguidores.

— Acho que minhas bolas são desiguais.

As mulheres gritam.

— Suas bolas são *lindas.*

— Acho que meu pau é grande demais. Para um judeu. — De novo há risos, como se um judeu analisando o tamanho de sua anatomia fosse engraçado a essa altura da evolução da humanidade.

— Então vocês podem imaginar como é bom para mim que essa garota que estou namorando, meu Deus, nossa, dizer isso, *namorando.* Tipo, eu nem acredito nisso. Vocês acreditam nisso?

Ele meneia a cabeça. *F@#k Narcissism.*

— Tá legal, minha namorada, quando estamos trepando, ela entra *pra valer* e eu quero dizer tipo... vocês aí, vocês têm de *jurar* que isso fica só entre nós... cadê a câmera? Quem tem uma câmera?

Todo mundo tem uma merda de câmera e ele sabe disso, a arrogância do homem que sobe ao palco e acha que não precisa de uma piada. Ele está girando. Zombando de Amy, de como Amy grita. Ele finge gozar e sorri. Aquele sorriso cara de cu e faz uma reverência.

— Então depois eu fico assim, não quero ofender, mas já faz algum tempo que ando trepando e sei que não sou muito bom nisso. Então pergunto a ela se está fingindo. — A multidão solta um *ooh* e Henderson ergue as sobrancelhas. — E sabe o que ela me diz?

Ele sorri. Como deve ser horrível para ele, estar transbordando de crueldade.

— "Você precisa entender. Eu tive um ex... e, bom, digamos apenas que eu nunca o amei e ele era ruim de cama."

O piso de ladrilhos espanhóis desmorona no porão e *É o fim!* e minhas entranhas ficam calmas enquanto Henderson partilha com o mundo o que Amy disse a meu respeito.

Saio da sala, subo a escada e invado o quarto dele, onde Amy trepa com ele e sussurra coisas maldosas sobre mim. Bom, *vai se foder*, Amy. Ela me usou, depois usou *a nós dois* para divertir seu novo *namorado*. Ele sabe a meu respeito, então mereço saber a respeito *dele* e procuro sua caixa de segredos — todo mundo tem uma e as pessoas sem imaginação guardam embaixo da cama — e lá está, ele tem uma caixa de merda sobre a ex-mulher: entradas de diário, recortes de jornal, fotos, canhotos de ingressos.

O nome dela era *Margie* e ela foi ao Birds com ele, sentou-se em seu colo, riu de suas piadas ruins e tirou selfies nua no futon de merda deles. Eles viram Billy Joel e arrumaram lugares horríveis. Ele era mais gordo e, antigamente, tinha um coração. Ele se divorciou quando começou a ficar famoso, quando estava em *ascensão*. Margie agora mora em Lake Kissimmee e tem três filhos com um *representante de vendas*. Ela não parece amargurada. *Nunca o amei, ruim de cama*. Ele não pode ser feliz sem ela, está claro, e vou livrá-lo de sua infelicidade. No andar térreo, os risos só ficam mais altos. Alguém precisa impedir que ele envenene o mundo.

Trituro quatro comprimidos de oxicodona e os coloco na garrafa de metal para água ao lado de sua cama, junto de seus frascos de Xanax e comprimidos para dormir. Levo sua caixa para seu closet e mando uma mensagem a Calvin, dizendo que estou em um Lyft com a garota do Tinder. Envio um torpedo a Delilah: *Desculpe fazer isso de última hora, mas preciso me mandar.*

Entendo por que Calvin gosta de improvisação. Há algo de empolgante em ter tão pouco controle. Eu não pretendia matar Henderson, mas aí, quando você vai para a televisão e reclama da *moita* da namorada e dá um show em sua casa e diz coisas ruins sobre Kate Hudson e se gaba de seus hábitos masturbatórios e abre sua casa a estranhos — a senha estava por todo o Twitter dez minutos depois de chegarmos aqui —, bom, Henderson vai aprender do jeito difícil que não se pode andar por aí sacaneando as pessoas que você nem mesmo conheceu.

13

DEMOROU muito para a festa acabar porque a maioria dos convidados é de uns fãs na pior que precisam desta noite para se animar com os estertores da própria carreira. Escuto suas conversas de American Apparel e como analisam suas expressões — *até os dentes parecem eufóricos* — e me pergunto o que será feito de todos eles. Não há mansões e empregos suficientes por aí.

Ficar escondido atrás dos ternos de Henderson é desconfortável, meu pescoço está doendo e me ocorre que eu podia sair de tudo isso, de tudo, e voltar a Nova York. Mas preciso de um desfecho. A merda da apresentação de Henderson mudou tudo e agora preciso saber por que Amy disse aquelas coisas horríveis sobre mim. Não posso sair desta casa e tocar o resto de minha vida imaginando que sou ruim de cama. E não posso perder a chance de falar com a única pessoa que realmente sabe onde Amy está.

Ouço um *bum* alto no térreo e é das cortinas com controle remoto que se fecham por toda a casa. Agora há um vazio no lugar, o som de Henderson que serve cereais em uma tigela, assiste a um pouco de *Seth Meyers* gravado, desliga o aparelho, tranca as portas — ele é um bom garoto — e sobe ao segundo andar. Todos os homens solitários são iguais e ele não é diferente do sr. Mooney enquanto sobe penosamente a escada. Meu coração bate acelerado. Fico atento, escutando enquanto ele se prepara para dormir.

Felizmente, o regime noturno dele só envolve escovar os dentes e passar cremes por todo o seu rosto precioso. Eu o ouço entrar no quarto, o estalo inconfundível do frasco de metal que batizei com oxicodona, o *plip-plop* dos comprimidos para dormir em sua mão, o *plip-plop* do Xanax, outro gole da água com oxicodona. E depois a luz é apagada. Ele se masturba e em minutos está dormindo.

Agora ele ronca. Abro a porta. Ele não se mexe — obrigado, comprimidos. E obrigado, Henderson, por ser o tipo de babaca que depila a merda do corpo todo. Amarro seus braços com cinta plástica e, embora isto seja degradante — tenho saudade de minha gaiola, onde eu não precisava ser reduzido a esse tipo de coisa —, puxo as cobertas e prendo suas pernas pelos tornozelos. Eu o cubro com o edredom cor de manteiga, depois dou um tapa na cara dele. Nada. Bato de novo. Nada. Leva algum tempo até funcionar, até que tudo no mundo, cada fragmento disso, esteja em seus olhos, em seu grito. Ele é a criancinha definitiva, coloco seus fones de ouvido Beats e espero que ele aceite as circunstâncias. Esses fones de ouvido são potentes; eles *bloqueiam mesmo* o barulho exterior e eu ligo seu iPod ao lado da cama — a trilha sonora de *Jersey Boys*, não é muito hipster chique da parte dele — e espero enquanto ele se debate, um tubarão moribundo.

Quando ele termina de lutar, tiro os fones e pego seu iPad. Peço a senha. Ele me pede — *não não por favor não* — e eu me aproximo dele com minha faca de cozinha Rachael Ray e ele cede:

— Margie19.

— Quem é Margie? — pergunto com inocência.

— Minha mulher — diz ele. Eu o olho. Ele se corrige. — Ex-mulher.

Estou em seu iPad e agora preciso do contato com a empregada dele.

— O quê? Por quê? — protesta. — Por favor, diga o que você quer, qualquer coisa. Qualquer coisa. Mas me solta.

— Já disse o que eu quero — respondo. — Quero o nome de sua empregada.

— Eu posso transferir dinheiro para você. — Sua testa já brilha de suor. — Posso vender esta casa por dinheiro vivo e você pode ficar com o dinheiro e ir embora. — Ele soluça. — Por favor, cara.

Ele não vai parar de negociar, de me oferecer todo tipo de prêmios fabulosos se eu o soltar.

— Não quero seu *dinheiro* — digo. — Quero saber o nome da sua empregada.

Ele entende.

— Jennifer. Ela está nos contatos.

Encontro Jennifer — JENNIFER EMPREGADA, não JENIFFER DAS TETAS e JENNIFER DE TETAS GRANDES e JENNIFER SEM TETAS — e escrevo: *Jennifer. Você tem o dia de folga. Chamei reforços para esta vez. Desculpe por avisar em cima da hora.*

Jennifer recebe a mensagem e responde prontamente: *Você é tão gentil!*

E agora chega a hora de a diversão começar pra valer. Digo a ele para parar de choramingar, ele me pede para ser solto, digo que não vai acontecer e ele grita de novo. Sento-me em seu moderno trono branco em forma de cadeira de escritório.

— Fala quando ela disse aquilo.

— Me solta, porra.

— Fala quando ela disse aquilo.

— Não sei do que você está falando, mas tem 50 mil no cofre.

— Estou falando de Amy.

— Quem?

— Amy — estouro. — Não diga *quem* como se você não soubesse de quem estou falando. Você falou dela em seu programa e falou dela esta noite, então não fique sentado aí me dizendo que não sabe quem é Amy.

Ele engole em seco. Assente.

— O que você quer saber?

— Quero saber quando você a conheceu.

Seu lábio inferior treme.

— Isso... você é dos canais abertos?

Olho para ele. Será possível que ele é tão idiota?

— Não. Eu sou do mundo.

Ele chora de novo, se contorce e eu me concentro no futuro. Imagino a confusão online que virá quando a morte prematura de Henderson chegar aos noticiários. Alguém vai vazar os detalhes sobre a caixa de fotos da primeira mulher e psicólogos dirão que os comediantes são notoriamente deprimidos. As pessoas ficarão espantadas de Henderson se matar no auge da carreira. Já posso ouvir os clichês da batalha funérea. Todo mundo é um filósofo depois de um suicídio.

Pra você ver, o dinheiro não é tudo.

Se ele estivesse casado, talvez as coisas fossem diferentes.

Pelo menos ele não deixou nenhum filho.

Que pena que ele nem mesmo teve filhos.

A coitada da mãe dele.

E pensar que ele disse àquelas pessoas o quanto estava feliz.

Enfim Henderson para de se mexer. Ele respira fundo, transpira.

— O que você quer?

— Eu já disse. Quero saber quando você conheceu Amy.

— Você é namorado dela ou coisa assim?

— Eu disse que quero saber quando você conheceu Amy.

Ele concorda com a cabeça. Não há uma só mancha de mirtilo no edredom, mas aposto que é tão rico que tem toneladas de edredons. Esses lençóis são mais macios do que aqueles de Little Compton, aqueles de que ela gostou tanto, na época em que eu prestava.

— Eu a conheci na Soho House — diz ele.

Não devia me surpreender, mas dói pensar nela de pernas cruzadas em um clube privativo onde os ricos gostam de se sentar ao lado de outros ricos e falar das coisas que falam os ricos. É o tipo de lugar frequentado por mulheres como Delilah e caras como Henderson, interesseiras e bolsos fundos, quase parece um bordel, só que menos honroso.

— Tudo bem — digo. — E daí?

— Ela estava no balcão e olhava para mim, e eu perguntei em que ano ela estava.

Enterro minha faca Rachael Ray no braço dessa cadeira branca idiota.

— O que quer dizer?

— Ela vestia uma camiseta do Peter Stark e eu conhecia algumas pessoas que fizeram aquele programa — diz ele.

— Quem é Peter Stark? — pergunto. *Argh, Amy.*

Ele é ordinário mesmo agora, ao erguer as sobrancelhas.

— O programa Peter Stark de Produção da USC — diz ele, como se eu devesse saber, como se o mundo do entretenimento fizesse o planeta girar.

Eu a imagino no dia em que chegou aqui, sabendo do programa Peter Stark, encontrando uma camiseta e comprando.

— Cara — diz ele. — Ela não vale isso, entendeu? Isto não vale 50 mil.

— E depois, o que aconteceu?

— Não sei. O que acontece sempre? Paguei uma dúzia de bebidas para ela, peguei seu número e... e depois não sei. Tenho um motorista. Eu apaguei.

Ele é alcoólatra e aposto que não se lembra da maior parte da própria vida, mas é melhor ele tentar. Quero saber de tudo.

— Ela veio para casa com você?

— Cara, isso não é nada legal.

Angelinos. Como se *não é legal* fosse o jeito correto de descrever ser amarrado e interrogado.

— Ela veio para casa com você?

— O quê?

— Não finja que você não faz isso cinco noites por semana, Henderson. Eu faço as perguntas. Você responde às perguntas.

— E depois você vai me soltar?

— Vou. — Burro. — Depois eu vou te soltar. Então, sim ou não, ela veio para casa com você?

Ele olha a parede.

— Já te falei que não sei.

— Henderson. — Eu me levanto. Essa merda é ridícula. — É muito simples. Você a conheceu na Soho House. Perguntou em que ano ela se formou. Termine a porra da história.

Ele grunhe.

— Tá bom, que merda! Que merda! Não tem história pra terminar porque ela não é minha namorada. Eu inventei isso!

Eu o encaro.

— Outra noite, você apontou para ela. Você disse, "*Oi, Amy*".

Ele ri, condescendente.

— É um programa de *televisão* — ele dá sua aula. — Eu apontei para uma planta.

As pessoas deste negócio; só o que elas fazem é inventar merda.

— Quer dizer que você não está com ela?

Ele fala com sarcasmo.

— Ela nem sequer respondeu as minhas mensagens, garoto. Mandei a ela uma foto do pau. Deve ser uma puritana. Ou lésbica. Ou a porra de uma biruta.

— Então, por que diabos você ficou lá dizendo às pessoas que ela é sua namorada?

Ele se contorce.

— Porque esse é meu trabalho! Não posso sair por aí falando que como gostosas toda noite! Porque às vezes eles querem que as piadas sejam sobre uma merda de relacionamento! Porque na televisão você. *Inventa.* As. Merdas.

— Você nunca foi pra cama com ela?

Ele ri.

— Já te falei. Ou ela é lésbica, ou uma puritana.

Apunhalo a cadeira. Ele é o mesmo merda irritante que é no programa; nem *tudo* é inventado.

Ele assovia.

— Ei, amigão! Já podemos deixar essa bosta pra trás?

Estou enjoado da Califórnia, com as mentiras, a terra escarpada, as colinas e a monotonia. Entro no banheiro. E não, não podemos *deixar essa bosta pra trás.* Isso não bate. *Mirtilos.* Abro a tranca do banheiro.

— Se você não foi pra cama com ela, por que ela disse que o ex era ruim de cama? — Exijo saber.

Ele arfa.

— Essa porra é *cansativa.* — Ele morde e rosna, e é um cachorro, um cachorro mimado. — Tá legal. Vamos acabar com isso. Conheci uma garota chamada Amy. Ela disse que detestava meu programa, o que evidentemente deixou meu pau duro, porque na maior parte do tempo as garotas ficam se jogando pra cima de mim. — Isto, pelo menos, é bom saber. Ele continua. — Ela não veio pra casa comigo. Disse que não era esse tipo de garota, mas, sabe como é, as que dizem isso são as que vão fazer qualquer coisa no dia seguinte, entendeu? Então peguei seu número e mandei para ela uma foto do meu pau.

Revoltante. Tudo isso. A ideia de pirocas no telefone de Amy.

— E?

— E nada — diz ele.

— Como você sabia dos mirtilos? — pergunto.

Ele ri.

— Ela disse que o melhor sexo que teve na vida foi com um cara, uns mirtilos, sei lá, conversa de bar. Já te falei. Eu inventei essa merda. Virei o jogo. Ninguém quer me ouvir dizer que minha ex-mulher é tipo uma merda na cama. Isto se chama rotina de comédia, meu filho. Se chama *comediantes inventam merdas.* Se chama *faturar.*

Ele sinceramente pensa que está saindo dessa e eu entro no banheiro. Abro a água. *O melhor sexo que ela teve na vida.* Ainda assim, ela fugiu de mim, do amor, de tudo de bom que partilhamos. Preferiu ficar sentada em um bar e mentir a estranhos a ficar comigo. *Charlotte and Charles.* Que papo furado. Ela faz o Pegador do Tinder Calvin parecer o John Docinho Cusack e agora eu entendo. Sou muito bom para ela. Bom demais para ela. Minhas mãos são boas demais agarrando sua bunda e meu pau é apetitoso demais para ela e ela me amou tanto que não conseguiu suportar.

Vejo como está Henderson. Ele engrenou de novo, geme e se debate.

— Será que podemos botar o show na estrada?

— Aguenta aí — digo. — Ainda não acabamos.

— Cara — diz ele. — Volte com essa garota. Eu que me foda. Foda-se isso.

Olho seu telefone, mas tem Amys demais ali: Amy Toronto e Amy Gorducha e Amy Nariz Feio e Amy Tetas e Amy Bunda.

— Quem veio primeiro? — pergunto. — Amy Tetas ou Amy Bunda?

— Cara, tenta só conhecer toda essa gente. Não faz ideia do que é estar na minha posição.

— Não. Mas acho que Amy Academia e Amy Chateau e Amy Marmont e Amy Boquete entendem de posições.

— Para com isso. Não finja que existe alguém nos lugares que não queiram estar lá.

— Até Amy Bunda Gorda?

— Especialmente a Amy Bunda Gorda. Para com isso. Sem essa.

— Me diga uma coisa. A Amy Boquete ficou de joelhos antes ou depois de você colocar o nome dela em seu telefone?

— Eu tenho *quatro* redatoras em minha equipe. — Ele se gaba. — E só trepei com duas delas.

Olho seu telefone.

— Com qual delas você trepou? Amy Boca de Peixe ou Amy Patrocinadora?

— Isso é particular — ele explode. — Nenhuma das duas. Que merda. Para com isso. É sério.

Mas existem muitas outras.

— A Amy Patrocinadora Um sabe a respeito da Amy Patrocinadora Dois?

— Garoto — diz ele. — Você vai embora agora e é pago. Se foder com tudo, não leva.

— Quem faz o melhor oral, Amy Patrocinadora Um ou Amy Patrocinadora Dois?

— É um lance do AA — ele grita. — Entrei nessa por um tempo e pronto.

— Mas aposto que não foi assim que você conheceu Amy Grey Goose e Amy Tequila.

Eu rio, mas ele luta.

— Cara, eu não minto pra essas mulheres. Não sou o bandido. Isso tá um porre, garoto. Você precisa parar.

— Você conheceu Amy Bellagio depois de ter embarcado em Amy American Airlines, ou foi antes?

— Mas que porra! Eu falo sério. Corta. Para. Já chega.

— Ah, qual é. Este não é o seu programa, Henderson. A essa altura, ainda não entendeu?

Frankie Valli continua a cantar ao fundo, ensinando adolescentes sobre sua postura juvenil. Enquanto isso, Henderson grita e eu procuro por Amy Mirtilos. Ela mora aqui também e nunca me senti tão traído. Minha namorada, o telefone dele. Ela parece suja aqui, amontoada entre Amy Saco Inchado e Amy Festa de Bradley Whitford. Eu quero matá-la. Quero matar Henderson. Ligo para Amy Mirtilos e isso me traz uma gravação que conheço. Este telefone não tem mais sinal; a porra da Amy.

Henderson grita, vermelho e enfurecido. Ele quer sair das amarras. Cinco segundos atrás, estava falando em *me pagar* e não se pode mesmo confiar em ninguém por aqui. Não admira que Amy pensasse que ia se sentir em casa.

Procuro no telefone dele as comunicações com Amy Mirtilos. Parece que vou pegar doenças só de olhar essas mensagens de texto e estou com muito nojo dele, de seu abuso de poder. Aposto que Jack Nicholson nunca fez nada parecido e aposto que Paul Newman nunca pediu às mulheres, *venha e traga outras duas garotas, eu quero ver vocês duas se comendo.* Todos os pedidos deles são atendidos. As garotas aparecem. Elas trazem outras. É tudo apavorante e pornográfico e ele é um dos homens favoritos da América e isto não é Bill Clinton caindo por uma estagiária e isto não é Hugh Grant se atrapalhando com uma traveca no Hollywood Boulevard. Isto é revoltante. Ele não apaga nenhuma mensagem e as garotas estão sempre escrevendo para ele, vangloriando seu pênis — é ENORME e GOSTOSO —, embora ele as ignore depois de arriar suas calcinhas. Ele é um narcisista sem amor e só está interessado na *novidade.* Assim como em seu programa, ele se diverte com nossa *merda de cultura nostálgica* e leva uma banda barulhenta e sem alma depois de outra, todas descartáveis. Depois ele chega em casa, toca a trilha de *Jersey Boys* e fica obcecado com as fotos da ex-mulher. Foi a coisa mais fácil que já fiz, atender a seu pedido de água. Desligo a minha música.

— Vamos deixar você hidratado — digo.

Ele para de gritar. Assente.

— Cara, pode acreditar, meu irmão, eu sei que essa cidade deixa a gente maluco, tá legal? Eu entendo. Podemos resolver. Você pode até ter marcado algum ponto aqui. Tá entendendo, e se é isso mesmo, se isso é uma ideia sua, podemos conversar. Que merda. Estamos quase lá, né?

Ele diz isso como se fosse bom e fico feliz que a água seja forte e letal. Este homem não serve para este mundo. Ele desperta o pior nas mulheres, e seus 15 minutos já passaram há muito tempo. Pego seu frasco metálico de água e despejo a água com oxicodona em sua boca. Ele tosse e cospe. Mas bebe. Muito. Suas pupilas se contraem, a respiração fica superficial e os olhos se reviram. Amarro o saco plástico em sua cabeça. Vou ao banheiro e anoto os nomes de todos os seus produtos para tratamento de pele. Todo mundo vai se lembrar dele pela merda do talk show idiota, mas eu me lembrarei como o homem que me fez perceber que preciso cuidar melhor da minha pele. Também me lembro de que preciso cortar as cintas plásticas.

Depois de eu ter catalogado os produtos no bloco de notas do celular, ele está morto. Digo uma oração dos mortos. Não estou triste. Henderson fez coisa pra caralho aqui na terra. É melhor ele morrer agora do que transmitir sem saber uma DST a uma garota esperançosa com uma autoestima baixa ou ficar gordo e irrelevante e começar a inevitável derrocada para o cancelamento da merda de seu programa idiota, sua deterioração *naquele cara que tinha aquele programa*. É física básica. Ele subiu alto demais. Ele caiu.

No primeiro andar, a casa tem cheiro de guacamole e cerveja. Alguém jogou uma pizza na gravura da cara de John Belushi. Não sei se foi proposital ou por acaso, mas sei que ninguém se incomodou de limpar a sujeira. *Babacas*. Todos eles. Ao mesmo tempo, porém, fico agradecido por essas pessoas serem umas porcas. Coloco luvas e recolho restos da festa — copos manchados de batom, suéteres, um *sutiã* no escritório e tigelas de M&Ms —, e levo para cima, para fazer uma festa sexual de DNA na cama. Todos nós sabemos quantas digitais deve haver numa merda de tigela de confeitos de chocolate, ou em uma garrafa de vinho, e isto parecerá uma clássica orgia depravada de Hollywood que saiu dos trilhos. Pego os fones de ouvido (agora eles são meus) e deixo a trilha de *Jersey Boys* tocando. Que o mundo saiba que o homem não traz para casa seu trabalho descolado e novo. Que eles saibam que ele tinha um coração velho. Pego duas de suas camisetas novas em folha, com as etiquetas, depois mando um tuíte sem texto de sua conta no Twitter. Sua última palavra é o silêncio.

Seu último tuíte estoura, tem gente retuitando e curtindo, embora não signifique nada. Eu entendo. O silêncio dele é um convite para os outros projetarem suas vozes nele. Críticos culturais exagerados vão se aprofundar sobre seu tuíte na *Salon*, na *Slate*. O homem que nunca parou de tuitar mandou um tuíte sem texto minutos antes de morrer. O simbolismo! Sua morte-sexo trágica vai comover as massas e as pessoas aprenderão com ele, e assim ele é um sujeito de sorte. Se existir um Paraíso, provavelmente ele vai, apesar do que disse a meu respeito.

Na saída, compro a trilha de *Jersey Boys* em meu iPhone; é uma longa caminhada descendo as colinas e eu precisava disso. Fomos feitos para caminhar. Não para bicicletas ergométricas, correr e escalar montanhas. Caminhar é psicológico. Você aguça seus pensamentos e processa as emoções.

Não matei Amy, mas a encontrei. *Soho House*. Justo esse, de todos os lugares. Eu devia saber que ela ia se mandar. Ela nunca para de se mandar, procurando alguém mais rico, alguém melhor. Ela tem uma doença, parece um animal que não consegue parar de vagar. Mas vou fazê-la parar em breve, depois de tomar um banho, depois de descansar.

Entro na Bronson e é tão cedo que não tem ninguém ali, exceto alguns corredores. Eu me debato se devo entrar no Pantry, mas vou demais àquele lugar. Está na hora de confundir as coisas. Atravesso a rua e o Hollywood Lawns está à vista. Uma viatura policial dá uma guinada na esquina, piscando as luzes vermelhas e azuis. Para junto da calçada e de repente o policial sai do carro, apontando uma arma para mim. Coloco minha sacola retornável do Pantry no chão e levanto bem as mãos. E não sei como essa merda acontece, mas sou apanhado.

14

UM merda amargurado de nome *policial Robin Fincher* tira os fones de ouvido de minha cabeça. Ele tem um cabelo louro Bakersfield de merda, do tipo que é melhor esconder embaixo de um capacete sujo de moto. Seus olhos são próximos demais. A certa altura, alguém de sua linhagem trepou com quem não devia e os genes ficaram comprometidos. Sua pele é áspera, ele não sabe se barbear e o mundo não é justo. Mesmo com todos os produtos de Henderson, esse Fincher seria um cretino.

— Fecha o bico e vire-se — ele grunhe.

Não sei o que ele quer com os fones e não sei como me descobriu e não sei o que ele sabe. Mas sei que as camisas de Henderson estão em minha sacola. Estou ligado nelas, como se fossem luzes piscando.

— Vire-se — ele ordena.

Obedeço. Fico parado ali, fodido. É aquela hora do dia em que o sol é um zumbi de um filme de terror dos anos 50, intensificando-se lentamente, subindo de mansinho em mim, em minhas faces expostas, em meu nariz. Meu estômago se contrai e as palmas das mãos transpiram, mas fiz meu trabalho lá. Não deixei digitais. Não deixei nenhuma caneca de urina.

— Policial — digo, projetando inocência, *Finja até conseguir.* — Pode me dizer do que se trata?

Fincher vai a seu carro, os passos pesados na calçada.

— Isto se trata de você ser um cretino de merda, então cala a boca e espera como eu mandei — diz ele.

Ele não disse que se tratava de um milionário assassinado em Los Feliz, mas volta, segura meu braço e tenho certeza de que não existe permissão para fazer isso.

— Me dá sua habilitação.

Entrego a ele a carteira. Ele bufa.

— Nova York — diz ele. — Era de se imaginar.

Não deixo o alívio transparecer em meu rosto. Mas estou aliviado. Isto não é por causa do morto nas colinas. Se fosse por causa daquele morto lá em cima, este policial teria me algemado em vez de depreciar Manhattan. Recupero o controle enquanto minha adrenalina reativa diminui.

— Andando por aí como se fosse dono do lugar. — Ele funga. — É típico, porra.

Eu queria que ele conhecesse o policial bacana de Rhode Island e visse como acabou. As pessoas acham que os tiras são maus e esse escroto devia ser demitido por causa de todos os tiras *bons* que estão aí fora, seguem as regras e arriscam a vida para servir e proteger as pessoas.

Ele escarnece.

— Você mora aqui?

— Sim, senhor.

— Você mora neste bairro?

— Sim, senhor — respondo. — Moro no Hollywood Lawns.

— Então, por que merda tem uma carteira de habilitação do *estado de Nova York*?

Tá de sacanagem comigo?

— Bom, só estou aqui há pouco tempo.

— Você é mendigo?

Mendigo?

— Não, senhor. Sou roteirista.

Ele engole em seco e eu entendo; este homem é ator. Calvin fica com o mesmo olhar quando alguém, qualquer um com o potencial de contratá-lo, entra na loja.

— De um programa ou alguma merda?

— Não. Só estou tentando.

Ele se vira e ando na direção dele.

— Policial, posso perguntar do que se trata tudo isso?

— Eu mandei você se mexer?

— Não — respondo.

— Você é surdo?

— Não.

— E você é um merda de mongo?

Mas quem é que fala assim?

— Não — digo. — Não sou um merda de mongo.

Ele se aproxima intempestivamente e joga na minha cara.

— Você acha que não tem problema nenhum agredir verbalmente um agente da polícia?

— Não — digo entredentes.

— Você acha que é algum mendigo transeunte filho de uma puta, um durão, escória de Nova York e que pode atravessar as divisas do estado e mostrar suas gengivas feias para um policial do estado da Califórnia?

— Não — consigo falar.

— É. — Ele ri. — Eu tomei você por uma bicha branquela de Nova York.

Branquela. É por isso que precisam de câmeras nas viaturas policiais, e ele termina lavrando uma multa para mim e é uma *multa por atravessar no sinal fechado,* exatamente como Harvey tinha me alertado. Tenho de pagar 375 dólares por atravessar a rua enquanto o sinal do cruzamento estava piscando, quando não havia nenhum carro à vista. Estou errado e o filho da puta diz que vai ficar com os fones de ouvido.

— Porque você é um mané — diz ele. — Esta cidade não é lugar para você. Esta cidade pertence aos carros e você não pode andar por aqui com a merda da sua cabeça no cu.

— Isso não é justo — digo, mas não posso brigar com ele. Não depois de ter acabado de matar o escroto do Henderson.

— Ah, e é melhor você ir ao departamento de trânsito e se registrar — diz ele. — Babacas como você, aparecendo aqui, se recusando a se registrar no estado, você não é melhor do que os chicanos que acham que podem vir para cá pegar nossos empregos.

O policial Robin Fincher cospe na minha direção enquanto entra na viatura com meus fones e me imagino juntando forças com todos os americanos mentalmente retardados e todos os trabalhadores mexicanos sem documentos. Invadimos o apartamento de merda no Valley onde ele sem dúvida come clara de ovo com espinafre — ele tem uma coisa verde presa nos dentes — e levanta pesos — seus braços são desnecessariamente malhados — e assiste a *COPS.*

Quando chego em casa, escondo minha sacola do Pantry no canto superior direito do meu armário. Tomo um banho. Visto-me. Vou à sala de Harvey e conto a ele sobre o merda de policial e a bosta da multa por atravessar com o sinal de pedestres fechado.

Ele ri.

— Eu te falei pra ter cuidado — diz ele. — Tô certo ou não tô?

Ninguém nunca esteve tão disposto a sair de Franklin Village como estou agora, mas, assim que entro em meu apartamento, Delilah o invade usando o vestido colante da noite passada. Está chorando e se joga em meu futon, histérica, e porra, eu me esqueci que a deixei na mão. Aproximo-me dela e me ajoelho. A maquiagem pinta seu rosto. As lágrimas escorrem. Ela treme. Deixa cair a bolsa. Ela puxa a frente da minha camisa. Há algo de falso em sua tristeza porque *parece* uma exibição, como se ela tivesse respirado fundo antes de entrar aqui, como se quisesse que eu a visse nesse estado.

— Delilah — digo. — Respire.

Mas ela soluça. Fecho a porta, seus dentes estão batendo e ela não usa palavras. Tira os sapatos pontudos e se aninha no recanto abaixo de meu ombro.

— Delilah, não posso te ajudar se não souber qual é o problema.

Ela esfrega os olhos. Coloca a mão na bolsa e destrava seu iPhone — 1492 — e entrega a mim. A manchete diz: CASA DE HORRORES DE HENDERSON. Seguro firme o telefone. Os detalhes são poucos, mas até agora parece que uma *festa sexual saiu como não devia.*

Ela se inclina para mim, chorando de novo.

— Eu o adorava — diz ela. — Não consigo, não consigo.

Eu a abraço. Acaricio seu cabelo. Mas de jeito nenhum vou trepar com ela por sua depressão com a morte de uma celebridade. Se viesse me procurar porque a mãe morreu, talvez, mas isto é ridículo. Ela balbucia:

— Vai me levar para casa?

A *casa* fica no andar de cima, e eu pego Delilah no colo e a carrego para o corredor, entro no elevador e passo pela soleira de seu apartamento.

— Ali — diz ela, apontando sua cama, que fica diretamente acima de meu futon. Tento soltá-la, mas ela me beija. Atrevida. — Faça com que eu me sinta bem — diz ela. — Por favor.

E antes que eu me dê conta, estou fodendo com Não Fode Com Delilah. Por que não deixar que as coisas fiquem ruins o máximo possível? Por que não comer a stalker do andar de cima?

— Joe, abra os olhos.

Estou dentro dela, por cima dela e a olho.

— Oi.

Ela me puxa para mais perto.

— Minha mãe chega na semana que vem — ela sussurra. — Ela quer te conhecer.

Paro de dar estocadas com meu pau.

— Estou muito ocupado.

Ela agarra meu traseiro.

— Tá legal — diz ela, sufocando meu pescoço na baba do Franklin Village. — Entendi.

Voltamos para a foda e é melhor do que com a Gwen-do-Tinder e eu precisava desse alívio depois das últimas 24 horas infernais, mas Delilah não está gozando e eu estou pronto.

— Goze — digo, e não quero conhecer a mãe dela e ela arranha minhas costas, nada.

— Goze — digo, e puxo seu cabelo e mordo seu pescoço e meto o polegar em seu clitóris.

— Goze — digo, e puxo seu cabelo e tento não notar os pratos promocionais de *High School Musical* na bancada de sua cozinha. Daí eu entendo. Ela só vai gozar se eu concordar em conhecer sua mãe. Ela precisa da esperança do jantar de domingo comigo, com a mãe dela, a família, *Velozes e furiosos*. — Vou ao jantar — sussurro.

Delilah goza, confusa e grudenta, saio de dentro dela e olho fixamente o teto, tão desafortunadamente retrô e vulgar como o meu. Ela se enrosca junto de mim e meu braço fica dormente e dolorido sob o peso de seu coração, seu resumo pós-sexo da família, sua irmã casada sabe-tudo, a mãe bêbada e divertida, aquela que gostaria que Delilah simplesmente se casasse, como se isso pudesse melhorar tudo.

— Sabe de uma coisa, você é bom — diz ela. — Estive com alguns *caras muito famosos* e você é bom de verdade.

Entro no banheiro de Delilah, uma cópia em carbono do meu banheiro, um vestíbulo sem janela, o inferno dentro do inferno. Dou uma cagada. Não puxo a descarga. Saio de lá. Uma hora depois, ela me manda a mensagem: *Adoro que meu banheiro ainda tenha o seu cheiro.*

Meu aparelho de TV exibe um serviço fúnebre internacional por Henderson. Eu matei Henderson e ninguém sabe disso, mas todo mundo sabe. A América está de luto; o irmão dele está *no serviço*, assim isto quer dizer que todas as pessoas que normalmente se ressentem da cobertura de uma *celebridade* inútil estão nessa. Nenhum assistente amargurado avança para chamá-lo de imbecil. As horas se passam. Delilah quer passar a noite aqui; digo a ela que me sinto mal. É impossível não procurar por Amy na televisão quando os helicópteros invasivos pairam sobre a casa de Henderson, embora, pela lógica, eu saiba que ela não está lá.

Delilah me escreve de novo: *Fique melhor para a minha mãe. Ela está louca para te conhecer. Domingão de Diversão. Bjs.*

Lembro-me de contar a Amy sobre minha mãe, que talvez a encontrássemos e saíssemos para jantar. Eu queria isso como quem deseja comer samosa às quatro da madrugada sem motivo nenhum. Odeio o amor. Odeio Los Angeles. Delilah deixa um kit em minha porta: sopa de couve, um *Los Angeles Times* e um pacote de vitamina C.

Quero pizza, um *New York Times* e café. Peço uma pepperoni grande e chega tarde, fria, seca e muito cara. Todo o pepperoni caiu para um lado e o entregador diz que pode trazer outra, mas levaria horas, *o timing é tudo, mano.*

Ele veste uma merda de camiseta *RIP Henderson* e a vida está acelerada demais. Eu o matei algumas *horas* atrás. O entregador sorri.

— Comprei essa num lugar em Vermont — diz ele. — Legal, né? Quer dizer, a camiseta, e não sabe o quê.

— É — digo, percebendo o peso do que fiz. Ninguém fez camisetas para *CandaceBenjiPeachBeck.* Essas pessoas não têm fãs. Ao tentar assassinar a invisível e esquiva Amy, matei uma *celebridade.* Os outros que matei desbotaram como os avós diminuem nas fotografias velhas ou os bichos de estimação simplesmente desaparecem. Um famoso nunca se desintegra da consciência coletiva. Henderson está na televisão, em camisetas.

O dr. Nicky Angevine tenta constantemente sair da prisão e sua cunhada tem um site que procura aumentar a consciência pública, proclamando sua inocência. O público americano não torce por um psiquiatra que traiu a mulher com uma paciente.

Mas eles torcem pelo comediante que os liberta, que disse a eles que não tem problema ser narcisista, ser uma atração permanente. *Eu, eu, eu.* Seria legal ter algum ser vivo a que me agarrar agora, algo para me amar, algo com um coração que bate e eu possa sentir, algo para estar comigo, sentado aqui, no inferno, tentando raciocinar direito.

— Tô certo ou não tô? — digo em voz alta.

Mas não há ninguém aqui para responder a essa merda de pergunta e por isso as pessoas têm cachorros pequenos, por isso elas os aprisionam em seus apartamentos eficientes, porque às vezes você precisa de outro ser vivo, você precisa de olhos em você, mesmo que os olhos pertençam a uma porra de Lulu da Pomerânia.

15

AS pessoas que *se dão bem em Hollywood* jogam seu dinheiro novo para o norte, no alto das colinas, onde moram em mansões, de onde podem olhar a todos de cima. Mas não importa o quanto você ficou grande, o quanto sua casa é elevada, você não consegue escapar dos ratos. Os ratos escalam; eles são móveis. Eles não são coelhinhos. Não têm o impulso biológico de se entocar.

Amy é um rato, bisbilhotando, o tipo de garota que bate as pestanas em seu primeiro dia de trabalho e quer saber onde está a *Alice no País das Maravilhas* que vale um milhão de dólares. Então, é claro que Amy conheceu Henderson na Soho House. Eu estava perdendo meu tempo na Craigslist, no Birds. Ela chegou aqui, ela deu o fora daqui, mas para 90210, para a Soho House e aquele pau rico do Westside que ela queria tanto. E sem dúvida ainda está aí fora procurando por isso; aquela camiseta do Peter Stark a essa altura está toda puída, mas aposto que ela ainda a veste.

O trânsito está infernal e meu motorista só se mudou para cá ontem, então ele pegou a Sunset.

— Quem sabe você não quer pegar a esquerda e entrar na Fountain? — pergunto ao motorista, o garoto.

Ele estremece.

— Pra falar a verdade, não sou muito bom em entradas à esquerda e vamos ter de fazer uma quando chegarmos lá.

Até esse garoto que acabou de se mudar para cá tem essa doença do *eu eu eu* e deixo passar. Pelo menos posso entrar. Embora o clube seja privativo, promovem *eventos* que permitem que gente como eu entre aos borbotões. Hoje, por exemplo, tem um teste para um filme independente. A chamada de elenco é ridícula, babaquice na segunda pessoa:

Você é bonita, mas você é feia. Você está viva, mas você está morta.

Você é o centro e os arredores. Você é um paradoxo. Você é mãe e filha e você é o reencontro. Você é TARA.

Sindicalizada ou não.

Louras, tragam retratos

O motorista liga a seta e sinto o estômago afundar. A ideia de ver Amy depois de todo esse tempo é inimaginável, pensar nela, em plena caçada por um pau rico, ou possivelmente presente para fazer um teste para este filme, tentando ser *mãe e filha.* Dane-se.

Saio do Uber, não tiro os óculos escuros e passo pelo segurança e ele não pega no meu pé. Entro no elevador. Eu consegui. Três garotas escandinavas e provocantes entram comigo, e elas estão rindo e é pelo meu ingresso, então abro um sorriso.

— Bom dia, senhoras.

A mais alta nem pisca.

— Você é ator?

— Não, sou agente.

Mais risos da parte delas. As portas estão se fechando, mas somos bombardeados por dois caras que *são mesmo* agentes, uns imbecis presunçosos e ruidosos.

— Eu mandei o cara à merda.

— Você mandou o cara à merda.

— Eu dei um fim a essa porra.

— Antes que começasse.

— Antes que existisse.

— Antes que estivesse no útero.

— Antes que estivesse na minha *pica* — diz o alfa, também de óculos escuros. Ele assente para as mulheres. — Senhoras.

Elas explodem em risos. Aquela que falou comigo, olha para ele.

— Você é agente também?

— Agora não, meu bem — diz ele. Ele a olha de cima a baixo, depois me olha de cima a baixo. Volta seu olhar a ela. — Se esse cara está te dizendo que pode te fazer famosa, acredite em mim quando digo que é mentira dele. Os sapatos dele não deixam ninguém famoso.

As portas do elevador se abrem e estamos em outro bloqueio. Tem um homem de olhar miserável a uma mesa. Ele reconhece os dois escrotos do elevador e os cumprimenta com deferência. O maioral assovia com os dedos.

— E aí, Paco. Meus óculos apareceram?

O serviçal obsequioso desliga o telefone e pede desculpas por não ter encontrado os óculos, por não ter encontrado a pessoa capaz de encontrar os óculos. Ele pede desculpas por estar ao telefone e pede desculpas porque a escada é escorregadia e pede desculpas por atrasar a chegada do homem a sua reunião e pede desculpas de novo por não ter os óculos. As piranhas na minha frente olham os babacas desaparecerem escada acima.

O escravo da mesa suspira e olha as meninas.

— Alguma de vocês é sócia?

— Não — a líder responde e nega com a cabeça. — Mas temos a senha para o teste. Para o filme.

Ele geme.

— Qual é a senha?

— Aniston — diz ela.

Ele gesticula para elas entrarem e pede que usem o elevador em vez da escada. Ele olha para mim.

— Você é um convidado?

— Sou uma vítima — digo. — Minha namorada é doente de aspirações de se tornar atriz, o que significa que ela me deixou esta manhã para vir aqui e fazer o teste, o que faz de mim um sujeito mau por não acompanhá-la para dar apoio.

Ele ri.

— Eles estão lá em cima, no salão principal.

— Algum problema se eu passar no bar primeiro para tomar uma bebida? — pergunto.

Ele assente.

— Mas diga que Ricardo liberou. Tenho de confessar que estou doente de aspirações também — ele cochicha e finge tossir. — Baixo vocal. Danço. Fodão épico.

Eu rio e é bom ser *aquele cara* que ri com o empregado enquanto as portas se abrem de novo e chegam outros convidados. Deixo as paredes azuis e a arte e começo minha subida pela escada de mármore.

No segundo andar, estão pessoas bonitas e magras relaxando timidamente, com a barriga encolhida para dentro. Vou à varanda e vejo toda Los Angeles, e parece ótima daqui de cima. Há pequenos sofás de dois lugares limpos e gente pequena e limpa sentada neles. Tem *romances antigos* bonitos em pequenas prateleiras.

Este é o caminho para Amy, eu sei, mas ela não está sentada ao balcão, bebendo um *mojito*, e ela não está pensando na sobremesa, e ela não está admirando as flores. Volto para dentro, onde tem uma carreira de portas em um corredor comprido. Experimento a primeira. Ela se abre, a luz está apagada, mas uma mulher está sentada em uma poltrona de frente para um monitor. Ela quase não é visível embaixo de um cobertor de cashmere e seus fones de ouvido Beats.

— Oi — digo, mas ela não me escuta.

É mais alta que Beck, porém mais baixa que Amy, e detesto que minha mente coloque todas as mulheres entre essas duas. Tento de novo. Mais alto. *Oi.* Nada. Avanço para a mulher e estou perto o bastante para ver o monitor que ela olha com tanta intensidade. Uma garota faz um teste para algo na tela. Ah, então essa é a mulher *encarregada* dos testes.

— Oi.

Nada ainda. Eu me aproximo mais e agora vejo seus pés bronzeados, descalços, expostos, cruzados na altura dos tornozelos. Vejo seu cabelo de algodão-doce e meu coração bate mais rápido. Eu a conheço. É a algodão-doce do La Poubelle que pegou minha água.

Encontrar a algodão-doce quando eu procurava por Amy. Isto é o destino. Toco seu ombro e ela me vê. Ela arqueja. Tinha um estudo que dizia que toda dinâmica de relacionamento é determinada pela primeira interação. A nossa é esta: eu dando um susto nela.

Mas ela está rindo. Gesticula para eu me sentar e obedeço.

Suas unhas dos pés e das mãos estão pintadas de branco iPhone — as de Amy não eram pintadas — e seu cabelo está amontoado no alto da cabeça, caindo, uma bailarina. Ela se mexe, o cobertor escorrega e suas pernas são castanhas cor de mel, mais macias do que as de Beck, mais esticadas, mais definidas do que as de Amy. A garota na tela termina de ler e a algodão-doce pega um bloco amarelo de tamanho ofício.

Ela escreve: *?*

Ela estende a caneta, mudo minha cadeira para mais perto e é aquele momento antes de você comer alguém e cada movimento é de penetração. Todo meu corpo é um pênis. Pego a caneta. Nossos dedos não se tocam. Ainda não.

Escrevo: *Estou procurando alguém.*

Devolvo a caneta a ela. Nossos dedos ainda não se tocam.

Quem?

Ela tem diamantes gordos nos lóbulos das orelhas. Pego a caneta e desta vez nossos dedos se tocam levemente.

Isso não seria justo. Ela está fazendo o teste.

O segurança entra de rompante. Ela o afasta com um gesto. Foi fácil assim. Ela me salvou. Ela é a chefe. Gesticula para eu ficar.

Eu te devo uma água. :)

Então ela também se lembra de mim. Escrevo: *La Poubelle.*

Ela escreve: *Sim.*

Escrevo: *Sim.*

Ela pega outro fone de ouvido e chego a cadeira para mais perto ainda e há sexo, tanto sexo em tudo que ela faz. Amy e eu trocávamos provocações. Isso é mais quente. É mais puro. Ela coça o cotovelo e quero bater meus cinquenta paus em seu cotovelo. Ela espirra. Eu escrevo: *Saúde.*

Obrigada.

Minha vez: *Meu nome é Joe. E o seu?*

Ela passa a língua nos lábios. *Oi, Joe. Eu sou Love.*

Há um calor gerado por nossas pernas, paralelas, nossos braços, próximos. Escrevo: *Love?*

Ela tapa a boca com a mão. *Meus pais são malucos. Mas é um nome divertido. Depois de algum tempo, como qualquer nome. Você se acostuma com ele e seu nome é só o seu nome. Mas então, sim. É esquisito ser amor. Oi, babaca narcisista, né?*

Love é engraçada. *Oi, babaca narcisista.*

Ela sorri e acontece, um encontro às cegas espontâneo e não verbal. Eu conto piadas. Love tira fotos de minhas piadas sobre as atrizes e manda pelo telefone a alguém. Um garçom entra. Escrevo meu pedido: *cheeseburger médio fritas grey goose com soda.* Love morde o lábio, olha o garçom e faz o sinal da paz. *Dois.* Ela é uma garota da capa tranquila, descontraída, bonita. Prometo ativamente a mim mesmo que não vou pensar que ela é mais saudável que Beck e mais divertida que Amy. Não vou deixar que o velho, alquebrado, morto, mau e ladrão do amor esteja no mesmo ambiente desta Love nova e meiga de pernas cor de mel. Eu estou no aqui e agora.

Ela estala os dedos e aponta o monitor. Continuo a fazer Love rir quando o garçom volta com nossos sanduíches. Pego minha carteira e Love segura meu braço. Faz que não com a cabeça. Gesticula para os sanduíches e eu rio quando me toco que todo mundo sabe que o sexo fica melhor quando você está amando. Ela me vê rir e escreve uma palavra: *Pervertido.*

Ela não vira a cara quando a olho firme nos olhos. Amy teria batido em mim, ou se contorcido, ou teria transformado tudo em uma brincadeira cínica. Beck teria feito beicinho e levantado algo tedioso como a etimologia da palavra *pervertido.* Mas os olhos de Love ficam fixos nos meus e eu entendo. Ela é uma pervertida também.

16

NÃO acredito em amor à primeira vista. Mas acredito em eletricidade, em como pode recarregar uma pessoa. Estou me curando. Quando Delilah me manda uma mensagem, respondo: *Viajei por duas noites, visitando meu tio.*

Love pega um pote de chicletes Breakers Ice Cubes. Abre a tampa e me estende a caixa. Abro a palma da mão, esperando que ela vire a caixa e um cubo role para a minha mão, mas escreve: *Vc pode pôr sua mão na minha caixa.*

Tudo seria perfeito se ela tivesse usado *você* em vez de *vc.*

Estendo a mão para a caixa e pego um chiclete. Aprendi com nosso diálogo no bloco que Love é uma produtora deste filme. Ela trabalha com um cara, o cara para quem fica mandando minhas piadas. Digo a ela que vim procurar minha vizinha, que está nervosa com seu teste.

Love faz o que as garotas fazem quando gostam de você, quando descobrem que você é solteiro e não podem sorrir, e te olham do jeito como encaram o chão, e suas faces ficam vermelhas, os olhos enrugam e *sim.*

Escrevo que minha vizinha é *alta de verdade. Loura. Viu alguém parecido?*

A confiante Love nega com a cabeça. *Estamos procurando alguém mais baixinha. Não me lembro de nenhuma loura alta, não que fosse digna de nota. Tem uma foto dessa garota?*

Faço que não com a cabeça. *Mas está tudo bem. Isso não importa mais.* O sorriso dela fica mais largo.

Todo primeiro encontro chega a um final brutal e desagradável, e o nosso acontece quando uma voz berra em nossos fones. É um homem. Ele fala alto e acelerado: "Forty para Love, Forty para Love. Checando, checando."

Escrevo: *É seu namorado?*

Ela ri. Faz que não com a cabeça.

E aí está, minha resposta, meu estímulo, minha deixa, meu *sim.* Tiro os fones e Love faz o mesmo. Eu a beijo. Ela corresponde. É o beijo mais quente da minha vida. A boca de Love é a Soho House, veludo e mármore, *só para sócios.* Não tento mais nada além disso e me afasto primeiro. Ela me diz oi e sua voz é ao mesmo tempo pornograficamente sugestiva e criteriosamente franca, como se estivesse em um tribunal, sendo gravada, parte daquela geração que foi instruída a *usar as palavras.*

Ela meneia a cabeça e ri.

— É tão estranho ouvir sua voz depois de passar um tempo sem ouvir.

Ela tem razão, estou rindo e o cheiro que ela tem é bom pra caramba.

— Venha conhecer meu irmão — diz ela. — Foi ele que redigiu a ridícula chamada de elenco, mas, sabe como é, ele tem uma visão.

Ela explica que os pais antes eram obcecados por tênis, assistindo mais do que jogando. Love não joga muito (isso!) e Forty não é muito atlético (e quem se importa?). Engraçado o que as mulheres pensam que você quer saber. Atravessamos o salão principal e ela cumprimenta gente ao acaso com um aceno. Love é um passaporte; ela é Ray Liotta em *Os bons companheiros* e Julianne Moore em *Prazer sem limites*, uma anfitriã, uma líder. Com ela, posso ir a qualquer lugar. Ela me olha antes de abrir a porta com a placa SALA DE PROJEÇÃO.

— Tenha paciência comigo — diz ela. — Forty pode ser *demais.*

Ela não está brincando. A sala fede a charutos e lagosta. Forty está ao telefone e gesticula para fazermos silêncio enquanto ele *bajula seu agente.* Ao contrário da crença popular, Philip Seymour Hoffman não morreu; está vivo e passa bem, acampado em Forty Quinn. Forty tem as pernas arqueadas e é louro, usa bermuda de algodão, uma camiseta da Steve Miller Band e tem um gigantesco sorriso juvenil. Love me diz que eles são gêmeos, mas Forty parece ser uns cem anos mais velho. A pele dele é curtida do sol, de cocaína e de serviço comunitário por ordem de tribunais. O cabelo é o contrário da pele, brilha ao ponto de ser sedoso, possivelmente transplantado de uma boneca, amarelo, condicionado e repartido no meio.

— Ele é intenso — ela cochicha.

— Vocês são próximos? — pergunto.

— Somos gêmeos — diz. Ela não responde à pergunta, mete o cabelo atrás das orelhas e começa a arrumar a bagunça que ele fez. Só pedimos dois cheeseburgers, e Forty pediu tudo que tem no cardápio. Procuro não reagir a esta confusão de comida desperdiçada. Não vou estragar isso.

Forty tem um cigarro pendurado da boca e tira a rolha de uma garrafa de Dom.

— Eu não *senti* as garotas Groundlings — diz ele ao telefone. — Preciso de mais coração em uma mulher, entendeu? Nancy vai ouvir poucas e boas porque eu disse a ela especificamente para *não me vir com gracinhas*, a não ser que me traga uma graça.

Ele desliga, resmungando, e Love chama a atenção dele.

— Forty — diz, num tom de professora de jardim de infância. — Calma. Vai ficar tudo bem.

— *Não* está tudo bem — retruca ele. — Nós não a encontramos.

— Vamos encontrar — diz ela. — Mas agora, Forty, este é o Joe. O Joe engraçado.

Forty baixa a garrafa, apaga o cigarro e aplaude.

— Meu Velho. Você me *mata* de rir.

Estendo a mão e gosto desse sujeito, não porque esteja me elogiando, porque ele tem razão. Eu sou engraçado. Sou talentoso. Sou *Meu Velho.*

Nós três nos acomodamos em poltronas, falamos das atrizes e é estranhamente fácil. Por toda a minha vida, lutei para me encaixar. Não tenho estômago para o grupo de metidos de Calvin, não consigo me sentar com Harvey e ouvi-lo trabalhar em seus números e nunca poderia passar pela vida como acompanhante de Delilah. Mas isto parece fácil.

Love vai ao banheiro e Forty joga um guardanapo amassado em mim.

— Seja bonzinho com ela.

— Ora essa, sim — digo. — E aí, vocês são daqui?

Ele me olha como se eu fosse louco.

— Está falando sério agora?

Olho para ele como se ele fosse mentalmente são.

— Sim.

Ele ri. Bate palmas.

— Cara, adoro você por não saber onde está. Essa merda é épica. — Seus olhos escurecem. — A não ser que você seja um mentiroso.

— Meu Deus, não — digo. — Vim aqui procurando alguém e encontrei sua irmã. É isso.

Love volta e pergunta o que perdeu. Forty joga outro guardanapo amassado nela.

— Você perdeu a parte em que meu coração de novo ficou inteiro — diz ele. — A parte em que soube que seu novo amigo Joe *não faz ideia* de quem somos.

Love cruza os braços.

— Forty — diz ela. — Para com isso.

— Está tudo bem — digo. — Eu não sou do governo.

Forty ri com vontade e Love pega o guardanapo e joga longe, embora não precise fazer isso.

— Precisa perdoar meu irmão — diz ela. — Às vezes ele é iludido e acha que somos famosos. Só que não somos.

— Só que somos — diz ele. — Joe, já ouviu falar do Pantry?

— O melhor mercadinho do mundo — digo. — Fica perto da minha casa.

— Em Brentwood? — pergunta ele.

— Não — respondo.

— Santa Monica?

— Não.

— Cara, você mora em Malibu? — pergunta ele.

— Moro em Hollywood — digo. — Em um edifício de apartamentos.

Forty recua e é como na escola, quando descobrem que você tem café da manhã e almoço grátis.

— Que legal — diz ele. — Holly fode se puder, né, mano?

— Nossos pais são donos do Pantry — diz Love, e minha cabeça estoura e não tento esconder. — Mas isso *não* nos torna famosos.

Tudo fica nebuloso enquanto Love e Forty brigam se são ou não famosos. Nem acredito que Love é dona do Pantry, meu lugar especial, meu paraíso. Ray e Dottie estiveram tentando me mandar seu *amor* desde o dia em que cheguei aqui.

— E aí, vai se juntar a nós, às mamães e aos papais no big C? — pergunta ele.

Olho para Love e ela sorri para mim.

— Vamos ao Chateau. Você vai?

— Claro — digo, e ele estava em minha lista de lugares a ir, mas não quero agir como um turista de merda.

Forty passa a mão no queixo e me encara, Love pergunta qual é o problema dele e ele suspira.

— Vou adivinhar que seu novo amigo não tem um paletó e vou sugerir uma parada no caminho para consertar essa injustiça insuportável. Sim?

Olho para Love. Digo que sim.

17

FICO à vontade no Tesla de Love e eu nasci para isso. Paramos na frente da Soho House e mostro a ela minhas playlists do Pantry no telefone, e também meu histórico de busca do Shazam. Ela quer ver *minhas* músicas mais tocadas e fica perplexa.

— Tem muita coisa de *A escolha perfeita* — diz ela. — Você tem namorada?

Digo que ela é engraçada e invento uma merda qualquer sobre ver o filme na Netflix no meio da noite e gostar do mash-up na piscina. Depois trago o assunto de volta a nós, às playlists do Pantry.

— Eu simplesmente não consigo esquecer isso — digo. — Eu *adoro* aquelas playlists. Entro lá só pela música.

Ela fica toda animada, seus joelhos esbarram e ela bate o cotovelo no volante.

— Você não sabe como eu estou por te deixar maluco — diz ela. — *Fui eu* que fiz aquelas playlists.

E ela não está de brincadeira. Eu estou maluco. Love é a *projetista de música* e ela é a pessoa que deixa "Valerie" dos Zutons se fundir em Gregory Abbott.

— Ninguém nem nota — afirma. — E quero dizer que eu *penso* em música, sou *obcecada* por essa música. Acho que é por causa do meu nome, mas tenho, tipo, dez mil fotos minhas posando com canções de amor, tipo "Stop! In the Name of Love", sabe como é, eu na frente de uma placa de pare.

Acho que não tem problema tocar nela e dou um tapinha em seu joelho.

— Não se preocupe. Seu segredinho bobo está seguro comigo e não vou saltar do carro.

Ela tem tantos sorrisos diferentes. Este é diabólico.

— Você nem pode — diz ela. — Está trancado aqui dentro.

— Que bom — digo. Ela já me colocou numa gaiola. Digo a ela que adoro os nomes divertidos que o Pantry escolheu para cada seção.

— *Fui eu* que dei os nomes quando nós reestruturamos — diz ela. — Estudei *Procrastination Nation* quando estava na faculdade, pirando com a minha tese.

— Nem acredito nisso — digo.

Pergunto se estudou teatro na faculdade e ela me diz que não é atriz.

— Quer dizer, acho que você não é criado aqui sem pensar nisso, mas tenho uma organização filantrópica chamada Swim for Love, em que damos aulas de natação a crianças em situação de risco. Este é meu foco principal. Aqueles filmes que Forty e eu tentamos fazer nunca saíram e, por mim, tudo bem. Mas eu preferia fazer isso a *testes*. Não é uma tristeza?

Falo para ela de minha teoria de zumbis com aspirações, que a fama é o antídoto, a questão da oferta e da demanda. Ela diz que eu pareço um escritor e eu digo que sou vendedor de livros. Mas chega de falar de mim.

— Me conte sobre o Pantry. Conte tudo.

Ela diz que os bisavós ajudaram a construir a Califórnia — um Pantry para começar um império — e agora eles possuem dezenas de *mercados* na Califórnia. São donos de hectares de terras, centros comerciais e, puta merda, a garota é podre de rica.

— Não estou contando isso só por contar — explica. — Quer dizer, não estou me gabando.

— Eu sei. E falo sério quando digo que ficaria empolgado se você só tivesse uma loja. Eu adoro aquele lugar.

Ela ri.

— Estou começando a entender o quadro. E temos de agradecer a sua amiga, aquela do teste. — Ela dá um tapinha no meu ombro. — O motivo por termos nos conhecido. — Love é atrevida; Love é safada. — Devíamos mandar flores a ela. Ou chocolates. Como é mesmo o nome dela?

— Valeu a tentativa. Não vou dizer.

Ela bate no volante. Eu rio.

— Ainda não acredito que seus pais estiveram me falando de você e eu nem sabia.

— Bom, aquele lance de *mandar nosso amor* foi ideia do meu pai. Meus pais, eles são meio apaixonados demais. E depois que eu nasci... depois que *nós* nascemos... meu pai ficou todo, "Vamos espalhar o amor. Vamos fazer com que ele seja uma parte de cada dia que temos".

— Eu acho bonito. Meus pais se detestavam e nosso mercadinho tinha *ratos.*

Ela solta uma gargalhada alta e frouxa. Diz que Ray e Dottie são namorados desde o ensino médio. O pai de Dottie era açougueiro. O pai de Ray era dono do Pantry. Eles se apaixonaram quando crianças, continuaram apaixonados quando adolescentes e ainda são *enjoativamente apaixonados.* Eu rio. Love diz que não estarei rindo em uma hora, quando estivermos todos juntos no Chateau.

— Simplesmente não é normal — afirma ela. — É como se eles nunca tivessem se cansado um do outro. Eles agem como se estivessem no colégio.

— Isso é incomum.

Love diz que é um saco, suspira e fala que acredita em dar tudo de si. Ela culpa a felicidade dos pais e o nome que recebeu por sua propensão aos relacionamentos. Já foi casada duas vezes.

— Duas vezes? — pergunto. Seguro meu telefone na janela; meu sinal está fraco e quero procurá-la no Google.

— Use meu iPad — diz ela. — A senha é Love.

A senha é Love, pego seu iPad e ela me fala de seus maridos. Ela conheceu Michael Michael Motorcycle em Las Vegas — *um completo babaca* — e ela era nova, e idiota, ressentida *e chapada.* Eles duraram onze meses.

— Onze meses? Impressionante.

— É preciso tentar — diz ela, e às vezes não sei se está sendo sincera. Ela se casou com o segundo marido, um médico negro chamado dr. Trey Hanes, oito anos atrás.

— Ele era o meu coração.

Entro no Safari e vejo seu histórico de pesquisa: *sapatos filhotes sapatos para neve filhotes Labradores chocolate labradores cachorro preto botas acima do joelho sapatos labradores amarelos.*

Não vejo como pode ser assim. Talvez seja alguma configuração de privacidade de uma pessoa rica em que não importa o que você olhe, sempre diz *sapatos filhotes,* porque a mulher que procura por sapatos e filhotes não pode ser aquela perspicaz aqui no Tesla, que me fala de seu casamento com Trey.

— Nós dois tínhamos 27 anos — conta. — Estávamos loucamente apaixonados.

Sapatos e filhotes.

— Arrã.

— Mas aí ele adoeceu. Câncer — diz ela. — As pessoas sempre falam da luta, mas Trey não quis lutar. Mas não conseguimos, sabe, eu não tive a chance de limpá-lo depois da quimioterapia ou de raspar a cabeça em solidariedade a ele.

— Ele morreu muito rápido — digo. E talvez *sapatos* e *filhotes* sejam um mecanismo de defesa. — Que coisa horrível.

— Não foi câncer. Ele se afogou quando estávamos surfando, pouco depois de ter o diagnóstico. — Ela segura mais firmemente o volante. — Minha mãe ia *me matar* se pudesse me ver agora. Ela diz que falo dessas coisas cedo demais. Mas sabe quando seu cérebro tem uma espécie de pensamento de repouso padrão, algo que você fala a respeito de si mesmo?

CanecaDeUrinaCandaceBenjiPeachBeckHendersonCanecaDeUrina.

— Sei.

— Bom, o meu é sempre sobre Trey. Acho que ele se matou. Acho que se sentiu muito mal por eu ter de vê-lo morrer e se matou. E não por envenenamento. Quer dizer, você já leu *Laços de sangue*?

— Sim — respondo.

— Bom, sabe o cara que é gay, não consegue lidar com isso e nada até morrer?

— Sim — repito e nem acredito que *Sapatos e Filhotes* está falando comigo sobre Michael Cunningham.

— Bom, acho que foi o que Trey fez. Ele não conseguiu lidar com a ideia de minha família e eu dando conta disso. Meus pais só querem saber de coisas *boas*. Mas as coisas ruins... — Ela meneia a cabeça. — Estou exagerando? Devo colocar uma música ou coisa assim?

Seguro sua mão que caminha para o painel.

— Não. E então, seu irmão é casado?

— Ha. Essa é a piada de nossa família. Fui casada *duas vezes* antes dos trinta e meu irmão não consegue sequer namorar uma mulher por mais de cinco minutos. Os melhores exemplos podem ser os piores exemplos.

Love me diz que é impossível reproduzir a relação de Ray e Dottie. Ela nem mesmo sabe por que eles *tiveram* filhos, de tão apaixonados que são um pelo outro.

— A gente ouve falar de mães que ficam tipo foda-se meu marido, agora amo meus filhos — diz ela. — E minha mãe, quer dizer, ela nos ama, mas ama muito mais meu pai. Seus pais estão juntos? Você disse que eles brigavam, mas é desse jeito que algumas pessoas se comunicam.

Ah, as mulheres ricas.

— Não. Minha mãe foi embora. Eles não eram um exemplo para nada.

— Quem dera poder escolher seu exemplo — diz ela. — Nós temos o que temos.

Love agora tem 35 anos, o que fará dela a mulher mais velha com quem dormi, e noto o quanto quero ir pra cama com ela. Ela usa a seta. Ela é gentil. Ela diz que *também é meio de* Nova York.

— Temos alguns imóveis lá — afirma ela. — Mas nunca fiquei mais de alguns meses. Parece ridículo, mas acho que sou apenas sensível demais.

— Como assim?

Love foi criada *principalmente em Malibu*, mas foi instruída em casa, com viagens biológicas às ilhas Galápagos e semestres de imersão em escolas públicas, e ela adora Los Angeles. Antigamente queria ser advogada.

— É um problema que temos — diz ela. — É coisa de família. Meu pai fala, "tenho esses dois filhos e um quer fazer filmes e a outra quer defender os bandidos e ninguém quer cuidar da loja".

— Ele é assim mesmo?

Ela dá um tapa em minha perna.

— Você vai ver.

Love não acredita que exista gente boa ou má; ela acredita em gente. Seu 11 de Setembro foi assim: Love estava no primeiro ano da faculdade de direito na Universidade de Nova York.

— E, para falar com toda a sinceridade, eu *detestava* — diz ela. — Não estava me entendendo com ninguém, sabe? Ficava no meu quarto vendo *Legalmente loira*, querendo ser assim, e quero dizer a parte ruim, quando Elle Woods nem mesmo tem amigo nenhum. Eu estava infeliz.

— Você não era muito nova? — pergunto. Love é cinco anos mais velha do que eu, muito mais velha que Beck e Amy. Mas ela não é assim *tão* velha.

— Bom — diz ela. — Lembra que fui instruída de forma independente e meu pai, bom... — Sua voz falha e desconfio de que muitas histórias dela têm buracos preenchidos por dinheiro. — Daí fiquei acordada a noite toda em um bar reclamando com meus amigos porque eu queria um sinal.

— Um sinal?

— Sabe como é. Um sinal de que não tinha problema largar a faculdade de direito. — Ela buzina para alguém que tenta ultrapassar. — Depois ainda estávamos fodidos, nos aguentando, e a coisa começa. As torres, o inferno, e o mundo fica uma loucura, meus amigos ficam tipo, puta merda. Lá está o seu sinal.

— Caramba. — Não vou julgá-la. Em vez disso, penso em seus mamilos.

— Por favor, fique apavorado — diz ela, lendo minha mente. — Sei o quanto tudo isso parece *babaca*, dizer que era meu sinal. Parece idiotice, egoísmo e solipsismo dizer que o 11 de Setembro foi meu cartão de liberdade-da-faculdade-de-direito.

— Isso é barra pesada. — Beck precisou procurar *solipsismo* no dicionário. Amy nem dicionário tinha.

— Mas quando você é jovem, precisa de toda essa aprovação, e lê seu horóscopo e diz coisas do tipo, "se o cara no balcão me der duas cerejas em vez de uma, significa que devo sair deste bar e ir a outro lugar".

— Entendi.

Love quer saber onde eu estava no 11 de Setembro e ficamos empacados naquela parte de merda da Sunset onde ficam todos os centros comerciais. Digo a verdade: tive problemas no trabalho. O sr. Mooney me trancou em uma gaiola no porão. Eu perdi a data. Quando saí, a fumaça já havia sumido.

— Nossa. — Ela tamborila os dedos no volante. Diz que adora gente excêntrica. Adora gente velha. Adora uma boa história. Ela diz que temos boas histórias do 11 de Setembro e que podíamos fazer um bom filme com elas. Agrada a ela a ideia de um *nova-iorquino que perdeu Nova York.* Ela pergunta quantos anos eu tinha.

— Dezesseis — respondo. Rápido demais.

Ela ri. Quero comer sua xoxota de algodão-doce.

— Joe, um detalhe a meu respeito, eu não dou *a mínima* para a idade. Não sou dessas mulheres. Você pode ser mais novo do que eu o quanto quiser.

A mãe dela telefona e Love fala sobre bolas de tênis e *Net Jets.* Sei que Love gosta de mim pela melodia em sua voz, pelo jeito como fala com a mãe que está *levando alguém.*

Quando Love termina com a mãe, entrega o carro a um manobrista no Hollywood & Highland.

— Você vai me achar uma patricinha horrível se eu disser que não consigo lidar com o trânsito, estou louca por uma bebida e preferia que você comprasse um paletó em algum lugar por aqui?

Não acho que Love seja uma patricinha horrível e eu não deixaria que ela pagasse por minhas roupas na Lucky ou na Gap.

— Quase pronto? — pergunta Love.

— Quase — respondo.

Quando saio da sala de provas, Love também está de roupa nova, um vestidinho branco e mínimo com aberturas dos dois lados.

— Nossa — diz ela. — Nem acredito que esse paletó é *da Gap.*

Eu nem acredito que ela está usando uma camisola para jantar, mas arranco a etiqueta, segundo seu pedido. Minha mãe sempre dizia, *os ricos são diferentes.*

18

AGORA vivo aqui, a esta mesa em particular, nesta noite específica, no Chateau, com essas pessoas específicas, o meu pessoal, os Quinn. Nasci novamente como um Quinn, genro extraoficial de Dottie e Ray — os Dottie e Ray que me mandam seu amor no Pantry! — e eles sabem abraçar, sabem conversar. São pessoas plenas e felizes, e falamos dos acontecimentos atuais e eles não entendem o *auê* por Henderson.

— Sou das antigas — declara o pai de Love. — Prefiro Johnny Carson ou Jay Leno no lugar dele. Ora essa, até aceito Jimmy Fallon porque o garoto se veste bem, mas não aquele moleque no *sofá* dele.

— Pai, não seja tão severo. — Love o repreende.

— Não — digo. — Entendo o que ele quer dizer. Acho que Henderson estava envenenando a todos nós. Existe honra em fazer perguntas às pessoas. Existe honestidade nisso. Curiosidade. É intelectual. As gerações anteriores, elas ficavam mais à vontade como ouvintes e Henderson promovia uma ideia de que todos podíamos ser o centro das atenções o tempo todo. Mas se todo mundo está no palco, quem está na plateia?

Todos me encaram e isto aconteceu algumas vezes essa noite, quando questionei o valor de vegetais orgânicos e expressei minha opinião sobre *couve*. Mas eu os conquistei e ganhei de novo quando Ray aplaude.

— Você é um sopro de ar fresco, Joe.

Dottie fica radiante.

— Tão inteligente.

Love acaricia minha coxa. E ela tem razão; parece que Ray e Dottie se amam e eles me adoram. Ray quer saber se gosto de barcos e do Cabo porque ele tem uma lancha *Donzi* nova que está louco para colocar na água e uma *casa* no Cabo.

— *La Groceria* — diz ele, cativado por sua péssima pronúncia. — Os vizinhos nos acharam malucos, mas gosto de um bom nome. Por que não chamaria de *La Groceria*? Tudo fica melhor em espanhol.

Procuro Donzi no Google. Custa em torno de 500 mil dólares.

Ray e Dottie insistem que eu coma e beba o que quiser.

— Sua primeira vez no Chateau é um acontecimento especial — de acordo com Ray. — Vidas são criadas aqui, Joe. Esta é a *nave mãe.* Isto é nossa tradição de família e, quando você está conosco, é da família. Entendeu?

Love ri dele, mas ele tem razão. O Chateau Marmont é um país que não permite extradição, uma zona de segurança, um paraíso, e todos *se importam* comigo. Minha cadeira é bem macia? Minha bebida está a meu gosto? Está quente demais? Frio demais? Preciso de um aquecedor? Eu como crustáceos? Nunca recebi tanta atenção, e Love cochicha — *meus pais não são tão ruins, né?* — e tenho um novo respeito pelas aspirações porque este é um ótimo estilo de vida.

Forty chega e me abraça como se fôssemos grandes amigos. Ray bufa.

— Você viu *todas aquelas* garotas no seu teste de hoje, mas, não sei por quê, é sua irmã que vem com um novo amigo.

Forty o ignora.

— O amor é com ela, pai.

— Seu pai e eu só queremos ver você feliz — acrescenta Dotty.

— Eu sei, mãe — diz Forty. — E garanto a vocês que quando eu terminar a seleção de elenco e finalizar a revisão do roteiro, e conseguir de meu agente a bio de que ele precisa para aquele piloto rodado em Sedona, e conseguir que ele reescreva o que preciso para o *outro* piloto rodado em Culver, eu garanto a vocês, meus amados pais, vou conhecer uma mulher muito legal, vamos nos casar e ter dois filhos perfeitos. Talvez até gêmeos.

Love ri.

— Você é terrível.

Mas Forty ainda não acabou.

— Porque é muito fácil conhecer lindas mulheres disponíveis quando você dirige cinco projetos de uma vez. — Ele vira para dentro um shot de tequila. — Mas esta noite, a mamãe e papai, no meio aniversário de papai.

Em meu blazer azul-marinho por cima de uma camiseta básica, passo por uma daquelas pessoas no Chateau. Ray conta histórias sobre os bons velhos tempos, cuidando do primeiro Pantry, trabalhando dobrado por um trocado — os pais dele não lhe davam nada, era uma época diferente — e

Dotty diz que o passado é o passado. Diz que não se pode fingir que não se tem nada quando se tem demais. Ela aperta meu braço.

— Veja bem, o pai dele era o *dono* e o meu pai era o *açougueiro*, então é só graças a mim que ele sabe o que é ter sido pobre.

— Eu entendo — digo.

— É claro que entende — diz ela. — Você é de *Nova York*.

Love deixa a mão na face interna de minha coxa. Isto é uma *família* e Ray e Dottie gostam de mim porque eu *trabalho para viver*. Eu podia viver assim, mas *Da derrota à vitória*, por definição, fala de expansão e nosso grupo fica maior o tempo todo. Amigos passam por esta festa de meio aniversário e Love precisa *ser gentil*. Forty bate o braço nas minhas costas.

— Você não trabalha no setor, não é? — pergunta ele.

— Não — confirmo. — Mas me divirto com ele.

— Suas observações foram valiosas — diz ele. Ele usa três pacotes de adoçante artificial. — E é exatamente disto que este setor *precisa*.

Ele quer bater um high-five e estou lá, e ele fala de *Quase famosos* e ele desabafa.

— As pessoas por aqui não gostam de *pensar*. Elas têm medo disso, como se não tivessem como voltar, se pensassem. Mas você é um *pensador*. Você é como aquela escultura. Eu sei disso. Eu vejo.

— Obrigado — digo.

Ray se curva para frente.

— Ele é um *professor*.

Forty concorda com a cabeça. E com esse apelido eu posso lidar, *O Professor*, e Love volta, passa os braços por mim e sussurra em meu ouvido, *Professor*.

— Não — digo. — É *O* Professor.

Ray bate palmas e chega nosso convidado de honra extraoficial, o produtor Barry Stein. Todos se levantam para *Barry Stein*, e então a porra do Bradley Cooper — Chateau! — o está abraçando, convidando-o a se sentar. E agora Barry se aproxima de nós. Ele é tão Costa Oeste que podia figurar em *Onze homens e um segredo*. Ele quer que a gente *se sente*. Ele não sorri. É descolado demais para sorrir. Dotty fica *arrasada* por ele aparecer sozinho.

— A mulher e a babá estão cuidando de Henny — diz ele, e esta é nova, *Henny*. Ele troca de marcha, parecido com Delilah, e passa um braço por Love. — Mas Dottie, se é um sofrimento para você me ver sozinho, ficarei feliz em pegar esta daqui.

Canalha de merda, mas o pai de Love ri e ela pede licença para ir ao toalete com um beijo em meu rosto. Stein suspira.

— Todas as boas já têm donos.

Dottie sorri.

— Este é o novo amigo de Love, *Joe*. Ele é brilhante.

Ray também me endossa.

— Esse garoto leva jeito, Barry.

Barry diz que é um prazer me conhecer, eu não gosto dele e não gosto do filho da puta louro e rico que se aproxima desta mesa. Seu boné diz VINEYARD VINES e a camiseta diz FOUR SEAS ICE CREAM e quando eu queria vir para cá de camiseta e jeans, tive de fazer compras. Love volta do banheiro e abraça este homem.

— Milo, é um prazer te ver.

A garçonete abre espaço para ele e Dottie *o beija* e o convida a jantar e Forty me dá uma cotovelada.

— Não perca seu tempo ficando verde de ciúme — diz ele. — Milo é só nosso irmão por parte de pai.

Digo a Forty que estou bem e então me levanto, estendo a mão. Milo se abre para um abraço.

— Que se dane — diz ele. — Vem cá.

Os olhos de Milo são grandes demais, seu sorriso é bajulador. Ele é demasiado gentil com a garçonete, elogioso demais com o bolo que Dotty comprou para Ray. Ele é um merda de mentiroso até a medula. E ele é *produtor de televisão.*

— De ofício — diz ele. — Mas meu coração está no teatro.

Quero saber se o pau dele esteve dentro de Love e ela diz que é autodepreciativo demais. Todo mundo tem um ponto cego. O de Love é Milo. Ela não entende que ele se subestima de propósito para que ela babe para ele.

— Milo é incrível — ela delira. — Ao contrário de mim, ele *ficou* na faculdade de direito. — Ela baixa os olhos com timidez e de imediato sei que eles estiveram trepando no 11 de Setembro. Love continua. — E Milo não é só um produtor, ele é *o* produtor. Ele é motivo para *New Blood, Connecticut* ganhar todos aqueles prêmios. Ele simplesmente *sabe* muito.

Milo sorri.

— A senhora exagera. Por favor, seja legal, me fale *de você.*

Mas Love me atropela.

— Joe, Milo é um roteirista fantástico. Ele acaba de voltar de Martha's Vineyard, onde o filme dele foi exibido no festival, não é?

— Na verdade, foi em Nantucket — diz ele. — E acho que teve o dedo do tio Barry nisso. É só um curta.

Olho para Barry Stein, que se limita a negar com a cabeça.

— Só o que eu fiz foi assistir ao filme, chefe. Eu juro.

Todos nós rimos como se isso fosse engraçado, mas não é, e Milo conta a todos sobre a porra do seu curta-metragem e Love dá atenção a ele, não a mim. Não estou envolvido nesta conversa e escapo para descobrir um pouco mais sobre este escroto. Entro online e descubro que Milo é afilhado de Barry Stein, e não seu sobrinho. Descubro que ele e Ben Stiller posaram juntos para fotos menos de 24 horas atrás. Descubro que seu curta é *uma releitura baseada em fatos reais do acontecimento mais lancinante da infância de Milo Benson, quando seu irmão mais velho chocou Daien, em Connecticut, assassinando a sangue frio o pai de Milo, o dono de um fundo hedge, Charles Benson.*

Porra de republicanos. Eles se matam por dinheiro, depois o cara liberal que sobra fica com toda a grana e faz carreira aproveitando *este* acontecimento de sua infância, primeiro em um livro de *desenhos*, depois em um artigo na *Vanity Fair*, em seguida em seu programa de televisão.

Volto à mesa, onde Milo e Forty brigam pela atenção e aprovação de Barry Stein, que diz que as ideias de Milo *têm um tremendo potencial*, mas dá tapinhas nas costas de Forty e diz a ele que as ideias dele *precisam de elaboração*. São duas declarações muito diferentes, o que é idiotice, porque no fim das contas ou você tem algo ou não tem. Milo pede uma *tigela de açaí* e Forty pede uma tequila Patrón dupla. Cutuco Forty e digo que esta última ideia parecia boa.

Forty concorda com a cabeça e Ray levanta sua taça.

— À família, à comida, à diversão, aos velozes e furiosos.

Ray e Dottie são a prova de que o dinheiro *pode* comprar a felicidade, e Forty geme — *Pai, já chega desses filmes* — e Love ri.

— Joe — diz ela. — Uma coisa que você precisa saber sobre meu pai é que ele é obcecado pelos filmes *Velozes e furiosos*.

Abro um sorriso.

— Está tudo bem — digo. — Desde que seu pai reconheça que *Velozes e furiosos 5* é o mais inteligente, uma afirmação de valores familiares que ao mesmo tempo aponta o dedo para nosso sistema judiciário corrupto, enquanto endossa valores americanos tradicionais como o jantar de domingo e a lealdade.

Estou arrasando esta noite e Ray aplaude.

— Está certo de novo, Professor.

Love geme, ela prefere *filmes pequenos*, e Forty agora está embriagado e cita *O reencontro*, como se seu conhecimento de filmes aclamados vá convencer Barry Stein de que ele tem algo próprio a dizer. Ray não gosta do filho desse jeito, bêbado e esforçado. Ele não gosta quando Barry Stein gesticula para Milo chegar mais perto e salvá-lo de Forty, e aposto que às vezes Ray queria que ele e Dottie nunca tivessem trepado e tido filhos.

É uma coisa feia, uma família por dentro, as decepções, a repulsa, e fico aliviado quando Dotty puxa meu braço.

— *Professor* — diz ela. — Ainda não consigo acreditar que você leu todos aqueles livros de Jonathan Franzen. Adorei *As correções*, mas não consegui terminar. Todo mundo em meu clube de cinema ficou muito empolgado porque *As correções* virou filme.

— Clube de cinema? — pergunto.

— Éramos um clube do livro — ela admite. — Mas não conseguimos terminar este livro que nos deixou aturdidas, algo sobre o Haiti, não sei, era muito comprido e muito triste. E Haiti? É meio forçado para nós, sinceramente. Eu queria ser mais cosmopolita, mas no fundo sou provinciana. De todo modo, agora vemos filmes. Mas talvez, se tivéssemos um *guia* para que livros escolher...

— Vocês deviam ir com calma, com algo que tenha mais identificação — digo. — Quem sabe *O complexo de Portnoy*?

E engasgo em minha bebida porque nem mesmo percebi que Amy ainda estava em minha mente e ela está, é claro, ou eu não teria sugerido essa merda de livro.

— Ei, Professor. — Forty se curva para mim, sendo interrompido por uma garçonete que coloca a mão em meu ombro. Ela pede desculpas pelo incômodo, mas tem um recado urgente. Procuro Love com os olhos e Love sumiu e a garçonete me passa um guardanapo.

Pedido: Joe Goldberg

Entregar em: Suíte 79

Quando: Agora

19

A vida parece um daqueles filmes de Barry Stein em que tudo dá certo. Pego meus pedidos, encontro a ala de Love e bato na porta. Ela demora a responder e olho o luxo de tudo, os detalhes, as paredes revestidas de madeira. Até as bandejas abandonadas do serviço de quarto parecem arte refinada — flûtes, facas para queijo, fritas em azeite trufado. A porta se abre e Love franze a testa, olha-me inexpressivamente.

— Desculpe-me — diz ela. — Não pedi serviço de quarto nenhum.

— Love, sei que você não pediu nenhuma *comida*. Recebi seu bilhete, sabe, na mesa...

Ela me interrompe.

— Eu disse que não pedi serviço de quarto — ela protesta. Depois dá uma piscadela e ah, então é *isso*. Ela tenta fechar a porta e eu impeço que isto aconteça com meu pé. Love é gentil, o amor é paciente, mas também, principalmente e sobretudo — *sim* —, Love é pervertida.

— Senhorita — digo, como se tivesse feito isso mil vezes. — É uma cortesia do hotel, um sinal de nossa gratidão.

— Isso é meio inconveniente. — Ela ri, passando um dedo pela clavícula. — Meu mordomo acaba de preparar um banho.

Digo a ela que não pretendia me molhar e que tenho *ordens estritas* de atender a ela. Ela abre a porta e é como entrar no cofre-forte de uma porra de um banco, simplesmente *cheira* a dinheiro, o piso de taco, a madeira dura e firme — *dura, firme* —, o pequeno short de seda de Love, seu ursinho de pelúcia combinando e sua pele macia, um pouco mais escura do que as paredes cor de creme. Chega-se à cama por portas francesas e ela podia ter fechado essas portas, mas não fechou, e vejo aqueles lençóis, brancos, imaculados, e olho para ela, branca, imaculada e ela meneia a cabeça.

— Eu te falei — diz ela. — Meu mordomo preparou um banho.

Ela gesticula para que eu a acompanhe ao banheiro e é um projeto insuportavelmente espartano, uma pia que se pode encontrar em um prédio sem elevador em Reseda, ladrilhos lascados e banais nas paredes, canos expostos e uma cortina de box sem graça saída de um filme pornô, aberta e revelando a banheira cheia. Mas não está cheia de água. É *amarelo* e ela ri.

— Não conte a meu pai — diz ela, saindo da personagem. — Não faço isso o tempo todo.

— Isso é *champanhe*? — pergunto.

— Veuve Clicquot.

Mordo o lábio. Por que alguma coisa sempre dá errado? Eu não devia ter vindo aqui e não quero entrar em uma banheira de champanhe. Ela podia ter dito que foi o babaca do André e eu teria ficado irritado porque não *preciso* de uma banheira de dinheiro. Primeiro ela quer fingir que sou seu criado, agora quer esfregar seu dinheiro em meu pau, *literalmente*, ela quer que eu me encharque em sua riqueza. Somos jovens e novos um para o outro e este é um tempo *bom*, um novo tempo, não precisamos de uma banheira de dinheiro e ela sabe que eu não posso pagar para encher uma banheira com *Veuve Clicquot*, e não preciso fazer isso porque meu pau se basta.

Ela tira o short e uma mulher de verdade teria tirado a blusa primeiro. Ela é depilada, como eu esperava; não há nenhuma selva ali. Ela desloca uma alça no ombro e expõe um daqueles peitos de Love que eu queria ver, e ela levanta aquele peito redondo de Love e passa a língua naquele mamilo firme de Love e a blusa cai no chão. Ela entra na banheira e afunda na água de dinheiro, eu não me mexo e minha cabeça explode com um jogo de palavras ruim com Love:

Is this Love is all you need is Love for real?

— Entra — diz ela. — É tão bom aqui.

Mas não vou *entrar*. De todas as fantasias que Love pode ter, ela teve de fazer de mim um *criado*. Ela podia ter aberto aquela porta e fingido que eu era um agente da CIA, ou o médico do hotel, ou um prisioneiro foragido. Porém, na fantasia dela, eu sou servil, um joão-ninguém, e ela é uma princesa. Esta não é a minha fantasia, ela não é a chefe e digo a ela para sair.

— Joe, qual é o problema?

— Saia da banheira.

— Isto é para nós dois.

— Esvazie a banheira, Love.

— Tem 25 mil dólares de champanhe aqui — ela argumenta. — Por que simplesmente não entramos?

Eu me aproximo.

— Esvazie a banheira.

Ela não quer esvaziar a banheira e trinca os dentes.

— Por quê?

Olho para ela.

— Porque eu não preciso de 25 mil dólares. Não preciso de nada.

— Achei que seria divertido. — Ela faz beicinho. Levanta-se, partes de seu corpo encobertos pelas bolhas, e destampa o ralo. O dinheiro começa a desaparecer no sistema de esgoto e digo para ela se enxugar. Bato a porta. Ela que vá à merda, se acha que pode me comprar.

Tiro os sapatos e a roupa. Ouço que ela pega uma das muitas toalhas felpudas. Ela está se enxugando — vai se foder, simbolismo — e está irritadiça, batendo portas de armários e esvaziando a banheira, envergonhada e me passando sermão sobre desperdício. Sim, a garota que enche uma banheira com *champanhe* quer me ensinar sobre conservação. Isso é bom, ela *deve* sentir vergonha, aquele dinheiro podia ter alimentado muitas crianças pobres. E agora este é meu quarto, quem manda sou eu, ela abre a porta e está enrolada em uma toalha.

— Mas qual é a merda do seu problema? — pergunta ela. — É sério, eu quero saber.

— Tire essa toalha.

Ela olha em volta, como se eu fosse o tipo de babaca que gravaria algo tão íntimo. Enuncio a ela as regras.

— Nada de falar. — Ela concorda com a cabeça. Vou recriar o que tivemos na sala na Soho House. — Vamos brincar de Tudo que Joe Mandar. — Ela abre a boca. — Joe manda não falar. — Ela sorri, conivente. Deixa cair a toalha.

— Joe manda colocar a mão na xoxota. — Ela cobre a vagina com a mão direita.

— Joe manda colocar a mão *esquerda* na xoxota. — Ela troca de mãos.

— Esfregue seu clitóris. — Ela olha para mim. Estamos de olhos fixos um no outro e me aproximo outro passo.

— Beije-me como você fez no salão. — Seus lábios tremem. — Sinta como você está molhada aí embaixo. Agora sinta como eu estou duro para você. — Ela me olha de cima. — Me empurre para a cama, suba por cima de mim e monte em mim até não aguentar mais. Diga o que você quer, exatamente o que você quer, e faça com que eu dê a você como você gosta.

Toco um dos mamilos rijos e prontos.

— Vamos começar lambendo seus peitos enquanto sinto você acesa. — Ela abre as pernas e agora estamos tão próximos que nossos cílios podem se tocar. — Goze com toda a força que você puder, porque você não precisa de uma merda de champanhe quando está trepando comigo. Me mostre que sabe disso. Me pegue. — Ela bufa. — Me possua. — Ela fica esbaforida. — Joe manda "me fode".

Estamos na cama. Nem sei como chegamos lá, só sei da pele encontrando pele — *Love is all you need is Love* — e este sexo é circular, nunca termina. Somos animais e ela é barulhenta. *Joe manda não pare, me fode* e quando não estou possuído pelo puro *arrebatamento* entre suas pernas, por entre os lençóis, eu rio. *Joe tem Love.* Jamais conheci uma umidade dessas, o lance de pornografia, *encharcada.* Quero comê-la, mas me contenho — não sou um *criado* — e belisco sua barriga e ela me puxa para cima dela querendo mais, e está em silêncio, exigente, ela me puxa para dentro e parece o Chateau: Versão Corpo. Eu pertenço a este lugar, a Love.

Quero que ela sinta o meu gosto — *arranje quem chupe seu pau* —, digo a ela e Love se transforma em outra pessoa.

— Ah. Eu meio que não faço isso.

Se houvesse música, teria parado.

— Oh — digo. *Meio que* é a expressão mais inútil deste idioma. — Bom, posso fazer isso em você.

Ela se retrai.

— É só que parece melhor assim — diz ela. Ela me beija e sua xoxota me envolve, como areia movediça, e é impossível argumentar sobre boquetes com ela montada em mim como uma Donzi na água, bump, bump, bump, e seria perfeito, meu melhor desempenho até hoje se não fosse por aquela vozinha no fundo de minha cabeça, um aviso, uma advertência.

Arranje quem chupe seu pau.

É quase como se ela ouvisse o sr. Mooney e soubesse que eu preciso de mais. Ela me olha.

— Tem uma Coca na geladeira. — Ela sorri. — Pode pegar?

Pego a garrafa de vidro de Coca-Cola para Love, ela a sacode e espirra em meu peito e, sim, está em meu pau e, sim, *meio que* foram só preliminares e ela está lambendo a Coca-Cola na minha cintura, ela não é nada além de uma língua, um par de olhos, *mãos.* Ela está abaixo de meu umbigo, passa a mão na face interna de minhas coxas e agora ela me tem em suas mãos, mas de algum modo tem uma Coca nova e fria em minhas pernas. Ela ergue os olhos e encontra os meus.

— Me come — diz ela.

— Joe manda "me chupa" — retruco.

— Love manda "me come". — Ela assume, eu cedo e sei que ela nunca teve nada parecido porque me diz que nunca teve nada parecido. Gozamos juntos, a glória. A *mestria* sinfônica natural do sexo. Estou com sede, esgotado. Bebo as últimas gotas de Coca-Cola e rimos de nossa cama pegajosa.

— Agora estou com sede — diz ela.

— Acho que sobrou Coca — digo — em meu pau — e abro um sorriso malicioso.

— Não — diz ela, e minha piada entra por um ouvido e sai pelo outro. — Estou bem assim.

Ela belisca meu mamilo. Logo está dormindo e eu, acordado. O sexo, o *sexo.* Comi as *superfrutas* de Amy, mas nunca valeu ter sua selva presa em meus dentes. É simplesmente perfeito com a xoxota pura e clássica Coca-Cola de Love, e vou bloquear a parte crítica de meu cérebro que diz num silvo que a Coca foi maculada pelo champanhe. *Vai se foder, cérebro.*

Procuro a calcinha de Love pelo quarto. Sou um caçador. Quero sentir o cheiro de Love, o gosto dela. Por fim a encontro e está na *lixeira,* misturada com uma casca de banana, várias etiquetas de preço da Neiman Marcus e meio pote de creme facial. Levo a lixeira para o outro lado do quarto, assim ela a verá quando acordar, e adormeço também.

ACORDO na manhã seguinte com os risos dela.

— Qual é a graça? — pergunto.

— Vejo que você descobriu minha pequena indulgência — diz ela. — Nunca uso a mesma calcinha duas vezes. Eu sei.

— Você joga fora todo dia?

Ela me beija.

— Mas agora que tenho você, pode ficar com todas elas, você pode costurar e fazer uma colcha com elas.

— Não vou costurar a merda das suas calcinhas, Love.

— Ah, você vai, sim.

— Ah, não vou, não.

Nós nos beijamos. Ela passa a língua no lóbulo de minha orelha.

— Quer tomar um banho, ou quer foder?

EU QUERO UM BOQUETE, PORRA. *#meudiaemlosangeles #problemasdochateau #nãoconsigoquechupemmeupau*

— Joe manda você sentir o gosto dele.

Ela se afasta.

— Joe — diz ela. — Isto vai ser um problema?

— Não há nada nem remotamente semelhante a um problema neste quarto. Eu só estava brincando.

Sinto que vem uma história por aí e tenho razão. Love nunca ficou *à vontade* com o sexo oral. A mãe alega que *ela* nunca pagou um boquete no pai de Love e disse a Love que se um homem te ama, de verdade, não vai precisar disso.

— Caramba — digo. — Nem acredito que você conversa sobre essas coisas com a sua mãe.

— Na verdade, não temos limites.

— Sei.

— Que foi?

— Nada.

— Joe.

— Não leve isso a mal, mas eles se conheceram no fundamental. Você *sinceramente* acha que seu pai passou a vida toda sem que ninguém chupasse o pau dele?

Ela nega com a cabeça.

— É nessa parte da história que estou chegando — diz ela, depois me conta sobre o ano em que ela e Forty tinham seus doces 16 anos, uma gigantesca festa em Beverly Hills, com centenas de pessoas. Ela ganhou de presente um cavalo e Forty ganhou uma massagem. — E Forty chega em casa — diz Love — e ele está *um. Trapo.* E eu pergunto, qual é o problema? E ele me diz que não pode me contar. Daí eu falei, você precisa contar.

— E?

— E a massagista do meu pai *chupou o pau dele.* E disse que fazia isso com meu pai uma vez por semana.

— Desculpe, mas isso é uma merda.

Love dá de ombros e diz que podemos brincar o dia todo de Tudo que Joe Mandar, mas ela nunca vai fazer oral comigo. Nem com ninguém.

— Sei que você quer saber se fiz isso com Michael ou Trey — diz ela. — E a resposta é não.

Penso numa estratégia.

— Só estou pensando que é diferente para todo mundo — digo. — Sua mãe pode não gostar, mas talvez você goste.

Love diz que tem 35 anos e sabe *exatamente* quem ela é. Ela me beija e pega um cardápio do serviço de quarto. Pedimos *ovos beneditinos*, café e panquecas, e ambos olhamos a *mimosa* no cardápio, mas champanhe é um ponto sensível. Digo que gosto dela. Ela diz que gosta de mim também.

Afundamos na cama juntos e é assim que tem de ser, depois há uma batida na porta, depois comida, depois descanso, depois filmes, depois sexo, depois pensamos em sair do quarto e não saímos do quarto, depois sexo, depois às vezes entramos na banheira, depois filmes, depois comida, depois às vezes uma música, depois sexo, depois Joe Manda/Love Manda. Love tem um mordomo chamado Henry, ela lhe manda uma mensagem e o homem aparece com hambúrgueres monstruosos do In-N-Out. Assistimos mais ou menos a TBS (a emissora preferida de Love) e quando começa *Noivas em guerra*, ela diz que nunca traiu nenhum dos dois maridos. Digo a ela que também nunca traí ninguém.

— Mas você nunca foi casado? — pergunta ela.

— Não. — Não quero contar a ela sobre Beck ou Amy. É isso que parece tão singular neste quarto, esse lance com Love. Estive tentando encontrar Amy por muito tempo e agora me afastei de toda essa caçada, para descansar. Neste quarto, nesta cama, raras vezes penso na caneca de urina em Rhode Island. É como se existissem guardas invisíveis lá fora, como se ninguém pudesse nos pegar, nosso DNA, nosso passado. Foram só cinco refeições, talvez dois dias. Sinceramente, não sei. Love é como uma droga. Quanto mais ela se abre sobre sua vida, menos quero contar minhas próprias histórias a ela. Minha vida parece pequena demais, áspera demais.

— Tudo bem — diz ela. — Você vai me contar quando estiver preparado.

Love é paciente. Ela não pressiona. É até divertido assistir a *Cocktail* com ela porque, ao contrário de Amy, ela sabe exatamente o que ele é. Love gosta de *Hannah e suas irmãs*, mas não adora como adora *Crimes e pecados*. Justo quando acho que pode ser perfeita, ela aplaude os créditos de abertura de *Dirty Dancing*. Pressiona o botão MUTE.

— Não vamos ter som nenhum — diz ela. — Vi esse tantas vezes que não preciso ouvir para assistir.

Vendo os olhos dela para saber se ela pode assistir ao filme sem ouvir nem ver e beijo todo o seu corpo, abaixo dos joelhos, os cotovelos, as coxas por dentro. Eu não a como. Eu a faço gozar sem tocar em sua vagina. Ela diz que é a primeira vez.

— Esse lugar tem piscina? — pergunto.

Tem, e o sr. Mooney estava enganado; a piscina não é *fria e suja*. A piscina é um oval azul gigantesco, acolhedora como a vagina de Love. Meu telefone cai ali dentro e Love mergulha até o fundo, saindo com ele na mão. Seu mordomo o coloca em arroz. Fico tentado pedir a ele para jogar fora. Love diz que meu telefone quebrado é um sinal de que eu devia relaxar. E talvez eu relaxe, porque é difícil me importar com a minha vida antes de Love.

É por isso que as pessoas somem, quebram pedras e torcem para localizar algo cintilante no regato. Mergulham uma peneira na água pedregosa, levantam, sacodem e sentem ouro sólido na palma da mão. Tudo que fiz valeu porque me levou diretamente aos braços de Love.

20

NÃO consigo me decidir do que gosto mais, se desta cama, destes lençóis, desta vista, da sacada, ou da torrada com geleia que me esperava aqui quando acordei. O Chateau é a Disneylândia dos Adultos. O tipo de lugar em que se colocam um passo a sua frente. Não precisei pedir meu telefone. Estava aqui quando acordei, em um cestinho ao lado do pão, junto do bule de prata com café, muito mais elegante que Keurig. Love ainda dorme, visto um roupão, sirvo meu café, passo geleia no pão e vou até a sacada.

No início fiquei sem jeito, desacostumado de ter torradas, uma sacada e um roupão. Terei de me olhar no espelho depois de terminar o café da manhã, porque estou curioso para ver se pareço diferente, se todo esse luxo fechou meus poros. Talvez eu nem precise comprar os produtos para a pele de Henderson. Estou feliz e eles podiam nos despejar agora e eu não me importaria, desde que me deixassem levar essa danadinha pervertida na cama. Mesmo sem a parte do boquete; sou um homem. É bom ter um objetivo.

Recosto-me na grade da sacada e ligo meu telefone. Quando enfim ele carrega, começa a tocar como se estivesse tendo um ataque cardíaco, tentando acompanhar todas as mensagens de texto de Delilah.

Oi! O que acha de amanhã?

Minha mãe diz oi rs

Minha mãe adora Dan Tana. Parece bom, né?

Oi

Joe?

Asdjkasdkasdsda

Ei, você está bem? Harvey disse que você não veio para casa. Ligando para hospitais.

Minha mãe só fica aqui até segunda... que merda.

Vai ao Birds?

Vou ao Birds. Vejo você lá?

Asdbsjkdakd sim?

Toc toc

La Poubelle?

No La Pou!

FODA-SE.

Joe, está tudo bem com você? Olha eu sei que não devia ter de pedido para conhecer minha mãe, mas não é o que você pensa. Ela é legal. Eu não quis que fosse tipo um encontro com os pais. Então você não precisa sumir da minha vida.

Há uma foto dos peitos de Delilah, verdadeiros, petulantes. Outra mensagem:

Se não estiver morto, nunca mais vou falar com você. Não preciso disso. Tenho muitas coisas ótimas na minha vida e muitos motivos para ser feliz e não preciso de você me dando bolo desse jeito. Então me faça um favor e me deixa em paz. Tá legal? Então tá.

E agora é a vez de Calvin. Ele me escreveu só 18 minutos atrás: *Cara. Uma gata na loja. Ela tem um exemplar de O complexo de Portnoy. Livro, não roteiro.*

Pensei que tinha acabado para mim, que isso estava superado, mas meu batimento cardíaco e as mãos trêmulas me dizem o contrário. Amy. *Finalmente.* Respondo: *Segure-a aí. Estou a caminho.*

Calvin escreve: *Como?*

Ele quer ser roteirista, mas não consegue pensar em uma merda de plano para fazer uma garota esperar vinte minutos? Mando minhas ordens: *Diga a ela que seu supervisor está na ioga e você precisa esperar por ele e sua aprovação.*

Calvin responde: *Legal.*

Ele devia ter dito *inteligente* e, com as mãos tremendo, escrevo um bilhete para a Love que ressona — *Tive de sair, volto logo* — e quase caio ao tentar tirar a merda do roupão e vestir a roupa. Fecho a porta e chego ao corredor, à realidade — não tenho chave, esta não é a *minha suíte* — e chuto uma bandeja descartada de serviço de quarto. Escrotos preguiçosos e sem fome que jogam fora panquecas mornas de luxo e não tenho nada a ver com esse lugar, tenho um *propósito* e um objetivo e preciso de um desfecho e MERDA.

Aceno para um táxi na Sunset. O mundo está mais feio do que antes e me sinto de ressaca, embora não tenha bebido. Calvin manda uma mensagem: *Ela perguntou que tipo de ioga. Eu disse hatha. Só pra tu saber.*

Escrevo a ele: *Estou chegando.*

E estou mesmo. É agora. Estou indisposto, o táxi é rápido e chegamos. Do outro lado da rua, eu a vejo na loja, dando em cima de Calvin. *Vaca.* O sinal está vermelho para os pedestres, mas foda-se. Isto é *Velozes e furiosos 5* e tenho meu alvo na mira. Vou me arriscar a outra multa por atravessar fora do sinal. Saio do táxi e corro. Chego à faixa dupla antes de o motorista buzinar.

— Você precisa me pagar! — ele grita.

Esqueci de pagar porque estou muito acostumado com o Uber, e a tecnologia está matando nossos instintos. Olho dentro da loja. Amy e Calvin devem ter ouvido a buzina, porque eles levantam a cabeça e Amy arregala os olhos. O motorista buzina de novo e agora o sinal está verde e mais gente está buzinando. Range Rovers querem que eu saia da merda do caminho e uma mulher em um Prius *gosta mesmo* de buzinar, joga toda essa fúria da rejeição em mim. Mesmo que eu corresse nesse táxi, o que não posso fazer — a caneca de urina —, eu perderia Amy. Ela saiu pela porta e está a pé. Vira a esquina, entra em um carro à espera, de carona, no motorista, e vai embora.

Não fui atropelado por um carro, mas, se fosse, acho que não teria importado. Meus nervos estão mortos. Fui das alturas de Love à adrenalina de Amy e ao tombo, a pegar notas amassadas de dez de minha carteira para pagar a esse taxista enquanto ele reclama de *vocês, garotos, e seus Uber*, e saber que cheguei tão perto. Todas as noites que passei neste Village, esperando. Aquela vaca sabia. Tinha de saber. O taxista vai embora, enojado, como se seu dia de merda se comparasse ao meu.

Ando para o leste até a esquina da Franklin com a Bronson e espero abrir o sinal para pedestres. Atravesso a rua, entro na livraria e Calvin parece uma pessoa diferente. Ele fez a barba. O cabelo está curto. Ele usa uma camiseta #EuFui.

— Cara — diz ele. — Fiz tudo que pude, mas ela precisou correr. Disse que vai voltar.

Não me dou ao trabalho de dizer o quanto ele está enganado. Simplesmente arrio em uma cadeira ao lado do balcão.

— E aí, onde você esteve? — pergunta ele.

— Eu estava em West Hollywood — explico e nem acredito que a perdi.

— Você teve um encontro? — pergunta ele, como se isso importasse, como se eu não tivesse me mudado para cá para matar Amy, para encontrar Amy. Abro uma das barras energéticas Thinkthin de Calvin.

— É — digo, murcho.

— Um encontro de dois dias? — pergunta ele, agora todo entusiasmado, como se isto significasse que ele foi junto. — Delilah contou que você não esteve em casa.

Delilah, e eu suspiro.

— É — digo. — Uma amiga na cidade, um encontro, nada demais.

Calvin pega seu iPad.

— Ela era muito gostosa — diz ele. — Essa Amy.

— É — digo, mas Love é mais bonita e mais calma, e Amy fodeu comigo de novo. Solto um gemido. Love não sabe meu número de telefone e é possível que eu nunca mais a veja. Eu fugi dela e foi isso que Amy fez comigo, e Love pode pensar que usei seu corpo, sua cama e suas fritas em azeite trufado. A vida é melhor quando é mais simples. Se eu só pudesse matar Amy, não teria de me preocupar com ela. Ela não teria como interferir. Se Amy estivesse morta, eu saberia o número do telefone de Love.

Calvin passa o polegar e o indicador no iPad, como sempre faz quando vê uma gata no Tinder. Ele sorri.

— Quase dá para ver os mamilos dela — diz ele. — Quer ver?

Não quero ver *mamilos*, mas ele empurra o iPad para mim e esses mamilos eu *quero* ver porque são os mamilos de Amy.

— Como conseguiu isso?

— Fingi que estava tirando um selfie e fiz uma foto dela — diz ele. E Calvin não sabe a vocação que tem. Eu podia dar um abraço nele.

— Conseguiu mais alguma coisa?

— Não precisa ficar irritado. — Ele levanta as mãos.

— Tudo bem... — falo lentamente.

— Bom, eu tentei dizer a ela que o dono estava voltando. — Ele ri. — A merda da hatha ioga, mas depois falei uma coisa sobre kundalini, ela entendeu meu papo e ficou toda "o que você *realmente* está tentando fazer?". E eu falei, "estou tentando te conhecer" e ela ficou a fim de mim, Joe. Desculpa, mas, sabe como é, parecia uma merda de sitcom clássica em que o amigo tenta fazer a garota ficar para o amigo, mas aí a garota gosta do amigo.

Meu coração se acelera de novo. Jogo a barra de Thinkthin na lixeira.

— Pegou o número dela?

— Não — diz ele. — Mas consegui o endereço. Disse a ela que mandaria uma filipeta para o show que estou fazendo.

— Conseguiu o endereço dela?

— É.

Tento pegar o iPad de Calvin e ele puxa de volta.

— E esse show se chama *Antigamente* e somos totalmente analógicos, entendeu? Não vamos nos promover tipo no Facebook, no Twitter nem...

— Calvin — eu o interrompo. — Qual é o endereço dela?

Ele se retrai.

— Posso te dizer uma coisa?

Mas que merda.

— Claro.

— Eu meio que não posso.

— Por que não, porra? — estouro.

— É propriedade de meu grupo de improvisação e, tecnicamente, ela deu ao grupo.

Respiro fundo. Não vou perder a cabeça.

— Que legal. Mas você entende, não vou contar a ela como consegui.

— Tá — diz ele. Ele fumou uns 30 gramas de erva hoje. Escroto. — Mas eu, tipo, *vou saber* que dei a você e vou me sentir um merda por causa disso.

Calvin, que pega no Tinder uma garota depois de outra, Calvin, que não olha nos olhos de Delilah quando se encontra com ela no Birds, Calvin, que não assiste a *Enlightened* porque não consegue *entender uma série com tanta narração de mulheres*, esse cara agora quer me falar de limites? Me manter afastado da porra da Amy Adam? Meu Deus, ela é uma fera manipuladora. Mas eu sou melhor. Dou um salto da cadeira.

— Raspadinha? — ofereço.

— Sempre — diz ele. — De couve.

Vou à loja vizinha, peço a raspadinha de couve, entro no banheiro e esmago mais três comprimidos de oxicodona de Dez. Vinte minutos depois, Calvin desmaia. Até que enfim. Procuro em seu bolso a folha de papel com as senhas que ele guarda na carteira, entro em seu iPad e no banco de dados de seu grupo de improvisação e, bum.

O prédio fica na esquina da Bronson e Amy *estava mesmo* morando neste bairro. Talvez ela esteja com uma ressaca de ricos e talvez ainda seja a garota que diz ao cara que usa que ela sente falta da própria cama, e talvez tenha voltado a isso agora, surtada por ter me visto, comendo frango congelado e esperando que o azeite trufado seja eliminado de seus poros e saia de seu corpo.

Vou ao Pantry e compro violetas — aquelas tingidas. Depois, vou até a Bronson e toco para o apartamento 326. Nada. Toco para o apartamento 323. Nada. Toco para o 101 e o 101 é de uma mulher e o 101 está acordado.

— Alô? — diz ela, rouca.

— Flores! — digo.

A garota do 101 não pergunta de quem vieram porque todo mundo gosta de receber flores. Woody Allen sabe disso; Anjelica Houston é assassinada em *Crimes e pecados* porque quer flores e deixa um estranho entrar no prédio. Minha respiração se acelera quando entro no saguão e tenho de subir a escada correndo porque o apartamento 101 fica a uma curta distância da portaria. Na escada, fico petrificado. Estou tremendo. As flores se sacodem, *swish swish*. Não preciso fazer isso. Então Amy está me assediando. E daí? Eu podia simplesmente escapulir deste prédio e voltar correndo para Love. Prefiro Love. Ela é mais meiga. Ela entende de música e está pronta para mim. Então, o que estou fazendo nessa escada, colocando em risco meu futuro com Love?

— Foda-se o desfecho — resmungo. Até parece que *Brilho eterno de uma mente sem lembranças* é real e um angelino babaca pensa ser, os mimados sem originalidade. Não posso apagar minhas lembranças de Amy. Mas posso impedir que ela estrague meu futuro.

Comecei minha subida ao apartamento dela. Esta escada é de concreto, é branca e de vez em quando faz eco com meus passos. Todo mundo neste prédio está dormindo; os angelinos precisam de seu sono de beleza. Precisam de energia para fazer *storyboards* para séries na internet e *fazer trilha* e falar de filmes que nunca vou fazer e andar com seus cachorros que os odeiam. Meu coração martela, chego ao terceiro andar, giro a maçaneta e ela guincha, eu me retraio e aposto que ninguém jamais foi assassinado por aqui.

Arrombo a "tranca" do 326 — não se constrói mais como antigamente — e a porta da frente se abre diretamente para a sala de estar, que está repleta de sutiãs, tigelas de cereais matinais, garrafas vazias de Corona Light e exemplares da *US Weekly*. Tem um sofá, embaixo de mantas puídas, e um televisor pequeno. À esquerda, fica uma cozinha pequena com uma triste bancada mínima que pretende facilitar a socialização.

A televisão está desligada e o apartamento, em silêncio, mas tem uma caixa aberta de Cocoa Krispies na bancada, como se alguém tivesse acabado de preparar uma tigela de cereais e saído dali. Passo pela bancada, passo pelas banquetas Pier One e pego um corredor estreito. As paredes são brancas e tem um banheiro no final do corredor, e a porta está aberta. Uma porta de armário a minha esquerda está entreaberta, o que significa que a porta a minha direita leva ao quarto. O quarto de Amy.

É agora. Ponho a mão na maçaneta e empurro. O quarto é pequeno e escuro. Marilyn Monroe paira acima da cama, um farol sussurrante em branco, imortalizado na parede (*ora, olá, Joe*). Abaixo dela está um edredom amarfanhado, cobrindo a leve silhueta de um corpo. O cabelo escapou para fora dessas cobertas, louro e gorduroso. Minha respiração é curta. Faço uma contagem regressiva. Flexiono. Cerro o maxilar. E em um puxão, tiro o cobertor.

Ouço um gritinho, um chute e uma pequena ninja, uns trinta centímetros mais baixa do que Amy, de camiseta preta e calcinha da mesma cor, dispara para cima enquanto caio de costas. O chão é duro. Madeira. Os pés dela são uma arma e ela sabe disso. Ela me dá um pontapé na virilha. Eu grito, rolo de lado e aquele pé pega meu rim. Eu me enrosco e agora ela pega meu cóccix, retraio-me e a merda daquele pé me atinge na barriga.

— Pare! — imploro.

Ela me chuta de novo. Com mais força. Eu mereço isso porque não encontrei Amy, porque não sei o número de Love, porque meu saco foi chutado para dentro dos intestinos.

Ela pula na cama e se coloca no modo golpe de caratê. Grita "não se mexa". Até parece que consigo me virar. Até parece que meu corpo não é um conjunto de lugares arrebentados que latejam. Respiro fundo. Esta devia ser Amy. Devia ser eu na cama, no controle. Abro os olhos. Ela percebe meus olhos como uma ameaça, salta da cama e mete um chute na minha cabeça. Agora tudo desaparece, a dor, o medo, a raiva e o sangue morno.

A tela escurece.

21

— NÃO se mexa — repete a garota.

Não consigo me mexer. É redundância da parte dela. Enquanto estive apagado, ela trabalhou em mim. Amarrou minhas pernas e braços com elásticos extensores. Sou uma sereia achatada em sua área de serviço branca. Não consigo falar. Um elástico extensor foi passado por minha cabeça, atravessando a boca e prendendo minha língua. A garota anda de um lado a outro. Pega o celular e me pergunto quando ela chamou a polícia, quanto tempo vai levar, o quanto isso vai ficar ruim. Fodam-se essas merdas de elásticos e eu só tenho uma opção.

Eu choro.

E muito. Por tudo de ruim, pelas crianças famintas e pelo jeito como Harvey atualiza seus vídeos no YouTube, pelo corpo de Calvin, como pode ficar confuso, a maconha e a cocaína, a atuação e a escrita. Choro pelo sr. Mooney e seus ovos e por Marilyn Monroe, enquadrada aqui também; ela está em toda parte, mas ainda assim morreu. Minha captora pega uma tesoura e se ajoelha a meu lado. Usar o método de Ferber não é uma tarefa fácil. Ela puxa a faixa de meu rosto e corta.

— Chega! — ela grita.

Eu balbucio. Mexo o lábio inferior. Babo.

— Meu Deus, obrigado.

Ela pega uma toalha de rosto e enxuga minha face.

— Pare com isso.

— Eu... peço desculpas — gaguejo. — Não vou me mexer, prometo. Sei que a polícia está chegando.

Seus olhos disparam para a esquerda e ela não chamou a polícia. Ela resmunga, joga a toalha no chão e ainda está segurando a tesoura e o telefone.

— Eu disse para parar com isso.

Concordo com a cabeça.

— Desculpe.

Ela anda de um lado a outro e há um motivo para não ter chamado a polícia. Qualquer um chamaria a polícia. Esse motivo misterioso é tudo que tenho e queria saber o que é, porque se for por água abaixo, estou fodido.

— Às vezes eles demoram — garanto a ela. — Mas vão chegar aqui.

Ela para de andar.

— Eu disse que é para parar com isso.

— Desculpe.

— Pare de falar.

— Vou parar. Só tem uma coisa que quero que você saiba antes de eles chegarem aqui.

Ela resmunga. Olha para mim.

Eu solto:

— Eu estava procurando minha namorada.

— Você arrombou.

— Não. A porta estava destrancada.

— Não, não estava.

— Pode olhar — eu peço. — Juro para você. A porta estava destrancada, como Lydia disse que estaria.

A garota dispara pelos cômodos, suas coxas são duras e brilhantes. Ela abre a porta. Examina a maçaneta. Bate a porta. Eu *sei* arrombar uma merda de fechadura. Ela volta a mim.

— Bom, e quem é essa Lydia?

— A polícia tem o seu código? — pergunto. Eu sou *#teamgirl*. — Precisa ligar para a emergência e ter certeza de que eles sabem o código de acesso.

— Eles têm — ela mente. Faz uma careta. Recebe uma mensagem de texto, lê, digita e provavelmente é sua melhor amiga, que está tipo *chame a polícia* e essa garota fica toda *eu cuido disso* e a amiga está preocupada, diz *você precisa chamar a polícia, meu bem, isso é loucura*. Sinto o cheiro da dinâmica e sei que tenho uma chance de liberdade.

Esta garota não quer receber figuras de autoridade masculinas; veja só quantos elásticos extensores estão em seu poder. Ela esteve treinando para algo parecido. Esta garota é uma justiceira, como a gerente de hotel renegada em *Voo noturno*. Não consigo entender as fotos de Marilyn Monroe, nem a mobília West Elm; não combinam com suas coxas duras como pedras, sua resistência. Mas sei que ela prefere me ter amarrado em seu poder a me ver em uma cela de prisão em uma parte da cidade que não lhe agrada. Ela podia ter rolado meu corpo inconsciente porta afora e jogado na rua. Podia ter feito muita coisa, mas ela sabia como me espancar sem acabar comigo. Ela joga o telefone no sofá.

— Está tudo bem? — pergunto, instruindo-a sutilmente que somos iguais, que queremos, no fundo, o melhor para o outro.

Ela não gosta disso, aproxima-se de mim e desce a tesoura para meu rosto, parando a poucos centímetros.

— Eu faço as perguntas, seu escroto.

— Tudo bem, sim — digo. — Você é que manda.

Ela se agacha acima de mim. Eu queria que ela vestisse uma merda de calça.

— Quem é você?

Isso importa, o que digo a ela. Preciso ser alguém que ela queira libertar. Esta é a pergunta mais importante que vou responder na vida e engulo em seco.

— Meu nome é Paul — começo, com a cabeça girando.

— Tudo bem, Paul. E o que mais?

— Juro pra você, não sou um psicopata. Não vim aqui para te machucar.

— Você não está armado — ela admite. Ela afasta a tesoura uma fração mínima.

Concordo com a cabeça.

— Agora estou um trapo. — As garotas querem que os homens fiquem um trapo.

Ela afasta a tesoura. Solto um suspiro.

— Tirei um semestre de folga da faculdade de direito. Quero ser promotor.

— Arrã — diz ela. — Sua namorada também estuda direito?

— Não tenho namorada — respondo.

Ela levanta a tesoura. Fui rápido demais. Me fodi.

— Você disse que procurava sua namorada. Disse especificamente isso. *Lydia.*

— Desculpe, estou pirando aqui.

Ela franze os lábios. Baixa a tesoura e pega o telefone.

— Eu devia chamar a polícia.

Concordo com a cabeça, como um republicano prometendo reduzir os impostos diante de uma audiência nacional em uma transmissão ao vivo.

— Deve mesmo — concordo. Aposto alto. — Não vou te culpar, se fizer isso. Eu teria ligado no segundo em que você me apagou. Eu apareci em seu *quarto.* É uma porra de pesadelo. Nem acredito que entrei no lugar errado. No seu lugar, quer dizer, eu teria feito o mesmo. E chamaria a polícia. Quer dizer, isso é uma merda, eu sei.

Ela não chama a emergência. Olha para mim.

— Mas até parece que eles vão resolver alguma coisa. Só vão jogar você na cadeia e soltar no dia seguinte.

— É verdade. Mas então, quando você fode tudo como eu fiz, merece uma noite na cadeia.

Ela ainda não liga para a emergência. Estou me tornando humano, tornando-me Paul. Sua aliança está mudando.

— Sei que devia ligar — diz ela. — Como uma cidadã.

E no apartamento vizinho começa "Shooting Star", do Bad Company, aos berros. Um instante depois, a música desaparece com a mesma rapidez com que começou. Nós dois rimos.

— Toda manhã — diz ela. — Despertador.

— É um jeito horroroso de começar o dia — digo. — Devo supor que ele mora sozinho?

— Não é ele, é ela. — E agora eu a peguei; ela está se abrindo. Vejo acontecer. — Mas então, você tem razão — concorda, e esta é uma frase importante.

— Vou ligar para a emergência — ela promete, mas não liga. — Não se trata de você ou eu — racionaliza. — É só o que a gente precisa fazer nessas situações.

— Sim — declaro, sem medo. — É o certo a fazer.

Ela desbloqueia o telefone, deslizando o dedo. Observo seus dedos, as unhas curtas, sem esmalte. Ela entra com a senha. Ouço a vizinha andar. Ela digita o número 9. Hesita. Parto para o golpe final.

— Não se sinta mal — digo. — Acredite em mim, eu sei que eu me meti numa embrulhada.

Ela para de digitar.

— *Qual é* a sua? — pergunta.

E eu venço. Agora parto para minha história complexa. Digo a ela que fui traído por minha namorada alguns meses atrás. Durante meu primeiro ano na faculdade de direito, o que foi muito estressante.

— Onde você estuda direito? — pergunta ela, e Deus abençoe as mulheres, criaturas curiosas e misteriosas, que se transmutam de um estado de espírito para outro.

— Universidade da Califórnia — respondo, e agora chego à parte boa. Digo a ela que fiquei arrasado e deprimido, e entrei nos Encontros Descontraídos da Craigslist. — Foi onde conheci Lydia — explico. — E Lydia e eu tomamos um café e era uma fantasia dela querer que eu aparecesse de surpresa na sua cama.

— Eca — diz ela. Ela se senta no sofá. — Ela mora neste prédio?

— Morava — respondo. — Ou peguei o endereço errado. Mas eu precisaria olhar meu telefone. Ela disse que só tranca a porta quando está com alguém, que eu podia aparecer quando quisesse. Mas então, sei que tudo isso parece nojento. Mas sua porta estava destrancada e eu pensei que fosse o lugar certo.

Ela salta como uma mola. Nem acredita que se esqueceu de trancar a porta e agora está se culpando. Ela bate o telefone na cabeça.

— Preciso ser uma moradora melhor daqui — diz. Agora a atmosfera muda. Ela gira em torno de si mesma, do próprio fracasso por não ter trancado a porta depois *daquele cara* sair. Ela não tem mais medo de mim. Tem medo do que aconteceria se alguém verdadeiramente perigoso aparecesse aqui. Ela joga de novo o telefone no sofá e pega a tesoura.

— Fique parado. — Ela corta os elásticos que prendem meus braços e agora vamos nos conhecer. Rachel é babá. Foi diretora do Centro de Apoio a Vítimas de Estupro na faculdade e ainda ensina defesa pessoal a mulheres. Esfrego meus pulsos.

— Isso explica seus golpes.

Rachel trabalha para uma família rica e este apartamento pertence a eles, e é este o *verdadeiro* motivo para ela não ter chamado a polícia.

— Eles são muito paranoicos — diz ela. — Se eu chamasse a polícia e a polícia ligasse para eles, quer dizer, seria um pandemônio. — Ela baixa a tesoura. — Eles são zilionários malucos de Los Angeles — diz ela. — Dá para ver o quanto são completamente sexistas e reacionários por toda essa merda de Marilyn Monroe e todos os tapetes fofos. É o que um velho acha que uma mulher jovem quer, entendeu?

— Bem colocado — concordo, ainda seu prisioneiro, seu puxa-saco. — Eles são famosos?

Ela diz que sim, mas estremece.

— Eu assinei um termo de confidencialidade — revela. — Não posso contar a amigos, nem aos tabloides, nem a ninguém. Nem minha *mãe* sabe para quem eu trabalho.

— Caramba. Que loucura.

— É. Com sorte, logo vou dar o fora daqui. Mas então, você vai ligar pra essa garota, a Lydia?

Eu não entendo as mulheres de Los Angeles. O destemor. Eu podia ser qualquer um. Podia ter mentido — eu *estou* mentindo. Eu podia ser um pervertido, um dos estupradores que ela foi treinada a combater. Por que ela está sorrindo para mim e perguntando timidamente sobre minha ficada imaginária da Craigslist? Como foi que ela se recuperou tão completamente ao ponto de me paquerar?

— Não. — Esfrego os pulsos. — Acho que isto é um sinal de que eu preciso ser mais discreto.

— Está certo — diz ela. — Você vai sair dessa quando chegar a hora. Fui a um seminário incrível sobre expansão solitária no mês passado. Uma coisa transformadora. — Ela é uma *ex-aluna*; formou-se dez minutos atrás e acha que tudo pode ser resolvido com reuniões, comunicação, faixas e esperança. Ela está radiante. — Café?

Não quero que chame a polícia, então digo que quero café. Ela me orienta a me sentar no sofá enquanto coloca pó de café em uma cafeteira antiquada. Começa a falar de si mesma. Além de ser babá e instrutora de defesa pessoal, ela dá aulas particulares e não entende as fantasias de estupro.

— Fiz estudos femininos na Universidade da Califórnia — diz ela. — Muitas mulheres que estudam essa merda são *loucas* por fantasias de estupro. Me explique isso enquanto eu me arrumo.

Ela passa por mim a caminho do quarto e não fecha inteiramente a porta. Consigo ouvi-la andando pelo cômodo, experimentando uma calcinha Victoria's Secret PINK, tirando aos pontapés e vestindo jeans e tirando essa calça também. E fico sentado aqui, bancando o intelectual sobre fantasias de estupro, questões de controle e Craigslist. A babá Rachel surge com uma saia de algodão preta e mínima, enormes botas UGG e uma camisetinha cinza e minúscula. Ela passou brilho labial. Muito. Ela escovou o cabelo. Colocou perfume. Ela se produziu para mim. Eu invadi sua casa e a encontrei na cama e *ela se produziu para mim.*

— Bom, entendo o que você quer dizer sobre a emoção de ceder o controle, mas sinto que cedo controle suficiente sempre que saio de meu apartamento. No quarto, quero estar no comando. Mas acho que você já deduziu isso.

Ela serve o café em canecas lascadas da IKEA que gritam AMOR em maiúsculas. A vida é cruel e a palavra *amor* não devia estar colada por toda a merda do lugar. Ela fede a charuto.

— Você parece do tipo que prefere café puro.

Concordo, embora eu queira com creme.

— Obrigado.

Ela olha pela janela as partes intermediárias das palmeiras.

— Mas eu adoro esse lugar. E o bebê é tranquilo. Ele ainda não sabe que é um babaca. — Ela suspira. — Mas ir e voltar de lá é medonho. A família fica em Brentwood e Malibu e eu estava indo e voltando de Eagle Rock, então, o pai falou, por que você não fica aqui? Sabe como é aqui, como as pessoas ou estão quebradas, vivendo do seguro-desemprego, ou dando apartamentos de graça.

— Que legal — digo. E preciso saber se Amy mora aqui ou se ela tirou esse endereço de uma cartola. — E aí, você tem uma colega de apartamento?

— Não desde que fiz faculdade — diz ela.

Amy escolheu esse endereço ao acaso. E graças àquela vaca, eu vim aqui, fui espancado, amarrado e obrigado a tomar um café amargo em uma caneca rachada que diz AMOR. Digo à babá Rachel que preciso ir. Não concordo que a gente deva trocar números. Ela fica desanimada.

— Boa sorte na faculdade — diz ela.

— Obrigado — respondo. — Boa sorte com o pessoal rico.

Ela ri.

— Obrigada, Paul.

Atravesso a Franklin. Estraguei minha chance de uma vida nova em folha com Love, pego o caminho mais longo para evitar Calvin, chego a meu prédio e Harvey não está no escritório. Então existe um Deus. Mas Delilah está parada na minha porta, de braços cruzados, seus olhos são estreitos e ela diz:

— Sei de seu problema, Joe.

Então talvez não exista.

22

HOJE não é meu dia de sorte. Delilah anda de um lado para outro do meu apartamento. Quando a deixei na mão, eu a irritei. E infelizmente ela não afundou em um pote de sorvete Ben & Jerry. Em vez disso, entrou em uma missão de busca. Está obcecada com aquela noite em que eu *a deixei na mão.* Ela não diz que sabe, mas está contando um caso contra mim.

— Explique isso — ela vocifera. — Nós tínhamos *combinado.*

— Eu sei — digo, apaziguador. — Foi Calvin.

— Você é adulto — ela rebate. — Não tem dez anos. Não fale comigo sobre a merda do Calvin.

— Você me perguntou o que aconteceu. — Queria que minha testa parasse de transpirar.

— Sua resposta não pode ser Calvin — diz ela. — Você precisa assumir a responsabilidade por seus atos, Joe. Seus atos têm consequências, você me deixou na mão e isso foi errado.

— Sei que foi.

— Sabe? — pergunta ela, e lá vamos nós de novo.

Ela baixou algum aplicativo que vai impedi-la de me mandar mensagens no futuro. Mas não importa o aplicativo, porque *sou eu* que a engano e ela acha que existe *alguma coisa errada* comigo.

— Não é nada — protesto. — Eu só furei.

— Não é preciso ter morado aqui muito tempo para usar essa desculpa — diz ela. — Você devia ser um cara de Nova York.

— Delilah, podemos deixar isso pra lá, por favor?

Mas ela não pode. Ela tem mais a me dizer. Sabia que eu falei com um bartender no Birds que tinha engravidado uma mulher. (Eu falei, mas não engravidei.)

— É complicado.

— Papo furado — ela grita.

— Delilah — digo. — Podemos deixar isso de lado agora?

— Por quê? — pergunta ela. — Você precisa ir a algum lugar? Está na hora de ficar zanzando pelo Pantry feito um zumbi?

— Eu não fico zanzando feito um zumbi.

— Pergunta ao Calvin — diz ela. — Ele vai te dizer o contrário.

— Você acaba de me falar pra deixar Calvin fora disso — lembro a ela.

— Não mude de assunto. — Ela volta a mim, de braços cruzados. Diz que descobriu por Calvin que eu estive na casa de Henderson e que foi ideia minha ir à festa. — Sei que você esteve lá. Tenho provas. — Ela me mostra um vídeo no YouTube e lá estou eu, na merda da cozinha de Henderson. Quero apagar a internet. — Calvin disse que uma hora você estava lá, e depois tinha ido embora. E aí, para onde você foi, Joe?

Eu me esqueci de como esse apartamento é pequeno, como as paredes são finas. Ela está tentando me colocar em uma gaiola e não vou deixar.

— Delilah, isso não é legal.

— Não. Não é legal me deixar chupar seu pau e depois dar as costas e armar pra cima de mim. Isso não é legal. E quero que você seja homem e me explique por que não foi trabalhar por vários *dias* e por que esteve na festa de Henderson se você *me disse* o quanto o detestava. Mas se não fizer isso, se não me contar... — Ela se interrompe e respira fundo. Senta-se. Aponta para o chão.

Eu me sento.

— O quê? — pergunto.

Ela esfrega as mãos. Muda de posição, no estilo índio. Ela está gostando disso. Ela quer isso, qualquer que seja essa merda.

— Olha — diz ela. — Eu sei.

Não digo nada.

— Eu sei. — Repete, e não gosto disso. *Eu sei.*

Ela sabe que não gosto disso e me interpreta bem. É de fato uma merda de repórter investigativa e sua mão vai ao queixo, o queixo baixa e eu queria que ela desaparecesse no ar. Puf. E, dependendo do que ela vai dizer agora, talvez tenha de fazer isso acontecer.

Ela puxa o ar para dentro.

— Sei de seus problemas com comprimidos.

Mas você está de sacanagem comigo? Solto o ar, abro os punhos e ela não faz ideia de que acaba de salvar a própria vida. Fica sentada a meu lado, passa seu braço pelo meu e começa a encenar alguma fantasia de reabilitação *urgente* em que vai me salvar de meu vício. Ela acaricia minhas costas e fala comigo de promessas e casas de recuperação e da loucura de Los Angeles.

— Dez me contou quantos comprimidos de oxicodona você comprou — diz ela. — E com você sumindo e vagando por aí, quer dizer, eu somei dois mais dois. — Ela culpa o apartamento. Brit Brit também se desintegrou aqui. Ela olha fixamente o Kandinsky. — Vamos fazer você melhorar — diz ela. — Nós podemos. Você só precisa querer.

Preciso que pense que tem razão e digo a ela que quero fazer isso sozinho.

— Acho que preciso de um tempo — confesso. *Ha.*

Ela dá um tapinha na minha perna, toda pragmática.

— Você tem plano de saúde?

Digo a ela que tenho e ela fala que tem uma ideia, sai e volta cinco minutos depois com uma merda de jogo de tabuleiro.

— Chutes and Ladders — diz ela. — Às vezes só o que você precisa é ser criança de novo, sabia?

Eu não sabia, mas rolo os dados e finjo interesse em suas histórias tediosas sobre celebridades, sobre a época em que George Clooney "mais ou menos deu em cima dela". Ela mexe outra serpente, o jogo não acaba nunca e é isso que você merece quando fode com Não Fode Com Delilah. Eu devia saber que ia chegar a esse ponto, mas fui um tolo.

Ela quer que eu conheça sua mãe e eu devia concordar e acalmá-la. Mas que estupidez a minha, eu achei que podia foder com Delilah. Pensei que a compreendia de um jeito que outros imbecis neste prédio não entendem, que não havia nada a temer porque ela é incapaz de amar alguém como eu. Ela é uma puta de estrelas, uma interesseira e, embora alegue colocar seus vestidos colantes por causa do trabalho, da fofoca, ela se veste assim porque Nicolas Cage se casou com uma garçonete, porque Matt Damon fez o mesmo, porque o merda do George Clooney comprometeu seu pau com uma advogada gostosa.

Mesmo que tivesse aparecido, conhecido a mãe dela e dito que a amava, se tivesse trazido flores sem motivo nenhum e pedido a ela para morar comigo, e começado a falar em alianças e filhos, mesmo então, não ia durar. Ela continuaria "trabalhando", espremendo-se em vestidos e indo a festas do Globo de Ouro e tentando derramar bebidas em pessoas como James Franco — foi assim que Calista Flockhart pegou Harrison Ford — e ela teria me trocado por James Franco, se tivesse a oportunidade.

Mas não estou vendo o quadro completo. Eu estava faminto por não ter conseguido um boquete. Estava paranoico por causa de Henderson e estava solitário e não vi a brecha. Tem uma coisa que Delilah adora mais do que pirocas famosas: pesquisa. E ela não conhece a verdadeira história, mas sabe demais.

— A propósito, minha mãe manda lembranças — ela funga.

Rolo os dados.

— Diga o mesmo a ela — eu falo e me pergunto se Love estará acordada, se Amy estará viva.

Ela verifica as mensagens e diz que talvez consiga entrar em uma estreia de Ed Norton esta noite. Ela quer que eu peça para ela ficar. Não peço.

Ela passa o dedo por uma serpente.

— Como foi que você entrou na Soho House?

Olho para ela.

— Hein?

— Minha amiga Ethel viu você lá.

— Quem é sua amiga Ethel?

— É só uma amiga — diz ela. — Ela sabe quem é você. Ela te viu no Birds.

— Isso é meio assustador. — Estou sendo perseguido. Isto é *Velozes e furiosos* e Delilah tem sua própria equipe e ela acha que pode armar para que eu seja seu primeiro marido, seu boneco de foder pré-Franco?

— Joe — diz ela. — Onde você esteve nos últimos dias? Você andou pela periferia?

— Não.

— Você precisa me contar onde arruma as coisas. Sei que não é só Dez, porque ele também não teve contato com você nos últimos dias.

— Delilah, não é nada disso.

— Então, me diz com quem você esteve.

Olho o Kandinsky.

— Joe, estou tentando te ajudar. Mas não posso ajudar se você não souber onde arruma as suas drogas.

Ela é inteligente demais. Tecnicamente, devia eliminá-la. Mas se eu bater na cabeça de Delilah, sair, comprar ácido, reduzir seu corpo e descartar, atrairia a atenção errada. Os pais dela dariam por sua falta. Ela esteve perguntando a meu respeito por aí, então eu seria suspeito de seu homicídio. E então, quando eu encontrar Amy, terei mais dificuldade para matá-la porque estarei sob suspeita. Não há como contornar isso: Delilah precisa viver. E o único jeito de tirar essa mulher do meu pé é partir seu coração.

Dou um tapa no tabuleiro de Chutes and Ladders.

— Delilah, eu não fui inteiramente sincero com você. Existe outra.

Ela engole em seco. Suas faces incham, ou talvez só fiquem vermelhas. Digo a ela que sinto muito. Digo que fui à festa de Henderson para ver outra mulher.

— Mas ela está fornecendo para você — ela pressiona.

Nego com a cabeça.

— Os comprimidos não são para mim.

Ela se afasta.

— Então, para quem são?

— A mãe desta mulher — digo. — Ela tem câncer. Esofágico.

Delilah fecha o tabuleiro.

— Me desculpe — digo.

— Tanto faz — diz ela, dando as costas para mim.

Digo a ela que sou horrível. Digo que ela é linda. Digo que quem perde sou eu. Eu a abraço. Digo a ela que sou uma pessoa péssima e não a mereço. Digo de novo que é bonita. Digo que é inteligente, que ela pode dominar o mundo com suas ligações e sua perícia na tecnologia. Digo que ela vai terminar com alguém *muito* melhor do que eu, e é quando me abraça com mais força. É quando me perdoa, quando digo a ela, sem dúvida nenhuma, que um dia estarei batendo na sua porta, quando ela estiver morando em uma casa grande nas colinas, com piso de mármore e segurança. Estarei desejando ficar ali dentro com ela, mas eu não merecia estar.

— Tudo bem. — Ela aperta minha mão. — Só me faça um favor, não fale merda a meu respeito com Dez e Harvey, e esses outros babacas. Todos eles são horríveis.

— Pode deixar — digo. Delilah guarda seus dispositivos de assédio — ela *precisa* ir ao Polo Lounge para espionar alguém — e quando sai, encontro o vídeo no YouTube em que apareço na casa de Henderson. Vejo os comentários.

A usuária AA212310 escreve:

Assassino bem aí na casa.

A usuária AA212310 não respondeu a nenhuma das muitas pessoas que perguntaram o que ela quis dizer com *assassino.*

Pensei que fosse suicídio.

Vc sabe de alguma coisa????

Ele foi morto?

Achei que fosse uma orgia.

Não vou me fixar no fato de que o nome de usuário contém as iniciais *aa*. AA significa alcoólatras anônimos e AA pode ser qualquer uma e é absurdo pensar que é Amy quando Henderson tem milhões de fãs, e muitas são tresloucadas, possivelmente no programa do AA, com tempo de sobra para entrar no YouTube e comentar. Não vou pensar em Delilah lendo esses comentários, imaginando, investigando. Não vou cair na toca do coelho. Não serei apanhado. Estou bem. Estou livre. A única coisa em que fui flagrado foi na travessia fora do sinal.

E então meu telefone toca e recebo algo que nunca aconteceu. Uma mensagem no Facebook de Love: *Tudo bem, sou uma stalker completa, mas achei você aqui. Vou para Malibu. Faz muito calor e acho que seria um erro de minha parte deixar você aqui neste calor. Então esta é minha boa ação do dia. Topa?*

Queria que ela soubesse de meu dia, de meu pesadelo no Village. Queria que ela sentisse que só o que queria era uma saída, uma folga. Respondo em maiúsculas, *SIM*. Ela responde: *Literalmente na frente do seu prédio. #psicopataassassinacesquase*

Ela escreve de novo: *Meu francês é uma porcaria, mas meu beijo é ótimo ahaha.*

Respondo: *Nada em você é uma porcaria.*

E é claro que é a verdade.

Preparo uma bolsa e penso na boca de aspirador de Delilah e no entusiasmo faminto de todos-a-posto de Amy. Não vou ganhar um boquete em Malibu, mas não terei de lidar com Delilah. Levo minhas roupas, minhas cuecas e meu computador. Imagino Harvey explicando a algum novo angelino que este apartamento é amaldiçoado. A primeira garota se mandou, descartou a mobília. O cara seguinte, um dia estava aqui e depois tomava comprimidos (supostamente) e depois puf, sumiu. Ainda assim, não posso ser carente demais; pego só duas calças jeans.

Na frente do prédio, procuro pelo Tesla, de Love, mas ele não está ali. Ouço uma buzina e ela está mais adiante na rua, acenando de uma Ferrari. Ando até ela e ela sorri quando entro. Não está chateada por eu tê-la largado esta manhã devido a *um problema do trabalho*. Ela não vê as coisas desse jeito.

— Sei que você tem a sua vida — diz ela. — Estávamos no éden. Tive de mandar tipo mil e-mails esta manhã, então acredite em mim. Eu entendo. Conseguiu fazer suas merdas?

— Consegui — digo.

— Ótimo — diz ela. — Então você pode se concentrar nesse mix do Pantry que preparei para você.

Começa com Charles Mingus e eu me sinto um garoto renovado saindo do gueto quando passamos pelo Hollywood Lawns e vamos para Malibu. Mando uma mensagem a Calvin: *Vou precisar de alguns dias. Eu me sinto péssimo. Desculpa por ter sido um babaca mais cedo. Delilah, argh. Sabe como é. Mas então, vou passar um tempo fora. Me avise se acontecer alguma coisa com FTF. Estou de dedos cruzados, grande C. A gente se fala em breve.*

Em Nova York, quando eu cuidava de uma livraria, se alguém falasse assim comigo, teria sido demitido. Em Los Angeles, dispenso meu chefe por mensagem de texto e é isso que tenho em troca: *Cara acho que fumei erva demais, caraca, paz, a gente se fala.*

É tão fácil viver em Los Angeles e Love me diz para me segurar quando damos uma guinada para a 101. Centenas de carros entopem as artérias e isso me lembra daquele quadro do *SNL* em que eles falam da 101 e da 405. Nem consigo imaginar ser criado nessa loucura, em carros.

A mãe de Love telefona e vejo fotos de Love no Facebook. Ela vai muito à praia, mas não posta fotos de corpo inteiro. Ela bebe, mas nunca parece bêbada. Acho que eu estava errado esta manhã. Acho que talvez hoje *seja mesmo* meu dia de sorte.

23

AS pessoas que pagam milhares de dólares para embarcar nos Glamorosos Barcos de Germes (vulgo cruzeiros) estão tentando adotar uma filosofia de vida, a ideia de que o que importa é a jornada, e não o destino, assim é melhor você *curtir a viagem*. Sempre tive problemas com essa filosofia. Sou orientado a objetivos. Pressiono muito a mim mesmo para ser um membro produtivo da sociedade. Mesmo agora, faço o máximo que posso. Mantenho uma das mãos na vagina de Love e a outra em meu telefone. Sou multitarefa. Eu não relaxo.

Enquanto Love dirige, analiso minhas realizações. Graças a mim, a marca Home Soda de Benji foi dissolvida. Graças a mim, nenhuma editora está desperdiçando tinta eletrônica para escrever a Guinevere Beck e dizer não a suas histórias e, graças a mim, alguém com mais mérito assumiu o emprego de Peach Salinger. Graças a mim, o dr. Nicky Angevine não está atendendo, não tem licença para manipular pacientes a lhe pagarem um boquete. Graças a mim, o talk show de Henderson *não* continua e um dia este momento será lembrado como o começo do fim da era do narcisismo na América. Graças a mim, o sr. Mooney foi inspirado a dar o fora também. Está em Pompano Beach, feliz pra cacete, comendo uma mulher de nome *Eileen*.

Eu também mereço umas férias. Tive trabalho para chegar até aqui e, enquanto o vento queima minhas faces e joga meu cabelo para trás, enquanto chegamos mais perto do mar, concluo que esta é a estrada que se afasta de tudo que é ruim, de Amy, de minha perseguição autodestrutiva dela, de minha paranoia e minhas mentiras. Tudo com Love é bom e tudo de ruim está no passado. Olho pela janela e liberto Amy. Deixo que ela caia de uma escada em um paraquedas ou deixo que se enforque com um elástico extensor. Tenho coisa melhor para fazer com meu tempo. Baixo o telefone.

— Até que enfim! — diz Love. — Eu já estava com medo de seus olhos saltarem da cabeça de tanto olhar pra esse troço!

— Eu sei — digo. — Preciso cuidar de algumas coisas do trabalho. Mas, foda-se. Agora *eu estou* aqui.

Ela ri.

— Gosto desse plano.

— Gosto dessa vista — digo.

— É tão linda, né? Eu adoro o Pacífico. Você já esteve lá, não é?

— Não — respondo. — Ainda não.

— O quê? — Ela dá um gritinho. — Peraí, peraí, peraí. Esta é sua primeira experiência no oceano Pacífico?

Admito que tem razão e adoro o jeito de Love ser como o próprio amor, de um entusiasmo sem limites. Minha primeira vez aqui é sua primeira vez aqui e ela fica louca de alegria, dando uma guinada para a pista da esquerda, disparando e bloqueando o trânsito para se espremer em uma vaga no acostamento.

— Pensei que a gente ia para a casa dos seus pais.

— Nós vamos, depois — explica ela.

— Depois do quê?

— Depois de você colocar os pés no Pacífico, é claro!

Ela abre o carro e tira a camiseta minúscula.

— Vou chegar primeiro que você — diz ela e, em todo este tempo, por toda a minha vida, eu achava que gente branca e gostosa com traje de banho só disputava corrida para a água nos filmes e nos vídeos de música de Don Henley. Deixo que ela ganhe, e ela segura minha mão e me puxa para um beijo quando chego lá.

— Feche os olhos — diz ela.

Seguro sua mão, fecho os olhos e não sou nenhum pobre-coitado do interior do Nebraska. Já estive no mar. Mas nunca desse jeito. O trecho de praia é muito largo. As ondas são barulhentas. As algas marinhas são imensas, como o próprio oceano. E então vem uma onda, nos atinge, eu a pego no colo e corro através da muralha de água branca para a parte mais densa.

— Você já foi às Maldivas? — ela pergunta quando voltamos à tona.

— Não faça isso.

Ela olha para mim. Enxuga a boca.

— Não faz o quê?

— Você sabe que não estive nas Maldivas — digo. — Então, não me pergunte se estive nas Maldivas.

— Como eu saberia que você nunca esteve nas Maldivas? — pergunta, e não está sendo sarcástica. Love Quinn deve ser a mulher menos preconceituosa que existe no mundo. Ela se aproxima de mim nadando e me abraça antes de me levar de volta para a areia. Tem toalhas na mala do carro — os ricos estão sempre preparados para entrar na água? — e coloca uma playlist nova do Pantry. A primeira música é "Make Me Lose Control" de Eric Carmen. Digo a ela que adoro essa música, e ela diz que sabe disso. Ela diz que pegou algumas músicas minhas e outras dela e fez *um monte de bonecas russas musicais infinitas*. Não sei o que isso significa, mas explica que cada música faz referência a outras.

— Ah, então depois dessa vem "Be My Baby" e "Back in My Arms Again" — digo.

Ela concorda com a cabeça.

— Você é mesmo o *Professor.*

Eu queria que a gente continuasse, seguindo para o Norte, ao longo do verão, para longe de Amy, de Henderson, de Delilah, de Los Angeles. Mas ela liga a seta do carro e dá uma guinada, saindo da rodovia, e pegamos uma estrada de terra para outra estrada de terra até nos aproximarmos de um portão. Acima dele está pendurada uma placa de bronze no formato de meia-lua: *The Aisles.*

— Sua casa tem nome?

Ela ri.

— Sabe que gosto de batizar tudo.

Love sorri para uma câmera, os portões se abrem e ouço Elvis — "Never Been to Spain" — e puta que pariu, caralho. A estrada é pavimentada com grama irregular, conchas do mar e areia branca que deve ter sido trazido das Bermudas, e recebe a sombra de um dossel de árvores que não existem em Hollywood. Seguimos devagar, passando por Maybachs e Ferraris.

— Seus pais estão dando uma festa? — pergunto.

— Não exatamente. — Love passa gloss nos lábios. — Forty aparece no episódio desta noite de *True Detective,* então meus pais reuniram a família para assistir na sala de projeção.

— Ele é ator?

— Bom, não é um ator-ator — diz ela. — Ele não trabalha muito nisso. Só de vez em quando. Acho que ele e Milo têm um amigo que está fazendo a música dele e o colocou ali, sabe? Não sei. — Ela suspira e deixa o gloss de lado. — Não consigo acompanhar e nem tento. — Ela dá um tapinha na minha perna. — Não fique tão nervoso.

— Não estou nervoso — digo. Mas estou nervoso. Sei como ter medo de ser traído por Amy Adam ou julgado pela polícia. Não sei como ter medo de ser um vendedor de livros em uma casa de veraneio.

— Você não tem por que se preocupar — Love me garante. — Todo mundo já adora você.

Uma garota baixinha e descalça com a gola erguida corre atrás de um menino descalço que nunca vai trabalhar no varejo nem preencher uma ficha pedindo seguro-desemprego. Entramos em uma espécie de mundo chique Rob Reiner de Gente Branca e Rica e acho que não via crianças desde que estive em Nova York. O que mais me impressiona é a segurança. Em Nova York, você fica constantemente vulnerável. Sempre pode haver um psicopata no metrô, na escada de incêndio, no canto escuro da escada. Já tive minha parcela de clientes doentes mentais e potencialmente violentos na loja. Meu apartamento em Hollywood fica no primeiro andar, com grades nas janelas, e vou e volto do trabalho a pé. Entro em carros da Uber e Lyfts com turistas que não conheço e eles sempre podem ser loucos. Mas isto é tão seguro, e preciso de um minuto para me acostumar à completa ausência de criminosos.

Paramos em um talude arenoso e ela deixa a chave no painel. Ofereço ajuda com a bagagem, mas ela diz *os assistentes podem fazer isso*, segura minha mão e me leva para um caminho em que houve um paisagismo perfeito, para dar a impressão de que foram Deus e o vento que fizeram isso, quando na realidade foram trabalhadores mexicanos.

Estamos mais perto da água, luminosa e azul, incrivelmente próximos, pouco depois da quadra de tênis de grama, verde, brilhante, e Love me fala de *The Aisles*. São quatro casas na propriedade, uma quadra de tênis de grama, uma quadra de saibro perto do portão principal e duas piscinas. Tem uma casa de barcos e vejo a Donzi de que me falou o pai de Love, e quero pilotar aquela coisa. Eu *vou* pilotar aquela coisa! Eles têm uma praia particular e um galpão que parece verdadeiramente feito de biscoitos de gengibre. Uma placa no telhado de palha diz MINI PANTRY.

— Mini Pantry? — pergunto.

— Não tem nada de mini por aqui. — Ela aperta meu saco e começa a me masturbar bem ali, naquele momento, a cerca de 15 metros de onde as crianças montaram um quiosque de limonada. Ela se abaixa, me apalpa e talvez seja aí que ela vá me chupar. Podemos ser apanhados a qualquer momento. Digo isso e Love abre um sorriso de Cheshire.

Love me acaricia e segura minhas bolas, eu sou sua argila e ela trabalha os dedos até minha medula, e seu rosto está perto demais. Coloco a mão em sua cabeça, mas não empurro. Eu não empurraria. Vou receber a masturbação, mas as mãos me fazem querer a boca e eu empurro o mínimo possível, e ela afasta uma das mãos e abre a boca. Isso. Isso. Na quadra de tênis, alguém grita: *Fora!* Ela lambe os dedos e a palma da mão em vez de lamber meu pau e leva a mão molhada de volta a meu pênis, e eu gozo. Ela enxuga as mãos em uma folha de palmeira e eu puxo o short para cima.

— Tudo bem com você? Você parece meio tenso — diz ela.

Nego com a cabeça.

— É claro que estou. Só estava preocupado com aquelas crianças.

Ela me dá um tapa na bunda.

— Bom, mesmo que eles tivessem visto, uma hora vão ficar adultos, não é?

Nós dois andamos. Não admira que Forty me chame de *Meu Velho.* Este lugar é *O grande Gatsby*, novo e melhorado. Paul Simon canta; só que é de fato Paul Simon, o ser humano. Está sentado em uma cadeira de jardim dedilhando um violão para Barry Stein e Forty, uma visão estranha de muitas maneiras, três homens, um violão, nenhum Garfunkel.

— Barry Stein o conhece — explica Love. — Barry Stein conhece todo mundo. Acho que é por isso que meus pais o aturam.

— O que quer dizer com isso?

Ela me conta que Barry Stein é um tipo meio que imbecil arrogante, mas os pais dela adoram cinema. O pai queria entrar nesse setor, mas eles não investem em cinema porque é arriscado demais.

Um de um milhão de empregados aparece com uma bandeja de vodca com limão em potes de geleia e Forty rapidamente pega dois. Oferece um a Barry Stein, que o dispensa, e Paul Simon também diz não. Ninguém quer beber com Forty, e Love solta um suspiro.

— Eu queria que Forty entendesse isso. Ele sempre acha que Barry vai produzir uma de nossas histórias. E isso não vai acontecer.

— E por que não? — pergunto.

Ela ri.

— Porque elas são uma bosta.

Adoro que Love não seja nem autodepreciativa, nem narcisista. O que não gosto é que ela puxe minha cabeça para a tela e levante seu iPhone.

— Selfie da tarde — diz ela, animada. — Hashtag Summer of Love.

Abro um sorriso.

— Giz!

24

PAUL Simon foi embora enquanto estávamos nos ajeitando em nossa suíte no andar de cima da *casa principal,* e não estou acostumado com isso, com nada disso.

— Onde fica o banheiro? — pergunto a Love.

— Tem um na cabana e um na casa principal, mas eu *adoro* os da casa azul — diz ela.

Tento não demonstrar meu grande espanto, mas, às vezes, a diferença é demasiada. As portas francesas da casa azul estão abertas e o banheiro fica diretamente à frente e tem o tamanho de um conjugado. Um gato malhado e gordo mia e sai.

Eu posso tentar, mas nunca ficarei à vontade nisso. Olho para fora e vejo Dottie dar um abraço na porra do Pierce Brosnan. Uma criança gorda belisca o nariz dele. Fecho a porta e me sento na privada. Quando eu era criança, minha mãe costumava me deixar no supermercado Key Foods. Literalmente me largava ali. Ela dizia que estávamos brincando de esconde-esconde e eu sabia que não estávamos, mas brincava mesmo assim. Eu me escondia no banheiro ou escapulia para o segundo andar, onde pagavam gente para vigiar ladrões, como um *Cassino* dos pobres. Todos os gerentes me conheciam. Eles conheciam minha mãe. Não chamavam a polícia por causa dela. Um gerente legal preparava minha refeição favorita, Vitela à Parmegiana On-Cor.

Por fim minha mãe voltava, imitava um forte tapa na cara e gritava comigo para não fugir nem fazer aquela merda de novo. Eu prometia ser um bom garoto e as pessoas que trabalhavam na loja participavam da farsa.

Puxo a descarga e jogo água fria na cara. Saio do banheiro e "assistentes" (a palavra é de Love, não minha) circulam de bermuda, *posso ajudá-lo, quer alguma coisa?* Love vestiu traje branco para tênis e está no pátio, perto das quadras. Forty acena para eu me aproximar e me passa uma caipirinha. Milo agora também está aqui. Fala com Love, ele a faz rir. Barry Stein olha a saia de Love. Escroto.

Forty meneia a cabeça.

— Já te disse para não se preocupar com isso.

— O que é Wianno? — pergunto, assentindo para Milo e sua camiseta esfarrapada idiota.

— Wianno Club — diz ele. — E, Meu Velho, eu te prometo que não há *nenhum motivo* para se preocupar ali.

— Onde fica o Wianno?

Forty suspira.

— Em lugar nenhum. — Ele bate palmas. — E aí, tem alguma ideia para um filme, Professor?

— Na verdade, não — respondo. Observo Milo, os pelos brancos nos braços, os dentes brancos de Mentex. A violência em mim parece a campanha de marketing do Carl's Jr., as placas que mudam quando eles têm de promover algum novo superburger jalapeño. Em vez de matar Amy, eu quero matar Milo.

Forty tritura um cubo de gelo.

— Ai, sem essa — diz ele. — Você deve ter uma ideia. Todo mundo tem. Qual foi a última coisa ótima que você viu?

— Nada — respondo. — O cara com quem eu trabalho sempre me obriga a assistir toda aquela porcaria da Funny or Die.

— Nunca teve nada produzido? — pergunta Forty.

— Não — digo, e seria socialmente inadequado puxar Milo pela camisa até a água e afogá-lo. Em vez disso, faço esse jogo. Conto a Forty sobre uma ideia que tenho, em que você mostraria aquela parte de *Simplesmente amor* em que Liam Neeson diz ao enteado que eles precisam de Kate e Leo.

— E aí — digo, na esperança de que Love possa me ouvir, que ela vá deixar Milo para ver o que está perdendo. — E aí, eles estão no sofá, só que em vez de aparecer aquela cena do *Titanic*, você mostra a cena de *Foi apenas um sonho* em que Kate e Leo estão trepando na cozinha.

Forty dá uma gargalhada. Love não percebe.

— Isso é genial. Meu Velho, você precisa fazer isso. — Forty procura ver se Barry Stein esteve entreouvindo, mas ele não ouviu.

Dou de ombros.

— É só uma coisa que eu acho que seria divertida.

— Você precisa pensar, é uma coisa que *vai ser* engraçada, Meu Velho.

E então Forty precisa *dar uns telefonemas* e se afasta de mim. Love se aproxima e se senta em meu colo.

— Está se divertindo?

— Estou — digo, e é verdade. Com Love em meu colo, fico mais calmo. Posso adorar isso aqui, agora que ela não está falando com Milo. A luz em Malibu tem um poder que não dá para comprar no Instagram. Todo mundo parece mais vivo do que no Chateau, mais nítido, porém mais granuloso. The Aisles não é uma casa; é uma aldeia e eu me pergunto se alguém que trabalha no Pantry sabe deste lugar e se eles querem se juntar e invadir pelos portões. Imagino todos eles gritando, *NÃO QUEREMOS AMOR — QUEREMOS DINHEIRO!*

Dottie diz que precisamos nos preparar para o jantar e eu nem senti o tempo passar. Love fala que acontece em Malibu.

— Cabeça de praia.

Forty volta, de iPad na mão.

— Dá uma olhada nisso, Meu Velho — diz ele.

E parece Calvin redux. Reconheço o logotipo da Funny or Die e solto um gemido, mas Forty garante que vale *ouro*. Rolam os créditos de abertura, seguidos por Liam Neeson e o filho em *Simplesmente amor* e meu coração se acelera — esta é a minha ideia — e eles estão no sofá, vendo Kate e Leo em *Foi apenas um sonho* — minha ideia! — e a tela escurece e vejo palavras que me agradam, palavras que ficam bem juntas, como as pessoas que têm um casamento feliz:

Escrito e dirigido por Joe Goldberg.

Love está rindo e aplaudindo e eu abraço Forty, aperto sua mão e agradeço a ele, mas ele me diz para não agradecer.

— Tudo isso foi você, Meu Velho!

— Mas eu não fiz nada — protesto. — Só tive uma ideia.

— Papo furado — diz ele. — Você teve um final. Todo mundo tem um início, mas você é o cara que sabia como terminava.

Ele entrega o *meu filme* a Barry Stein. Uma nova vida é possível para mim e vejo como é possível se contagiar de aspirações. Eu podia ser *descoberto* como Mark Wahlberg em *Boogie Nights* antes de ele foder com tudo. Mas Barry Stein chama meu vídeo de *bonitinho*. Fico fervilhando. Antigamente, em Nova York, eu era

Diferente, sexy.

E em Malibu, de acordo com esse escroto velho e obsceno, um produtor de comédias românticas piegas, pré-fabricadas e ultrapassadas, eu sou

Bonitinho.

Isto é um balde de água fria. A conversa vaga para longe de *meu filme.* Barry Stein bate um charuto, depois oferece a Ray, Forty e Milo. Não me oferece um. Forty tira folhas de hortelã dos dentes e passa as mãos no cabelo. Ele está magoado; ele também não gostou de *bonitinho.*

— Aí, tive uma ideia — diz Forty, e Barry fala que precisa usar o toalete e Milo precisa encontrar seu filtro solar e Love precisa ajudar a mãe.

Olho para Forty.

— Bonitinho é meu cu.

Forty sorri.

— Tá certo, Meu Velho, tá certo.

Ele passa a me contar sobre o roteiro em que esteve trabalhando, e quero acreditar em mais e quero acreditar que isto é o começo de alguma coisa. Mas a ideia de Forty é horrível. É do tipo irremediável, talvez-ele-precise-de-um-psiquiatra em que você sabe que não existe a possibilidade de ele um dia vir a ter sucesso como roteirista. Love tinha razão quando disse que as ideias dele eram péssimas. Esta "ideia" se chama *O terceiro gêmeo.*

— Não eu e Love — diz ele. — Dois caras, idênticos, os dois têm tatuagem no dorso da mão, de quando eram bebês, e a mãe deles não conseguia distinguir um do outro.

É uma coisa especial ver alguém tentar contar uma história, sem conseguir. Primeiro, os gêmeos estão em meados dos vinte anos, em Los Angeles, depois ele descreve uma cena em uma rua escura de Nova York.

— E explode o título, bum — ele grita. — *O terceiro gêmeo.*

Ah, meu Deus, só estamos começando. Love e Milo vão para a quadra de tênis e eu estou no lugar certo, no lugar errado.

— Acho que você quis dizer trigêmeos — digo. — Podem ser trigêmeos.

— Mas isso entrega toda a trama — ele arqueja.

Ele passa a mão no cabelo e de algum modo o roteiro avança e *estamos em Las Vegas* e *Se beber, não case!* entra no *Cassino* de Scorcese.

— Tá sentindo, Meu Velho?

Não admira que Forty nunca tenha vendido um roteiro. Olho seu iPad, onde ele tem desenhos e anotações. Nem todas as pessoas confusas são gênios. Algumas são apenas confusas. Meu coração se parte.

— Las Vegas — digo. — Quem vai se casar?

Ele se levanta. Ele uiva.

— Você entendeu! Paranormal! Instintos! Professor Meu Velho!

Ele olha em volta, procurando saber se Barry Stein está olhando, e Barry Stein não está olhando. Na quadra, Love deixa Milo beber água mineral. Forty continua falando e o *terceiro gêmeo* surge do nada, no deserto, para matar um gêmeo que está dirigindo para Las Vegas, tentando salvar a vida do irmão, depois voltamos no tempo de novo. Forty se esqueceu de uma *cena fundamental*.

— Joe, imagine só. O terceiro gêmeo... E PODE CHAMAR ISSO DE UMA MERDA DE TRIGÊMEO... mergulha em uma piscina e ficamos com ele enquanto ele vê a luminosidade no alto, a festa junto da piscina, a música crescente do som estéreo.

— Pensei que o filme fosse ambientado no presente.

Ele nem hesita.

— Às vezes — afirma ele. — E em outras vezes, estamos no futuro. Ou nos anos 70. A narrativa não é linear. — Love cochicha alguma coisa no ouvido de Milo. — Então o terceiro gêmeo sai da piscina renascido. E é quando fica assustador. Está preparado para isso?

Dottie toca um sino e Love acena para eu me aproximar, mas ela não espera por mim quando Milo a instiga a entrar. Digo a Forty que devemos acompanhá-los e ele olha para mim.

— Cara — disse ele. — Eu fui cortado.

Ergo as sobrancelhas.

— Você não está no episódio?

— Minha mãe curte uma comemoração — diz ele. — Todo mundo está animado. Eles vão assistir, vão pensar que me deixaram passar. Todo mundo ganha. Quer dizer, eu li o papel, eu podia ter *conseguido*, mas está tudo bem. O primeiro agente que tive na vida, ele me avisou. Como roteirista, você pode se foder se atuar.

Dottie toca o sino de novo e Forty lhe promete que vamos entrar em *dois minutos*. Ele diz que precisamos correr para pegar um remédio para mim, e Dottie fala que podemos mandar alguém fazer isso e Forty diz que é uma *droga nova* e Dottie suspira.

— Que seja rápido, meninos.

Forty e eu vamos ao talude, onde os carros estão todos jogados, como convidados de ressaca. Forty diz *uni-duni-tê* e se senta em seu Spyder.

— Aonde vamos? — pergunto.
Ele pega a chave e liga o motor.
— México, Meu Velho. *Mé. Ri. Co.*
Nós partimos.

25

É claro que Forty estava sendo hiperbólico e não estamos *de fato* indo ao México. Saímos de um paraíso de canapés, tacos de peixe e caipirinha para ir a uma merda de Taco Bell.

Imagino todos em The Aisles na sala de projeção. Torço para que Love não esteja sentada no colo de Milo, e por que sempre tem de existir um Benji, um Henderson, um Milo? Milo será um problema e quando procuro por ele no Google, surge uma série de coisas irritantes, prêmios como roteirista, colaborações com a *Vanity Fair*, seu status de *solteiro psicoticamente cobiçado* na *Nylon*. Detesto saber que Milo *se deu bem em Hollywood* e qualquer um que diga que não tem inveja está mentindo. Paramos na Taco Bell e Love me manda uma mensagem de texto: *Estão voltando?*

Leio em voz alta para Forty.

— Diga a ela que pegamos o trânsito da praia.

Olho a estrada livre.

— Sério?

— Tem razão — diz ele. — Diga a ela que estou sendo um babaca. Ela vai entender o que significa.

— Forty, talvez você deva mandar a mensagem.

— Estou dirigindo — diz ele enquanto para em uma vaga e desliga o motor. — É sério, diga a ela que estou sendo um babaca. Ela vai saber o que significa. Está tudo bem, Meu Velho.

Então digo a Love que Forty está sendo um babaca e ela responde com um *aiaiaiaiaiaiai* e diz para dar cobertura, saímos do Spyder e andamos pelo estacionamento, entrando na merda da Taco Bell. Lá dentro, sentamos em uma cabine e Forty me fala de seu outro roteiro, *A trapalhada*.

— Estava na Lista Mais Negra — diz ele. — Esta é uma lista mais confidencial do que a Lista Negra.

Olho para ele.

— O que é a Lista Negra?

Ele ri.

— Os melhores roteiros sem produção na cidade — diz ele. — E a *Lista Mais Negra* é de roteiros ainda melhores. Só, tipo, *dez* produtores têm a Lista Mais Negra e *A trapalhada* entrou.

— Legal — digo, e me pergunto se os professores nas escolas de Los Angeles já tentaram instilar a modéstia nas crianças.

Forty me diz que *A trapalhada* gira em torno de um sequestro.

— Caraca — digo. — Também estive trabalhando na história de um sequestro.

— Sem brinks? — pergunta ele. Ele se esforça muito, o tempo todo.

Digo que devíamos ler as coisas um do outro e ele diz que esta é uma ideia *épica* e encaminha para mim *A trapalhada* e *O terceiro gêmeo.* Rolo por minhas próprias histórias no telefone, aquelas que escrevo quando não consigo dormir, quando penso nela, na merda que aconteceu, quando faço como Alvy Singer e tento corrigir tudo com minha imaginação. Conto a Forty uma de minhas histórias preferidas de Amy, aquela em que saímos juntos e usamos nomes falsos. Só que, nesta versão, eu a tranco na gaiola enquanto ela está roubando os livros. Deixo trancada ali e a obrigo a ser minha escrava.

No fim, ela se apaixona por mim e continuamos usando aqueles nomes falsos. Fazemos amizade com as pessoas que roubamos em Little Compton, Noah & Pearl & Harry & Liam. Forty chama isso de síndrome de Estocolmo, mas ele está enganado; era *esperança* dela ser apanhada.

— Ah — diz ele. — Que garota terrível. Essa é boa também.

É por isso que as pessoas gostam de escrever. Você visita velhos amigos sem ter de entrar no Facebook e ver o que estão fazendo, sem ter de lidar com o que os idiotas chamavam de FOMO. Você os obriga a entrar no que quer que eles sejam, as pessoas que podiam ser, se fossem mais corajosas e mais inteligentes.

— Qual é o nome desse roteiro? — pergunta ele.

— *Os impostores* — digo. — Mas a certa altura é mais uma descrição de uma história do que uma história. Ainda não elaborei todo ele.

— Toda história começa como uma história — diz ele, como se isso fizesse algum sentido. *Hollywood.* Ele me diz para dar uma olhada em *A trapalhada.* — Mentes brilhantes — diz ele. — *A trapalhada* tem um tema muito parecido com o seu *Os impostores.*

— Quer que eu leia agora?

— Me manda o seu *Impostores.* — Ele toma um comprimido. — Não estou com pressa para voltar para a merda do Aisles. Pode acreditar, não estamos perdendo nada.

— *Bueno* — digo, porque é o que diria um roteirista de Los Angeles paspalhão e bem-sucedido como Milo.

Nós lemos. Ambos concordamos que nossos respectivos trabalhos são *geniais.* Forty está *abismado* com minha visão em *Os impostores* e eu lhe retribuo o entusiasmo, alegando ter ficado impressionado com a estrutura de *A trapalhada*, embora *A trapalhada* seja um absurdo incoerente.

E é aí que sei que peguei aspirações. Não pode vir nada de bom disso. Eu sabia disso antes de me mudar para cá. Já havia violado os conselhos do sr. Mooney. Ninguém está chupando o meu pau. Trepei com uma atriz. Nadei em uma piscina. Mas também sei como é ver aquelas palavras na tela do iPad de Forty: *Escrito e dirigido por Joe Goldberg.*

Preciso de Forty para meter o pé na porta e mostrar a *Milo* como é que se faz. Tenho certeza absoluta de que preciso de mais do que um vídeo da Funny or Die *bonitinho* para colocar aquele escroto pomposo em seu lugar e li manuais de interpretação suficientes para saber que, aqui, você não consegue chegar a lugar nenhum se não conhecer alguém. Agora conheço. Conheço Forty Quinn. Digo a ele que podíamos combinar *A trapalhada* com *Os impostores* e ele arregala os olhos.

— Um super-roteiro — diz ele. — Que merda, claro. A estrutura está aí.

— Vamos fazer — declaro.

— Será que devemos telefonar para os agentes? — pergunta ele.

Em vez de confessar que não tenho agente, digo a ele que devemos esperar.

— Primeiro vamos ver se temos alguma coisa ótima — digo. — Só temos uma chance nessa.

Ele me dá um tapa nas costas.

— Atitude sensata, Professor.

Concordamos em esperar até que os roteiros estejam *no saco* para contar a alguém, Love, agentes, qualquer um, todo mundo. Não quero que alguém diga a Milo que estou *tentando* fazer alguma coisa. Quero dizer àquele escroto que eu *fiz* alguma coisa. Além disso, Hollywood é estúpida e, assim, se nossos roteiros não pegarem, então será como se nunca tivéssemos fracassado.

Forty me dá um tapa nas costas e vamos ao balcão.

— É melhor a vida com comida — diz ele, e olhamos o cardápio: tacos Doritos Locos, gorditas, algo chamado *quesarito* que não foi preparado por uma *abuela* na cidade do México, mas por um cientista corporativo no meio da América.

Forty começa a falar de *chalupas* com o chapado da caixa registradora. Depois entramos na cozinha para ele me apresentar a seu *amigo supremo*, o chef Eduardo. Forty pede uma tonelada de comida — *dos* batatas grelhadas bem servidas e *tres gorditas*, um burrito gordo de cinco camadas e *todo o molho quente que você puder servir.* Enquanto esperamos pela conta, ele tira do bolso um saco de coca e oficialmente estou vivendo em *Abaixo de zero.*

O cara do balcão sorri.

— São 39 dólares e 82 cents.

— Valeu, meu irmão — responde Forty. — Não se esqueça de nosso molho quente. — Ele assobia. — Eduardo! — grita. — Precisa dizer ao chefe que eles precisam de uma opção de gorjeta. Como vou dar gorjeta a seu pessoal?

Eduardo ri.

— Você é engraçado, sr. Forty.

Eduardo provavelmente é a coisa mais próxima de um verdadeiro amigo de Forty, e este pega uma nota de cem dólares, amassa, finge espirrar e joga a nota de cem no balcão. O cara da caixa registradora já viu isso, ri e diz o que Eduardo disse, o que Forty gosta de ouvir:

— Obrigado, sr. Forty.

Forty assente, voltamos para nossa cabine e tratamos *O terceiro gêmeo* como se tivesse alguma redenção, mesmo enquanto eu mato as ideias dele e as recrio do zero.

— Vamos levá-lo para o deserto — digo. — O terceiro gêmeo é um intruso que aparece e estraga tudo para os gêmeos.

Forty concorda com a cabeça, cativado. Dá para saber que ele fica indo e voltando entre pensar em Milo e em si mesmo como o terceiro gêmeo, e de repente fico tão feliz que sou simplesmente uma criança.

— Agora, os gêmeos têm a vida ajeitada, mas esse escroto bagunça tudo — continuou. — Ele fode com as mulheres deles e atrapalha seus empregos e ainda fica tudo fodido porque ele trai os dois gêmeos e por acaso eles não são tão próximos como pensavam.

— Ah — diz ele. — Segundo ato.

— E aí, enfim os gêmeos encontram um jeito de confiar um no outro. Eles se certificam de que são eles, os originais, e assim bolam um plano e trazem o terceiro gêmeo a Las Vegas.

Forty dá um soco na mesa.

— Rodado em locação. Adorei.

— Mas eles não chegam lá — digo a ele. Idiota. — Eles param na estrada e derrubam o terceiro gêmeo, e o deixam morrer ali.

— Porra — diz ele. — Isso é sombrio.

— Mas então. — Abro um sorriso. — Última tomada do filme, bem do alto, você vê o carro encostar e um corpo é jogado no acostamento da estrada.

Os olhos de Forty brilham.

— O terceiro gêmeo fodeu com os dois.

Concordo com a cabeça.

— Este é seu filme.

Forty diz que isso pode funcionar, abre um pacote de *molho quente* e espreme na boca.

— Próximo — diz ele. — *A trapalhada.*

Ele acha que é *uma mistura de Tarantino com Nora Ephron em um esquema clássico de sequestro,* mas eu li e Forty não é um roteirista. Ele só gosta de juntar nomes. É claro que é uma história de Las Vegas — Forty fará qualquer coisa para ir a Las Vegas —, mas tem personagens pra todo lado e às vezes o sequestrador é o cara, às vezes é a mulher, e a coisa fica dando saltos. (Drogas.) Mas posso consertar isso; é só substituí-lo pelo meu *Impostores.*

Ele estala o maxilar e se recosta no banco.

— Ah, cara — diz ele. — Tem uma coisa em que eu não pensei.

— O quê?

— Podemos combinar que o que acontece na cabine fica na cabine?

Concordo com a cabeça.

— Que merda, é claro.

— Da última vez, Love ficou irritada com *A trapalhada.* Ela achou que se tratava dela.

Agora escuto com atenção. Limpo a boca.

— Por que ela pensou que se tratava dela?

Forty suspira e fecha a cortina. Explica que Love é uma *mulher de relacionamentos* e que ela é *incapaz de ficar solteira,* e que foi por isso que se casou nova e rapidamente se casou de novo.

— E aí, depois que o médico morreu. — Ele meneia a cabeça. — Cara, ela ficou um trapo. Tipo com medo de ser tóxica. Quando não se divorciava, ficava viúva e só o que ela queria era ter alguém.

Não acho que ela seja assim. Talvez tenha sido. Mas não é mais.

— Sei.

— Mas então — continua. — Ela jurou que nunca mais se envolveria com alguém, a não ser que fosse durar para sempre. Então eu costumava brincar que da próxima vez que ela conhecesse alguém, íamos amarrá-lo e prendê-lo em The Aisles, assim ele não poderia sair, não poderia fazer merda, não poderia ir ao médico e descobrir que tem câncer. — Ele ri. — Então, de certo modo, isso foi uma inspiração para *A trapalhada.*

— Caraca — digo.

Ele sorri.

— Você está surtando.

— No bom sentido — digo. E é verdade. Eu me sinto especial. Love procurava por algo real, encontrou, isto sou eu, e é cedo e absurdo, e nos conhecemos há poucos dias, mas que se foda, é bom ser desejado. — Por mim, está tudo bem — digo. — Tão cedo não vou namorar ninguém além de Love, mas, por favor, não conte a ela que eu disse isso.

— É claro que não — reforça ele. — Eu nunca faria isso. E quero dizer nos dois sentidos. Eu nunca sossegaria em meus trinta anos e nunca contaria a Love que contei a você que ela *quer* sossegar.

— Mas então, Milo... — digo, a coceira que não consigo alcançar. — Não há realmente nada entre eles? Quer dizer, nada recente?

Forty suspira.

— É tudo tão chato — diz ele. — Você precisa entender minha irmã. Ela é profunda, erótica, completa e sumamente sexual.

Concordo com a cabeça.

— Tudo bem.

— Então, se o que está perguntando é se eles ficaram, bom, evidentemente que sim — diz ele. — No Leste, uns cem anos atrás, quando éramos novos. Mas garanto a você, Meu Velho, a garota não ama o cara. — Ele se inclina e solta um arroto. — Não leve isso a mal, mas Love só gosta de caras que são meio rudes, tá sabendo, do lado errado dos trilhos.

Nem acredito que as pessoas ainda usam essa expressão, porém, antes que eu consiga responder, Forty bate palmas.

— Voltando às coisas boas. — O que quer dizer negócios, e ele diz que está dominado pelo Plano B para um novo rascunho de *A trapalhada,* e isto é Los Angeles, onde todo mundo sempre está criando tudo, mas gosto da ideia de estar a um grau de separação de Brad Pitt.

A comida chega e os burritos têm o cheiro das *gorditas,* que têm o cheiro dos grelhados, que têm o gosto das *chalupas* e não sei por que pedimos tantas coisas diferentes quando a intenção de Forty era sufocar tudo isso em molho quente, uma pimenta simples e sem sofisticação que traga qualquer carne, queijo e vegetais que foram descongelados e metidos dentro dessas tortillas. A única salvação é que ficamos de frente para o oceano Pacífico.

Forty come feito um órfão faminto, dentadas gigantescas que inflamam suas faces. Ele nunca me olha nos olhos enquanto descreve, em detalhes nítidos, seu bangalô no Bellagio, seu dom para contar cartas, a paixão *pelo momento* e a adoração que tem pelos anos 70. É uma verdade que a maioria das pessoas jamais quer confessar que alguns nasceram na época errada. Forty teria se dado melhor na década de 1970, antes da Aids e do Twitter, quando podia ser suficiente ter uma calça jeans bacana, um ótimo contato para a cocaína e uma leve semelhança com *Hopper, Nicholson, a porra do DeVito.* Lamento profundamente por Forty porque, sem uma máquina do tempo, ele jamais será feliz.

Terminamos de devorar a comida e saímos para o Spyder. Forty não dá a partida no carro.

— O caso é o seguinte, Meu Velho — diz ele. Abre o porta-luvas e pega um envelope. — Conheci um crupiê de blackjack *muito* gentil na semana passada. — Ele fala mais baixo. — Tenho grana e estou em cima do prazo para entregar *O terceiro gêmeo* a meu pessoal da Sony. E não posso deixar você atrasar isso por causa do emprego que tem.

Ele me entrega o envelope. Está recheado de dinheiro.

— Eu estou bem — digo. Não quero a caridade dele.

— Não é nada — diz ele. — São dez mil, eu sinceramente me esqueci disso.

Ele deixa dez mil dólares no porta-luvas. Os ricos. Que gente estúpida.

— Love vai se perguntar de onde isso veio — observo.

Ele tem uma resposta para essa.

— Você é negociante de livros — diz ele. — É um nobre pequeno empresário com uma admirável ética de trabalho e um sólido negócio iniciante. Você é, portanto, a coisa mais distante do mundo de um *caçador de fortunas.*

Estive esperando que ele usasse essa expressão e eu ia continuar trabalhando de todo modo, porque *não sou* uma merda de caçador de fortunas.

— Entendi — digo. — Tudo bem.

— Você me manda a papelada e vou fazer meu lance com eles e vamos conseguir uma abertura. Lançamos esses bebês no final do verão. Entramos no circuito e lançamos quando a garotada voltar para a escola. Parece bom?

— Posso começar imediatamente — digo.

Ele pisca. Ambos estamos conscientes de que esta parceria é meio corrupta. Mas que união não é inerentemente desigual, de algum modo? Não conheço nenhum par perfeito, verdadeiros parceiros que dividem igualmente a carga.

Ele me pede para passar a ele um frasco de codeína que está no piso e é nojento ali dentro, embalagens da Taco Bell e garrafas barrentas de Sprite e Fanta. Forty é um fodido — dependente de drogas, vive em um passado que nem sequer é dele, antes de mais nada. Quando aparecermos na *Variety*, eu serei a sensação e ele será o outro.

Ele toma sua Fanta medicada e liga o carro. Podemos morrer no caminho de volta a *The Aisles*. Mas também podemos sobreviver. Estamos cantando junto com a porra dos Eagles quando fazemos uma curva acentuada à esquerda e entramos na propriedade.

Forty pisa no freio e baixa o volume.

— Uma coisa — diz ele. — Meus pais são uns quacres com minhas apostas. Eles chamam de *jogatina*, como se eu fosse uma garotinha de fraternidade da Pensilvânia que não sabe contar cartas. Então, não fale nos meus ganhos.

— Pode deixar — digo.

— Mais uma coisa — continua ele, e detesto quando as pessoas fazem isso. Ele despeja o resto de sua *mistura* na areia gramada e imagino os esquilos doidões. — Se você magoar minha irmã, vou te matar, porra.

É a primeira vez que eu o respeito. Paramos na entrada de carros e metade dos veículos sumiu. Perdemos a maior parte da festa e Milo dorme em uma espreguiçadeira e, dormindo, ele fica feio — outra vitória.

Forty vai para seu *bangalô* e eu vou para o de Love. O quarto no segundo andar é um sonho, um lugar às avessas com uma *varanda* gramada. Love diz que copiaram de um resort em Maui. Vou para fora porque nunca pisei em grama no céu, e ela me pede para vir para a cama.

— Forty foi cortado de *True Detective*. — Ela sente o meu cheiro. — Você está fedendo a taco.

— Culpado — digo.

— É muito bom que você siga o fluxo — diz ela. — Forty fica deprimido quando é cortado e acho que se você não estivesse aqui, ele podia ter sumido em Las Vegas ou coisa assim. Obrigada.

— Ele é um bom sujeito.

Ela me beija.

— Acho que ele precisa de um tempo disso — diz ela. — Esse negócio estúpido o está envenenando e ele devia passar o verão aqui, sem tentar lançar esse negócio que nem mesmo acabou.

Aperto a mão dela.

— Então, vamos fazer isso. Vamos ficar.

— E o seu emprego? — pergunta.

Digo a ela que estou vendendo mais livros valiosos sozinho do que na loja. Posso alugar uma caixa postal, abrir uma empresa e tocar o trabalho. Love fica emocionada por mim e diz que posso pegar emprestado um velho Prius que ninguém usa mais, assim posso ir a vendas de garagem e fazer estoque da mercadoria. Adoro que ela pense que esta é uma ideia maravilhosa e adoro que não use a expressão *garageando.* Ela me beija. Monta em mim e eu vivo o aqui e agora, em Malibu, em Love. A temporada de caça acabou. Não vou pensar em Amy. Não vou me preocupar com Amy. Não vou me maltratar. É hora de descansar. É o que você faz quando encontra o amor. Amy não conseguiu. Eu, sim. Quem tem sorte sou eu, não ela.

26

DUAS semanas no Summer of Love e só existe uma hora do dia que me apavora. *A hora do tênis!* Você precisa entender, estou vivendo em um mundo de sonhos. Toda manhã começa com Love montada em meu pau. Depois que trepamos, visto uma das camisas novas que comprei nas lojas idiotas e caras na Abbot Kinney, em Venice, para ir de carro à Intelligentsia e comprar um café caro demais. Fico sentado de costas para a parede desta cafeteria no estilo coliseu, tão austera, tão clean, tão frieza da Califórnia que você nunca vê alguém sorrindo e recebe olhares enviesados por pedir um café gelado.

Vou e volto entre trabalhar em *A trapalhada* e *O terceiro gêmeo* e depois, lá pela hora do almoço, coloco livros no correio como se eu tivesse um estoque para movimentar. E então, todo dia, às quatro da tarde, desejo que chova para poder escapar da *hora do tênis!*. Sou uma merda no tênis. Minha forehand é larga demais e as bolas saem voando por cima da cerca. Minha backhand de uma só mão nunca pega a bola. Minha backhand com as duas mãos faz Forty se mijar na bermuda de algodão. Às vezes Milo está aqui, gritando, *Solte a pegada, garoto.* E às vezes Love dá a volta para o meu lado da quadra como se eu fosse a merda de uma criança.

Hoje estamos só eu e Love porque os pais de Love foram à Europa e Forty e Milo saíram na Donzi. Love manda as bolas para mim e eu as erro, ou mando para a China, e finalmente decidimos só dar uma caminhada na praia.

— Tudo bem — diz ela quando chegamos a água. — Só preciso dizer que eu sei que você detesta tênis, mas você não ia detestar tanto se realmente tentasse melhorar. E eu te amo, mas você é teimoso e nunca vi alguém *se recusar* a melhorar em alguma coisa. Você precisa fazer um esforço.

Olho para ela. Já ouvi tudo isso. Ela tem razão. E enterradas ali, no meio de toda sua frustração sincera, havia três pequenas palavras. Ela não pretendia dizer. Eu queria estar sentindo isso, o amor, mas também não diria, não tão cedo. Só estamos juntos há duas semanas. Ainda assim, em duas semanas formamos algo entre nós, uma ponte, um atalho, e eu nunca tive isso com ninguém. Amy e eu tivemos sexo e calor. Beck sacudia uma cenoura numa vareta e eu mordia. Mas Love e eu cultivamos as cenouras, descascamos e comemos juntos.

— Olha! — ela exclama, apontando um golfinho no mar. — Você viu?

— Vi — digo. — Eu vi. E não se preocupe. Estou armado.

Ela dá uma gargalhada, joga-se de costas na areia, eu rio também, e ela rola de lado, rindo, e eu dou um tapa em seu traseiro, por revanche, e só é preciso isto com Love, uma piada, um tapa e ela está tirando a saia curta, montando em mim, tirando meu short e segurando minha cabeça pelas têmporas e me olhando nos olhos, de perto.

— Você é surdo? — pergunta ela.

— Não. Eu estava sendo gentil.

— Bom, não seja — diz ela.

— Tudo bem. Eu te amo também.

Ela me beija enquanto meu pau explora dentro dela e somos perfeitos juntos, e eu estou melhor por conhecê-la e ainda estou convencido de que existe um departamento especial no Paraíso onde constroem vaginas e, se tiver a sorte que eu tenho, um dia dará com aquela que foi criada para você. Digo isso a ela quando terminamos, quando estamos deitados ali, na areia.

— Você devia escrever — diz ela. — Às vezes você diz umas merdas estranhas e boas.

Quero dizer a ela que escrevo, mas isso pode esperar.

— Obrigado — digo. — Talvez eu escreva.

Ela me cutuca. Viro-me para ela. Ela sorri.

— Você sabe que ainda precisa voltar para a quadra, não é?

Sim, o *Summer of Love* é um sonho. Minha pele brilha graças aos produtos de Henderson e às trepadas com Love. Meus roteiros estão dando certo. Forty e eu nós reunimos na Taco Bell de dois em dois dias para conversar sobre "nosso trabalho". Ele lê, ele delira, depois me conta da agitação que está criando.

Sinceramente tenho orgulho de mim por *enfim* ter férias de verdade. Nem se pode chamar de trabalho a redação do roteiro; gosto demais disso. Estou melhor no tênis depois do grande sermão de Love, e quase penso que é bom que ela não chupe meu pau porque, se chupasse, eu podia ficar tão feliz que não seria mais eu.

A epístola aos Coríntios tem razão e *o amor é paciente.* Vamos cavalgar e eu não sei montar uma merda de cavalo, então lá vamos nós de novo, Love me ensinando.

— Robert Redford é um bom cavalo para aprendizes — diz ela.

— Robert Redford? — pergunto, e a mãe dela batizou todos os cavalos.

Love diz que é um milagre que nem todos se chamem Robert Redford.

— Minha mãe é meio obcecada por ele — explica.

Trotamos juntos e agora ela quer saber como perdi minha virgindade, e digo para ela contar primeiro.

— Foi com Milo — diz ela. — Estávamos no barco da família dele e atracamos no Wianno Club e nós três, eu, Forty e Milo, costumávamos escapulir e roubar as bandeiras do campo de golfe. — Por isso ele está sempre usando aquelas camisetas, Martha's Vineyard, iate clube, todo aquele cor-de-rosa e verde metido a besta. — E aí, uma noite, Milo falou, vamos nos esconder de Forty e dar um susto nele. Daí, sabe como é, foi horrível, *doeu,* e eu falei que doeu? — Ela olha para cima e toda a dor de sua vida, ela encontrou um jeito de processar tudo isso. — Depois Forty foi apanhado por roubar todas as bandeiras. — Ri, e é claro que os três se referem coletivamente a esta noite como *a noite em que todos foram apanhados,* e fico muito feliz por ter sido criado pobre e que não exista nada tão *bonitinho* em meu amadurecimento. Love me dá uma cotovelada. — Eu contei a minha — diz ela. — Sua vez.

— Bom, eu estava jantando no Chateau Marmont e uma garçonete me apareceu com uma folha de papel.

Ela me dá um tapa.

— Isso não é engraçado.

Dou de ombros.

Ela acaricia minha perna.

— Quando estiver pronto — diz ela. — Não tem pressa. — Ficamos em silêncio juntos. Como eu disse, *Love é paciente.*

Love é gentil. Deixamos de lado os planos de comparecer a uma cerimônia em Culver City onde Love deve receber um prêmio porque Milo telefona do Commerce Casino. Forty destruiu um quarto e o detiveram lá.

— Milo não pode cuidar disso? — pergunto. E me preocupo com meu parceiro nos negócios, mas, ao mesmo tempo, é isso que espero de Hollywood.

Love diz que é melhor irmos.

— Por quê? — pergunto.

Seus olhos se enchem de lágrimas.

— Porque, com Forty, você precisa se intrometer, ou as pessoas se enchem dele — diz ela. É uma longa viagem de carro a Commerce. Commerce é feio. Não é glamoroso. É vinil. Observo Love acordada com o irmão a noite toda. Ele está um trapo lamuriento. Ela diz a ele que está tudo bem. Quando ele percebe que esta era a noite do prêmio dela, Love diz a ele que está tudo bem.

— Eles cancelaram, fofinho — diz ela. — Sua voz é aloe vera. — Não perdi nada. Procure dormir.

Na manhã seguinte, de volta a Malibu, tenho medo de que Love seja uma pessoa melhor do que eu. Fico em silêncio, rabugento, e compro uma briga sobre Milo, o fato de ele lhe mandar mensagens de texto, que esteja em The Aisles, esperando chegarmos em casa.

— Joe — diz Love. — Eu nunca fico chateada com ninguém por precisar de um tempo de Forty, entendeu? Milo está aqui porque precisamos dele. Porque eu preciso dele. Por favor, não fique com ciúmes. Ele está namorando uma mulher muito legal chamada Lorelai e você não tem motivos para se preocupar.

— Não estou com ciúmes.

— Olha, Forty é atraído a tudo que não presta. É como se fossem as pessoas, ou escrever, ou as drogas dele ou qualquer coisa, entendeu, ele tem os piores instintos do mundo. Não sei o que vai acontecer com ele.

Eu queria desesperadamente dizer a ela que Forty vai ficar bem porque descobriu um roteirista talentoso. Quero dizer a ela que eu sou *O terceiro gêmeo* e que ela faz com que eu queira ser gentil também. Sei que precisamos cuidar de Forty. Sei que ele nunca vai conseguir sozinho. Sei que ele é inseguro, infeliz e negativo. E vejo como Love se importa com ele.

— Escute — digo. — Sei que você fica adiando a ida a Phoenix para visitar os coordenadores voluntários de caridade. Por que não vai esta noite? Vou ficar com Forty.

Love sorri, manda uma mensagem a Milo para ir para casa e monta em mim quando voltamos a The Aisles. Ela não espera estacionarmos. Pressiona minha perna para que eu freie e me ataca no carro, na entrada. Agradece a mim por ficar com Forty, digo a ela que não é nada demais e ela ergue as sobrancelhas.

— É quinta-feira — ela me alerta. — É verão.

Love tinha razão. Forty é exigente e está bêbado no Matthew McConaughey's, onde ninguém quer cumprimentá-lo. Ele é grosseiro com uma bartender que está fazendo o melhor que pode. Peço desculpas quando ela faz uma pausa e a garota diz que está *totalmente bem.*

— Cara — diz ela. — Você parece esgotado.

Conto a ela sobre Forty e ela faz aquele lance californiano em que espera sua vez de falar, depois me diz que seu nome é Monica, ela está de caseira em um lugar perto de The Aisles e é garçonete e surfista. Pergunta-me se pego onda, e é uma pergunta que me ofende, mas nem consigo chegar ao fim da conversa tediosa porque a outra garçonete dá um tapinha no meu ombro.

— É você que está com o amigo bêbado?

Sou eu, e meu amigo bêbado procura por mim. A garçonete surfista me diz para me animar.

— Procure encontrar a diversão — diz ela. — É só o que você pode fazer.

A recusa californiana de aceitar que às vezes as coisas simplesmente são um porre — como entrar no carro com Forty doidão e fazer nossa próxima parada em uma prostituta S&M que mora em um rancho em Topanga. Fico sentado em um sofá, perto de muitos cachorros que latem demais, e tento não ouvir Forty comendo a mulher nem a chamando de *mamãe.* É a noite mais longa e mais escura de minha vida, e saber que Love teve incontáveis noites iguais a esta faz com que eu a ame muito mais. A essa altura, muitas mulheres teriam ido embora.

Quando tenho de arrastá-lo de seu Spyder e levá-lo para dentro de casa, seu corpo adormecido está tão denso e inerte que tenho medo de que ele esteja morto. Mas não está e algo precisa mudar. Preciso encontrar uma babá para essa criança, alguém que vá aturar as merdas dele, alguém tranquilo e carente.

No dia seguinte, enquanto ele está dormindo e minha namorada ensina crianças a nadar por amor em Phoenix, ando pela praia procurando pela garçonete que me disse para *encontrar a diversão.* Ela está onde disse que estaria, de quatro, esfregando sua *prancha* idiota. Está diferente do trabalho, mais para stripper, com uma daquelas bandanas decorativas na cabeça e um cordão brilhando na cintura. Seu corpo é rijo e bronzeado; ela é uma garota estereotípica de Los Angeles e também é gostosa demais para Forty, mas qualquer um que se produza desse jeito para esfregar uma prancha de surfe é vazio e ávido. Ela olha por cima do ombro constantemente. Ela é perfeita. Vou até ela. Aceno.

27

COMO diz Love, Monica pode ser a garota mais "relax" do mundo, e estou feliz por tê-la admitido. Monica é imperturbável e calma. Love diz que você pode dar um soco na cara dela e simplesmente continua sorrindo. Ela entra em um relacionamento reconfortante automaticamente, o que significa que Love e eu estamos livres. Monica é supercomum, tem cabelo castanho que está sempre repartido do lado esquerdo e uma franja que cai nos olhos, franja em que ela constantemente passa os dedos, lambe, empurra de lado. Quero pegar uma navalha e raspar essa merda, mas eu jamais faria esse tipo de coisa. Monica é minha salvadora, Forty é pacificador. Ele a mima. Ele gosta de sua uniformidade. Ele tenta falar comigo sobre a mente aberta de Monica na cama, mas eu digo que não quero saber de sua falta de terminações nervosas. Estou tentando esquecer o que ele disse na semana passada: "Você pode fazer xixi nela, Meu Velho! Na *cara* dela!"

Monica é uma californiana firme, uma garota do tipo Beach Boys que sorri o tempo todo e segue Forty por aí, tentando fazê-lo beber água de coco. Eu a imagino sozinha no meio da noite cortando a face interna das coxas, mas é possível que eu esteja enganado, que algumas pessoas simplesmente não tenham demônios. Ela está sempre exatamente da mesma maneira e não se aborrece nem fica de mau humor, nem deseja burritos em vez de sushi. Tudo é *relax,* e numa noite estamos todos aconchegados em boias na piscina, vendo um filme do lado de fora — aqui é assim, você vive em uma edição da *Esquire* e você é a estrela — e Love solta um ruído de susto.

— Acaba de me ocorrer — diz ela. — Somos *Friends.* Vocês, vocês são Monica e Chandler, e somos Rachel e Ross.

Monica nunca viu um episódio inteiro de *Friends,* mas diz que parece legal, Forty fala que parou de ouvir Love falar de *Friends* vários anos atrás e eu saio de minha boia, mergulho e nado até Love e deixo que ela comemore sua epifania.

Os pais de Love estão na Europa, Milo viajou com sua Lorelai que mora em Echo Park e Forty contratou uma caseira para cobrir o horário de Monica, o que significa que ela fica aqui o tempo todo. Estas são as últimas quatro semanas do verão e saímos em pares e fazemos coisas, grandes coisas. Vamos de *helicóptero* a Catalina e saltamos em um *jato* a Las Vegas, comemos na piscina e nadamos na piscina, e Monica traz *veggies* do mercado dos produtores e Love os chama de *vegetais*, e eu quero que isto continue assim indefinidamente.

Mas Robert Frost não estava de sacanagem e existe uma nova atmosfera, cada vez mais perceptível. A praia não está tão densamente lotada como na véspera e os filhos da puta da Intelligentsia começam a aparecer de cachecol. É um sinal. A mudança está à frente. Nosso verão paradisíaco vai chegando ao fim.

Os dias vão ficando mais curtos e Love está enrolada em cobertores, vendo *Sapatos* e *Filhotes* online, mas agora existem caixas de sapatos verdadeiras chegando todo dia, empilhadas na cozinha, no quarto, em nosso pátio gramado. Love rasga as caixas e experimenta os sapatos, mas não os usa, assim como não adota nenhum filhotinho real.

Ela diz que esta é sua época preferida do ano, quando ela coloca "Boys of Summer" em todas as playlists do Pantry. Lembro a ela que isto é meio absurdo na Califórnia, onde não vai nevar. Ela me olha e me diz que estou ficando meio vermelho. Ultimamente, anda crítica. Digo a ela que já passei loção e o sol não parece tão forte. Há um atrito entre nós que não existia um dia atrás e não sei se sou um caso de verão.

— Joe — diz ela. — Você precisa passar mais loção.

— Sinceramente acho que estou bem.

Ela revira os olhos.

— Mas você não está. O sol fica forte aqui.

— Eu estou bem — insisto.

Uma hora depois, sou um otário. Estou tostado, com frio, com calor, queimado e minha pele foi destruída. Ela não fala *eu te avisei*, mas cruza os braços e usa um chapéu de aba mole. Vamos para a área sombreada da piscina e ela diz que, se eu tivesse passado loção, não teria ficado queimado. Eu *passei* a porra da loção, mas claramente alguém a deixou no sol e todo o poder de proteção dela foi destruído. Não vou brigar com ela. Este é o Verão do Amor e preciso acreditar no Outono do Amor, embora isto tenha um tom nefasto. Olho para Forty, dormindo na cadeira; Monica está dentro de casa, arrumando-se, como se fosse necessário se arrumar para ficar deitada perto da merda da piscina.

— Com força demais — digo quando Love passa aloe vera em meus ombros vermelhos.

— Desculpe — diz ela, deixa o toque mais leve, mas também dói e eu me retraio. — Joe — diz ela. — Talvez deva fazer isso você mesmo.

Pego o frasco. Não posso fazer eu mesmo. Não alcanço minhas costas. O problema de uma verdadeira queimadura de sol é que não tem solução rápida. Deito-me de bruços, Love me cobre com um lençol e me dá um beijo na nuca. Ela diz que vai se trocar.

— Se trocar?

— É, tenho uma reunião.

— De sua organização filantrópica?

Ela mexe no meu cabelo.

— Sobre um filme.

— Aquele em que você e Forty estavam trabalhando? — pergunto e não gosto disso.

Mas ela não tem tempo para trocar de roupa, ou de atitude, nem para responder a minha pergunta porque Milo está aqui, assoviando, com uma camiseta da Black Dog de Martha's Vineyard, e até parece que ele *sabia* que a Nova Inglaterra é meu lugar abominável, onde Beck nasceu, furiosa e insolúvel, onde Amy me enganou com *Charlotte and Charles,* onde Love perdeu a virgindade com Milo, irreversível e indelével, a virgindade perdida na areia velha.

— Está doente, amigo? — pergunta Milo enquanto abraça minha namorada.

— Ele se esqueceu de passar filtro solar — diz Love. — E você também chegou cedo, Mi.

— Desculpe-me — diz ele, olha para mim e estremece. — Ei, devia passar aloe nisso.

— Eu passei — diz Love. — Mas é aquela queimadura em que só o que se pode fazer é esperar.

Os dois estão de pé acima de mim e, embora esteja doendo, tenho de afastar o lençol e me sentar reto nesta merda de cadeira. Minha própria pele me queima, uma crise de pânico localizada em meu maior órgão.

— Não é assim tão ruim — digo. — E aí, Milo? Onde está Lorelai?

— Lorelai está a caminho de Nova York, vai a um casamento nos Hamptons — diz ele.

Love o cutuca com o pé.

— Você devia ir — diz ela. — Ela parece ser das boas.

— Ela é das boas — diz ele. — E eu tenho toda a intenção do mundo de acompanhá-la. Quem não adora um casamento nos Hamptons?

Eu, seu escroto, e Milo tira algo do bolso. É uma folha de papel dobrada em um triângulo mínimo. Ele a entrega a Love, que pega e ri.

— Tudo isso é tão antiquado — diz ela. — Era assim que a gente costumava passar bilhetes.

Milo a come com os olhos como se eu não estivesse aqui. Intruso sem-vergonha, e imagino que um bando de cães negros o dilacera, devorando-o vivo.

Love abre o bilhete, está tremendo e eu continuo invisível.

— Aimeudeus, aimeudeus, aimeudeus!

— Vou tomar isso como um sim.

Ela corre até ele descalça, trepa nele e ele está rodando com ela, e estou sentado aqui com uma dor dilacerante e de algum modo Forty continua dormindo durante tudo isso. Recuso-me a pedir para ser incluído na conversa, Love faz um carinho nas costas de Milo e ele a baixa no chão.

Ela se aproxima de mim e segura minha mão.

— Joe — diz ela. — Joe Joe Joe Joe Joe.

E então ela me mata. A notícia é repulsiva. Milo conseguiu financiamento para dirigir um longa que ele escreveu e vai fazer par com Love.

— Como se chama?

— *Sapatos e filhotes!* — ela anuncia.

— Ah — digo, porque fico chocado demais para pronunciar alguma palavra. Em todo esse tempo, ela esteve procurando notícias sobre o filme de Milo. Ela adora sapatos e ela adora filhotes, mas ela adora mais o filme de Milo. Milo é o Terceiro Gêmeo, metido pra cacete. Eu me pergunto se ele colocou o primeiro marido dela na cadeia e me pergunto se estava de traje de mergulho, esperando embaixo da água para assassinar o marido médico de Love assolado pelo câncer. Forty acorda, bocejando, procura a Veuve. Milo é um cara mau. E espera aí. Love é uma *atriz*.

— Estou muito confuso — digo. — Você vai *atuar*?

Milo acende um cigarro e recoloca seus óculos Wayfarers no alto do cabelo louro.

— Love é uma atriz incrível — diz ele. — Mas ela não é comercial, entendeu? Sabemos que é boa demais para isso. Mas este é nosso bebê. *Sapatos e filhotes* tem 95 páginas de sexo puro e diálogos. Vai transformar o cinema. É um filme de terror sem sangue nenhum. É sobre a santidade do coração humano. É o tipo de coisa que *antigamente* compunha os filmes.

Barry Stein diz que parece *O reencontro*, só que neste caso o cadáver de certo modo somos nós, entendeu, como sociedade.

Mas quanta besteira, e eu olho para Forty — nossos filmes têm uma trama —, mas ele é Team Milo. Ele entra naquele jogo e rapidamente sei o porquê. Forty diz que não sabia que seria colocado como produtor e bate um high-five com Milo, e Milo diz que o roteiro não seria tão bom sem os *insights* dele, e eu quero matar todo mundo e minha pele, ainda por cima, *minha pele.* Love se enrola em uma toalha de praia, como se precisasse se cobrir de repente. Ela já está diferente, constrangida, uma atriz fútil, medindo demais as palavras, franzindo os lábios. Minha Love parece a porra de uma babaca enquanto sorri com afetação, "Nosso bebezinho perfeito".

— Onde vai ser rodado? — pergunta Forty, batendo palmas.

— Descolamos uma casa ótima em Springs — diz Milo.

Forty diz *legal* e Love está deslumbrada.

— É *real* — diz ela. — É mesmo *real.*

Minha pele arde e meu coração arde, e os três falam mais do filme, como se eu pedisse. Milo começou a escrevê-lo quando eles estavam no Crossroads e você pode amar alguém com toda a sua vontade, mas não pode entrar em seu passado e fazer parte de seus anos de formação. *Sapatos e filhotes* é o filho que Love e Milo vão fazer juntos, enquanto eu vendo livros velhos.

Monica aparece, usou secador no cabelo, como sempre, a barriga esticada, a mesma de sempre. Forty conta a boa notícia e ela previsivelmente fica *amarradona.* Ela e Forty abrem duas garrafas de champanhe e Forty também fica *amarradão* pelo amigo, e é uma comemoração e fico aliviado por estar doente. Pelo menos não preciso fingir. Love coloca a mão na minha testa.

— Acho que está com febre, amor — diz ela. — A clássica insolação. Você devia se deitar.

Love, a namorada, quer ir comigo; Love, a atriz, quer que eu saia daqui. Forty me oferece um Vicodin e Milo concorda com Love, diz que eu devia sair do sol. Ele quer dizer que eu devia sair deste mundo, da vida deles.

Love fica impaciente comigo, sobe a escada na frente, tagarelando sobre sua identidade, que ela não é uma *atriz-atriz* e o filme não é um *filme-filme.*

— É o tipo de história que ninguém mais conta em Hollywood — afirma ela. — Uma história de amor bem pequena.

Uma história de amor.

— Que ótimo — digo.

Ela cruza os braços, a clássica frieza californiana.

— Você nem parece tão feliz por mim.

— É claro que estou feliz por você, mas neste momento eu principalmente tenho vontade de vomitar.

Ela estremece.

— Não me odeie, mas seria ótimo se você fizesse isso no banheiro — diz ela. — Uma vez, um cara vomitou em minha antiga cama e o cheiro nunca foi embora de verdade.

Vou deixar essa passar. Prometo vomitar na privada e ela me diz para descansar e tomar um banho frio, se eu conseguir ficar de pé. Diz que vai ver como estou daqui a pouco, quando eu não sou *Sick Boy*, a obrigação debilitada no segundo andar. Ouço Love descer a escada a trote. Alguns minutos depois, *Sapatos e filhotes* chega em minha caixa de entrada, um PDF só para leitura, a festa do lado de fora começa e a primeira música de todas é "Boys of Summer". Não posso ler *Sapatos e filhotes* neste estado mental e recebo outro e-mail: um alerta do Google para um, *puta merda, não,* um artigo no *Boston Globe*. Tudo está se desintegrando ao mesmo tempo, minha pele, minha vida, meu amor, e estou prostrado em uma cama que não é minha.

Abro o link e lá está uma foto do dr. Nicky Angevine. A prisão fez bem a ele. O cabelo está curto e ele meio magro, mais musculoso. O dr. Nicky diz ao jornalista que seu trabalho como terapeuta o preparou para o encarceramento — *tá de sacanagem* — e o artigo entra em detalhes sobre sua busca contínua de um recurso. O dr. Nicky diz que as autoridades localizaram todos os seus pacientes, exceto um homem cujo nome eles não podem imprimir no jornal por motivos de confidencialidade e *puta que pariu.* Estão procurando por mim. Bom, eles procuram por Danny Fox, o nome que usei quando fui conversar com o dr. Nicky naquele consultório bege dele e me sentei em seu sofá bege. De todo modo, sou eu. Continuo a leitura.

Os fatos são perturbadores: o Departamento de Polícia de Nova York não consegue localizar este antigo paciente. O dr. Nicky diz ao jornal que o Paciente X era *um bom garoto, um garoto de verdade, no final dos vinte anos.* Mas ele também diz uma merda babaca a meu respeito. Ele diz que eu era obcecado por uma jovem. Depois leio a pior frase que já saiu em qualquer jornal:

O dr. Angevine admite que não é um detetive. "Mas eu me pergunto", diz ele. "Será que o Paciente X me descobriu por intermédio de Guinevere Beck? Meus instintos me dizem que sim."

O dr. Nicky — o jornal que se foda, ele não é um doutor, ele só tem graduação — se saiu muito bem sozinho. Muitos pacientes dele se uniram na internet, tentando localizar o Paciente X, convencidos de que o dr.

Nicky é inocente. A ex-mulher também está do seu lado, falando alguma bobagem de como Nicky "cultivava" tomateiros em seu jardim no Norte e nunca poderia ter matado alguém. *Vai se foder, dona esposa.*

E foda-se a confidencialidade médico-paciente, porque no comentário de número 32 abaixo, algum babaca chamado Adam Mayweather revela que o Paciente X atende pelo nome de Danny Fox. E é por isso, *é por isso* que você precisa matar as pessoas. Se não matar, elas não aprendem nada. Elas simplesmente ressurgem, mais fortes, mais manipuladoras, mais determinadas a te derrubar, levando jornalistas a promoverem seus planos. Foda-se o *Boston Globe* e foda-se Danny Fox, eu devia ter me recusado a dar o sobrenome. Deixo o computador e vou correndo ao banheiro, jogo água fria no rosto. Vomito. Fico ali, arriado. Love entra no banheiro e se ajoelha atrás de mim.

— Coitadinho do meu doente — diz ela.

— Não — consigo dizer. — Estou bem. É só queimadura de sol. Como você está?

— Seria horrível se eu dissesse que estou ótima? — Sua voz está diferente e não gosto disso. Tem mais Kardashian nela. — Eu simplesmente me sinto *é isso aí,* entendeu?

— Entendi — digo. E é assim que o amor de verão amarrota. Como ele murcha como um balão de hélio em um hospital.

Ela beija minha nuca, depois se retira. Diz que não quer ficar doente, como se eu fosse contagioso, como se você pudesse pegar uma merda de queimadura de sol.

— Você precisa se sentir melhor amanhã — diz ela. — Vai haver um tributo a Henderson na UCB e precisamos que as pessoas falem de *Sapatos e filhotes.* Acha que até lá você estará melhor?

Minha namorada Love ia querer que eu me sentisse melhor porque geralmente, se você ama alguém, é o que você quer. Mas a atriz Love é como a babaca da moda Andrea que bebe Kool-Aid em *O diabo veste Prada.* Não gosto desta nova Love. *Acha que até lá você estará melhor?* Que merda de pergunta. Que merda ela estar parada na porta em vez de acariciando minhas costas. Eu vomito.

28

INSISTO em dirigir até a homenagem a Henderson. Love briga comigo. Ela quer que a gente tenha um *motorista*, mas digo que quero pegar *meu* carro, e é claro que preciso de um carro. Ah, tenho outra boa notícia. O merda do *Milo* está conosco porque eles estão *criando vínculo* graças a *Sapatos e filhotes*. Como se eles já não fossem vinculados, como se ela não tivesse perdido a virgindade para este filho da puta sentado de pernas abertas no banco traseiro. Os dois estão atrás, como se eu fosse um motorista de Lyft, como se eu fosse o criado e, sempre que olho para eles pelo retrovisor, o joelho dele está um pouco mais perto do dela.

Monica está no banco do carona. Ela está *entusiasmada* e nem consigo imaginá-la gostando do humor da UCB, entendendo alguma piada. Ela usa maquiagem demais e é atlética demais para a turma da Franklin Village UCB, onde a ideia é que as mulheres tenham o cabelo bagunçado, usem leggings estampadas e tenham uma língua comprida que elas mostram em fotos no Instagram. Não sinto falta do Village. Não quero voltar. Está tudo errado e pergunto a Monica por que ela não foi de carona com Forty.

— Ele tem umas coisas para fazer — diz ela. — E eu precisava me arrumar.

Ela sempre *precisa se arrumar* e Forty tem de pegar drogas e Monica passa base no rosto e Love *se vincula* a Milo e o carro tem o cheiro da maquiagem de Monica. Está tudo errado. E pensar que o dr. Nicky arregimenta um exército atrás das grades na Rikers e eu, acompanhando este grupo a uma porcaria de tributo a Henderson. Abro a janela para entrar um pouco de ar e Love me pede para fechá-la.

— Espere um pouco — respondo.

Milo se intromete.

— Joe, está ventando muito aqui atrás.

Quero bater este carro em um caminhão.

— Espere um pouco — digo, mexendo no botão.

— Eu fico bem de qualquer jeito — diz Monica. A típica contribuição valiosa de merda.

Love solta uma gargalhada nova, sua risada de atriz.

— Bom, eu tenho queda de cabelo. — Ela dá uma risadinha. — Joe, por favor, feche a janela agora.

— Seu cabelo *está* uma graça — Monica exulta. O cabelo de Monica é o mesmo de sempre e os três agora estão nessa juntos, falando de cabelo.

Finalmente fecho a janela. Love não me agradece. Ela olha para Milo.

— Acha que está arrumado demais? Me parece que fica evidente que fiz escova.

— Eu acho que ela pode ter feito uma escova — responde Milo.

Monica concorda com a cabeça.

— Acho que ele podia ir para qualquer lado, tipo você pode fazer sozinha se seguir as instruções da *Allure* ou coisa assim. Posso mandar uns vídeos pra você!

Todos eles são idiotas e Milo diz que vai fazer um apanhado dos personagens preferidos de livros e revistas para os personagens do filme, Monica adora a ideia, Love diz que vai ser divertido e só eu fico calado, o motorista silencioso, eu podia muito bem estar usando uma merda de quepe de chofer. Milo astutamente consegue excluir Monica da conversa falando dos planos para vender o filme esta noite e eu queria poder pensar em algo a dizer para Monica, mas ela já está ao telefone, conversando, e não consigo pensar em merda nenhuma para dizer a ela mesmo.

Não vou sobreviver a esta excursão, ligo o rádio e Love me pede para desligar.

— Claro — digo. — Não tem problema.

— Joe — diz ela. — Está irritado com alguma coisa?

— De jeito nenhum — respondo.

Milo:

– Sabe que não precisava dirigir.

Love:

— Ele insistiu. Não sei por quê.

— Gosto de dirigir. — Pego os olhos de Love no retrovisor. Ela passou delineador demais. Parece uma estranha.

Milo aperta o joelho de Love.

— Está tudo bem. Todo mundo entendeu. Não é, Joe?

Quase tenho vontade de rir. Em vez disso, apenas abro um sorriso, largo e picante.

— Você entendeu, Milo.

Pegamos trânsito e não vou deixar que nada disso me afete. Los Angeles às vezes é um gigantesco refeitório de uma escola e eu sobrevivi à verdadeira escola. Certamente posso lidar com minha namorada se metamorfoseando em uma cretina misteriosa e me dando um gelo.

Até parece que quero participar da conversa deles, os dois tagarelando que ficam enjoados de Malibu todo ano, que eles estão loucos para voltar à civilização, aos restaurantes, às temporadas de premiações, a steakhouses e *shows no Roxy e na UCB*. Mas se Monica tivesse educação, pararia de mandar mensagens de texto e conversaria comigo. Ela reprimiria a atmosfera penetrante de rejeição que me domina nesta merda de carro e depois, talvez, se eu me perdesse numa conversa com ela, Love ficasse com ciúme e quisesse se juntar a nossa conversa. Mas não. Monica manda as merdas das mensagens. Love e Milo conversam e eu os interrompo e digo a Love que tenho ótimas playlists do Pantry, mas ela diz que vai colocar algo da Steve Miller Band pelo seu Bluetooth.

— Por que Steve Miller Band? — pergunto. — Parece tão aleatório, como alguém exigindo apaixonadamente um sanduíche de frango grelhado.

Ninguém ri da minha piada, Love diz que adora sanduíches de frango grelhado e tem uma cena em *2012* em que Amanda Peet está em um mercadinho durante um terremoto e o chão racha e é o que isto parece. Love fica mais distante a cada trecho de duzentos metros. Não surpreende que o índice de divórcios nessa indústria seja tão alto.

Logo estamos encostando, chegamos na Franklin e é o mesmo velho posto de gasolina, e lá está o mesmo antigo Scientology Celebrity Centre, e lá está o mesmo velho Franklin Village e Love faz beicinho quando entro à esquerda na Bronson e dirijo para o cânion.

— Você não quer um manobrista? — pergunta ela.

— Prefiro estacionar eu mesmo — digo.

Ela bufa.

— Olha, se precisa de dinheiro para o manobrista, eu tenho.

Milo morde o lábio e se esta cena aparecer em qualquer coisa que ele escrever, vou matá-lo. Monica ainda ignora a todos nós, preferindo as pessoas ao telefone. Dou uma guinada para uma vaga, como o morador desajeitado e rude do Village que sou. Love solta um grito, exagera na reação, jogando-se para frente. Ah, *francamente*. Love não consegue sair do carro com a rapidez que deseja, eu digo a Monica que está na hora de ir e ela fica confusa.

— Já chegamos? — pergunta ela.

Love sorri para mim como se eu fosse um primo de terceiro grau que ela não vê há anos.

— E então — continua. — Você deve estar muito animado para se reencontrar com seus amigos do bairro. Ou, peraí, eles estão todos presos no trabalho?

— Eles não estariam nesse tipo de coisa — digo.

Ela passa o braço pelo meu, de má vontade.

— Bem que podia ter uns ingressos SRO — diz ela. — Quer dizer Standing Room Only, apenas de pé.

Finjo espirrar e puxo o braço.

— Sei o que isso quer dizer — digo. — Sou de Nova York.

— Ah, eu sei — diz ela. — Não dá para se esquecer disso.

Caminhamos em silêncio. E eu não veria meus quatro *amigos* de merda. Soube online que estão todos muito ocupados. Calvin foi apanhado por dirigir embriagado e trabalha em horários malucos. Harvey Swallows ficou com câncer na garganta e está tentando adotar o humor e a ironia. Dez está dando uma festa para seu cachorro, Little D. Delilah está fazendo uma cobertura *ao vivo* para algum programa aspirante a *Entertainment Tonight* em uma rede de TV de que nunca ouvi falar.

Estamos quase na Franklin quando Love puxa meu braço.

— Está zangado comigo ou coisa assim?

— Não — respondo.

— Então por que você foi tão babaca no carro?

— Por que *eu* fui um babaca?

— Não distorça as palavras — diz ela. — Sabe o que eu quis dizer.

— Love, você é que está sendo uma babaca.

— Quanta maturidade. Olha, tem alguma merda e você está se fechando, e é uma besteira e não posso lidar com isso agora.

— Então, não lide — digo.

— E você ainda quer me dizer que não está sendo um babaca.

Dou de ombros. Forty está na esquina mais adiante, acenando para nós. Ela suspira.

— Não tenho tempo para isso.

— Para mim — digo. Isto está acontecendo rápido demais e seu delineador parece uma pintura de guerra.

— Joe — diz ela. — Isso não é bom.

— Mas que merda isso quer dizer?

— Quer dizer que agora estou sob muita pressão e você a está aumentando em vez de me ajudar.

— Eu estou aumentando a pressão — repito. Quero jogá-la em meu ombro, mas ela não vai mais querer isso. Não vai mais me querer.

— Depois do show, precisamos conversar — diz ela. E é assim que você sabe que acabou. Precisar não é querer. Sua namorada quer conversar com você, mas a garota que não te ama só precisa conversar com você e acho que eu devia saber. Ela me escolheu rápido demais, fácil demais. Agora vai me largar, rápido demais, fácil demais.

Digo a ela que pode ir e ela diz *tanto faz*, corre para o irmão e Milo e os três começam a falar de *Sapatos e filhotes*. Agora Monica está aqui, tarde demais.

— O que é que tá pegando? — pergunta ela. Agora não posso lidar com a merda genérica dessa garota.

— Nada — digo. Meu coração dói.

— Legal — afirma ela. — Eu fiquei tão louca me arrumando para o show, sabia? Minha agência de temporários não é muito legal com gente que sai e essas coisas. Eles precisam relaxar.

— Aonde você vai?

Ela fica confusa. Mas ela está sempre confusa.

— Locação — diz ela, como se eu devesse saber. — Você não vai também?

Olho para ela. Não sei de *locação* nenhuma. E é assim que eu sei o que Love precisa conversar comigo. Ela precisa me dizer que acabou, que não vai me levar à *locação*.

Monica morde o lábio.

— Epa — diz ela. — Pensei que Love tivesse te falado. Forty me convidou ontem. Cara, não precisa ficar todo nervoso. Vamos nos divertir!

Mas não posso me divertir. Sou bom demais para essa merda. Quero terminar isso primeiro, quero esmurrar Love. Quero bater todas as merdas de suas raquetes de tênis naquela quadra de grama até elas racharem. Passamos todo o verão juntos e ela nem teve a decência de *não* me convidar. Ela não olha para trás enquanto viramos a esquina e seu jeans novo é apertado demais, espero que tenha uma micose.

Ela entrelaça o braço com Milo e eles cumprimentam Seth Rogen e a mulher dele, beijos no ar, abraços. Ela não gesticula para eu me aproximar.

E agora preciso ter um reencontro com *Calvin*. Ele tem a noite de folga e está aqui, me abraçando. Há uma nova barriguinha por baixo de sua camisa de Henderson e eu gostaria de pensar que Love está me vendo me reencontrar com ele, desejando que eu fizesse as apresentações, mas sei que não é assim. Os amigos dela são famosos. Ela não precisa de mim. Calvin solta uma piada de mau gosto, diz que eu levei o *grande prêmio* e isso não me faz rir.

Monica olha a hora em seu relógio de pulso Google. Calvin segura seu braço. Ela ri.

— É um presente — diz ela. — Eu nunca poderia comprar isso.

— Do seu namorado? — pergunta ele.

Ela faz que sim com a cabeça. Mas ela paquera.

— Ele viu no meu Pinterest. Ele pode ser um amor, quando quer.

Calvin olha para mim.

— Cadê o seu relógio, JoeBro?

Digo a ele que está na loja, ele dá em cima de Monica e estamos falando de pranchas de surfe e eBay e é cada vez mais evidente que eles vão trepar. É muita mudança, mudança demais, e tudo que construí está se desfazendo, e Calvin programa o número de Monica em seu telefone. Eu devia ter ido embora quando Love disse *precisamos conversar*. Ela ri com intensidade exagerada das piadas de James Franco enquanto Milo aceita abraços de parabéns de Justin Long. Isto devia ser um tributo a um morto e, em vez disso, é um bando de homens imaturos com camiseta roída pelas traças, rindo das próprias piadas, uns merdas pretensiosos que são pagos para fazer graça, arrumam mulher porque são pagos para ser engraçados. Não consigo respirar.

Está na hora de entrar. Não me sento com a atriz Love. Ela está na área VIP bem à minha frente, com o pessoal de James Franco, entre Milo e Forty. Milo veste a camiseta Four Seas Ice Cream que ele estava usando na primeira noite no Chateau. Aposto que eles foram lá depois de ele tirar a virgindade de Love. Todo mundo em volta de mim entra no *Insta* e no Twitter e no Vine para compartilhar instantâneos das pessoas a nossa frente, as *celebs*.

Monica me dá uma cotovelada.

— Pega uma e passa adiante — diz ela.

Eu pego uma, passo adiante e é uma única folha de papel com a letra de "Coming Up Easy" de Paolo Nutini, um escocês hipster que trepa com modelos e faz uma música cool. Olho para Monica.

— Era a música preferida de Henderson — diz ela. — Vamos todos cantar juntos. Uma vez ele fez piada disso, tipo que ele queria uma coisa cantada. Incrível, né?

É papo furado e a música favorita de Henderson ou era "Oh What a Night" ou "Sherry", quero dizer a eles que estão todos errados. Eu o conheci melhor porque o matei. Seu gosto estava mais alinhado com os americanos de meia-idade que dirigem Buicks e compram pacotes de férias na Disney na Expedia, e estou tão enjoado desta cidade, de todo mundo fingir ser descolado, até na morte.

As luzes baixam e começa o "tributo" com Milo correndo para a merda do palco. Monica encontra Calvin no Facebook e Love aplaude Milo no palco. Ele gesticula pedindo mais aplausos em vez de dizer a todos que parem, e Love uiva e tudo está acabando. Não a conheço mais e *não precisamos conversar*. Não estou morto, nem sou cego. Vejo que ela grita por ele, ela o escolhe. Esta gaiola preta é real e eu mal a reconheço com aquele cabelo. Está terminando, nossa relação, os aplausos.

— Bem-vindos, amigos e fãs — começa Milo. Detesto a palavra *fã*. É quase tão ruim quanto seguidor. Ele levanta a folha de papel com a letra. — Vamos começar esta noite do jeito certo — diz ele. — Do jeito que Henderson ia querer, com música.

A gritaria. Acho que meus ouvidos estão estourados. Love ri das piadas vagabundas de Milo e Monica cochicha que o Twitter está *bombando* e Love vai me largar depois do show. Ela perdeu o interesse por mim. Ela virou atriz. Ou talvez já fosse uma atriz, como Amy. Talvez eu tenha ficado imbecil no minuto em que tive *aspirações*. Eu me encolho ao pensar nos filmes que escrevi, como pulei nesse negócio com Forty. Foda-se. Foda-se tudo isso.

As luzes da casa piscam, o show está prestes a começar e Love passa a língua nos lábios pequenos, aqueles que nunca encontraram meu pau. Agarro meu programa. Naquele livro *Uma teoria geral do amor*, os bons relacionamentos são definidos por duas cadeiras, lado a lado. Love e eu estamos um de frente para o outro e, ainda assim, ela não olha para mim. Em vez disso, curva-se para Milo. Seus ombros estão relaxados e provavelmente ela estava morrendo por esse momento. Ela tem o seu filme. Tem seu *diretor*. Agora não precisa mais de mim. Milo dá uma cotovelada nela para ver alguma coisa em seu telefone e ela ri daquilo, seja o que for. Não sei. Estou longe demais.

Precisamos conversar. Não, não precisamos, Love. Você quer me dar um gelo e me fazer sentar do outro lado da merda do salão enquanto olha o telefone de Milo e deixa que ele coloque a mão na sua coxa? Tudo bem. Que seja do seu jeito. Love segura a mão de Milo ao cantar junto "Coming Up Easy" e enterro a cara nas mãos. Monica pergunta qual é o problema.

— Sangramento nasal — digo.

— Eca — diz ela. — Eu disse a Forty que a cocaína dele não é tão boa como ele pensa. Calvin diz que vocês têm um contato muito bom aqui.

Estou deprimido demais para discutir o talento de Dez como fornecedor de drogas e digo a Monica que preciso ir, ela diz *legal,* e o povo do Village fica irritado quando passo espremido por eles. É apertado como um avião e meu pau fica na cara deles todos, e, quando consigo chegar na rua, mando uma mensagem a Love: *Estou com sangramento nasal. Vou para o Pantry tomar um café. Sinto sua falta. Não sei o que aconteceu.*

O iMessage transmite que a mensagem foi visualizada, mas Love não responde. Recebo o silêncio. Acabou, é o fim. Não sei o que fiz de errado, mas sei o que ela fez; tudo vai para o inferno quando elas querem ser atrizes.

29

ABRO a porta do La Poubelle com um puxão. Está frio, escuro e quase vazio — todos estão venerando Henderson ou aguardando pela *after party* no Birds, em homenagem a seu antigo reduto —, mas, no balcão, tem uma garota de vestido colante bebericando um copo de vodca e tentando paquerar o bartender desinteressado. Nunca na minha vida quis tanto um boquete.

— Delilah — eu a chamo. Ela se vira. Sorri.

— Bom, olha só quem apareceu. — Ela dá um tapinha no assento vago a seu lado. Pede duas vodcas. Sem misturador. Não há tempo para isso.

Delilah me apresenta ao novo bartender como seu *velho amigo, Joe.* E isto significa que Delilah ainda me quer. Limpo a pesquisa no Google sobre o dr. Nicky quando ela vai ao banheiro. Uma blogueira feminista comprou a história. Está apelando para que a Change.org retire a petição dele e, VAMOS, FEMINISTAS!. Estão todas apavoradas com a ideia de que este *assassino,* numa posição que permitia ajudar as pessoas, tente usar uma paciente como bode expiatório. Elas acham que é misoginia falar mal de Guinevere Beck, que era uma mulher próspera e inteligente, uma escritora, candidata a um mestrado em belas-artes, uma *nova-iorquina feliz e equilibrada.* Elas querem que o dr. Nicky cale a boca. Querem que a mulher dele procure psicoterapia. Querem que o Departamento de Polícia admita que homens desesperados como o dr. Nicky fazem coisas como inventar pacientes chamados *Danny Fox.* Obrigado, feministas, e vai se foder, Love, e olá, Delilah, sentando-se ao balcão, acariciando minha perna, dizendo-me que eu estou bem, bronzeado, estalando sua boca de boquete, descaradamente faminta. Eu fico duro. Abro um sorriso.

— Você parece bem também.

Se todo o meu sofrimento tem um propósito, e ainda não sei qual é, então o propósito pode ser reduzido a isto: a boca de aspirador de pó de Delilah suga meu pau na área de carga nos fundos do Pantry. Ela disse que era esquisitice minha querer que fosse ali. É sujo, tem cheiro de lixo, é *o estacionamento de um mercadinho, eca.* Mas eu sei o que ela gosta e disse a ela para ficar de joelhos e chupar e o milagre da vida, do espermatozoide que alcança o óvulo, da bola de tênis que oscila e cai de um lado, e não de outro, Delilah fez. Ela me chupou como eu gosto, do jeito que eu quero. Eu sentia falta disso. Precisava disso. Nem tudo que você precisa é amor.

Foda-se Love. Foda-se o amor.

Não Fode Com Delilah e eu estamos voltando a pé para minha casa, ela fica agradecida por estar comigo e prefiro assim, Delilah agarrada. Quando caminhamos juntos, passa a ser possível que esta seja a minha vida, que isto possa ser um daqueles amores clássicos — *que merda de palavra* —, as histórias em que a garota certa estava no andar de cima o tempo todo. Nesta caminhada de 400 metros, Delilah segura minha mão com força e descreve uma discussão que teve na Oaks Gourmet com um cara que foi grosseiro por ela ter pedido ketchup. Ela é divertida, toda agitada, e isto pode ser nós dois juntos. Chegamos a meu prédio, ao prédio dela, a nosso prédio.

Tem uma porta nova em folha no Hollywood Lawns.

— É — diz Delilah. — Alguém ficou de porre e caiu na porta.

Lar, merda de lar, eu destranco a portaria, Delilah assume o comando e me joga na parede das caixas de correio. Apalpa meu pau por baixo da calça. Lambe meu pescoço.

— Agora — diz ela. — Quero você dentro de mim agora.

Destranco a porta de meu apartamento, ela arranca minha camisa, eu rasgo seu vestido justo e isto é *foda.* A fúria misturada com o sexo, e me pergunto o que a atiçou, e ao mesmo tempo não me importa. Funciona. Ela me quer, eu a quero e preciso tirar o amor do meu sistema com uma trepada. Puxo o cabelo de Delilah, mordo seus mamilos e bato com força em sua bunda, e ela arranha minhas costas, e isto é uma foda de Hollywood. Não dá pra ficar puto em Malibu, sinceramente não dá.

Delilah saliva em meu saco e ela não é uma trapaceira como Love, Love que consegue atuar em uma merda de filme sem tentar ser atriz, Love que consegue ser a estrela em uma merda de filme sem sofrer os testes, sem trabalhar de garçonete, nem se esforçar, nem assistir às cerimônias do Oscar em um futon, ardendo de desejo de estar ali, passando uma noite depois de outra na UCB procurando aprender, dominar um ofício. Love que se foda. Gosto de Delilah e procuro ser um cavalheiro. Fico na cama com ela quando acaba. Finjo interesse.

— E então, como foi o seu verão? — pergunto.

— Meu verão foi o meu verão. — Ela dá de ombros. — Na verdade não existe isso de verão em Los Angeles, sabia? A única diferença é que algumas festas acontecem em casas na praia, mas é um pé no saco ir para a praia. Argh. A água da Costa Leste é muito melhor, não é?

— Puta merda, é — digo. Delilah pode pensar que não teve um verão, mas está enganada. Ela teve. Há algo mais sossegado nela. Algo mudou em seu íntimo e ela não parece tão atormentada. Parece a gatinha que foi castrada. Está calma. Não está tão doente de aspirações, agora que está *fazendo bico para o programa pseudo*-Entertainment Tonight. Ficamos deitados em minha cama, olhando o teto que antigamente me dava nos nervos, a barricada simples e cheia de bolhas que antes parecia tão literal, um bloqueio na estrada para uma vida mais elevada. Tudo isso não parece tão ruim como eu pensava. Esqueci-me de como é bom estar contido. Conheço as fronteiras daqui. Sei que são minhas. Não preciso apalpar como se estivesse comendo os cereais matinais de outra pessoa e não preciso agradecer o tempo todo.

— Estou com fome — digo.

— Quer pedir uma pizza? — pergunta Delilah.

Não. Quero mergulhar nas cobertas, beijar suas coxas, lamber Delilah e sentir suas mãos em meu cabelo. Faço isso e ela reage como quero que reaja. Ela diz meu nome em voz alta. Suas pernas tremem. Parece que está chorando e rindo ao mesmo tempo. Ela parece um animal, como se tivesse encontrado o *afikomen*. Sou bom o suficiente para Delilah. Ela me trata como o seu Milo, dizendo-me que sou ótimo, como sou grande, o quanto ela sentiu a minha falta. Não fala na mãe e não tenta converter essa farra em encontros futuros como uma irresponsável desesperada a uma mesa de blackjack tentando recuperar tudo. Aprendeu algumas coisas e posso fazer o que quiser com ela nesta cama. Ela me dá sua bunda, suas unhas, seu vigor.

Depois disso, pedimos frango com fritas e assistimos *Hannah e suas irmãs*. Pago pelo frango e seguro o controle remoto, e não precisamos de uma sala de projeção. Não precisamos de um oceano do lado de fora da janela. Só precisamos de minha televisão de 42 polegadas, meu pau, meu futon.

Delilah arranha meu peito.

— Como é?

— Como é o quê?

— A mansão dos Quinn — diz ela. — Eu só vi fotos na *Curbed LA*. Tem mesmo uma pista de boliche?

Foi a pergunta errada. Fecho a caixa do frango. Ela pensava estar relaxada. Ela supôs estar fantasiando com nosso futuro. Não achou que era uma *reportagem* e não gosto do jeito como Delilah se senta, de lado, elevada, como se fizesse ioga, como se fosse Molly Ringwald em *O clube dos cinco*, tão blasé.

Ela quer saber a respeito de Love e eu me desvio do assunto. Digo a ela que foi complicado, mas acabou — e quer saber onde nos conhecemos e quando. Digo a ela que não quero falar nisso e ela diz que precisa saber, para seguir em frente, ter um novo começo. Diz que também esteve saindo com alguém neste verão e vai me contar *qualquer coisa* que eu queira saber sobre isso, e agora me lembro de tudo que há de errado com Delilah, com Franklin Village e olho meu telefone. Nada ainda de Love, mas Monica escreveu para dizer que Love tomou um pileque. Todos desmaiaram na casa de Milo. Ela diz que Love estava zangada comigo. Lembro a Monica que eu *falei* com Love que estava passando mal. Estou esperando por uma resposta de Monica quando Delilah recomeça com Love, como uma criança gorda tentando obter outro biscoito.

— Por favor — diz ela. — Sou uma mulher crescida e não se trata de sentimentos. Só gosto de saber dessas coisas. Me conte onde você a conheceu. Onde alguém como Love Quinn costuma ir?

— Ela entrou na loja — minto.

Monica manda uma mensagem: *Desmaiando, vai ficar tudo bem, Love, tá frio lá fora, Forty está doidão pra caramba e Milo está*

Seu telefone deve ter morrido porque acabou. Delilah me cutuca. Baixo meu aparelho.

— Que foi? — pergunto.

— A livraria? — diz ela. — Está querendo me dizer que Love Quinn entrou naquela *livraria*?

— Foi — digo, na defensiva. — Ela lê.

Ela empurra o cabelo para trás e vira a cara.

— Qual é o problema? — pergunto.

— Nada. É só que acho que na verdade você a conheceu na Soho House.

Não tenho nada a esconder.

— Conheci mesmo — digo. — Não sei por que estou sendo estranho. Eu me sinto estranho falando dela com você.

Ela diz que não preciso me sentir estranho e me fala do cara com quem *ela* esteve saindo e não sabe me dizer o nome dele, mas ele é *ator* e é alguém de quem eu teria ouvido falar, e ele tem algo que não pode ser comprado, nem com todo o dinheiro de Love. Palavras dela, não minhas.

— Ele é famoso — diz ela. — Tipo famoso de verdade. E isso é bom, mas às vezes ele surta e faz merda, como fez esta noite, e me deixa na mão.

— Você estava esperando por ele no La Pou?

Ela concorda com a cabeça e foi por isso que mudou. Ela não evoluiu. Não cresceu. Não abandonou suas aspirações por uma perspectiva mais saudável na vida. Ela meteu algum pau famoso dentro dela e o pau famoso lhe telefonou depois. Entre nós, não temos dinheiro, nem fama, nem poder, nem mordomo, nem caixas de cereais matinais que aparecem sem que se precise ir ao mercadinho, nem gramados elevados embaixo de céus estrelados. Entre nós, temos apenas negatividade. Nós dois fomos largados, os dois fodidos.

Digo a ela que estou exausto e ela me pergunta se pode ficar. Nós dois olhamos os telefones e ambos ainda somos um fracasso. Não preciso ficar sozinho neste futon, então digo a ela que está tudo bem. Não dormimos de conchinha. Nós dois estamos magoados demais e adormeço me perguntando se ainda haverá mais sexo furioso pela manhã.

QUANDO acordo, são cinco da manhã. Ainda sou um fracasso e não tenho mensagem nenhuma de Love. Solto um suspiro, mas, como estou aqui, posso procurar outro boquete. Rolo o corpo. Estou pronto para seguir e procuro Delilah com a mão. Mas ela não está aqui. Esfrego os olhos para me livrar do sono, vou ao banheiro e lá está ela, de sutiã e calcinha, como alguma vítima de tráfico humano estragada pelas drogas, agachada em meu banheiro.

E em sua mão está uma sacola retornável do Pantry, a *minha* sacola retornável do Pantry, aquela que levei à casa de Henderson.

30

— DELILAH — digo. Meu coração bate alto na garganta. Mas que merda ela está fazendo?

Ela balança a cabeça.

— Joe — diz ela, de olhos arregalados. — Eu estava procurando papel higiênico.

— Tem um rolo na bancada. — Dou um passo na direção dela.

Ela se retrai. Ela se curva para frente, como quem reza.

— Tem? — pergunta ela, nervosa, insincera.

— Tem. Não entendo como você deixou de ver.

— Ah, sei lá — diz ela. — Os homens, na maior parte do tempo, não têm papel higiênico.

Não gosto do tom agudo de sua voz e ela se vira e chega para trás, como se pudesse encobrir a sacola do Pantry, como se pudesse dar uma cambalhota para minha banheira e escapar pelo ralo. Ela fuçou minhas coisas. Ela é um fiasco autodestrutivo em forma de pessoa. Não pode simplesmente ficar na cama comigo. Não pode se satisfazer em chupar meu pau e trair seu namorado que não é um namorado. Não. Como uma viciada que carrega a seringa mesmo depois de saber que o lote é ruim e matou muita gente, Delilah sai da minha cama e entra em meu armário, lugar que não é dela. Ela é uma viciada. E não dá para fazer reabilitação pelo que a acometeu, um distúrbio de puta das estrelas em que ela arrisca a própria vida, a segurança e a felicidade para descobrir como é a casa de Love Quinn.

— O que está procurando? — volto a perguntar. Provoco a gata. Cutuco a onça.

— Nada. Está tudo bem.

— Você disse que procurava papel higiênico — lembro a ela. Que mulher burra. Nem consegue sustentar a própria história. — Encontrou algum papel higiênico aí dentro?

Ela se levanta.

— Acho que preciso ir.

— Acho que você precisa ficar.

Ela para na frente da sacola do Pantry, como se pudesse ser encoberta por suas pernas.

— Achou alguma coisa boa aí dentro? — pergunto.

— Joe, eu não sou assim. Só estava procurando papel higiênico.

— Delilah, não acho que esteja dizendo a verdade.

É sempre assim com essa merda de gente, pessoas ruins quando são apanhadas. Elas tentam te vender. No caso de Delilah, ela de fato me diz que conhece pessoas que podem fazer um *documentário* sobre tudo isso.

— Tipo *Serial* — ela propõe, como se fosse o que quero. — Quer dizer, não vou tirar conclusões precipitadas sobre esta sacola e como você estava na casa de Henderson e como tudo bate, mas, Joe, isso pode ser muito interessante.

— Não penso assim.

— Vamos conversar sobre isso — diz ela.

— Entre na banheira.

Ela geme.

— Por favor, não. Eu peço desculpas. Vou embora.

Aponto.

— Entra na merda da banheira.

Ela chora e tenho a sensação de que isto pode ficar barulhento e ela volta a tagarelar.

— Eu conheço gente — diz ela.

— Não — lembro a ela. — Você trepa com gente.

Jogo-a de costas na banheira e ela cai. Uso parte da fita na sacola para tapar sua boca e amarrar os braços. Fecho a porta do banheiro e bloqueio a maçaneta com a cadeira. Coloco uma música — os maiores sucessos de Journey — para tragar seus gritos abafados e arranco o Kandinsky da parede. Ela não conhece arte. Não conhece nada além de celebridades e é uma pessoa vazia, uma pessoa má. Ela nunca será feliz. Não vai parar de se jogar nas estrelas, chupar os caras, tentando puxá-los para seu futon, para seus ossinhos.

Não vou matá-la só porque sabe que matei Henderson, porque ela está chorando por isso em meu banheiro, como se este fosse o caminho para a liberdade. Não. Também vou matá-la porque não existe um final feliz para uma mulher piranhuda como Delilah, uma mulher que se recusa ativamente a abraçar seus talentos, celebrar seu íntimo, tirar proveito de seu cérebro. Depois que esse cara "famoso", seja lá quem for, terminar com ela, Delilah vai enganar outro até o dia em que perceber que está velha demais para ser levada a sério por esses babacas filhos da puta. E então ou ela vai gastar suas economias em cirurgia, ou tomar comprimidos, ou vai se mudar e tentar vender seus segredos a um editor.

Ah, a tristeza dos angelinos com uma conta bancária minguante, uma testa criando rugas, um nível de autoestima que murcha. Eu queria que Delilah fosse um pouco mais parecida comigo. Queria que ela fosse mais confiante. Queria que jamais parasse de acreditar em si mesma, como sua tatuagem, mas ela parou. Pensou precisar de alguém famoso para se sentir valorizada. Ela podia ter sossegado com Dez, com Calvin, comigo ou com qualquer um dos caras que conheceu. Mas ela queria a fama mais do que o amor. Nunca será feliz e, francamente, estou fazendo um favor a ela. Nunca encontrará o que procura. Pego uma faca laranja Rachael Ray no cepo. Los Angeles mata as mulheres. É uma pena que Delilah tenha se mudado para cá. Devia ter voltado a Nova York. Aqui não é o seu lugar, a não ser que você seja durão, bonito ou talentoso. O que estou fazendo é uma gentileza, uma morte por misericórdia. Eu a estou livrando da infelicidade.

Abro a porta do banheiro e ela está retraída na banheira, de joelhos. Que gatinha triste. Coitadinha. Seu rosto é um chiclete mascado. Toda a alegria sumiu. Em algum lugar pelo caminho ela partiu o próprio coração e, sem um coração, você não melhora.

— Eu sei — digo. — Sei como você é triste. Sei o quanto é doente. Mas acabou.

A voz inconfundível de Steve Perry assume um crescendo e Delilah está ofegante. Ela grita sem parar e precisa disso desesperadamente. O quanto mais disso haveria para ela, se ficasse em sua estrada longa e solitária. A mulher que pagou alguém para inscrever palavras em sua coxa, palavras que não consegue aplicar na própria vida, palavras que ela não compreende. A chave não é simplesmente continuar a acreditar, afinal, a chave para a vida é acreditar em algo que importa, em algo grande e bonito, algo mais profundo do que a fama, que o dinheiro.

Seguro suas extensões, bato sua cabeça na banheira e acabou. Não há mais lágrimas. O sangue escorre pela testa. Eu tinha razão. Ela não é bonita. Ela era bonitinha. E não sinto pena dela. É como dizem a respeito de tudo neste mundo. Você não pode sentir pena de si mesmo. Muitas mulheres teriam amado ser tão bonitinhas.

31

AINDA bem que trouxe para Los Angeles aquela bolsa de viagem gigantesca. Não sei de que outro jeito eu ia conseguir tirá-la daqui. Mas primeiro preciso me vestir, encontrar minha chave, percorrer todo o caminho ao Tuxedo Terrace e pegar meu carro. Visto um moletom e a aquela camiseta velha e ferrada que usava quando trabalhei na livraria. Está frio. Meus pulmões doem. E quando chego a meu carro, está tudo embaçado e não tenho tempo para isso. Esta é Los Angeles, não devia jamais ter nenhum disparate com o clima. Meus dentes batem enquanto eu descongelo o para-brisa e Henderson é um amuleto do azar, mesmo morto.

Quando chego ao Hollywood Lawns, decido me arriscar e paro o carro na vaga. Subo a escada correndo, volto para dentro, tiro minha bolsa de viagem gigantesca e vazia do armário, abro o zíper e ele faz barulho, emperra, não. Eu puxo. *Não.* Tenho certeza de que não possuo nenhum saco de lixo com tamanho o suficiente para transportá-la, puxo novamente e corto o dedo, mas o zíper cede. Tiro Delilah da banheira e coloco dentro da bolsa. Ela parece ser engolida por uma flor preta e gigante e puxo o zíper sobre seus pés, cobrindo as pernas, passo pela tatuagem de Journey. Puxo mais o zíper, ocultando sua calcinha e seu sutiã baratos e seu pescoço curto demais e sua boca grande demais e seus olhos fechados e sua testa redonda e seu cabelo. Ela nunca precisou de alongamentos.

Tento levantar a bolsa, mas terei de arrastá-la — e rapidamente. Este é um bairro movimentado e todo mundo quer ser magro; logo vai aparecer a turma que se exercita. Levo a bolsa para meu Prius, e Wolfe está coberto de razão. Não dá para voltar para casa. Não se você mora em um edifício de apartamentos.

* * *

EU nunca estive na Donzi sozinho. Algumas semanas atrás, estávamos em um bar na Marina e corri até as docas para pegar o suéter de Love, e me lembro de ficar em pé no barco, pensando na diferença entre estar sozinho e estar com outras pessoas.

Eu queria pegar o barco e pilotar. Queria pilotar aquele barco para o Japão. Tive esse momento. A banda cover lá dentro tocava Toto — aquela música, "Africa" — e eu estava feliz pra caralho. Bastou escolher Love lá dentro, na pista, em detrimento do grandioso mar, o desconhecido. E tem também o fato de que eu não tenho a merda de uma habilitação náutica. A família de Love pode se safar de tudo; sei disso. Mas Love me avisou para não levar a lancha sozinho.

— É infinitamente mais fácil lidar com a guarda costeira se Forty ou eu estivermos lá — disse ela. — E se não estivermos, sabe como é, é mais complicado.

Estou voltando à praia depois de sepultar Delilah no mar, vendo a bolsa pesada abrir caminho para o meio do Pacífico, para longe do mundo em que ela não conseguiu se encaixar. Sempre pensarei nela com amabilidade. Seu potencial não realizado, como ela estendeu o braço para aquele liquidificador que estava fora de alcance. Ela incorporava o perigo das aspirações e sempre desejarei que não tivesse se transformado em um ameaçador monstro da fama.

Sinto-me mal pelos pais dela. E sinto-me péssimo por todas as pessoas que verdadeiramente ofereceram seus corações. Sinto-me péssimo, sobretudo, por ela. Imagino Harvey mostrando o apartamento de Delilah a alguém, o apartamento cheio de suas coisas, e me sento. Essa dói. Doeu. Los Angeles consome as pessoas. Pessoas inteligentes e saudáveis como Henderson e Delilah mudam-se para cá e se transformam em monstros supersexuados, e não precisava ser assim. Os dois podiam ter sido um pouquinho mais gentis. Não me sinto mal agora. Minha contagem de corpos em Los Angeles: um astro e uma puta dos astros.

Deslizo para a Marina em um ângulo de trinta graus. Não viro nem cedo, nem tarde demais. Aprendi muito neste verão. Sou um barqueiro, um roteirista. A Donzi está na vaga do píer. Depois ouço alguém chamar meu nome.

Love.

Ela está enrolada em seu roupão de capuz. Estou com as roupas da noite passada e é bom que eu já tenha parado, porque agora minha adrenalina dispara e meu corpo treme. Ela não sorri e não faço ideia de há quanto tempo ela está ali, se ela me viu ir para o mar com a bolsa e voltar sem nada.

— Mas que merda está fazendo? — Ela exige saber. — Você me larga e sai na porra do meu barco?

Os cabelos de minha nunca ficam eriçados.

— Só fui dar uma volta — digo.

— Sozinho? — pergunta ela. E, caralho. Meus olhos procuram sangue pelo chão, mas eu sou bom; não tem nenhuma caneca de urina aqui, nada para ver, pessoal.

— É lógico — respondo. — Está vendo mais alguém aqui?

Sei, por sua atitude, que a resposta é não, ela não vê ninguém agora; não viu ninguém quando havia alguém para ver. Não sabe o que fiz, que eu traí, que deixei Delilah ir para a minha cama, para o meu corpo, que a coloquei no mar. Mais segredos, mais coisas ruins, mas estou a salvo.

— Estou meio surpreso de ver você. — Viro a mesa.

— E que merda isso quer dizer? — pergunta ela.

— Não sei. Escrevi para você. Não tive resposta.

— É. Eu não respondi porque não respondo às pessoas que me tratam como merda. Não sou um capacho, Joe.

— Nem eu — explodo. — Você se divertiu com seu amiguinho Milo?

— Quer dizer, meu diretor? Porque é isso que ele é, Joe. Meu diretor. Ele não é meu namorado, não é o inimigo e estamos juntos *a negócios.* Negócios que importam para mim, mas que merda. Negócios que você abandonou. Negócios que são *meus.*

Ela treme e eu entendo. Ela não trepou com ele, não me largou e, *que merda,* exagerei na reação. Eu fodi tudo. A Donzi cintila e eu daria tudo para estar em terra. Em vez disso, estou nesta lancha, nesta embarcação que pertence à família dela. É ela a pessoa equilibrada, nas docas, cheia dos direitos, em terra, e puta que pariu.

Love cruza os braços.

— Me joga a merda do cabo — diz ela, minha professora, minha chefe. Jogo o cabo e ela faz um nó rapidamente, com tranquilidade, como uma garota rica. Saio do barco, desajeitado pra caralho. Ela anda pelas docas, vai para a praia e eu a sigo na areia. Eu, o seguidor.

— Love — digo. — Me deixa pedir seu perdão. Sei que não tenho desculpas.

— Joe, quando uma coisa boa acontece comigo e você *caga* pra ela...

— Me desculpe — declaro. Estendo a mão para ela. Ela se afasta. Digo mais uma vez. — Me desculpe, Love.

— Não basta — diz ela. — Você foi *um tremendo* babaca, Joe. No minuto em que conseguimos o sinal verde, você se transformou em um daqueles imbecis que não gostam quando a namorada tem atenção.

Ela continua a me detonar. Diz que eu a decepcionei. Eu devia ter sido um homem, devia ter dado os parabéns a ela e devia ter sido sincero nisso. Devia ter expressado interesse pelo roteiro e devia ter enfrentado meus *evidentes problemas com o ciúme*. Eu devia ter telefonado para ela em vez de mandar uma mensagem porque essa foi uma *atitude canalha* e devia ter ficado por perto e esperado por ela depois do show. Todas as coisas que devia ter feito, e não podemos voltar no tempo.

— Eu sei — diz ela. — Mas você entende? Você entende que não vai ser assim?

— Sim — afirmo, e nunca a amei tanto quanto amo agora e quero a chance de ser o bom sujeito, o melhor cara, o cara que conversa. Quero limpar meu pau, esfregar minha pele e recomeçar. Eu a amo demais para permitir que isso tenha um fim.

— Love, eu peço mil desculpas. Você precisa entender. Você tem razão. Eu agi como um imbecil de merda.

Ela me olha. Imploro a ela com os olhos e com as mãos, e sou tão forte quanto ela. Peço desculpas novamente, sem parar, e algo se transforma dentro dela, e minhas mãos e meus olhos fizeram o trabalho que fui incapaz de fazer com minha boca suja. Love concorda com a cabeça.

— Tudo bem, estamos bem.

E de algum jeito estamos nos abraçando e nos beijando, só um beijo, um beijo de reconciliação, um beijo que ainda não é sexual, depois nos jogamos em espreguiçadeiras. A briga acabou e ela me fala da erva de Seth Rogen e das provas de figurino e que tem novidades.

— Mais novidades? — pergunto.

— Forty e Monica terminaram — diz ela. — Mas este foi quase um recorde para ele. Quer dizer, as mulheres são como sapatos para ele, entendeu?

— Eu sinto muito.

Ela dá de ombros.

— Sei que isto vai parecer idiota, mas eu sinceramente pensei que ia pegar. Graças àquela bobagem de *Friends*.

— Não é bobagem — digo. — É meigo. Você quer o melhor para ele.

Ela concorda com a cabeça e olha o relógio.

— Precisamos fazer as malas. O jato parte ao meio-dia.

Olho para ela.

— *Nós* precisamos fazer as malas?

Ela revira os olhos.

— Joe, sem essa. Como assim? Acha que você não vai?

— Você não me convidou.

— Eu não te convidei? — Ela hesita. — Ficamos juntos o verão todo e praticamente moramos juntos. Não preciso te *convidar*. Você devia saber que é convidado.

— Bom, Monica disse que Forty a convidou.

Ela revira os olhos.

— E daí? Temos nosso próprio jeito de conversar e nossa própria história. Por que não entende isso, Joe?

Eu não sei e Love vai ficar intensa em Palm Springs. Não vamos durar nada se eu não *me comunicar*.

Então, eu tento.

— Tudo bem. Acho que eu não estava seguro por causa de Milo.

Ela suspira e agora explica sua dinâmica com Milo. Eles são grandes amigos, até certo ponto. Ela usa a expressão *terceiro gêmeo* e diz que é difícil falar nisso porque é amizade impregnada de culpa.

— Sou mais próxima dele do que de *Forty* — ela sussurra. — Quer dizer, entende como isso é errado?

— Não dá para evitar quem você ama.

— Milo e eu queremos o melhor para Forty. Então, quando você nos vê juntos ou coisa assim, quer dizer, nenhum cara que já namorei gostava disso. Eu entendo. É uma merda. Mas somos apenas amigos.

Essencialmente, Love está me pedindo para tolerar seu vínculo com outro homem, um escroto bonito que ela conhece há mais tempo do que eu. É impossível, é como neve em Malibu. Absurdo. Mas o que posso fazer?

Ela segura minha mão.

— Eu queria que a gente pudesse ficar aqui o dia todo — diz ela.

Quero comer essa mulher na areia, mas ela diz que precisamos fazer as malas. Ela se espreguiça, puxa mais o roupão sobre o corpo e eu a conheço o bastante para saber que ela está fechando uma porta para esta briga, que a guerra entre nós foi transitória.

Love manda um beijo para o mar.

— Adeus, oceano — diz ela.

Fico ali por mais um instante, encarando a gigantesca sepultura azul de Delilah. Seria impossível encontrar minha bolsa lá, e a permanência das decisões tomadas no mar é maior do que todos nós. O vento vergasta, as ondas se quebram, e vou para dentro.

O verão acabou.

32

SAPATOS *e filhotes* já está no IMDB: *Os grandes amigos e ex-amantes Harmony e Oren estão ambos envolvidos com outras pessoas. Eles passam 48 horas juntos tentando aprender com o passado, viver para o presente e decidir sobre seu futuro.* Mas *Sapatos e filhotes* não é um filme — é um FODA-SE a mim e a Love, uma câmara de tortura de 95 páginas de cenas de amor cada vez mais explícitas entre Oren (Milo) e Harmony (Love). Alerta de spoiler: Harmony e Oren — os únicos personagens em toda a merda do filme — enfim decidem se casar quando Harmony percebe que precisa se livrar do *filhote branco* que ela resgatou e insiste em roer todos os seus sapatos. VAI TOMAR NO CU, MILO. Harmony corre para Oren, que sabia que ela recuperaria o juízo. VAI TOMAR NO CU, MILO.

No jato para Palm Springs, Love pergunta o que acho do "roteiro". Fujo do assunto. Pergunto a ela quando Milo terminou de escrevê-lo.

— Neste verão — ela responde. — Ele acertou em cheio, né?

Contenho minha fúria. Não vou deixar que ele vença. Não quando acabei há pouco uma guerra por meu relacionamento.

— Love — digo, apontando o roteiro. — Você não fica nem um pouco ofendida com isso?

— Joe — diz ela, determinada, como se estivesse se preparando para isso. — Se vai me dizer que acha que você é um *cachorrinho*, então vou te dizer que precisa de um psiquiatra. Não sou Harmony, tanto quanto você não é um cachorrinho. Milo não é Oren. Isto é *ficção*. Uma história inventada.

— Sei que não sou um cachorrinho.

— Você *não é* um cachorrinho. — Ela suspira. — De todo modo, Milo começou esse roteiro há séculos. Ele o vem reescrevendo há algum tempo.

Sabia que Jake Gyllenhaal ia fazer o papel de Oren, até o último minuto? Isso mostra como o roteiro é bom.

Não lembro a Love que ele *terminou* o roteiro depois de me conhecer e que eu não engulo o papo furado sobre Jake Gyllenhaal. Pousamos, e tento me concentrar no aspecto positivo. Nossa briga ficou para trás e estive querendo ir a Palm Springs. A estrada desolada a partir do aeroporto corre sinuosa por um deserto onde as casas são OVNIs gigantescos dos anos 60, bem afastadas, como dados rolados em uma mesa de jogo.

— Vamos rodar aqui e morar aqui? — pergunto.

— É — diz ela. — Esta casa não é linda?

— Impressionante — digo, e falo sério, mas no mau sentido. A casa é de meados do século, gelada, plástico, rosa, laranja e branco, como uma tigela de cerâmica de sherbet deixada no meio do deserto durante uma fusão atômica, vazia como a cabeça de Forty. Estacionamos, ela nota que estou decepcionado e me pressiona.

— Desculpe-me — digo. — Só pensei que íamos a Palm Springs.

— Nós vamos — diz ela, a voz com uma nova postura indignada que só pode ter origem no fato de ter sido escalada como *protagonista* e de estudar um *roteiro* em um *jato*. — Milo é incrível por conseguir essa casa para a gente, né?

Estou enjoado de ouvir que Milo é incrível. Ele não é. E esta casa é uma merda. Estamos a vários quilômetros dos hotéis e das lojas e das coisas sobre as quais li em *Abaixo de zero*, as coisas que queria ver. Minha cabeça começou a martelar no segundo em que entramos nessa casa fria e só se passaram *três horas*. Tenho arrepios. O calor é demasiado do lado de fora e é muito frio aqui dentro. Não tem mar, nenhum alívio, nenhum sofá modular no estilo shalby chic, não tem areia no chão da cozinha, nenhum rangido, não tem textura, nem profundidade.

Porém, *temos* de rodar aqui porque Milo está desesperado para ter material filmado de algo que ele chama de "Indoor Coachella". Coachella é um festival da moda em que as pessoas se vestem de hippies e fingem que a Passion Pit é tão boa quanto os Rolling Stones. Então, a ideia de pegar essa zona e metê-la dentro de um cassino me parece abominável.

Barry Stein rejeita prontamente a ideia. Ele diz que Coachella é grande demais para o seguro e Milo apela a ele.

— Só preciso de uma noite lá — diz ele. — Vou fazer em estilo guerrilha, Barry. Só quero aquelas luzes recortadas, a sensação do lugar. *Precisamos* desse flashback. E não é o Coachella de verdade.

— Sei — diz Barry. — É mais um show de merda. Não é não.

Milo segue adiante, de mau humor, e "rodamos" o dia todo, todo dia. Milo dá um golpe de caratê no ar no final de cada tomada, como se nunca tivesse visto um filme de Ben Stiller, como se ele não soubesse que cortar o ar é um gesto babaca. Eu queria que Ben Stiller estivesse aqui. Queria que alguém com miolos aparecesse e tomasse o poder.

Enquanto filmamos, tenho de ficar sentado em uma *ilha de filmagem*, outra expressão inadequada; a ilha de filmagem não é uma ilha. É só um monte de cadeiras dobráveis socadas na frente de monitores. Não tenho propósito. Quando trocamos de locação e transferimos a ilha, não tenho permissão sequer para minha cadeira porque não sou *sindicalizado*.

É o quarto dia, e "Harmony" e "Oren" brigam porque o filhote de Harmony comeu os sapatos de Oren, depois fazem as pazes porque eles detestam brigar e Love beija Milo *sem parar*. Detesto o set. Tem aplausos demais e uns apelidos de bosta. Eles chamam a penúltima tomada de "Abby" e a última de "Martini" e o nível de arrogância é insuportável. Quando os meus roteiros receberem o sinal verde, não vou passar o dia no set. E quando Milo me pedir para visitar, direi sim, depois vou "esquecer" de dar seu nome à segurança.

— Corta! — grita Milo depois de eles se beijarem pela trigésima vez. Ele segura as mãos de Love. — Essa foi *boa*. Sentiu que foi boa para você?

— Senti que foi *ótima*! — diz. Ela saltita e eu morro.

São as pequenas coisas que nos fazem querer matar alguém, o jeito de Milo beber *Dr. Pepper Diet* e amarrar o cabelo em um *coque* e levantar a camisa para mostrar a barriga e limpar os óculos nela, embora eles não estejam sujos. Sim, Milo usa óculos, e Topsider verde acinzentado, e uma camisa polo azul-marinho com gola levantada, e eu já não matei esse cara quando ele vendia Home Soda e trepava com Guinevere Beck?

Milo grita *ação* novamente e beija Love. Meus músculos se contraem. Só o que posso fazer é comer e esperar, comer e assistir — e este é o quarto de *28 dias* — e eles estão improvisando o diálogo — puta merda — porque ele só quer trepar com ela.

Quero estar em qualquer lugar, menos aqui, e pergunto a Forty sobre restaurantes próximos. Ele me dá um tapa nas costas.

— Isto é uma *filmagem*, Meu Velho. Não vamos *a lugar nenhum* antes de colocar esse bebê na lata.

Baixo a voz.

— Bom, e aqueles *outros* filmes?

Ele cochicha.

— As más notícias vêm a galope. As boas notícias demoram algum tempo. Vai logo e espere. É seu trabalho, você é o namorado.

E é assim que as pessoas me chamam. *Será que o namorado de Love pode trazer uma Diet Coke para ela? O namorado de Love pode procurar o carregador de Love?*

É ruim e fica pior no sétimo dia, quando a cabeleireira pergunta se *o namorado de Love pode pegar os picles.* Milo ri.

— "Namorado de Love" é meio esquisito — diz ele. — Vamos simplesmente chamá-lo de *Amante*!

O diretor consegue o que o diretor quer, e, assim, agora meu nome é *Amante.* Forty diz que eu preciso me animar. Love acha que é *fofo.* Milo nos mostra uma foto da mesa Restoration Hardware, lar da Grande Cena de Sexo da página 27.

— A mesa representa o amor verdadeiro — diz ele. — O que Oren e Harmony têm, como eles se esquecem disso perto de gente nova, de gente de plástico, mas eles chegam a esta mesa e, cara, não há nada parecido.

— Adorei — diz Love.

Ele evita meus olhos e passa a língua nos lábios enquanto folheia o *roteiro* dele. Sem dúvida, Milo está tentando reconquistá-la e vou matar aquela mesa. Em vez disso, vou ao *bufê* — porque eles não chamam simplesmente de comida? — pela quarta vez em duas horas. Mergulho uma fatia de pão de milho em chili e escuto alguém: *o Amante está no bufê de novo?*

E é aí que eu decido. Vou ficar em forma aqui. Gostoso. Sarado.

Jogo meu pão de milho na lixeira e digo a Love que vou dar uma corrida. Ela reage.

— Uma corrida? Essa é nova.

— É — digo. — Preciso começar a cuidar melhor de mim.

ESTAMOS no dia 17 e o título do filme devia ser *Aquela vez em que Milo tentou reconquistar Love.* Nossa vida sexual diminui devido aos longos dias de filmagem e porque não temos uma tranca na porta de nosso quarto. Love passa mais tempo com Milo repassando as falas no quarto dele, que *tem* tranca. Toda vez que ela vai para lá, saio para correr, e sempre que Milo fala comigo, diz coisas do tipo, "Como está sobrevivendo?" e "Olha, se estiver entediado, por nós, está tudo bem. Você pode voltar para Los Angeles".

Ele não diz essa merda na frente de Love e eu quero matá-lo, mas não posso. Ele é o *diretor* e o *terceiro gêmeo* de Love e as pessoas vão notar se ele desaparecer. Assim, procuro remoer. Ninguém vai baixar este filme além dos amigos e familiares. E, de todo modo, eles podem estar fazendo um *filme*, mas eu estou fazendo um *corpo*. Faço o download de um app que acompanha cada migalha que entra em meu corpo e cada passo que dou. Faço abdominais, flexões e corro, e estou me transformando no homem mais gato do mundo enquanto a maioria das pessoas a minha volta vai ficando inchada e mole.

Chego à Ilha de Filmagem depois de minha segunda malhação no Tea 33 e Love nota meu braço.

— Oi, bíceps — diz ela. — Nossa.

Milo diz que um dia desses quer ir à academia comigo.

Eu digo a ele, quando quiser.

— Vai se livrar dessa pança rapidinho — garanto a ele. — Ou pode sair para correr comigo.

Love sai para a *maquiagem* e Milo sorri.

— Amante — diz ele. — Queria agradecer a você. Eu não queria fazer estardalhaço na frente de Love, mas, de homem para homem, no seu lugar, com a cena nova, que foi reescrita, eu teria entendido se você dissesse não. Então, obrigado.

Não sei sobre esta cena nova, ele sabe disso e dá uma piscadela. Ele se afasta para verificar aquela mesa Restoration Hardware e pergunto à assistente de produção sobre o acréscimo. Ela não me olha nos olhos e entrega a mim. Eu leio.

INT COZINHA — MEIO DA TARDE, UMA HORA INDOLENTE E ENCANTADORA

FECHAMOS em HARMONY comendo morangos. Observando Oren. Os mamilos ficam duros. Ela diz que tem fome. Lambe os dedos. Oren pede que ela coma um morango. Harmony diz que não quer um morango. 3, 2, 1. Bum. Harmony fica de joelhos. FECHAMOS em sua boca enquanto ela o pega.

Milo sabia que era melhor não ficar por perto enquanto leio. E só no que consigo pensar é:

INT. MEU CÉREBRO — NESTE MOMENTO — VAI SE FODER, FODA-SE O FILME, FODA-SE MILO

São dois dias até Love pagar um boquete em Milo. Mas isso não é verdade. Porque Love não vai pagar um boquete em Milo. Porque vou fazer o que for preciso para tirar esse rato filho da puta da merda da minha casa.

33

PREPARO o terreno para meu extermínio. É a coisa mais dolorosa e pouco inventiva que eu já disse, por muitos motivos, por causa de minha ex, porque não sou um seguidor, porque detesto shows e Urban Outfitters e banheiros químicos. Mas isto precisa ser dito. Se quero matar o rato, preciso levá-lo para fora da casa. Estamos no set. É véspera do boquete. Acabou.

— E aí, Milo — começo. E lá vem. Minha antiverdade. — Não seria legal sair daqui, ir ao Indoor Coachella e ver Beck esta noite?

— É — diz ele. — Mas teremos um grande dia amanhã.

— Ainda assim. — Inclino-me para ele. — Se você pudesse intercalar parte daquele pop, da cor e do som com o elemento oral, quer dizer, só estou falando, seria demais.

Milo concorda com a cabeça.

— Hum-hum — diz ele. — É.

— Vou correr toda noite — lembro a ele. — Você andou dizendo que queria ir comigo...

Milo puxa seu coque.

— Nem uma palavra a Love — diz ele.

Então, é isso. Um plano é bolado. Estou relaxado só de saber que ele será morto em breve. É claro que é um saco eu ter de ir ao *Indoor Coachella.* Mas pelo menos esse festival de pochetes e ecstasy servirá para alguma coisa. Morre gente nos festivais o tempo todo. E Milo esteve querendo ir a essa merda de festival desde o primeiro dia. Sou o inocente que só o acompanhou para cuidar para que ele fique bem.

E não sou desalmado. Passei o dia tentando salvar a vida do coitado. Tento destruir a cena do boquete. No almoço, Love e eu subimos a nosso quarto e procuro fazê-la ver as coisas do meu jeito. Seguro suas mãos. Digo a ela que isto está se transformando em uma seita.

— Milo até está parecido com Charles Manson, com aquelas missangas idiotas que ele usa agora.

— Joe, você precisa processar suas emoções. Não posso fazer isso por você.

— Não estou processando minhas emoções — digo. — Estou tentando impedir que você cometa uma estupidez.

Ela pega meu rosto com as mãos em concha.

— Meu trabalho é fazer as coisas funcionarem — diz ela. — Meu trabalho não é deitar tudo abaixo.

— Estamos falando de um boquete — lembro a ela. — Não da paz mundial.

Ela sorri.

— Você está com ciúme porque não fazemos isso. Harmony e Oren são diferentes. Eu não sou Harmony, Joe. E esta não é a minha visão. É a visão de Milo.

Todo mundo sofreu lavagem cerebral desse escroto. Ainda assim, experimento medidas não violentas de extermínio. Continuo minha missão antiboquete depois do almoço, mas todos querem o boquete. Forty diz que é audacioso. Forty diz que as pessoas ainda estão falando de *Brown Bunny* por causa da cena do boquete, mas Forty se engana. Ninguém está falando de *Brown Bunny*. Milo diz que *precisamos* dele. Ele diz que eleva o material e garante que o filme não vá ficar perdido.

Barry Stein aparece no set — é incrível como a felação muda tudo —, e é quando vejo que não há como sair disso. Barry Stein diz que o boquete os colocará nos festivais. Vai fazer de Milo um cineasta. As únicas pessoas que me apoiam são os pais de Love, por Skype.

— Não entendo mais os filmes — diz Dottie. — Isso não faz dele um pornô?

Ray suspira.

— Não se vê uma coisa dessas em *Velozes e furiosos*.

Love apela.

— Isso porque esses filmes não tratam de nada real, pai.

No fim, Ray e Dottie *mandam seu amor* a Love e eles não vão impedi-la e confiam nela e em Milo e acham que ela está bonita. Fazemos sexo, papai-e-mamãe, fede a obrigação. E então Love está dormindo, e mando uma mensagem a Milo:

Está pronto?

Ele diz que precisa de vinte minutos, daí desço e me sirvo de uma tigela de cereais Frosted Flakes. Vou para fora e olho as estrelas enquanto como meus cereais. Não suporto a ideia da ida de carro com Milo, todo presunçoso, então fantasio o que vai acontecer quando ele morrer. Alguém vai assumir a responsabilidade e salvar o filme, e este alguém serei eu. Em minha versão de *Sapatos e filhotes*, Love acordará e procurará por Milo. (Recuso-me a engolir o papo furado de Harmony e Oren.) Ela vai perceber que ele a abandonou. Tocará alguma música de Peter Gabriel, ela vai para a cozinha e é seu telefone.

— É — ela dirá. — Tenho uma mesa grande e antiga e preciso me livrar dela. Vocês podem me ajudar a tirar daqui?

Ouço alguém abrir a porta e sair, e me viro, mas não é Milo.

— Love? — digo.

Ela gesticula para eu fazer silêncio. Está com uma camisola transparente que eu nunca vi. Está sem sapatos e sem calcinha. Ela segura minha mão.

— Por aqui.

Ela me leva para o set, para a cozinha.

— Love, mas que diabos é isso? — falo num silvo.

Ela vira a cabeça rapidamente.

— Eu sou Harmony. Você é Oren, tudo bem?

Ah. *Ah.*

— Sim — digo. Love gesticula para eu me sentar na mesa. Obedeço. — Eu sou Oren.

— O que você acha? — E ela planejou para mim. Deixou uma tigela de morangos na mesa. Ela sustenta meu olhar. Pega um morango. Morde. — Ainda estou com fome.

Aviso a ela.

— Este é um set importante.

— Eu sei — diz ela.

— Não devíamos tocar em nada.

— Eu sei. Mas não posso mais evitar.

Meu telefone toca e isto não devia acontecer. Eu devia matar Milo e ele me manda uma mensagem dizendo que provavelmente acordou Love sem querer, esbarrando nas coisas. E não gosto disso. Love mal falou comigo o mês inteiro, ela sabe como me sinto a respeito da cena do boquete e ela acha que pode simplesmente se safar de tudo. E não.

— Love, o que é isso?

— Só estou me divertindo.

— Não. O que está acontecendo com você e Milo? E não diga que não é nada.

Love coloca as mãos nas minhas.

— Bom. — Ela morde o lábio. Suas mãos tremem. — A verdade é que... — Minhas mãos tremem. Ela continua. — Milo e eu ficamos no Chateau naquela manhã, no dia em que você e eu nos conhecemos.

É pior do que eu pensava e melhor do que eu pensava. É uma lição sobre os instintos. Eu sabia que ele era meu inimigo desde o primeiro dia. Sabia. Ele apareceu no Chateau naquela noite e me queria fora dali, e deve ter se surpreendido. Num minuto ele está comendo Love, no seguinte todo mundo se entusiasma com *O Professor*.

— Tomou um banho depois?

— Se eu tomei um banho?

— Naquele primeiro dia — digo. — Quando nos conhecemos. Na Soho House.

— É claro.

— Você me levou ao Chateau para se livrar dele?

— Não — diz ela. Depois: — Sim. — Ela baixa os olhos. — Não é terrível? Mas eu também gostei realmente de você. Quero dizer que era cedo.

Love diz que eu tinha razão a respeito de tudo. Milo *está mesmo* tentando reconquistá-la e isso a deixa pouco à vontade, mas não está zangada com ele.

— Ele é um de meus melhores amigos — diz ela. — Quer dizer, nós sempre voltamos um para o outro e eu me culpo, por que não vou amá-lo desse jeito? Ele não é um cara ruim, Joe. Preciso continuar com ele. Eu me sinto péssima.

Love me abraça e ela está nua por baixo da camisola. Coloca as mãos em meus ombros e me leva para a mesa Restoration Hardware. Ela abre os botões de minha calça. Puxa a calça para baixo. Ajoelha-se como deve fazer em *Sapatos e filhotes* e estou mais duro que nunca. Quando ela me toma na boca pela primeira vez é como estar dentro de sua vagina, seu cérebro cor-de-rosa, sua corrente sanguínea. Penso em Deus novamente, aquela parte lá no Paraíso em que eles constroem corpos para combinar, e eu sabia que sua vagina foi feita para mim e agora sei que sua boca também foi.

Quando estou perto de gozar, abro os olhos só por um segundo e Milo está ali, na margem do set, encarando. Pergunto-me o quanto ele ouviu. Tudo, espero.

Fecho os olhos e ouço um carro dar a partida. Milo vai ao Indoor Coachella sozinho e talvez eu não precise matá-lo. Agora tudo está diferente. Não sou ciumento. Sou lógico. O rato saiu da casa por conta própria e não temos mais nenhum problema.

Eu gozo.

34

NO dia seguinte, acordamos em um novo mundo. Nós nos beijamos e Love manda e-mails a Milo para dizer que não vai fazer o boquete. Ela confessa que está aliviada. Eu venci. Milo também. Ele está vivo e diz que Beck foi ótimo, e que ele respeita a decisão de Love como atriz.

Love desce ao set e, quando saio do banho, recebo uma nova mensagem de Forty: *Meu Velho! Diga a Love que precisa ir à cidade, livros ou coisa assim. Uma grande notícia. Peça a suíte Deuce na recepção. Ritz. Rápido.*

Vou de carro até lá e nunca vi tanta cocaína na minha vida. São montanhas dela em cada superfície desta suíte decorada e tenho medo que a polícia invada, mas Forty me diz para relaxar.

A suíte é imensa e parece que os ricos vão a Palm Springs para ficar em quartos grandes e vazios com luminárias reluzentes. Tudo é preto e branco e verde elétrico. Tem um monte de almofadas verdes, como aquela que a falecida Beck usava para montar em seu apartamento minúsculo, de janela aberta. É aquele tipo de layout em que você entra e sai ao mesmo tempo. Temos nosso próprio terraço particular.

— O que estou fazendo aqui? — pergunto. — O que é que está rolando?

— Pegue uma bebida! — diz Forty, e ele me passa uma taça de champanhe, e está usando short cor-de-rosa e amarelo e um roupão aberto, de capuz.

— Quer falar sobre os roteiros? — pergunto. O agente dele os devia estar enviando, mas não temos nenhuma notícia, nenhuma ação.

Forty gesticula para eu me sentar ao lado de duas prostitutas seminuas.

— Anda — diz ele. — Ninguém vai contar a ninguém.

Em vez disso, sento-me em uma cadeira de vime com almofadas de um verde elétrico.

— Estou bem, obrigado.

Forty ri. Ele quer falar merda sobre *Sapatos e filhotes*. Acha que pode chegar ao Sundance, mas eu não vejo o filme tendo um lançamento teatral. Ele acha que Barry Stein não é o mesmo de antigamente e acha que Milo devia ter contratado um ator em vez de assumir o papel.

— Jake Gyllenhaal estava mesmo interessado? — pergunto, porque esta parece ser uma zona sincera, um espaço sagrado, o contrário de um set em que o filme é Deus.

— Porra, não! — diz ele. — Isso é só Milo batendo punheta e chamando de onanismo. Jake não entra numa merda dessas. Eu nem acho que ele tenha lido.

— Caramba — digo. — Love sabe disso?

Forty nega com a cabeça.

— É um inferno do cacete conseguir que o filme seja feito, em particular um filme como *S e F*. Você precisa acreditar no próprio papo furado, tá entendendo? É como quando você vai a Promises, é o último dia, você já está ali há três semanas e eles falam, "você se sente preparado para ir?". E você diz sim porque você estava lá! Você conseguiu, caralho. Você tentou. O que mais ia dizer? "Não, me dá um papelote"?

Ele ri e vejo uma prostituta dançar sem música nenhuma.

— Quando você foi a Promises? — pergunto.

Mas Forty não responde. Pega seu cigarro.

— Hoje cedo, fiz Ariana comer Shelly enquanto eu comia Shelly por trás.

São coisas que não quero saber.

— Olha, do que você queria falar comigo?

Ele aspira mais cocaína.

— O que eu queria o quê?

— Por que estou aqui?

— A pergunta de um milhão de dólares — ele fala efusivamente. — Por que estamos aqui? Por quê? Pessoalmente, acho que Satã me mandou aqui para *foder* com as merdas todas. Como Deus mandou Love para *amar as merdas todas.*

— Forty — digo. — Quem sabe você não quer uma erva?

Ele aponta as prostitutas. Fala novamente de coisas que *as fez fazer*, e ele pode estar mentindo sobre tudo isso. Decido que não vou sentir pena de mim mesmo enquanto Forty delira sobre suas proezas sexuais. Todo mundo tem alguma coisa. Algumas pessoas têm uma infância difícil e outras têm um filho doente, algumas pessoas são mancas, algumas têm uma mãe impossível e não há ninguém na terra que não tenha *nada*. Eu tenho uma caneca com meu DNA em uma casa de Rhode Island. E é isto que Love tem: um irmão. Um pesadelo. Um louco cheio de pó que agora está pulando em sua cama como uma criança de dez anos, falando de uma festa de aniversário que ele e Love tiveram quando crianças.

Forty pula da cama, cai no aparador e bate a cabeça. Está doidão demais para sentir e se coloca de pé novamente.

— E aí, você está amarradão ou você está amarradão?

— Forty, acho melhor você se sentar.

— Não. Eu acho melhor *você* se sentar.

— Estou sentado.

— Merda, é, é melhor você se sentar — ele grita. Bate palmas. — E vai se foder, Barry Stein. — Ele cheira mais pó. — Olha só, ele só vai parecer um *idiota* de merda.

— Forty, acho que você já cheirou o bastante.

Ele limpa o nariz.

— Megan. Ellison. Porra.

Abaixo o champanhe.

— Do que você está falando?

— Você é surdo? — ele grita. — Megan. Ellison. Então, *vai se foder*, Barry Stein.

Meu coração se acelera. *Megan Ellison.* Ela fez *Ela* e *Trapaça.* A prostituta que dançava agora está sentada no colo de Forty, dando-lhe taco na boca.

— Forty, está me dizendo que Megan Ellison está interessada no *Terceiro gêmeo*?

— Não, estou te dizendo que Megan Ellison está interessada no *Terceiro gêmeo* e no *Trapalhada. Nos dois. Bum!*

Forty descobriu esta manhã; seu agente teve uma reunião com Megan Ellison e Megan Ellison pode comer Barry Stein no desjejum. O agente disse que a proposta pode chegar a qualquer momento e Forty e eu batemos as taças de champanhe e suas prostitutas se jogam na cama e assistimos *Wendy Williams* e nos agarramos periodicamente e esse não é meu tipo de festa, mas, pelo menos Forty se conhece. Ele pula no meio delas e as duas rolam para ele.

— Agora escute aqui, Meu Velho — diz ele. — Só se lembre de que é só interesse e não queremos que entre areia.

Concordamos em esperar até que a notícia seja oficial antes de contar a alguém, mas não sei como Forty vai fazer isso. Ele está pulando na cama de novo e gritando.

— Lembre-se deste momento, Meu Velho. Vai acontecer. E no segundo em que isto sair daqui, sua vida não será mais sua. Isso é o mundo e você é o cara. Todo mundo vai querer um pedaço de você. Todo mundo vai amar você. Então aceite para o *seu* cara, entendeu? Este é o *seu* sucesso e esta é a hora mágica, o momento de ouro antes do tempo. Esteja nele. Você o conquistou. Não espalhe, não empurre, não puxe, e não compartilhe e não o examine. É isso. Se o maioral acertar essa, você morre roteirista. Você morre descoberto. Viva assim. Viva o agora.

É verdade; os cabeças de pó podem ser irritantes, mas eles também têm esse talento para virar a sua cabeça. Forty tem razão. Este é meu sucesso e eu suportei *Sapatos e filhotes* e passei todos esses dias na Intelligentsia e na Taco Bell e eu o *conquistei.* Pulo na outra cama e não me lembro da última vez em que pulei em uma cama; Forty uiva e coloca a trilha sonora de *Boogie Nights*, eu salto, pulo e quico, e as prostitutas riem, e eu consegui. Capturei a bandeira. Eu me mudei para Los Angeles. Encontrei Love; eu me apaixonei. E agora isso, a coisa mais difícil de fazer neste mundo, uma das coisas mais difíceis, e estou prestes a conseguir. Eu vou me dar bem em Hollywood.

Love manda uma mensagem de texto: *Tem notícias de Forty? Ele sumiu. Desculpe. Bem-vindo ao meu mundo.*

Ela escreve de novo um segundo depois: *Eu te amo.*

Tiro um print da mensagem. Terei esta imagem costurada em uma almofada, em dezenas de almofadas, escrita no céu, gravada nas paredes de nossa casa. Para mim, é impossível distinguir a onda de Love da onda de Hollywood, e pode até haver uma onda por contato por estar neste antro de cocaína, mas não preciso separar uma da outra. Estou feliz. Estou aqui. Todo o medo dentro de mim, o *CandaceBenjiPeachBeckHendersonDelilah* de tudo isso foi sublimado pela alegria de *LoveATerceiraGêmeaTrapalhada.*

Ligo para Love. Garanto a ela que Forty está bem porque está comigo. Love fica aliviada. Forty e as prostitutas decidem ir nadar na piscina gigantesca e ele se exibe, nadando crawl, borboleta e de peito. Ele podia estar por aí ensinando crianças a nadar com sua irmã gêmea, mas algumas pessoas preferem prostitutas a crianças pobres.

O branco dos olhos dele está vermelho. Não sei se é pelo cloro ou pela cocaína.

— Você é um bom amigo — diz ele. — Acho que se eu fosse criado sem toda essa pressão e todo esse excesso, acho que eu seria mais parecido com você.

Começo a dizer a ele que é um bom amigo, mas, antes de terminar a frase, ele mergulhou.

É o último dia de *Sapatos e filhotes* e estou sentado naquele set como um homem transformado. Love é uma bomba de sentimentos, excessivamente alegre, sentimental, animada. Seu filme está terminando e ela ainda não sabe, mas o meu vai começar em breve. Teremos uma vida assim, em sets, sempre criando, depois finalizando, depois brindando. Percebo o olhar de Forty e dou uma piscadela, mas ele gesticula para eu parar. Ele voltou. Está de ressaca. Não sabe se temos um contrato. Não teve notícias de seu agente o dia todo. Digo a ele para relaxar. Vamos deixar que hoje seja para *Sapatos e filhotes.*

— Você é um bom homem — declara ele. — Você vê o quadro maior.

— Sempre — digo. — É o único quadro.

Eu sou bom em um set e passei a amar estar aqui, rodando a merda, malhando no deserto; eu sou o único da equipe que vai deixar esta locação numa forma física melhor do que quando chegou. Adoro minha cadeira com meu nome e adoro nossa cama rangente. Adoro como um set faz você viver o momento. Agora fico empolgado quando Milo grita *ação,* e parece que avancei na vida sempre que ele grita *corta.*

Vou sentir falta daqui. Adoro a mesa de cozinha em que Love me pagou o primeiro boquete; agora ela chupa meu pau sempre que tem essa chance. Eu amo Love. Amo nossa família do cinema, mesmo que não saiba o nome de todos. As pessoas em um set parecem intercambiáveis, com cabelo seco e calça caramelo. Mas eu adoro isso também. Adoro quando chega a hora do martini e você tem de aplaudir, o dia acabou e você *conseguiu.* Adoro a hora antes dessa também, a doce exuberância que cresce ao Abby — batizada em homenagem à primeira assistente de direção, Abby Singer, você aprende coisas em um set, história — quase acabando, *só mais duas!* Se todos morrermos agora, temos um filme na lata.

Os pais de Love viram algumas cenas e ficaram tão emocionados com o trabalho de Love que insistem em nos levar de avião a sua casa no Cabo para uma festa de encerramento. A maioria dos filmes como este é encerrada em um bar vagabundo com cerveja de dois dólares, mas graças a Love vamos passar duas noites em La Groceria. Love diz que vou adorar La Groceria, e diz que o Cabo é "o paraíso delicado na Terra".

Eu rio e ela me dá um tapa.

— Cuidado, espertinho.

— Love — digo, pegando uma garrafa de água do bufê. — Sem essa. Quando ouve México, você pensa *delicado*?

Milo ri.

— Lovey, o México é praticamente a capital do homicídio no mundo.

É estranho. Agora que Milo aceita seu destino, que não vai ficar com Love, ele está infinitamente mais suportável, até posso gostar dele. Identifico-me com ele, com seus pais fodidos e seus impulsos criativos.

— É — digo. — Milo tem razão. Quer dizer, as pessoas são *decapitadas* no México.

Justo nessa hora, um assistente de produção se aproxima.

— Ei, Milo — diz ele. — Temos visita.

Love e eu viramos a cabeça. E, sim, temos visita. Deixo cair minha garrafa de água. A visita é o policial Robin Fincher.

35

NÃO estou atravessando fora do sinal e este não é o território do policial Robin Fincher. Ele não tem o direito de estar aqui fardado, parado no meu set, olhando para minha namorada. Pego minha garrafa de água e fico no chão um instante longo demais, e xingo em voz baixa.

Milo aperta a mão dele.

— Policial — diz ele. — Precisa ver nossas autorizações?

Fincher ri.

— Eu só preciso de uma ou duas falas e um close.

O coitado do Milo não sabe se o escroto fala sério ou não, mas isto é sério para mim. Que merda ele está fazendo aqui?

— Bem que eu gostaria — afirma Milo. — Mas é um elenco de duas pessoas. Com sorte, voltaremos aqui para uma sequência, quem sabe?

Fincher engole em seco.

— Eu estava brincando — diz ele, e estreita seus olhos pequenos e azuis para mim. — Passei aqui por cortesia. Estamos percorrendo a área, cuidando de um problema de roubo — continua. — Dois lugares aqui perto foram roubados e vemos que vocês estão muito bem equipados por aqui. Só queríamos ter certeza de que trancam tudo bem à noite.

Milo aperta a mão dele.

— Um filme de terror dentro de um filme, não é?

Toco o braço de Love e digo a ela que preciso ir ao banheiro, mas o que realmente preciso fazer é entender por que a merda do Fincher está aqui. Saio furtivamente da casa por uma porta lateral e dou a volta correndo até a frente, onde vejo o carro de Fincher. Ele tem retratos no banco da frente, mas, antes que eu consiga explorar mais, ouço passos e me viro. Fincher baixa os óculos escuros, e eu queria ter os meus.

— Policial — digo, com o suor brotando na nuca. — Estou meio confuso.

— Ainda não tirou a habilitação da Califórnia?

— Não. Eu estava aqui.

— Hum. Então, não voltou a seu apartamento? — diz ele. — Porque sua vizinha também não voltou.

Delilah. Porra.

— Que vizinha?

Ele tira os óculos escuros e os limpa com um lenço.

— Sabe quem, sua amiga Delilah. Ela tem uma identidade do estado da Califórnia, mora no mesmo prédio que você. Bom, mas você ainda não é oficial.

— Ela está desaparecida? — Resolvo bancar o burro.

Ele assente.

— Sabe alguma coisa a respeito disso?

— Eu mal a conheço — insisto.

Ele me dá um soco na barriga, ele não tem permissão para fazer isso e eu me curvo. Estou no chão. Minha barriga não tem nada além de músculos e não tenho gordura ali, nenhum amortecimento para suavizar o golpe. O escroto cospe e seu escarro cai ao lado da minha cara.

— Levanta daí, porra — diz ele. — Vou pegar leve com você.

Não levo um soco desde a babá Rachel e não gosto da sensação, meus músculos são de novo coisas individuais com terminações nervosas singulares. Ele chuta meu joelho.

— Eu disse pra levantar daí, porra.

Eu me levanto. Não vou ceder. Não vou revelar nada, e seus olhos pequenos de aço não guardam nada de importante.

— Você é um escroto — diz ele. E é uma palavra genérica, *escroto.*

— Não sei o que você pensa — retruco. — Mas eu não fiz nada.

— A não ser matar Delilah — diz ele, e temos um problema. Não posso permitir que essas palavras saiam daquela boca, onde alguém possa ouvir. — Você fez isso. Então, isso importa para mim, um agente da lei. Imagino que importe para sua bonequinha de merda ali dentro e tenho certeza de que importa para os pais de Delilah. Jim e Regina, a propósito. Chegou a pensar nisso, Goldberg?

Ele se aproxima um passo. Se me bater de novo, vou matá-lo. Viro a cabeça.

— Jim e Regina — ele fervilha. — Jim e Regina, mamãe e papai. Eles amam a filha.

Viro a cabeça e encontro seus olhos de frente.

— Eu mal conheço Delilah — digo. — E tenho certeza de que os pais dela farão o que puderem para encontrá-la.

— Você mal a conhece? — pergunta ele, de olhos estreitos para mim.

— Ela é uma vizinha.

Ele levanta o punho e vem para mim, eu me encolho e ele recua. Ele ri.

— De acordo com seu vizinho Dez, na verdade você conhecia Delilah muito bem.

Aquele babaca traficante de drogas. Não vou ficar nervoso.

— Se quer dizer que dormi com ela, sim — digo. — Mas não a conheço muito bem.

— Registros telefônicos, Joe. Você se esquece de que sou um agente da lei e tenho acesso ao banco de dados de pessoas desaparecidas? Acha que os pais dela não vão sair por aí e pedir à polícia de Los Angeles para falar com cada indivíduo que se comunicou com a filha? O estado da Califórnia se importa com seus moradores. Aqui não é *Bed-Stuy*. Aqui, nós ligamos. Nós nos importamos.

Ele pronuncia incorretamente, *Bed-Stooey*, e odeio esse tipo de californiano, aquele que não sabe nada sobre a Costa Leste, aquele que pensa que Rhode Island é vizinha do Maine.

— Eu a conheci um pouquinho — repito. — Mas nem sabia que ela estava desaparecida.

— Fiquei surpreso ao saber que você é chegado em opiáceos — diz ele, avaliando-me. — Você atravessando fora do sinal de manhã cedo. Você parece chapado agora e, se eu tivesse de adivinhar, diria cocaína. Speed. Talvez álcool, mas não. Você me daria um trabalho dos infernos se estivesse bêbado.

Isto está demorando demais e Love vai se perguntar onde estou.

— O que você quer?

Ele suspira.

— Quero saber como funcionam os fones de ouvido que você me deu — diz ele. — Você tem o manual?

— Não — digo, e agora estou transpirando. Mas não é possível que o policial tenha me relacionado com Henderson por esses fones de ouvido. Todo babaca de Los Angeles tem fones Beats.

— Que pena — diz ele. — Sabe como ajustar? Olha só, minha cabeça é maior do que a sua. Você tem uma cabeça mínima. Aposto que você ouve muito isso.

— Não sei como ajustar. — Não dou nada a ele.

— Você não sabe como funcionam seus próprios fones de ouvido? Não acha que isso é meio estranho, Bed-Stuy? Quer dizer, eles estão bem usados. Você ficou um tempo com eles. Não sabe como eles funcionam?

— Preciso voltar lá para dentro — digo, afastando-me.

Ele sorri.

— Não, não precisa. Você não está na página do IMDB. Não está fazendo nada ali além de zanzar. Só soube que você estava no set porque seu amigo Calvin me mostrou o Instagram da sua namorada.

A merda das redes sociais, e ele é invejoso e dirigiu de Los Angeles até aqui, na pilha. Isto deve ser ilegal, mas não importa. A polícia protege sua gente.

— E então — diz ele. — Estou perguntando a todos do Lawns, em particular aqueles que eram próximos de Delilah, teve alguma notícia dela?

— Não — digo. É a verdade.

— Você não tentou falar com ela?

— Não — repito. É a verdade.

— Quando foi a última vez que você esbarrou nela?

E é com grande prazer que lhe conto mais da verdade.

— Na noite da homenagem a Henderson, eu estava na UCB. Tive uma briga com minha namorada. Saí da UCB. Fui ao La Pou. Vi Delilah no balcão. Sentei-me com ela. Ela esperava pelo namorado ali. Ela não me disse o nome dele. Disse que ele é famoso. Deu a impressão de que ele mora no bairro. Ele não apareceu. Ela estava embriagada. Eu a ajudei a chegar em casa.

Ele está murcho, como um garoto gordo que acaba de saber que os Oreos acabaram. E aposto que ele *foi mesmo* um garoto gordo. Aposto que implicavam com ele, mas o que não querem dizer a você sobre o bullying é que às vezes o garoto merece.

Ele tenta de novo.

— Você a ajudou a chegar em casa.

— Moramos no mesmo prédio — lembro a ele. Adoro quando os fatos estão na merda do meu lado. Ele, porém, não gosta.

Ele se aproxima de mim e chega na minha cara.

— Não gosto de sua atitude, Bed-Stuy. E não gosto do fato de você não ter pedido residência legal neste ótimo estado.

— Vou pedir. Eu prometo.

— Não acho que uma promessa de um merda de nova-iorquino signifique alguma coisa.

— Já terminamos aqui?

— Não. — E ele devia ter dito sim. — Mas você pode voltar para dentro.

Eu me viro e subo a entrada para a casa. Minha barriga lateja e ele não tem o direito de bater em mim. Ele também não tem o direito de me acusar de nada. Ele não tem provas. Só o que tem é *ódio* e vai pagar por isso.

Sinto os olhos dele queimando minha nuca, mais forte e mais cancerosos do que o sol. Terei de me livrar dele, não existe alternativa. Não se pode ter uma chance justa na vida se existir um policial por aí que quer seu traseiro atrás das grades.

36

DENTRO da casa, ninguém pergunta onde estive. Todos estão empolgados demais com o grande anúncio do Cabo. O pai de Love precisa de meu número da previdência social para expedir um passaporte. O filme foi encerrado e perdi a última tomada. Muita coisa acontece enquanto você é interrogado por engano.

O champanhe brota, a música é ligada e digo que vou tirar um cochilo. Love entende.

— Você esteve correndo demais; me preocupa que não tenha descansado o bastante ultimamente.

Ela me abraça e eu me retraio.

— Desculpe, exagerei nos abdominais — disfarço.

— Você não precisa de abdominais — diz ela. — Você é perfeito.

Ela me beija e vou para o segundo andar. Infelizmente, Love *devia* se preocupar comigo. O filme acabou, mas meu pesadelo só está começando. Fecho a porta do quarto. Ando de um lado a outro. Tenho de matar Fincher. Mas isto é a América: se matar um policial, você morre. É assim que funciona. Procuro me acalmar. Ser otimista. Vamos para o Cabo, então é isso. O México é o tipo de lugar onde as pessoas circulam cortando cabeças e essas merdas, então tenho isso a meu favor.

Conhecimento é poder. Preciso de um reconhecimento do terreno. Procuro *La Groceria* no Google. Se conheço a mãe de Love, ela teria convidado algum site ou revista chique para fotografar sua casa, como fez com The Aisles. Lá está, encontro um artigo sobre La Groceria e já me sinto mais centrado, mais focalizado, como o atirador de elite que encontra seu alvo na mira. Encontro o endereço de La Groceria e faço um curso rápido sobre o condomínio em que a família de Love construiu outra casa, os *moradores famosos* por perto e as casas que estão à venda. E bum. Axl Rose tem casa no condomínio. Axl Rose é do tipo que teria uma casa segura. Ele deve ter fãs malucos e anda por aí. A casa dele está à venda há anos — e sua agenda também é boa notícia —, ele não vai ao México há algum tempo. Tipo assim, não vai tão cedo, tipo, a casa está na mão dos corretores de imóveis.

E fica melhor. A casa de Axl é um projeto eterno, reformas inacabadas, uma piscina que não foi feita, indecisão no paisagismo, uma cornucópia remendada de gramados amarelados e cúpulas semiformadas. Os sites de imobiliárias me fornecem fotos desta casa que exibe um conflito contínuo, se devem derrubá-la ou continuar com o lance terracota de novo-rico.

Outro ponto de discórdia, de acordo com a seção de comentários de um blog de uma imobiliária sofisticada: o *estúdio de gravação doméstico.* "Estúdio de gravação doméstico" é o jargão das imobiliárias para uma merda de gaiola à prova de som e algum comentário anônimo liga esta caixa hermeticamente fechada a um *quarto do pânico* e essa é uma boa notícia. Posso usar isso. Posso colocar Fincher ali. Mas, primeiro, preciso levá-lo para lá.

Então agora preciso convencer Robin Fincher a ir ao México. Mas não se pode seduzir alguém sem saber no que você está se metendo. Graças às fotos no carro dele, começo pelo IMDB, onde ele tem uma biografia cômica de tão longa em comparação com seus poucos créditos. Ele se mudou para Los Angeles para ser ator, rebaixou seus sonhos e trabalhou como dublê, figurante, assistente de produção e depois, enfim, desistiu e ingressou no Departamento de Polícia. Mas Robin Fincher também tem um site. E de imediato fica claro que ele não se tornou um agente da lei para proteger e servir. Robin Fincher tornou-se agente da lei para se vingar de Hollywood por jogá-lo na sarjeta.

Ele cruzou os dados do IMDB com o Departamento de Polícia em 2011 quando começou a fazer bico como *segurança de celebridades.* Ele se gaba de que *pode proteger e passar o tempo com você ao mesmo tempo.* E, sim, esta frase é marca registrada. A foto mais recente é dele com Teri Hatcher.

Recosto-me na cadeira. Ele alegou estar numa missão para encontrar Delilah, da Califórnia, disse que *se importa com nossas garotas.* Bom, veremos a respeito disso. Procuro por projetos que atualmente são filmados no México e não há nada além de um remake de *Tudo por uma esmeralda.* Não, preciso apelar ao desejo evidente dele de ser *amigo* dessa gente bonita de merda. Crio uma nova conta de e-mail: *meganisafox@gmail.com.*

Ela é a isca perfeita. Ela tem uma família para proteger, como Teri Hatcher. Ela é gostosa. Soube por hackers da Sony que as pessoas neste setor não se dão ao trabalho de verificar a ortografia, então, lá vamos nós:

Caro policial Fincher isto é repentino mas minha amiga Teri Hatcher ficou louca por você ir além de seu dever para ajudá-la. Brian e eu vamos ao Cabo e adoraríamos uma proteção a mais. Não sei se você faz isso. Parece meio bobo como a cantora de Busca Implacável mas você parece o melhor que existe. Vamos amanhã será que você pode estar lá? É claro que faremos o reembolso por todas as viagens. Espero que esteja disponível de dedos cruzados bjs Megan Austin-Green

Se eu recebesse um e-mail de alguém que alega ser Megan Fox, pensaria ser spam. Pensaria que alguém estava de sacanagem comigo. Fincher é policial. Ele não é um imbecil. Mas talvez seja, porque olha a porra da resposta dele, quase imediata:

Prezada sra. Austin-Green

Puxa vida! Sou um grande fã seu. Fico muito honrado em ajudá-los. Sim! Eu sou o melhor. Teri é a melhor também. Fico feliz de ela saber que estou usando recursos pessoais para vigiar seu stalker. Existem muitos psicopatas aí fora. É 1 honra servir e proteger. Estou anexando meu retrato e meu currículo para que saiba como eu sou. (Nenhuma objeção se quiser encaminhar a seu agente também! Sou sindicalizado.) Vejo vocês amanhã!

Puxa vida mesmo. Los Angeles é uma miragem. Robin Fincher é um *agente da polícia.* O homem porta uma arma. E todos nós conhecemos o estereótipo do mau policial — racista, violento — e conhecemos o bom policial — aquele que paga as contas da mãe pobre e aparece em um vídeo de noticiário que viraliza. Mas este policial? E este angelino, que empurra suas fotos para cima da porra da Megan Fox, que nem tem a inteligência suficiente para talvez esperar chegar ao México para começar a cafetinar seu rabo sem talento?

Precisamos de algum programa de consciência das aspirações, como as aspirações degradam o cérebro em Los Angeles. *É 1 honra servir e proteger.* Não, Robin. A palavra é *uma.* Não, Robin. Você não serve e protege a ninguém e, se fizesse, estaria recurvado sobre um copo enevoado de café, analisando cada passo que Delilah já deu na vida. Evidentemente esse escroto nunca vai encontrá-la. E embora esta seja uma boa notícia para mim, também é arrasadora para a população da cidade que ele ama tanto. Nós, angelinos, não servimos. Não protegemos. A cidade não pode arcar com o custo de cuidar de todo mundo e o condado é amplo demais. Eu mataria Fincher mesmo que ele não estivesse doido para me colocar atrás das grades. Vou matá-lo porque ele fracassou com todos nós quando escolheu a porra da Megan Fox em lugar da garota morta, aquela cujo paradeiro continuará desconhecido para sempre.

37

SÃO nove horas da manhã, mas os outros passageiros d'*O barco do amor IV* já estão bêbados. Os Quinn são donos de quatro embarcações no Cabo e esta é aquela que usam para pescar marlim, e é o que estamos fazendo, supostamente. É um arranjo, *os homens vão pescar enquanto as mulheres fazem as unhas no veleiro.* Temos comida, cerveja e tequila suficiente para cinquenta pessoas, mas somos apenas eu, Forty, Milo e dois caras da produção que não conheci o mês inteiro, nem quero conhecer agora.

Estou sentado em uma poltrona de plástico, segurando uma vara de pesca, e o capitão Dave me conta como eram Love e Forty quando crianças. O capitão Dave é um sujeito grisalho que parece ter mais do que seus 46 anos. Ele próprio não tem filhos. Algumas pessoas nasceram para ser tios, e o capitão Dave é desse tipo. Ele também é um alcoólatra em recuperação, obcecado com o que todos os outros estão bebendo o tempo todo. A vida é difícil para algumas pessoas.

— Mas sabe de uma coisa — diz ele, numa transição para a história sobre a primeira vez em que eles pularam do barco, de mãos dadas. — É muito complicado falar de Love e Forty sem falar em Milo. Quer dizer, ele sempre estava lá também, e você devia ter visto o cabelo dele na época. — Ele ri. — Enorme.

— Tenho de ver fotos — digo, e puxar saco é um trabalho árduo, mas preciso que o capitão Dave fique do meu lado. Vou precisar da ajuda dele neste fim de semana. E, para minha sorte, ele é bem simpático.

— Temos fotos em todos os barcos — diz ele. — Só não sei exatamente onde está esta. Tem mais no iate. — Ele abre a tampa de outra cerveja sem álcool O'Doul's. Toma um gole. — Mas, sim, por isso eu chamava Milo de o terceiro gêmeo.

Olho para ele.

— Disse que você chamava Milo de o terceiro gêmeo?

Ele responde com um arroto.

— É. Precisa de outra bebida?

Faço que não com a cabeça, e ele continua a tagarelar sobre Love, Forty e Milo sempre juntos, e olho fixamente a água. Pensei que Forty tivesse inventado essa expressão, e o capitão Dave termina sua falsa cerveja. Ele se levanta e se espreguiça.

— Muito bem — diz ele. — Acho que está na hora de jogarmos a isca.

— Sim senhor, capitão — digo, como se soubesse o que ele quis dizer. Ofereço-me para ajudar o capitão Dave com o barril em que mexe, mas, como sempre, ele diz que tem *tudo sob controle*. Ele tira a tampa do barril e agora sinto cheiro de morte e decomposição, tapo a boca, e ele ri. — A primeira isca de um garoto — diz ele. — Não se preocupe. Você *não vai* se acostumar com isso.

Depois ele assovia, e seu ajudante, o imediato Kelly, um gordo da Georgia, toca um sino e põe Jimmy Buffett aos berros. Pelo visto, é hora de ir pescar e o capitão Dave joga a isca na água. Só consigo pensar em Fincher e como posso pilotar este barco para cá e atirá-lo na água, como fiz com Delilah, a mulher que ele devia estar procurando. Tudo resolvido.

Forty está de porre, mal consegue chegar a sua cadeira, e o capitão Dave mete os dedos na boca e assovia.

— Não — diz ele. — Tire dez minutos para ficar sóbrio, depois volte.

Forty reclama, mas o capitão Dave não aceita.

— Meu barco, minhas regras — afirma.

Forty volta para baixo enquanto o imediato Kelly ajuda Milo e eu a posicionar as varas. Nós as penduramos na água e Milo cantarola junto com Buffett e me fala de Johanna, a responsável pela maquiagem de *Sapatos e filhotes*. Eles foram para a cama na noite anterior, e ela é jovem e gostosa, e acho que ele merece esfregar isso na minha cara um pouco. Forty retorna, pede uma vara e Dave diz não, e Forty se atira no balde de isca e quase caí dentro dele.

O capitão Dave grita.

— Casa do leme — ordena. — Agora.

Forty obedece, Milo ri e eu meneio a cabeça.

— Esse capitão é uma figura — digo.

— Como assim? — pergunta Milo. E é estranho para mim que alguns dias atrás eu fosse matá-lo.

— Quero dizer que ele entrou numa trip de poder.

— Bom, ele é o capitão. Pode ser assim.

— É, mas é o barco de Forty.

Milo roda a carretilha.

— Não — diz ele. — O capitão controla tudo. Nem importaria se Ray estivesse aqui. Os donos dos barcos dizem que é melhor porque quando você está mexendo com a mãe natureza, quer alguém que respeite isso acima de tudo.

— Hum — digo. *Esse povo náutico.* Finjo verificar se um marlim mordeu minha isca enquanto penso em Fincher. Ele chegará hoje, mais tarde. Meu plano é simples: conseguir as chaves com o capitão Dave quando atracarmos. Encontrar Fincher na casa de Axl Rose. Derrubá-lo. Colocar Fincher neste barco a motor, trazê-lo para cá e largá-lo. Depois, ir ao Office com Love, comer tacos, beber margaritas e dançar.

Mordem a isca de Milo. Ele precisa entregar a vara a Kelly para puxar, porque é fraco demais para fazer isso sozinho. Mas então, quando Kelly traz o peixe, apressadamente entrega a vara a Milo para que ele possa posar, como se tivesse apanhado o peixe sozinho.

O capitão Dave retorna e diz que devíamos voltar para a costa porque andaram tendo problemas com piratas.

E é quando *o barco das mulheres* se aproxima e todas elas estão vestidas de pirata, disparando pistolas de água, bêbadas, gritando. O capitão Dave baixa a âncora e ri. Love mergulha de cabeça na água.

— Vem! — diz ela. — É lindo!

É mesmo, mas nenhuma dessas pessoas entende que não estou de férias. Preciso pegar o celular descartável que comprei antes de partirmos e ligar para todos os corretores que tentaram vender a casa de Axl Rose nas últimas duas semanas. São 12, e um deles deve saber onde está a chave da casa.

Peço licença e, enquanto todos os outros vão nadar, desço à cabine e passo a minha conversa fiada. Vou me apresentar como Nick Ledger, um lendário corretor das Costa Leste e Oeste para as estrelas. Eu o vi em reality shows de merda e imito muito bem sua voz, um forte sotaque do Bronx, como se ele tivesse fumado mil cigarros. Digo a eles que estou nesta *fossa de areia há dois dias de merda* e chego à casa de Axl e não tem *nenhuma porra de chave porque vocês pegam tanto sol que esquecem como isso funciona.*

Vi muitos programas sobre o negócio de imóveis. Sei como eles jogam com nomes de famosos, como se falam e se xingam. Sei que todos eles têm telefones diferentes para propósitos diferentes. Treino as palavras-chave:

muito famoso vai se foder tempo é dinheiro cliente e eu sei que você sabe de quem estou falando está aqui. Ela *tem mais privacidade do que a coleção de consolos da sua mulher* e ela é *mais chata do que sua mulher quando você esporra na sua bunda* e eu estou parado aqui sem a chave *daquela merda de pagoda que pode ser bom para ela, considerando suas exigências singulares.*

Ligo para o primeiro corretor, uma mulher que parece piranhuda e idiota, como se trepasse com Nick Ledger, mas ela me manda à merda. Ligo para um cara de orelhas grandes que parece que sofreu bullying pela maior parte da vida. Ele não consegue lembrar quem tem o anúncio e quer saber se estou gravando. Ligo para outra mulher, mais velha, provavelmente entrou neste negócio depois de ver *American Beauty* na TV a cabo. Ela também tem sotaque de Nova York, Long Island. Ela diz, *Meu bem, a chave está na minha xota. Boa sorte para chegar lá.*

Ela desliga na minha cara. Solto um rosnado. Nick Ledger é um babaca, ele queima pontes, e eu devia ter imitado alguém parvo e alegre, mas não existe gente assim nas imobiliárias de elite, pelo menos na televisão.

Não está dando certo, então entro no diretório das imobiliárias e procuro corretores sem fotos. Os verdadeiros fodidos que nem mesmo conseguem se compor e mostrar a cara. Tem um sujeito chamado William Papova e isto é mais difícil, ligar para alguém quando você não os julga antecipadamente com base em sua tendência a gravatas ou brincos.

Ele deixa cair o telefone antes de atender, *telefone idiota*, e sua voz é abrupta:

— Quem fala?

— Aqui é Nick Ledger — digo.

— Do programa de televisão? — pergunta. ISSO. — *Rock Star Realtor?*

— Com licença, você vai me encher de merda sobre um projeto que *beneficia* a porra dos meus negócios?

— Não, não, não — diz ele. — Conheço você e tudo.

— Bom, olha aqui, peguei seu número daquela Sonja.

Não conheço uma Sonja, mas imagino que os corretores no Cabo conheçam Sonjas.

— Sonja — diz ele. — Tudo bem.

— Estou aqui há 24 horas, porra, e minha equipe subiu o penhasco de carro e eles não têm uma chave da casa de Axl e eu preciso de uma chave da casa do Axl.

— Para o programa?

— Vai à merda e responda a pergunta.

Ele me coloca na espera por um minuto, depois volta ao telefone, sem fôlego.

— Posso te arrumar uma chave e deixar no chuveiro externo, mas você não pode me foder nessa e contar a todo mundo da Caldwell. Estou tentando agir corretamente com eles.

— Fechado — digo. — Mas trate de deixar a merda do portão aberta também.

Despeço-me dele, vou para o convés e tiro a camisa. *Corretor das estrelas do rock.* Coloco meus telefones no bolso da poltrona e dou um mergulho do barco, como fez Love. Embaixo da água, abro os olhos e vejo o golfo da Califórnia por Delilah.

Mas isso é ridículo. Eu a deixei no Pacífico.

A água é linda, mas a situação é irritante. Ainda não tenho a chave do capitão Dave. Ele a mantém pendurada no cinto; podia muito bem estar amarrada no pau dele. Ele é *desse tipo* e seria legal ter minhas chaves à mão. Mas vou pegá-las. Só significa que preciso conhecer o merda do capitão Dave um pouco melhor do que eu gostaria. E não é o fim do mundo, mas estou de saco cheio de jogar conversa fora. Voltamos para a mansão mexicana de Love para *uma soneca* e Love tenta me convencer a ficar com ela, em vez de sair para correr.

— Você não precisa disso — diz ela. — Você está ótimo.

— Obrigado — agradeço a ela, nervoso. — Mas significa mais do que ficar bem, entendeu? Agora estou acostumado.

— Talvez eu vá com você — diz, e se joga de costas. Ela está no centro de nossa cama redonda e celestial. Está embriagada e bonita, e esta casa também parece embriagada e bonita, enorme e curva como o Pantry, com pedaços dramáticos e aleatórios de corais pendurados nas paredes.

Vejo a hora em meu telefone. Tenho uma hora até Fincher chegar e Love está pedindo por isso, então tiro a roupa e a atendo na cama. Ela é boa até mesmo quando está arrastando as palavras e me sinto renovado. Eu precisava disso. Tomo um banho. Visto as roupas de corrida — sem camisa no México —, desço a escada e Cathy, a empregada, me dá um susto.

— Vai sair para correr? — pergunta ela.

— Vou.

— Evian ou Fiji?

Abro um sorriso.

— Que tal as duas? Elas podem servir de pesos de mão.

Ela me traz duas garrafas, agradeço, e ela assente.

— Ei — digo. — Se eu quisesse sair de barco...

E a mulher que estava tão ansiosa para me hidratar vira uma pessoa diferente.

— Ninguém pilota os barcos, só o capitão Dave ou um de seus imediatos — diz ela. Ela fica mais branda. — Mas você diga a ele aonde quer ir e vai conseguir.

Puta merda. Mas concordo com a cabeça e pego o número do capitão Dave — já consegui convencer as pessoas a fazer o que eu queria —, lá fora a batalha morro acima continua, literalmente. Agora está mais quente e preciso correr *morro acima* para chegar na merda da casa do Axl Rose, e estou perdendo o fôlego e isto não é como o terreno plano e clemente de Palm Springs. Ainda nem cheguei lá e já acabei com as duas garrafas de água. Paro na frente de uma casa feia e gigantesca, com as mãos nos joelhos para recuperar o fôlego. Tem concreto para todo lado, britadeiras, coisas inacabadas. Sempre adorei toda essa merda quando era criança — caçambas de entulho, betoneiras —, mas agora elas me irritam. Não dá para saber se estão reformando ou começando do zero, e às vezes os ricos me lembram adolescentes que não conseguem parar de cutucar a casquinha de ferida.

Enxugo a boca e continuo. Minhas coxas estão em brasa e minhas pálpebras tremem, mas consigo e o portão está aberto — obrigado, William Papova. A casa de Axl Rose é um mausoléu espanglês e não admira que esteja à venda há vários anos. Parece que aconteceram batalhas aqui e talvez uma explosão. Tem uma porra de um cacto estúpido no meio do pátio da frente. Imagino algum babaca decorador de interiores cavando um buraco raso de última hora, como se o cacto conseguisse fazer os compradores deixarem de ver o paisagismo incompleto, o fracasso congelado no tempo de tudo isso. Contorno a lateral e lá está, encontro um pequeno refúgio com um chuveiro externo. Tem um cinzeiro transbordando, um frasco de xampu e uma bolsa de couro, e corretores também são gente. Dá para sentir a frustração, os muitos vendedores que fumaram, tomaram um banho de chuveiro, treparam e reclamaram dessa merda de casa esquisita.

Contorno correndo à frente da casa, destranco a porta e é como aquele momento em que as luzes baixam na sala de cinema. Começou. De verdade.

A casa tem piso de mármore e teto alto, mas não é inspirada como La Groceria, e dá para saber que tentaram maquiar para ter apelo ao sr. e sra. Americanos Médios, o que não tem sentido, porque em geral o sr. e a sra. Americanos Médios não podem pagar por uma mansão no Cabo. Entro na cozinha e me sirvo da água mineral na geladeira. Depois abro minha pochete e começo os preparativos. Primeiro, mando um e-mail a Fincher:

> *Oi, Robin, estou louca para te ver! Deixei o portão aberto para você. Estamos com os bebês embaixo, tããão fofos. Quando entrar, desça e se junte a nós. Bjs Meg*

Não sei se ela atende por Meg, mas Robin vai gostar da intimidade. E, agora, a verdadeira diversão. Uso a linha de pesca, que peguei no barco hoje, para montar uma armadilha na escada, prendendo as duas pontas com cera de depilação Bliss Poetic Waxing; Love nem vai notar que sumiram. Depois volto à cozinha, pego outras duas garrafas de água genéricas e esmago vários comprimidos de oxicodona nelas. Coloco as duas em um balde de gelo vazio, junto com três chocolates Kind Bar vencidos, depois desço a escada em caracol para o porão e lá está, o quarto do pânico/estúdio de gravação, uma caixa à prova de som com duas poltronas de couro.

Tem uma segunda chave no chaveiro que William Papova deixou para mim e ela se encaixa na tranca da porta. E *sim*, ela tranca pelo lado de fora, porque às vezes você precisa trancar Les Pauls, Grammys e gravações.

Levo o balde para dentro e coloco no chão. Pego um microfone e dou um tapinha. Ligo o botão vermelho maior e dou outro tapinha nele. Funciona. Por fim, rodo uma das cadeiras de couro para fora do estúdio e espero por Fincher e lá está, ele não me decepciona. Quinze minutos depois, escuto ele largar sua bolsa junto da porta de entrada.

— *Hola!* — ele grita. A porta da frente se fecha com uma pancada. Ele chama de novo. — *Hola!* — *Babaca.* Espero com as costas na parede ao lado do primeiro degrau. — Olá? — pergunta, e é péssimo ator. Qualquer um que tenha lido manuais para atores sabe que os bons atores *seguem instruções*, e ele não fez isso. Ouço um farfalhar e o imagino pesquisando no telefone, relendo o e-mail em que ordenei especificamente que ele fosse para o andar inferior da casa. E eu tenho razão.

— Ah — diz ele. E agora atravessa o saguão de mármore e procura pela porta do porão. Sinto o cheiro dele, spray para cabelo e bronzeador. Ele assovia. — Toc, toc — diz ele. — Tem alguém em casa?

Disfarço a voz e grito, "Aqui embaixo!".

É uma daquelas coisas fundamentais em ser da espécie humana. O som e a visão de alguém caindo escada abaixo são inerentemente engraçados, em particular quando é um babaca como Fincher. Ele jaz em um amontoado no chão, desmaiado, e não posso deixar de rir enquanto o arrasto para o estúdio à prova de som e tranco a porta.

Eu o encaro por um momento e meu riso cessa quando noto como ele parece vulnerável. Sua camisa tem abacaxis e palmeiras. Ele está de bermuda e chinelos, e tenho certeza de que tingiu o cabelo. Ele tem pernas de galinha. Precisa fazer mais flexões de perna. Bom, ele precisava. Agora é tarde demais.

Ligo para o capitão Dave.

— Oi! — diz ele. — Aqui é o capitão.

— Oi, capitão Dave! — digo, todo animado e respeitoso. — É Joe Goldberg. Namorado de Love.

— Oi, Novato — diz ele. — O que posso fazer por você?

— Bom, estou com um probleminha. Um amigo meu apareceu e ele está bêbado. Desmaiou. Love não gosta muito dele. Mas então, eu estava pensando se ele podia dormir no barco esta noite.

— Ah — diz ele em um tom grave. — Lamento, mas não pode ser.

Solto uma risada fingida.

— Eu não pediria se ele pudesse *pilotar* o barco — digo. — Só preciso pegar a chave e levar Brian para lá.

— Entendo o que você está pedindo, chefe, mas a resposta ainda é não.

Dá para saber que ele está em um bar. Detesto alcoólatras assim, aqueles que querem ficar perto da bebida. E eu conheço seu gênero. Aposto que ele vai à merda desse bar todo dia, só para provar que está sóbrio.

— Dave — digo. — Estou te pedindo para me dar uma força aqui. Meu amigo está apagado. Sabe como é, ele perdeu a chave do quarto, nem consegue se lembrar do nome do hotel.

— Estou certo de que Love o deixaria ficar em La Groceria — diz ele.

— Love o detesta — acrescento. — Então, esta não é uma alternativa.

— Bom, então acho que você terá de arrumar um quarto de hotel para seu amigo — diz ele. — Cath pode lhe dar uma lista das melhores opções.

— Capitão Dave — suplico. — Só estamos falando de uma noite.

Ele suspira.

— Eu me lembro de quando minha ex-mulher teve uma recaída. Ela disse, "Dave, só tomei uma bebida". — Ele suspira de novo. — Regras são regras, Joe. Boa sorte.

Ele desliga na minha cara e a linha fica muda. Merda. Vai se foder, escravo do AA, com sua O'Doul's e sua moderação e seu desejo de ditar regras a mim, assim como ele entrega tudo a *Deus* como se não ficasse sentado ali todo dia, o dia todo, só desejando uma cerveja, só uma prova dela.

Pensei que dinheiro fosse poder. Não é assim que esse mundo maldito devia funcionar? O capitão Dave faz o que eu mando porque Love me escolheu? Ando de um lado a outro. Não tenho dinheiro para comprar meu próprio barco e não posso deixar Fincher numa merda de casa. Aprendi minha lição: você faz a limpeza. Livra-se do corpo. Não deixa uma caneca de urina, que dirá *o cadáver de um policial.* Mas que porra posso fazer?

Foda-se o Dave. Ele devia dizer, *sim, senhor,* e Cath devia estar errada e eu devia pedir um táxi, solicitar uma cadeira de rodas, entrar na Marina, pegar a chave com Dave. Nem acredito que não bolei um plano de apoio. Tenho um ator fracassado de cem quilos em uma caixa à prova de som e neste momento ele está se mexendo enquanto dorme.

Love manda uma mensagem de texto: *Oi?* :(

TORCI o tornozelo ao correr para casa. Essa é minha história. Tomei Tylenol, é por isso que não estou bebendo, estou mancando e estou fora de mim. Love insiste que eu vá ao Office com todo mundo, embora eu esteja um trapo. Ela não aceitaria uma resposta negativa e o Office é surreal, um bar na praia, na areia. Sentamos a uma mesa comprida. Um tsunami pode nos apanhar a qualquer momento e Love me diz para relaxar.

— Este é o México — diz ela. — Você pode ser decapitado, sequestrado, baleado, assaltado ou levado por uma correnteza, mas qual é, Joe. Um *tsunami*? — Ela ri. — Acho que não. Mas gosto de sua imaginação.

Esta é minha pequena morena e olho o Pacífico que levou Delilah tão completamente, com tanta boa vontade. Ela me ajuda mesmo sem saber disso. O México é a capital do homicídio no mundo, a terra de covas rasas e cadáveres. Vai se foder, mar. Vai se foder, capitão Dave. Não preciso de um barco. Só preciso de uma pá.

38

LOVE fica bêbada no Office. Eu a deixo na cama junto com um bilhete dizendo que meu tornozelo estava melhor, então saí para dar uma caminhada e alongá-lo. Ela nunca vai saber que eu saí às 4h42 da madrugada ou que parei naquela casa grande, aquela em que estão fazendo mais obra. Nenhum dos trabalhadores já havia chegado, e andei pelo terreno, olhando os pregos, as tábuas de madeira, as lajes de mármore, as betoneiras. Dei a volta até os fundos e vi que estão construindo uma piscina de borda infinita. E essa não é a pior ideia, Fincher descansando, *no infinito.*

Mas agora que estou na casa de Axl, sei que preciso fazer melhor. Isto é rock 'n' roll. Este é o tempo congelado e muita gente aí fora tem muitas chaves. Fincher precisa ficar aqui. Não posso arrastá-lo por todo o bairro. Quer dizer, sim, é o *México,* mas o México é parecido com Los Angeles. Existem muitas partes diferentes dele. Esta não é a área onde você pode decapitar gente despreocupadamente e largar as pessoas na piscina de um vizinho. Precisa ser discreto. Estarei transpirando por causa daquele escroto. Mas, por enquanto, é hora de ele aprender uma lição. Estou vasculhando sua bolsa de viagem. Só o conteúdo é motivo suficiente para matá-lo. Ele trouxe *retratos* e *pesos de dois quilos* e camisetas e mais camisetas de Jimmy Buffet (com a etiqueta, idiota) e sunga. Ele não recebeu o memorando que dizia que isto era *trabalho*? Mas esta nem é a pior parte. A pior parte é que Robin Fincher guarda um antiquado Rolodex secretarial de encontros com celebridades. Eu falo sério. Ele comprou essa coisa na Staples e posso imaginá-lo na fila em seu dia de folga. Este Rolodex está abarrotado de endereços residenciais de gente famosa. Quando conseguir voltar a Los Angeles, agora posso visitar *Cruise, Tom,* se eu quiser, ou meu mais recente alterego, *Megan Fox.* E digo mais uma vez, essa não é a pior parte. Vire um cartão e a merda fica real.

Claramente, Fincher começou este projeto dez anos atrás, quando ingressou na força policial. Parte das referências é datada — *Pattinson, Robert. Eu lhe disse que adorava Água para elefantes e que ele e Reese pareciam feitos um para o outro. Ele parecia coisa séria, o sal da terra, mais britânico do que se esperaria dele. Dizer ao agente para mandar uma gravação a ele.*

Sim, Fincher catalogou com zelo seus encontros com celebridades, e todos aconteceram enquanto ele devia estar protegendo e servindo. Ele tinha uma rotina simples. Parava o carro de celebridades para falar com elas e puxar o saco. Às vezes suas anotações são egoístas — *Piven, J. Parado por atravessar fora do sinal. Simpático, divertido. Dizem que ele é um babaca, mas ele foi legal comigo. Parecia sincero. Diz para telefonar ao empresário dele na semana que vem. Diz que tem um* feeling *comigo, diz que preciso de retratos novos.*

Às vezes suas anotações são tristes — *Aniston, Jennifer. Agradeceu por informar a ela sobre os roubos no bairro. Disse para eu me manter hidratado. Um amor!*

E às vezes elas são completamente perturbadoras, por exemplo, quando ele contou a *Adams, Amy* que alguém atropelou o cachorro de um vizinho naquela rua.

Então, você pegou a ideia. Robin Fincher, que alega ser tão protetor da Califórnia, na verdade é um Stalker de Celebridades nível máximo. Ligo o microfone.

— Ei — digo. — Acorde.

Sei falar alto quando preciso e Fincher rola o corpo, senta-se e pisca. Quando me vê, dispara na direção do vidro. Bate nele, depois, sem se abalar, joga o corpo no vidro repetidas vezes. Coloco os pés para cima e o ignoro, e continuo a percorrer seu Rolodex. O idiota está tão ocupado tentando quebrar o vidro inquebrável que nem sequer parece perceber que encontrei seu material secreto. Quando enfim ele se cansa e se ajoelha no chão, ofegante, ligo o microfone de novo.

— Sente-se — digo. — Bom, primeiro pegue o microfone. Depois se sente.

Ele pega o microfone e ainda não aprendeu nada. Começa a tagarelar comigo que ele é policial — como se eu já não soubesse disso —, que ele é americano — como se eu não fosse —, que vai cuidar para me colocar atrás das grades — como se ele estivesse em condições de fazer isso.

— Preste atenção — digo. — Não é tarde demais para fazer as coisas certas.

Ele infla as narinas.

— Onde está Meg?

Nossa. Não respondo a essa, é ridículo pra caralho. Pego um cartão em seu Rolodex.

— Vou te fazer uma pergunta.

— Ela devia estar aqui — diz ele, sem escutar.

— Fincher — eu o interrompo. — Eu sou Megan Fox.

Ele ataca o vidro de novo e tenho de deixar que ele bata, chute, esmurre, chute. Ele se acalma, grita. Quando acho que basta por ora, continuo.

— Como eu estava dizendo, você pode fazer as coisas certas, dizendo a verdade. É muito simples. Só quero que explique algumas decisões que tomou.

Quando me multou por atravessar fora do sinal, Robin Fincher repetidamente me lembrou de que eu tinha tomado a *decisão* de atravessar. E ele tem razão. Eu tomei. Mas agora sei que ele próprio tomou muitas decisões ruins.

Giro seu Rolodex e caio em *Heigl, Katherine.* Pego seu cartão, viro e vejo que ele a abordou no Little Dom's, um restaurante em Los Feliz. Ele disse que Katherine tinha alguns fãs ficando agressivos na calçada da frente e que seria mais sensato ela sair pelos fundos. Disse que era *bonita, ficou agradecida, tirou um selfie comigo, disse que vai me seguir no Instagram.* Pego o microfone.

— E então, Katherine Heigl seguiu você no Instagram?

— Largue isso. — Fincher encara o Rolodex. Seus olhos são um passeio em um parque temático, duas bolinhas para o inferno. — Isto é assunto policial.

— Sério? — pergunto. — Porque, a não ser que exista uma divisão especial dedicada exclusivamente a parar celebridades por crimes imaginários, eu diria que isto me parece mais uma coisa pessoal.

— Você não tem o direito de ver isso. — Eu rio. Ele não. — Eu tenho olhos em muita gente. Este não é meu único arquivo.

— Estou certo que sim — digo. — Mas então, ela seguiu você no Instagram?

— Ela foi muito gentil. — Ele se esquiva. — Escuta aqui, seu merda doente, este é um grande erro.

— Robin, você sabe que pode ir para a cadeia por isso?

— Largue essa coisa.

— Mas qual é o seu problema, merda? — pergunto. — Por que você trouxe isso em um *avião*?

— Isso não é da sua conta.

— Agora é. Como cidadão preocupado, tenho todo o direito de cuidar de meus companheiros compatriotas. Isto é uma violação.

— Diga o que você quer — ele pede. — Só largue isso e me diga o que você quer.

— O que eu quero?

— Qualquer coisa. Isto é loucura. Você precisa me deixar sair daqui.

Isto não vai acontecer e ele devia saber disso, eu o ignoro, giro seu Rolodex e graças a Deus eu sou eu, não fico doente desse jeito, não cobiço amigos imaginários e xereto lugares em que não devia estar. Que existência pavorosa, ser o homem de posse deste Rolodex.

— Fincher — digo. — Você percebe que essas coisas deviam ter os nomes e números das pessoas que você conhece também?

— Vai tomar no cu.

Meneio a cabeça. Eles sempre ficam assim quando você chega à verdade. Como um peixe morde a isca depois de ficar rondando. Robin está desmontando. Mordendo. Ele está se reduzindo à *merda de sua identidade*. Esta é a caneca de urina dele, o erro dele, e o dele é infinitamente pior do que o meu. A caneca de urina dele pode não conter seu DNA, mas revela muito mais, seu ego demente, sua essência emocional. Ele não é diferente de uma menina de 13 anos escrevendo uma carta a Justin Timberlake, achando que ele vai responder. O Rolodex de Fincher é uma porra de baú de enxoval.

— Robin — digo. — Eddie Murphy cometeu um grande erro quando não achou engraçado que você o tivesse parado por ter uma banana em seu cano de descarga.

Robin fica vermelho.

— Pare com isso.

Nego com a cabeça.

— Eu só acho que *Um tira da pesada* foi há muito tempo e provavelmente ele é um cara ocupado, entendeu? Ele provavelmente precisava chegar a algum lugar. Você acha que foi uma ótima escolha como um aspirante a ator? Pensa que ele acharia você *engraçado*?

— Para com isso — diz ele. Ele cerra os punhos e dá para saber que está acostumado a portar uma arma.

— Você sabe que devia estar procurando por *Delilah* — lembro a ele. — Você *jurou* para mim que ia encontrá-la, mas você, filho da puta, você partiu para o Cabo três dias depois. E nós dois sabemos que você só veio atrás de mim porque eu estava em um *set de filmagem*. — Eu rio. — Para falar a verdade, você me assustou um pouco. Todo seu comportamento de policial mau e o jeito como ficou farejando a minha volta, me ameaçando, roubando meus fones de ouvido.

— Até parece que você não os roubou primeiro — diz ele com os olhos em brasa.

— É claro que roubei — revelo. E ele sorri com malícia, como se tivesse deduzido alguma coisa, como se vencesse. — Mas o que você não percebe é que eu os roubei de Henderson quando o matei.

Fincher começa a ficar roxo.

— Seu doente filho da puta.

Solto um suspiro.

— Fala o homem que viaja com um Rolodex de endereços de celebridades. Sabe o que aconteceria se isto caísse nas mãos erradas? Quer dizer, é claro que você não estará por aí para lidar com as consequências.

Ele agora está de pé e joga o balde de gelo no vidro. Joga uma garrafa de água, depois a outra. Cai de joelhos e não está chorando porque vou matá-lo. Ah, é claro, você supõe isso porque ele está trancado em uma gaiola e por causa da morte — mas Robin Fincher chora porque só o que ele sempre quis foi que este Rolodex fosse dele, verdadeiramente. Ele queria ser amigo dessas pessoas. Ele queria que Katherine Heigl o seguisse no Instagram — até anotou com um asterisco no verso, *os amigos a chamam de Katie* — e ele chora porque nada disso vai acontecer.

Ele nunca será amigo de *Katie Heigl.* E apesar de todos os eventos de tapete vermelho em que apareceu com seu uniforme — você devia ver uma foto dele em um evento de *Oblivion* em que ele está com Tom Cruise e os seguranças ao fundo dão a impressão de que vão matá-lo —, bom, a questão é que Fincher conhece muita gente. Mas foi assim. Não se pode ter uma conversa com um autógrafo e não se pode sair para almoçar com um selfie em grupo, e não importa o quanto Julia Roberts fique agradecida por você tê-la alertado para alguns problemas com o elevador no Chateau — *mas que papo furado* —, ela só vai fechar a porta e trancá-la porque ela não conhece você, Robin Fincher.

Agora ele quer que eu o deixe em paz. Mas ainda não acabamos.

— Ah, sem essa — digo. — Este Rolodex é *grosso.* Quer dizer, ainda nem chegamos a *Efron, Zac.*

— Pare com isso — diz ele. — Eu falei sério.

— Não. Vamos chegar ao fundo de algumas dessas decisões. Do mesmo jeito que reconheci minha decisão ruim quando atravessei a rua. Sim, eu tenho problemas com autoridade. Admito que eu devia ter esperado pelo sinal de *andar*, Robin. Eu posso ser um malandro. Sou um merdinha de Nova York desse jeito e você tem razão, e eu aceitei minha responsabilidade.

Ele chora.

— Por favor, me deixa ir, por favor, por favor.

Viro para *Crawford, Cindy*. Ele esmurra o vidro.

— Para com isso!

— Caramba — digo. — Você realmente acha que ela estava te dando mole? Porque não sei, não, Robin. Vou adivinhar que tentava se livrar de uma multa.

— Para com isso.

— É o que tem de ótimo em suas histórias — digo a ele. — Você nem mesmo entende quem é, Robin. Você é um agente da polícia.

— Vai se foder.

— Um agente da lei.

— Vai se foder.

— Essas pessoas são como eu — digo, e aponto seu Rolodex. — Todos nós só estamos tentando nos livrar de uma multa. Não entende isso?

Ele cospe. Aponto para ele.

— Você policial — afirmo. Aponto para mim mesmo. — Eu cidadão. — Faço isso de novo, repetindo que Tom Cruise é como eu, um cidadão, e que Jennifer Aniston é como eu, uma cidadã. Ele grita, se sacode como um macaco e eu não desisto. — Não, não, não — digo. — Você decidiu ser policial e não tem de ser um policial barra ator porque você não pode *ser* policial e ator e no fundo você sabe disso, ou teria *procurado* por isso, Robin. Você teria feito suas aulas, servido a mesas e dedicado sua *vida* a seu sonho, mas, não. Você sabia que não ia conseguir. E isto é a vida, seu cabeça de merda. Você não tem de ser nada *barra* nada.

— Você não sabe de nada — ele choraminga. — Aquele chinês, aquele de *Se beber, não case!*, ele era *médico* antes de entrar nesse negócio.

Olho este triste homem, comparando-se a um brilhante ator de comédia. A pura ausência de autoconhecimento basta para me matar.

— Fincher — digo. — Ken Jeong tem talento. Você não tem.

— Vai se foder.

— Por isso Ken Jeong tentou entrar nesse negócio à moda antiga, do jeito honesto — explico. — Ele deixou de ser médico para ser ator. Você é um policial. Essas pessoas aqui, todas elas têm talento. Você não tem.

Ele dá a impressão de que pode chorar de novo. Mas é um erro dele usar seu distintivo para assediar celebridades e é completamente nojento da parte dele abandonar seu legítimo trabalho na polícia para vir ao Cabo e conhecer Megan Fox. Não me sinto mal por esse escroto. Se você tem um trabalho, faça o trabalho. Sem barra. Fim.

Ele esmurra o vidro e suas palavras se misturam, fundindo-se em uma súplica choramingas.

— Me deixa sair dessa merda! Isso está errado! Você é doente e eu quero sair... quero sair agora!

— Não posso fazer isso — digo. — Você é um mau policial. Você sabe onde estão todas essas pessoas famosas, mas não tentou encontrar Delilah.

Ele me encara.

— Seu babaca doente — ele grita. — Não vai se safar dessa.

— É claro que vou. Se você fosse um policial melhor, a essa altura teria entendido isso.

Ele chuta e está aprisionado e ele ainda ajeita a merda da camisa quando fica presa, ainda preocupado com a aparência, ainda convencido de que sua aparência importa. A porra dos angelinos. Preciso rir. Preciso de uma pausa. Relaxo, giro seu Rolodex e viro a ficha de *Efron, Zac.* Abro um sorriso. Ele bate no vidro.

— Tá legal, Robin — começo. *Robin*, não *policial.* — Eu quero saber, quando você parou Zac Efron porque seu pneu traseiro esquerdo parecia murcho, você seriamente decidiu fazer isso porque achou que os dois são tão parecidos que você podia fazer o pai dele em um filme?

Desta vez ele não acena com a cabeça. Não grita obscenidades. E talvez eu devesse ter começado por uma celebridade diferente, talvez *Desconhecido, Rihanna* (dirigir sem cinto de segurança) ou *Nicholson, Jack* (piscar o farol). E então, eu podia ter ouvido os detalhes por trás da vida de perseguição a celebridades de Robin Fincher. Mas existe muita coisa que nunca vou saber porque Robin Fincher tem muita raiva de mim, a pessoa que segura o Rolodex com todas as celebridades que ele queria tanto conhecer, com muita raiva de si mesmo, por ter se tornado uma mula. Ele vira um zumbi. Dá para ver que o cérebro dele evaporou enquanto seus olhos brilham. Sua pele é áspera e vermelha. Ele corre de cabeça para o vidro, como um jogador de futebol americano cujo cérebro já se foi. Ele respinga nas paredes e cai de costas, morto.

POR acaso eu tenho talento para paisagismo. Um dia, quando Love e eu tivermos nossa casa, vou supervisionar o jardim. É claro que terei trabalhadores fazendo grande parte disso, e talvez até um projetista profissional, mas terei a palavra final. Sou bom nisso, em saber o que deve ficar onde. Eu nunca teria esse conhecimento se tivesse ficado em Nova York. Você não vai ao parque e muda uma árvore de lugar. Não pega a natureza em suas mãos quando mora em concreto. Mas hoje eu fui ótimo. Peguei aquela merda de cacto, cujo lugar não é na frente, e levei aos fundos, ao jardim zen. Cavei um buraco. Cavei fundo. Transpirei. Gostei disso. Sentia falta de trabalhar. E cavar um buraco para Fincher não me fez sentir o que senti ao cavar um buraco para Beck. Ele nunca partiu meu coração. Era só um mau policial.

Termino e volto para o ar frio do estúdio do pânico. Arrasto o corpo de Fincher para fora, jogo nesse buraco e agora estou transpirando demais. Eu o enterro, seu Rolodex também, os dois muito fundo, mais fundo do que Beck. E é aí que vem a parte divertida. Planto o cacto acima de Fincher e do Rolodex. Este é o lugar certo do cacto. Funciona aqui e unifica o espaço, de algum modo o estabelece, mais verde, menos castanho. É do tamanho certo para este jardim e existem outros cactos por perto, então não fica mais tão solitário e estúpido. Ele não se sobressai, como acontecia na frente.

Bebo água e olho este jardim e este cacto, com folhas gordas e sua postura altiva e confiante. Gostei. Juro que a coisa até sorri para mim. Acho que ela sabe que eu a trouxe para casa. Dou uma última olhada e me viro para sair. Tenho muito que fazer. Preciso limpar a bagunça que Fincher fez quando o matei. Preciso voltar para Love e agir como um cara que saiu para correr. E farei tudo isso e farei logo, mas acho importante dar um tempo a si mesmo e espaço para celebrar o trabalho que você fez.

Acho que é por isso que as pessoas em Los Angeles desmoronam, porque elas ficam carentes demais, desesperadas demais por aprovação, por seus carros, por suas partes corporais, por seus talentos. Elas se esqueceram de que a coisa mais doce da vida é estar sozinho, como você nasceu, como vai morrer, encharcado do sol, sabendo que você colocou o cacto no lugar certo, que você não precisa que alguém apareça e elogie seu trabalho, que alguém que fizesse isso estaria atrapalhando. Fico em paz aqui. Fincher também.

39

O restante no Cabo passa em um borrão de tequila, passeios de barco e espera por notícias do agente de Forty, e logo estamos de volta aos Estados Unidos, mas ainda estou em território estrangeiro: a casa de Love. Nunca estive lá, mas é como se morasse ali a minha vida toda. É nova e antiga em todos os lugares certos, com eletrodomésticos vermelhos customizados e sofás exuberantes e gargantuescos, alguns de couro, outros de peles. É justo onde você quer estar quando pega um avião de volta para a América depois de enterrar um policial morto, ao contrário de meu apartamento, que é tão datado e encardido.

É um porre saber que Dez me entregou, mas um traficante de drogas simpático do bairro é, no fim das contas, um traficante de drogas, só pensa em si mesmo. Nem posso odiá-lo por isso. Só fico feliz por estar na casa de Love em vez da minha. Posso ficar sentado aqui por horas, só olhando as mesmas fotos antigas do Instagram: "Love in an Elevator", "I Just Called to Say I Love You."

Ela sorri.

— Gosto dessa por causa do cabo azul encaracolado e antiquado do telefone.

— É — digo. — Antiquado.

Ela diz que chega de fotos. Está cansada de seu rosto. Obedeço a seu desejo e jogo meu telefone em outra parte deste volumoso sofá seccional. Ah, respirar, saber que consegui. Eu me livrei de Fincher.

Love dá um salto do sofá.

— Vamos — diz ela. — Quero que você veja tudo.

E quero ver tudo, quero sentar em toda parte. Esta é uma casa de sonhos com placas em néon como aquelas do Pantry. Love tem uma *sala de jogos* com jogos de tabuleiro, um PlayStation e um karaokê com palco, instrumentos jogados por ali. A placa de néon aqui diz SEXO É MELHOR QUANDO VOCÊ TEM AMOR, e ela diz que cada cômodo tem uma placa. A cozinha é FEITO COM AMOR e a sala de jantar é QUE O AMOR SEJA REI, e a porta de seu quarto está fechada e a placa de néon no alto do batente diz E NO FIM... depois ela abre a porta, e seu quarto é o híbrido perfeito de nossa cela barulhenta em Palm Springs, o luxo grande demais do Cabo e a brisa sazonal do mar de Malibu.

Love se joga na cama e olho a obra de arte acima dela, uma letra de John Lennon em néon, aquela que ele citou incorretamente de Paul McCartney.

É um milagre que ela não seja uma panaca insípida e este é o resto da minha vida, embaixo das cobertas, onde podíamos estar em um closet de merda infestado de ratos em Murray Hill ou em qualquer lugar. Não importa. *Encontramos o amor* e depois, do nada, as luzes se apagam. *Invasãoterremotofimdomundo.* Mas então a música berra e Love segura minhas mãos.

— Surpresa!

É minha música, minha mash-up da piscina de *A escolha perfeita*, e ela se lembrou de quando falei nisso, quando nos conhecemos, em seu Tesla, naquela primeira viagem. Quando você está apaixonado, você escuta. Luzes estroboscópicas se acendem, Love dispara a correr e está tirando a blusa, deixa escorregar a saia e abre o fecho do sutiã, e abre uma porta deslizante para o pátio e ela está nua, e corre para a piscina e eu estou nu, atrás dela. *Splash.* Nadando pelados, tornando a piscina só nossa. Estou dentro de Love na piscina e minha música entra pela dela, volta a entrar em sua música, e isto é perfeito e não há nada além de nossas músicas, nossos corpos, nossa água, nosso futuro e os limoeiros, as laranjeiras. Trepamos e conversamos, nossas músicas estão em círculo, nossa vida está em círculo e de repente minha palavra preferida em meu idioma é: *Nós.*

Love tem planos para nós. *Nós* vamos ao Chateau — ela está morrendo de vontade de comer aquelas fritas em azeite trufado — e *nós* vamos assistir *A escolha perfeita* — ela não vê há algum tempo — e *nós* vamos a meu apartamento para pegar minhas coisas, supondo-se que não seja precipitado demais.

Eu a beijo.

— Meu Deus, não.

E então há um barulho na casa: o estouro de uma garrafa de Veuve. *Forty.* Love chama, ele não responde e então vem correndo, batendo os pés chatos, e mergulha em nossa piscina e o lugar dele não é aqui.

Love dá um gritinho. Ele emerge na água.

— Forty, sinceramente esta não é a melhor hora — digo, olhando minha namorada nua, que nada elegantemente para a escada, pega seu biquíni e se cobre com a tranquilidade de uma Bond girl. Não posso fazer tal coisa. Meu short está longe, na merda de uma espreguiçadeira.

Forty se vira como um leão-marinho, Love me olha e dou de ombros. Ele nada ao outro lado da piscina e pega um controle remoto à prova d'água e agora uma tela de projeção se abre na parede oposta. Olho para Love.

— Nós assistimos a filmes aqui — diz ela.

Forty se atrapalha com o controle remoto. Acho que ele cheirou uma boa quantidade de cocaína. Seus dedos tremem. Mas ele consegue encontrar seu destino: *Deadline.com*

E ali, na primeira página, na tela gigantesca, uma manchete:

FORTY VENDE DOIS: A ANNAPURNA, DE MEGAN ELLISON, PRODUZIRÁ DOIS ROTEIROS ORIGINAIS DO ROTEIRISTA ESTREANTE FORTY QUINN.

Tiro a água dos olhos e me obrigo a ficar calmo. É só uma manchete. Um erro. Só isso. Vamos ligar para o jornal ou o site ou o que for essa merda e eles vão mudar a manchete, colocar meu nome nela.

Gesticulo para o controle remoto e ele o joga para mim. Atualizo a página, porque talvez Forty já tenha cuidado disso. Talvez ele pense que já arrumaram as coisas, colocaram meu nome ali. O controle é lento. O mundo é rápido e barulhento. Love e Forty gritam e jogam água um no outro, e não posso ficar nesta merda de piscina esperando neste exato momento e meu estômago roda, e saio da piscina e atravesso o piso de lajotas espanholas, pego meu short e visto. Pego meu telefone e pingo nele, e tenho de protegê-lo. Estou tremendo. Meus mamilos estão duros. Afasto-me de Love e Forty e entro no Deadline, mas é a mesma merda, depois o artigo em si é carregado e fica pior. O artigo conta que os dois roteiros foram escritos por Forty Quinn e não há nenhuma menção ao brilhante recém-chegado Joe Goldberg em lugar nenhum. Leio o primeiro parágrafo sem parar, como se meu nome pudesse estar enterrado ali, em uma espécie de criptograma de *O código da Vinci*, mas não. Rolo a tela e passo os olhos procurando as palavras *Joe* e *Goldberg*, mas, de novo, nada. Minha respiração fica acelerada, como se eu estivesse correndo, como se estivesse fodendo, e estou fodido. Ele roubou meus roteiros e fodeu comigo.

— Joe? — É Love, minha namorada, aquela cujo irmão gêmeo fodeu comigo. Ele fodeu comigo. Agarro o telefone.

Eu me viro. Love está no deck, torcendo o cabelo. Forty ainda está na piscina, andando na água. Eu quero um arpão. Quero acabar com ele. Love dá um pigarro. A certa altura nos últimos 35 segundos, ela veste um roupão de capuz e pega seu iPad.

— Vai, maninha — diz Forty. Ele bebe Veuve direto da garrafa. — Me deixa ouvir. Anda, Lovey.

— Estou citando — ela começa. — "Megan Ellison conta a Deadline que descobriu um *grande talento* em Quinn e pretende acelerar a produção de *O terceiro gêmeo* e *A trapalhada* e..." — Love dá um gritinho. — "A guerra de propostas, que durou o verão todo..." — Love hesita. Ela encara Forty. Ele ri.

— Você sempre pensa o pior de mim — diz ele.

— Sempre que você sumia, eu achava que estava entocado no Ritz — diz ela.

Forty ri.

— Bom, nem *sempre*, mas às vezes as mulheres se provam muito inspiradoras.

Love lê para nós sobre a *propriedade roubada* e resume os comentários. Gente dizendo que Barry Stein é um tolo; ele está acabado. Ele podia ter esses roteiros no início, mas não tem mais olhos para o talento. Mas é claro que ninguém ia preferir se juntar a Stein em vez de Megan Ellison. Megan Ellison é *a melhor* e eles estão dizendo que Forty Quinn é *o melhor* e aparentemente há uma cena de assassinato no deserto que *fará você ver o mundo de um jeito totalmente novo* e Forty Quinn esteve *apresentando a ideia durante anos* e esta é uma daquelas situações em que *o talento, o trabalho árduo e a perseverança* compensam, e você não pode *se dar bem em Hollywood sem os três,* e estou esfregando os olhos sem parar e eles ardem.

Love faz um carinho em minha cabeça.

— Está tudo bem com você?

— O cloro me pegou feio — digo.

— É uma piscina de água salgada — diz ela. Ela me dá um beijo na cabeça. — Quem sabe você não deva entrar e lavar?

Só o que quero é ficar longe de Forty, mas sei o que tenho de fazer primeiro. Tenho de dar uma merda de show. Tenho de me levantar, andar até a piscina e tenho de estender a mão para ele. Tenho de apertar aquela merda de mão enrugada.

— Meus parabéns, cara.

— Valeu, Meu Velho — diz ele e tira os óculos escuros. — A melhor notícia é que é só o começo. — Acho que ele dá uma piscadela. Não sei. Talvez esta seja sua expressão facial e eu nunca notei. Ponho a culpa em minhas aspirações, aquelas que alimentei sempre que me sentei na Intelligentsia para escrever. Mas que *idiota* de merda eu sou. Eu sou muito melhor do que isso. Devia ter passado todo meu verão escrevendo *um livro* e Forty baixa o tom de voz. — Megan disse que nós temos um grande futuro juntos. *Imenso.*

Os pronomes não estão casando. *Nós* de *ele e Megan.* Não estou no *nós*, embora o *nós* deles não possa existir sem mim. *Sem MIM.* Megan Ellison. Minha pele se arrepia.

— Isso é demais — consigo dizer. — Você conseguiu.

Ele assente. Lentamente.

— Sim — diz ele. — *Eu* consegui, porra.

Love dá um gritinho.

— Vocês agora estão na *Variety*!

A notícia está em toda parte, eu não estou em lugar nenhum e Love não sabe disso, mas ela comemora o meu fim. Entro, mas não vou a um dos sete banheiros me lavar. Não. Vou até a mochila de Forty, onde encontro seu iPad e entro em seu Gmail. Leio os e-mails, muitos e-mails entre Forty e seu agente, aquele escroto burro que acha que Forty *desenvolveu sua voz. Não sei o que você fez neste verão, mas, seja o que for, deu certo. Muito bom, Forty. É daí para cima.*

E tem mais e-mails, aqui tem um de Barry Stein. Ele quer saber quando Forty ficou *tão divertido e também tão original, porra, as pessoas estão falando em Tarantino? Isso parece Tarantino* e esse elogio é meu. Eu *escrevi* esses roteiros e aqui tem um, alguém da CAA, alguém que quer saber como ele pensou naquela *GAIOLA! Prender a garota na gaiola depois daquele fim de semana na praia, e da praia para a gaiola. Porra é incrível engraçado QUE GUINADA DA PORRA CARA VOCÊ É DEUS. Puta merda também podemos voltar ao terceiro gêmeo? Porque como foi que seu cérebro FOI DE UM LADO PRO OUTRO?*

Lá fora, dá para ver que Forty virou casaca e atravessou para o lado das trevas. Ele acredita nisso, em tudo isso, fez uma lavagem cerebral em si mesmo com elogios e cocaína, prostitutas e agentes. E ele nem mesmo pensou na merda do título — é do capitão Dave. Lá fora, Love fica toda saltitante e quando começa a tocar "Love Is a Battlefield" e ela está certa. Isto é uma guerra.

Vou ao segundo andar e entro no gigantesco banheiro de Love. Preciso acreditar em mim mesmo. Vou consertar isso. Procuro ter minha própria comemoração. As pessoas disseram aquelas coisas a meu respeito, mesmo que pensassem estar dizendo aquelas coisas sobre Forty. Mas depois penso no jeito como meu pescoço doeu, como eu escrevi na Intelligentsia e sofri com todas aquelas outras pessoas em volta de mim, os filhos da puta com pose de MacBook e as vozes altas — *e aí eu só tive uma reunião sobre dirigir aquele comercial do McDonald's e estou pensando que posso fazer* — e era eu me escravizando, correndo como um louco a minha caixa postal para sustentar meu disfarce, o negociante de livros que *Forty* sugeriu como um jeito de dissipar as suspeitas de eu ser um *caçador de fortunas*. A porta se abre. É Love.

— Oi — diz ela. — Tem espaço para mim?

Concordo com a cabeça e durante todo esse tempo fiquei preocupado com o homem errado. Desperdicei meu tempo me preocupando com Milo, quando eu devia ficar de olho em Forty. Milo nunca foi uma ameaça. Ele ama Love, ela não corresponde, e na maior parte do tempo na vida, estou começando a perceber, o amor não é o problema. São as pessoas como Forty, como Amy, como Beck, as pessoas que não têm amor. E é possível saber disto agora. Forty me rotulou de *Meu Velho* porque ele não queria que eu tivesse um nome. É possível conhecer as pessoas. Elas te mostram quem são. Você só precisa estar olhando.

Love diz que se eu ainda quiser ser roteirista, Forty pode me dar umas dicas, e eu a amo demais para lhe contar a verdade. Eles ficaram no útero juntos. Eles se lembram dos anos 80 juntos. Eles nasceram juntos e vão levar isso para o túmulo juntos.

Mesmo assim, saio do chuveiro. Mando uma mensagem a Forty: *Precisamos conversar.*

40

FORTY nunca respondeu, e não só a mim. Ele não respondeu a Love, nem à mãe dele, nem ao pai, nem a Milo. Ele sumiu da face da porra da Terra, o que é um comportamento estranho para alguém que tinha acabado de fechar um contrato para dois filmes. Sua ausência é uma bola de demolição e Love é um trapo cansado, frágil e preocupado, e é *isto* que não posso permitir. Não posso deixar que ele faça isso com ela, conosco. Ele pode roubar todos os meus roteiros. Tudo bem. Mas não pode torturar Love. De cara, ela entendeu o que ele estava aprontando. Quatro dias atrás, oito horas depois de eu mandar a ele a mensagem de texto, ela fez uma declaração: "Desisto", disse ela. "Ele não está doente. Não quebrou seu telefone. Ele está na farra."

Os pais de Love apareceram, preocupados, andando de um lado para outro. *Temos certeza de que ele não está em Malibu? E aquele apartamento na cidade que ele comprou um tempo atrás?* Dottie é dessas mães. Ela não queria pensar que era uma farra.

— Tenho certeza de que ele está comemorando — insistiu ela. — Não vamos saltar às piores conclusões.

— Comemorando com quem? — perguntou Love. — Mãe, não quero saltar a conclusão nenhuma, mas, por favor, não entre em negação tão cedo.

Ray disse a Love para não ficar tão nervosa.

— Ele tem 35 anos — disse ele. — Não é uma criança.

Eles foram embora e tentei fazer Love se sentir melhor, mas era impossível.

— Eu *detesto* como eles entram em negação — disse ela. — Ele é meu irmão gêmeo e eu sei quando tem alguma coisa errada. Ele caiu na farra.

Love mandou uma mensagem de texto ao traficante dele, Slim, mas a mensagem dela voltou. Ela jogou o telefone no chão.

— Que merda, Forty — ela vociferou. — É claro que a porra do traficante dele tem uma merda de número novo. É o que eles fazem! São traficantes de drogas.

Isso foi quatro dias atrás e, oficialmente, Forty caiu na farra. Ele não atendeu a telefonemas, nem respondeu a mensagens ou e-mails, e ele é um babaca ainda maior do que eu percebera.

— Sinto tanta falta dele que pareço louca — diz ela quando acordamos. — Eu literalmente sinto que vou enlouquecer.

— Eu também — digo, mas ela explode comigo. Está num humor terrível, piora a cada dia, e tudo que digo é errado. E ela não sabe que ele fodeu comigo e eu tenho de ficar sentado nesta casa e fingir me preocupar com ele, fingir que não estou sentado aqui, em choque.

Há uma batida na porta.

— Meninos? — É a mãe de Love. De novo. Porque agora é assim. Eles aparecem pela manhã e ficam aqui zanzando o dia todo, a noite toda. — Estão decentes?

— Sim! — grita Love, sem nenhuma consideração por minha ereção matinal.

Dottie entra no quarto e se joga na cama.

— Será que não o amei o bastante? Sabe, seu pai e eu descobrimos sobre o importante contrato dos roteiros.

Todo dia, repassamos os acontecimentos. Preciso ouvir a mesma merda de conversa, com Love garantindo à mãe que ela certamente os amou o bastante. Fiquei familiarizado demais com os hábitos da mãe de Love, o jeito de ela torcer os anéis, nervosa, nos dedos, o jeito de comprar uma bolsa diferente todo dia, embora só o que nós façamos seja ficar sentados na casa e especular. Eu a imagino em casa, em *Bel Air*, transferindo todos os seus comprimidos e cartões de crédito e lenços absorventes e batons de uma bolsa para a outra.

Ray chama do primeiro andar.

— Eu fiz ovos!

Ontem foi *eu fiz torradas francesas* e no dia anterior foi *eu fiz huevos rancheros* e Love sai da cama sem olhar para mim. Veste o roupão e ajuda a mãe a sair da cama, e as duas saem, uma dizendo à outra como são maravilhosas, como Love é uma ótima filha, como Dottie é uma mãe amorosa.

No primeiro andar, Ray diz para eu me sentar e agora recomeça, as perguntas dele sobre meus negócios. Ray me ama. Ray quer investir em mim. Ray acredita nos livros. Antigamente, antes de Forty conseguir negociar dois filmes e desaparecer, Dottie me amava também, mas agora ela se ressente de mim. Não gosta de Ray me tratando com tanto amor e aceitação. Não come os ovos. Ray suspira.

— Qual é o problema agora?

— Às vezes você não parece alguém cujo *filho* está desaparecido — diz ela. — Às vezes parece se alegrar com isso.

— Me perdoe por não ficar surpreso — diz ele. — Perdi o memorando em que nos disseram para agir como se houvesse algo de surpreendente nesta confusão.

— Cala a sua boca — ela diz. Olha para mim, para o marido. — Tenha algum respeito pelo seu *filho*.

Ray bate a porta da geladeira e Forty os destruiu. Eles eram muito felizes antes e a única coisa que faz com que parem de brigar é Love, que começa a chorar, bater os punhos e pedir que eles parem.

— Não vou aceitar isso! Não podem fazer isso agora, simplesmente não podem!

E agora a mãe a está tranquilizando e o pai pegou as duas em um abraço de urso, e eles prometem a ela que vai ficar tudo bem.

— Vamos passar por isso como uma família, Love, meu amor — diz ele. — Sempre passamos.

Tomo conhecimento de que a brincadeira preferida de Forty quando criança era esconde-esconde. Ele nunca parava de brincar. Quando as coisas vão bem para ele, ele se autodestrói. Ele se esconde. No dia em que conseguiu entrar para a Universidade da Califórnia, foi a uma pista de corridas e jogou seu carro no muro. Foi um acidente, mas, ao mesmo tempo, todos nós sabemos o que é possível quando entramos em uma porra de *carro esporte*. Dois dias antes do casamento de Love, uma época de felicidade para todos, Forty saiu para *esquiar* de helicóptero. Ele caiu, é claro, e ninguém conseguiu localizá-lo durante dias. O casamento de Love teve de ser adiado. Forty foi encontrado na mata e alegou que estava desorientado demais para usar o telefone. Um dos caras do esquadrão de resgate perdeu um *dedo* tentando encontrá-lo.

Depois do café da manhã, Love e eu vamos para fora, assim ela pode regar as plantas.

— Love — digo. — Talvez a gente deva sair de casa, sabe, ir ao cinema ou coisa assim.

— *Cinema?* — Ela estoura comigo, brandindo a mangueira. — Como posso ir *ao cinema* quando meu irmão está desaparecido?

— Porque ele sempre aparece.

— Você não entende porque você não é... próximo de sua família — diz ela. — Não falei isso no mau sentido, mas, por favor, por favor, não diga coisas como *que tal irmos ao cinema?*. Eu preciso ficar aqui. Não posso ir ao cinema e receber um telefonema dizendo que ele...

E ela está chorando de novo e eu juro, chora porque se sente culpada porque deseja que ele tenha morrido e a deixe em paz. Ele é tedioso, não tem imaginação, ele roubou de mim e é um vampiro, suga a vida da irmã. Eu a abraço.

— Joe — diz Love. Lá vamos nós de novo.

— Sim?

— Quando ele apareceu e soubemos do contrato, você não pareceu feliz.

— Love, estávamos na porra da piscina. Estávamos literalmente *na porra da piscina.*

Ela joga a mangueira de lado.

— Não — diz ela. — Não é por isso. Você parecia *zangado.*

— Eu não estava zangado — digo e quero tanto contar a ela que escrevi aqueles roteiros, mas se eu contar agora, enquanto Forty está sumido, ela vai me enterrar.

Ela borrifa água nos cactos, como se eles precisassem de água.

— Não — diz ela. — Sem dúvida você estava zangado.

Agora não tenho alternativa.

— Tudo bem. Tem razão. Você havia acabado de me dizer como se saiu com o negócio e você não quer atuar e ele chega, e vendeu os filmes dele e eu fiquei assim, bom, lá vai ela. Agora você vai querer aparecer nos filmes dele.

— Porque não consigo pensar por mim mesma?

— Não. Porque vocês são gêmeos. Porque vocês trabalham juntos, porque é claro que ele vai querer a irmã nos filmes dele.

— Mas eu literalmente tinha acabado de te falar que estava cheia disso — diz ela. — Eu literalmente disse a você que nunca mais queria atuar. Me diga por que você não ficou feliz por ele, por que você saiu e ficou fechado dentro de casa. Quer dizer, tem *alguma coisa* acontecendo.

— Eu adoro o seu irmão — minto.

— Então por que você não o abraçou e ficou animado? — Ela larga a mangueira. Anda de um lado a outro. — Deixa pra lá. Isto acontece sempre que fico com alguém. No início vocês agem como se adorassem meu irmão, e é legal, e vocês querem ser amigos, mas no minuto em que ele, sei lá, *precisa* de algo de vocês, vocês dão as costas a ele.

— Ele não precisava de nada de mim — digo. — Ele conseguiu a merda de um contrato.

— Ele precisava que você ficasse feliz por ele. — Ela funga. — Precisava que você o amasse. Quer dizer, por que você não podia simplesmente *abraçá-lo* e ficar ali por ele? Por que você teve de fugir?

Então agora é *minha* culpa que Forty tenha fugido e o pai de Love está nos chamando para outra refeição. Procuro conversar com Love, mas ela diz que não é o momento. Ela não é a mesma mulher que era quatro dias atrás e, se isto continuar, não vai mais me amar. Ela é um boneco de neve derretendo, um telefone perdendo carga, uma planta murchando. Entro, como minha *guac* e falo de livros com os pais dela e sou um bundão. Os pais decidem ir ao cinema — ha! — e eu não digo, *viu só, eu te falei.* Eles saem, ficamos a sós, sentamos em seu gigantesco sofá seccional e mais uma vez tudo que digo é errado.

Se digo a ela que vai ficar tudo bem, ela diz que não tenho como saber disso.

Se digo que a amo, ela diz que não pode lidar comigo agora.

Se pergunto a ela o que posso fazer, me diz que não há nada que alguém possa fazer.

Se tento fazê-la rir, ela diz que não tem vontade de rir.

Se fico aborrecido, diz que não pode lidar com *mais uma pessoa* descontrolada.

Os pais dela voltam.

— Alguma notícia? — pergunta Ray.

— Não — responde Love.

Dottie nos conta que enfim caiu a ficha para Ray. Eles não conseguiram ir ao cinema. Só foram ao apartamento de Forty no Sunset. Acham que ele morreu. Podem sentir isso. Tento ser otimista, porque é o que dizem para fazer nessas situações, mas não dá certo. Procuro animar Ray e assisto *Velozes e furiosos 5* com ele, e Love diz que a estou abandonando. Deixo Ray e o filme e a acompanho, e ela explode comigo.

— Bom, agora você está abandonando *meu pai.*

Não posso curar Love quando ela está doente desse jeito, sentada no escuro, com os fones de ouvido, bloqueando o mundo, assistindo a coisas, como estava quando nos conhecemos, e agora entendo que ela estava triste naquele dia também. Tinha acabado de fazer sexo com Milo; ela estava se odiando, culpava a si mesma por levá-lo a isso. E agora foi Forty que fugiu e ele fez isso, mas ela está culpando a si mesma, como se as merdas dele fossem culpa dela. Existe uma codependência entre gêmeos que não pode ser rompida. E então recebo uma mensagem de texto.

É de Forty.

A primeira coisa que faço é olhar em volta para saber se Love, Ray e Dottie estão bem longe de mim, e eles estão. Abro meu telefone. Leio: *Tá a fim de um rango, Meu Velho?*

Mas é inacreditável. A família dele está fazendo uma vigília e ele não dá nenhuma explicação. Ele não se importa com eles? Não se lembra quando roubou propriedade intelectual de mim?

Respondo: *Onde e quando?*

Ele escreve: *Agora na 101!*

Coloco as mãos nos ombros de Love. Ela tira os fones e olha para mim.

— Vou procurar Forty. Não posso ficar sentado aqui sem fazer nada.

Ela estende a mão para mim.

— Como? — pergunta. — O que você quer dizer?

— Quero dizer que vou procurá-lo — respondo. — Dirigir por aí. Vou aos lugares dele.

— Joe — diz ela, iluminando-se. — Você é incrível. Obrigada.

— Não precisa dizer isso — afirmo e beijo sua mão. — Você é que é incrível e o mínimo que posso fazer é entrar no carro e tentar trazê-lo para casa.

Love concorda com a cabeça.

— Eu sinto muito. Sei que estou sendo uma cretina completa. Não sei como controlar isso e detesto a mim mesma por ainda não ter pensado em como controlar. Trinta e cinco anos de merda.

Dou um beijo no alto de sua cabeça perfeita.

— A vida é longa — digo a ela. — Você vai ficar bem. Vou encontrá-lo, deixá-lo sóbrio do que ele tenha tomado, vou ficar com ele. Depois vamos voltar para cá, ele vai ficar conosco e vou cuidar dele, assim posso cuidar de você.

— Eu te amo, se cuida — diz ela enquanto saio da casa.

A pessoa com quem ela devia se preocupar é o irmão. Ele deixou meus nervos no limite e se ele não está telefonando para se desculpar por roubar meus roteiros, por ter me fodido e torturado sua família, então será atropelado na merda da 101.

41

DIRIJO em alta velocidade e quando chego ao 101 Diner de *Swingers – Curtindo a noite*, Forty já está em uma cabine, de cara vermelha e doidão, os pés para cima, os dedos sujos em sandálias velhas, e está dando em cima de uma garçonete e bebendo uma cerveja. A música de que menos gosto no mundo começa a tocar, a música que tocava no aeroporto de Los Angeles quando cheguei, aquela merda idiota do Tom Tom Club, e enquanto me aproximo da mesa de Forty, a música parece um mau presságio. Mesmo assim, sou uma pessoa justa. Dou o benefício da dúvida a Forty. Certamente ele se escondeu, destroçado de culpa pelo que fez com a família, comigo. Certamente esta é a cena em sua triste vida quando ele procura Jesus, quando pede perdão.

— Forty — digo enquanto me sento na cabine. — Todos nós estamos pirando, procurando por você. Que merda é essa?

— Nossa — diz ele. — Sinto alguma hostilidade.

— É. Ligue para sua irmã.

— Você parece meio instigante, Meu Velho.

Só os babacas dizem *instigante,* e sei que este não é o momento em que ele vê a luz, em que se torna um ser humano e confessa seu comportamento horrível. Ele me chamou aqui porque está cheio de cocaína e cantarola junto com a música pop fútil de fedelho enquanto olha o cardápio. Peço o sanduíche de frango defumado e ele pede um *BBB* — sanduíche de *bacon, bacon e bacon* — e baixa o cardápio.

— Joe — ele começa. — Preciso dizer que estou magoado.

— Lamento saber disso — digo. — Mas me faça um favor. Antes de qualquer coisa, telefone para sua irmã.

Ele faz que não com a cabeça.

— Sei que você acha que eu te ferrei de algum jeito, mas precisa se lembrar que estive trabalhando naqueles roteiros durante *anos*.

— Não vamos entrar nessa agora. Eu só quero que sua família saiba que você está bem.

— Bom, eu não estou bem — ele rebate. — Você nem mesmo conseguiu *me dar os parabéns* direito. Recebi a notícia da minha vida e você virou um cretino invejoso.

— Forty, tínhamos um acordo... — Paro e respiro fundo. Não foi por isso que vim aqui. — Isso não importa. O que importa é telefonar para sua irmã.

Mas ele está enfurecido.

— Um acordo? Você *sabe* a quantas pessoas apresentei esses projetos durante anos? É disso que se trata esse negócio. Nós lemos as merdas dos outros. Não existe *acordo*. Um acordo é o que tenho com Megan.

Sempre que ele diz *Megan*, minhas aspirações pegam fogo. Não vou deixar que elas me conduzam e me perturbem. Estou aqui por um único motivo: ou ele telefona para a família e tem mais uma chance na vida, ou ele maltrata a família e sofre as consequências.

A música está alta demais e ele não para de dizer que os roteiros são dele. Ele pinta um quadro em que eu sou o desonesto, aquele que nem sequer quis dizer a Love que estávamos *falando de talvez fazer alguma coisa juntos*.

— Sabe, estou meio impressionado. Separação entre Igreja e Estado. — Ele dá uma piscadela. — Meu pai teria contado a minha mãe em um *segundo*. Mas você não ia deixar que seu pau atrapalhasse seu cérebro. — Ele bate em meu ombro.

— Caramba — digo. Quero esmagar a cara dele e dar um jeito nele. Conto até três. — Love não tem nada a ver com o acordo que fizemos.

E eu devia ter contado a Love; arrependo-me de não contar a ela. Quero uma máquina do tempo. Os segredos destroem a confiança, e foi assim que me meti nessa confusão. Se eu tivesse contado a Love sobre a proposta de Forty, ela teria levado sua mão pequena ao peito e dito, *oooh, Joe, não sei se esta é uma boa ideia*. Mas não se pode voltar no tempo; sei disso pela merda da caneca de urina.

— Meu Velho, dá pra você *acreditar* nessa porra? — diz Forty. — O quanto é bacana? A Megan Ellison! Eu ainda nem acredito. Mas, ao mesmo tempo, acredito, sabe como é? É como o contrário da loteria, o que significa que não há nada de aleatório na sorte. Você faz o trabalho. Um dia, recebe por ele. Depois você relaxa! — Ele gira os polegares e olha para mim tão diretamente, como um urso encarando um humano em um quintal de New Hampshire.

— Quem sabe você não quer telefonar para sua irmã? — pergunto a ele.

— Nunca uso o telefone durante uma refeição — diz ele.

Forty assovia para uma garçonete e pede uma garrafa do *pior* champanhe que eles têm, e ela ri, como se ele fosse muito engraçado, e volta com duas garrafas pequenas de vinho branco.

— Estamos brindando a quê? — pergunta ela.

— Minha carreira — diz ele. — Estou estourando.

Ela diz que as bebidas são por conta dela e pisca.

— Eu comeria essa bunda — diz Forty. — E geralmente não faço isso.

Bato na mesa.

— *Forty*.

Ele me olha e geme.

— Meu Velho, não te convidei aqui para bancar o chato — diz ele. — Agora, você devia me agradecer. Você fez alguns belos retoques em meu trabalho. Está no rumo de uma grande carreira.

— Eu não *retoquei* nada — rosno.

Ele arria, como se eu fosse um mala, como se fosse estúpido.

— *Harry e Sally*. *Tubarão*. Sabe o que esses filmes têm em comum?

— Foda-se — vocifero. Sei aonde ele quer chegar.

— Vou te dizer o que eles têm em comum — diz ele. E ele me diz o que já sei: as falas famosas sobre orgasmos e barcos grandes foram improvisadas. — Mas os atores levaram o crédito? Ora essa, não. Eles receberam elogios pela coautoria? Porra, não. E eles estão ganhando royalties por esse ouro? Ora essa, não.

— É diferente e você sabe disso.

Ele meneia a cabeça.

— Você simplesmente não entende — diz ele. — Você chega tranquilamente a esta cidade e acha que ela *te deve* alguma coisa pelo quê? Por que você come a minha irmã e leva jeito com diálogos?

A garçonete traz cervejas.

— Isto é para vocês continuarem a comemoração.

Forty sorri.

— Você é uma boneca. Uma boneca de porcelana.

Ela sorri.

— Não, sou um pouco mais flexível.

Ela sai e os olhos dele sumiram.

— Não seria demais se a garçonete daqui estivesse de patins? — Ele espreme ketchup em um guardanapo, aparentemente por motivo nenhum. — Você devia trabalhar nisso. Os patins arrasam no cinema. Uma mistura de *Boogie Nights* com sei lá, entendeu?

A garçonete volta com um milk-shake.

— Por conta da casa — diz ela. — O chef leu sobre você no *Hollywood Reporter*.

Hollywood, onde os ricos não precisam pagar por nada e Forty agradece a ela, baixa o queixo e assente. Tira o canudo da embalagem e bebe seu shake.

— Eu bebo meu milk-shake — diz ele. — Entendeu? Tipo assim, você acha que estou bebendo o *seu* milk-shake mas, olha só, o chef sabe, a garçonete sabe. Eles sabem o que está rolando.

— Vai se foder — vocifero.

Ele meneia a cabeça e diz que eu preciso tomar cuidado com meu *ego*. Ele diz que não puxei o saco de Barry Stein direito. Ele prega sobre a minha falta de respeito. Eu não sei o que é apresentar argumentos sem parar e ouvir a palavra *não*, voltar e tentar de novo.

— Estive 15 anos nisso — diz ele. — Por 15 anos estive desenvolvendo minha marca. Colocando meu nome lá fora. Gerando falatório. Quinze anos indo de carro a estúdios e contando minhas histórias a executivos e produtores que disseram que *me adoram* e que eles *adoram* e *querem a história* e aí uma semana, duas semanas depois, nada. — Agora sai fumaça dele. Dê um sorvete de casquinha a uma pessoa infeliz e a pessoa infeliz vai comer, digerir e voltar a ser infeliz. — Estou louco para ver a cara de Milo, né?

— Você precisa mesmo telefonar para Love — digo. — Ela está literalmente doente de preocupação.

Ele fica eriçado e irritado.

— Ela está bem — diz ele. — Todos eles estão bem.

A comida chega. Ele fica feliz de novo. Ele ataca seu sanduíche de bacon e eu não toco no meu. Ele não passou no teste e eu tentei, tentei de verdade. Mas esta saga de gêmeos codependentes já existia antes de eu chegar aqui, Forty fazendo merda com Love, Love o perdoando, independentemente de qualquer coisa. Minha tarefa é acabar com isso. Cuidar disso. Farei isso, por Love, como um pedido de desculpas pela confusão que criei, pelo jeito como tornei capaz esse canalha egoísta.

Não consigo decidir como vou matá-lo, mas sei que quando os ricos morrem, a polícia realmente se importa. A primeira coisa que eles tentam deduzir é a motivação. Não posso correr o risco de que aqueles e-mails que trocamos venham morder meu traseiro.

— Forty — digo. — Você devia deletar todos os nossos e-mails, sabe como é, sobre os roteiros. Vai que alguém invada a sua conta. É melhor garantir que não exista nada, bom, você entende o que quero dizer.

Ele ri, engasga e bebe a cerveja.

— Olha aqui, só alguém que acabou de chegar diria uma coisa dessas. Pode procurar um advogado agora mesmo. Divirta-se. Boa sorte pagando os honorários. Ah, e boa sorte para encontrar alguém que queira trabalhar com um cara que procura advogados como a merda de um bebê quando o irmão da namorada consegue um belo contrato. — Ele arrota. — Você pode ser litigioso ou pode ser criativo, mas não pode ser litigioso *e* criativo. Ninguém quer brincar na caixa de areia do cara que *processa* as pessoas.

Digo que só estou preocupado por ele.

— Conheço um repórter que tenta invadir essas merdas o tempo todo — explico. — Você não vai querer um rastro de documentos.

Ele concorda com a cabeça.

— Entendi o que você quis dizer.

Agora está ao telefone, passa o dedo na tela. A garçonete volta com uma travessa de batata-doce frita *porque sim*. Forty está ficando sóbrio.

— Esse foi um bom conselho — diz ele. — Mas também é uma chatice. É o tipo de merda que você ouve de um advogado, não de um roteirista. Nós *podíamos* entrar em alguma coisa juntos, mas não vou levar um sacana litigioso a lugar nenhum. Não gosto de sacanas litigiosos. Você precisa me dizer que não vai ser um sacana litigioso.

No balcão, uma garçonete diferente paquera um *aspirante* a roteirista que provavelmente esteve tentando comê-la e terminar seu roteiro há meses. Ele pede uma guarnição de *guac* e ela diz que são dois dólares a mais. É assim que funciona aqui. O cara que merece *guac* de graça não consegue *guac* de graça.

Forty limpa a boca e afasta o prato.

— Sabe de uma coisa — diz ele. E agora ele pega a artilharia pesada. — Minha irmã me ama muito, mas muito mesmo.

— Eu sei disso, Forty. Eu sei.

Ele passa as mãos no cabelo gorduroso.

— Você tem Love — diz ele. — Não seja um canalha. Pare de procurar dinheiro. Isso não faz você feliz. Todo o dinheiro e toda a fama, não são nada sem amor.

Lembro a ele de sua família oprimida na casa de Love. Os olhos dele estão vazios. Ele é o cara chamado Forty, o irmão desafortunado e irremediável de Love.

— É — diz ele. — Não há nada que Ray e Dot amem mais do que se reunir, até num grupo de busca. Minha família de merda, eles são qualquer coisa, né?

Ele é um *outsider* e sabe disso, e nunca vai parar de puni-los. Quando lhe digo que eles o amam, parece mentira minha. Mentiras parecem mentiras e é impossível saber quem veio primeiro, a natureza egoísta e repugnante deste homem, ou os equívocos de seus criadores. O que eu sei: se ele ficar por aqui, vai destruir tudo entre mim e Love. A família dele tem razão. Ele é autodestrutivo. Mas também é destrutivo para os outros. Matá-lo será o maior risco de minha vida — eu posso perder Love —, mas é claro que vai gerar a maior recompensa. Eu terei Love, sem Forty.

Pego a conta. Pago em dinheiro; essa eu aprendi.

Lá fora, Forty palita os dentes.

— Bom, vou para Las Vegas escrever outro roteiro. — Seu carro para ali, grande e preto.

— Forty, sei que você não vai escrever.

Ele ri.

— Ah, tá. Ha. Mas é bom, sabe, um bom treino para os talk shows e esses troços — diz ele. Babaca de merda.

— Ei. O que quer que eu diga a sua família?

Aquele olhar vago de novo. Ele sabe que eles amam Love mais do que amam a ele. Tenho certeza de que isto é verdade na maioria das famílias e para algumas crianças não representa nada. Mas outras crianças, crianças como Forty, aposto que ele fez essa mesma cara em cada festa de aniversário em que Love ganhou *alguns* presentes a mais do que ele e quando a mãe dela a abraçou e ficou abraçada um *pouquinho* mais. Forty não recebeu amor suficiente. Como muita gente. Mas o caso é que ele é *gêmeo* de alguém que recebeu tanto amor que ela *é* Love. E isso deve ser difícil.

Ele dá de ombros.

— Deixa minha mãe se estressar e passar fome por mais alguns dias. Ela começou a engordar, Meu Velho. Não queremos isso, né?

Minha solidariedade evapora.

— Então, não quer que eu diga a eles que você está bem?

— Eles precisam largar do meu pé — diz ele. — Não estou na merda da escola. — Manual básico de psicologia reversa, e ele esbugalha os olhos.

— Mas você sabe o que eu *quero* — ele começa. — Meu Velho, você deve ir a Las Vegas. Podemos escrever um novo roteiro, uma mistura de *Se beber, não case* com *Se beber, não case*!

Se beber, não case não pode se misturar com *Se beber, não case* porque *Se beber, não case* é o *Se beber, não case* e digo a ele que não, talvez da próxima, *sem dúvida* na próxima vez.

Ele dá de ombros. Vejo um *saco de drogas* em seu carro, literalmente um saco de drogas. Ele levanta a mão para bater um *high-five* e da próxima vez que eu tocar nele, será diferente. Eu o estarei estrangulando.

42

SETE mil horas depois, estou chegando perto de Las Vegas e as luzes da cidade piscam ao longe como fizeram em *Swingers*. Eu consegui. E não foi fácil. Quando disse a Love que tinha um "pressentimento" de que Forty estava em Las Vegas, ela ficou confusa.

— Joe, sou a irmã gêmea dele. Temos aquele lance paranormal de gêmeos e acho que quem saberia se ele está em Las Vegas sou eu.

— Entendo o que quer dizer — argumento. Dobro minhas camisas em uma das malas pretas de Love. — Mas acho que quando você está perturbada desse jeito, deve afetar seu radar.

Ela se sentou na cama.

— Devo ir com você?

Dei um beijo no alto de sua cabeça.

— Não, eu cuido disso.

— Você quer mesmo aquele troféu de Namorado do Ano, não é? — ela perguntou, de um jeito provocante.

Então eu a comi forte, depois fui para o Hollywood Boulevard comprar alguns objetos para minha fantasia de Capitão América — não o super-herói, o irmão genérico de Las Vegas. Comprei uma camisa e um boné dos Colts. Deixei o cara da loja escolher. Eu me sentia com sorte. Eu ia para *Las Vegas*.

E agora estou quase lá, vejo a cidade ao longe, aproximando-se. Fico de bola murcha. É *Las Vegas*; é de verdade. É mais luminosa do que nos filmes e fica mais feia à medida que me aproximo, cada placa é uma ameaça. *Último Cassino a 30 quilômetros* e *Último posto de gasolina* e eu paro. Coloco o boné dos Dodgers. Arranco a etiqueta de minha camisa dos Colts e visto. O sr. América Mediano! Volto para a estrada.

Na Strip, em um sinal vermelho, vejo uma mulher arriar a calcinha, agachar-se e defecar. Os turistas são muitos. Pessoas fumam cigarros e empurram seus bebês em carrinhos, e *faz calor* e quero ver tudo isso, o mero volume de luzes, a largura das calçadas, a multidão de gente, jovens e velhos, gordos e americanos. Permito-me alguns minutos de bobeira e ponho Elvis aos berros e as fontes do Belaggio são mais grandiosas na vida real. Digo a Love que cheguei e ela me fala para começar pelo Caesars.

— Não é um lance de gêmeos — disse ela. — É um lance de Forty. Ele diz que lá tem as melhores mesas.

LOVE estava enganada. Forty não está no Caesars e tudo aqui é grandioso demais. O piso do cassino é um prado largo e amplo, e as máquinas caça-níqueis são vacas imóveis, bloqueiam minha visão. Tem módulos de mesas de blackjack, gente para todo lado, a música aos berros, máquinas barulhentas. Eu tenho um celular descartável. Podia ligar para ele. Mas só quero telefonar quando puser os olhos nele. Love liga de novo.

— Meu pai recebeu notícias de nosso host no Bellagio — diz ela. — Ao que parece, ele esteve lá.

— Tudo bem — digo. — Vou para lá agora.

Caminho rapidamente. O ar é seco e uns desconhecidos batem um *high-five* comigo — *Colts!* — e escuto minha mash-up da piscina e chego às fontes. É pompa demais levando à entrada da frente — portas giratórias gigantescas, flores de vidro gigantes no teto, atrás da recepção. Executivos e prostitutas enchem o salão. Passo por uma baia de mesas de blackjack em que a aposta mínima é de dez dólares. Avanço, costurando por entre garçonetes de coquetel em trajes sumários de lantejoulas, casais que brigam, uma mulher ao telefone com seu banco — *DINHEIRO ADIANTADO* —, uma criancinha chorando, a mãe dizendo a ele *espera um pouco, neném, mamãe está quase acabando,* como se apostar fosse um emprego.

É desorientador porque todas as áreas são idênticas, mesas e caça-níqueis, mesas e caça-níqueis. Chego a uma clareira e vejo um caça-níqueis *Se beber, não case!* e ele não está ali, e ando para outra confusão de mesas, cadeiras de couro brancas, mais palaciano do que o Caesars, e é por isso que Forty está aqui, sentado em uma cadeira branca junto de uma mesa de blackjack. Seu cabelo está uma zona. Ele usa duas merdas de óculos Wayfarers, um par na cabeça, outro no rosto. Sua camisa está amarrotada e os pés estão sujos, e ele os apoiou em duas cadeiras, como se fosse dono do lugar. Joga três mãos, fuma dois cigarros. Caem fichas de seu bolso e ele não se abaixa para pegar. Eu quero bater sua cabeça na mesa, mas os tetos são altos e tem câmeras para todo lado. Sento-me a uma máquina caça-níqueis. Texas Tea. Coloco uma nota de dez dólares. Mando uma mensagem a Love: *Procurei, procurei e não o vi, mas vou continuar procurando.*

Ela responde: *Meu pai agradece a você. Você é o máximo.*

Escrevo: *Vamos encontrá-lo.*

Jogo uma rodada de dois cents na Texas Tea e Forty joga *mil dólares* por mão em suas três mãos. Ele está perdendo. Ele é escandaloso. Mesmo a uma boa distância, posso ouvi-lo. Está sentado com uma prostituta e periodicamente segura o pescoço dela e lambe seu peito. Uma chinesa o encara com reprovação.

— Lamento se eu a incomodo, meu bem, mas isto é Las Vegas e se eu quiser bater uma carreira nos lindos e aumentados implantes de Miss Molly Tupelo, vou fazer isso a noite toda.

A chinesa se levanta, afasta-se e nem acredito que esta cidade é tão abarrotada.

Forty perde uma rodada.

— Isso foi porque eu irritei a chinesa? — pergunta ele. — Porque, se for assim, então vocês vão ter de chamar o supervisor. — Ele bate a bebida na mesa. — Que se foda!

Forty anda um metro e meio e se senta a outra mesa. E acontece tudo de novo. Uma garota de saia curta senta-se ao lado dele. Uma nova asiática velha tenta se sentar também. Forty segura a cadeira.

— Parece que eu quero companhia, senhora? — Ele bebe seu uísque. — Vai se foder. Cai fora.

A garota da saia curta ri e diz que ele é engraçado. Ele diz que ela pode ficar, mas só se ela der sorte e ela diz que torce por isso e oficialmente eu odeio isto aqui.

O crupiê tenta.

— Talvez a sorte da mocinha possa fazer bem ao senhor.

Forty escarnece.

— Prefiro ter umas cartas figuradas. Sabe do que mais? Que se foda.

E ele se levanta e dou um salto para segui-lo, mas não. Ele se senta a uma mesa vizinha. Acende um cigarro ao lado de uma gestante.

— Importa-se? — pergunta ela. Ela aponta a barriga protuberante.

— Você devia estar em uma mesa de não fumantes — diz ele. Ele sopra a fumaça no ar. — Ou, na verdade, devia estar *em casa.* Vocês, as merdas das grávidas, são donas do mundo todo. Precisam mesmo ser donas disso também? Não posso fumar em lugar nenhum por causa de vocês e precisam me dizer que não posso fumar na merda de *Las Vegas*?

O crupiê pede a ele para falar baixo e Forty se levanta.

— Sabe quem eu sou? Filho da puta, eu sou *dono* desta cidade. Acabo de vender um roteiro que acontece nesta merda de cidade por mais dinheiro do que você verá em toda a porra da sua vida.

Meu boné coça e perdi nove dólares na Texas Tea.

O crupiê se esforça para não rir. Forty bate a bebida no chão e estala o dedo para uma garçonete.

— Estou sem nada, querida.

Ela parece cansada. Em Las Vegas, obrigam as garçonetes a circular com trajes de banho de lantejoulas e meia-calça. A mulher diz que está entregando bebidas e voltará para pegar os pedidos depois de deixar as bebidas. Forty fica furioso.

— Pouco me importa o que você está fazendo — diz ele. — Por que merda você acha que eu ligo para o que está fazendo, meu bem? Parece que eu me importo? Eu disse a você que quero um gimlet. De Goose. Gimlet. Agora. Significa agora.

— Quando eu voltar, posso...

Ele grita.

— ME TRAZ A MERDA DE UM GIMLET DE GREY GOOSE.

Ela se afasta e o supervisor — já vi *Cassino* umas mil vezes — se aproxima de Forty.

— Sr. Quinn — diz ele. — Estamos muito felizes com seu retorno. Espero que esteja se divertindo jogando conosco.

— Rocco! — diz Forty. — É muito mais divertido *jogar* quando se tem um bom e grande gimlet de Goose. Mas o que está acontecendo aqui?

Rocco tenta resolver o problema do gimlet enquanto Forty perde mais alguns milhares de dólares e eu ganho 52 cents no Texas Tea. Forty se mexe. Eu o acompanho. Minha calça me dá coceira.

Ele vaga pelo cassino e de vez em quando mergulha por uma fileira de caça-níqueis e cheira uma carreira de pó. Cambaleia para uma garota de pernas compridas e aparência deprimida com um vestido apertado que está a um caça-níqueis e puxa seu cabelo. Ela grita:

— Que merda é essa, cara? Tira suas mãos de mim!

— Quanto? — pergunta ele. — Eu quero dar uma volta.

— Não sou uma prostituta, seu escroto — diz ela. — Sou *professora.*

— Posso ficar com tesão nisso — diz ele. Ele estende a mão para ela. — Quanto?

Ela bate a bolsa nele.

— Pare com isso.

Ele ri.

— Meu bem, sinceramente, pelo jeito do seu vestido, você *precisa* do dinheiro e o que acontece em Las Vegas fica em Las Vegas, tá entendendo, jujubinha?

Ela cospe nele e ele não limpa a saliva. Ele se senta junto da máquina. Perde cem dólares. Uma prostituta testemunha sua briga e se aproxima, óbvia demais — Las Vegas! Por que Delilah não se mudou para cá? — e ela diz a Forty que quer uma festinha. Ele a olha de cima a baixo.

— Eu adoraria, meu bem, mas não sou gay.

Ela o encara.

Ele lhe passa uma nota de cem dólares.

— Leve essa nota à mesa de dados, ganhe algo por lá, faça um favor a si mesma e compre umas tetas.

Ela não transparece emoção alguma. Diz *Obrigada, amor*, afasta-se e este é o lugar mais deprimente em que já estive. Não tem relógios, nem janelas, e as pessoas ou são incrivelmente desleixadas, ou estão incrivelmente superproduzidas.

Forty vai a uma mesa de dados e derrama uma bebida. As pessoas o vaiam.

— É — diz ele. — Buu pra vocês também. Sabiam que eu tenho um contrato para dois filmes com a Annapurna? É. Divirtam-se com sua vida tediosa de merda.

Ele sai. Ninguém à mesa sabe o que é *Annapurna*. Ele se senta a uma nova mesa de blackjack e ganha um crédito de cinquenta pratas. As pessoas se juntam para ver e ele está se gabando de ser um grande roteirista. Quando as pessoas perguntam se ele veio para cá sozinho, diz, "Estou com minha namorada, Love. Ela está lá em cima".

Minha namorada, Love. Estremeço. A música "Born in the U.S.A." começa e ele reclama.

— Detesto Bruce Springsteen — diz ele. — Podemos fazer alguma coisa a respeito disso? Merda de democrata chorão, nós *entendemos. Você é de Nova Jersey e acha bacana ser pobre.* Vai *se foder.*

O crupiê diz que prefere a música "Thunder Road".

Forty bufa.

— Você também deve pensar que um Chevy é robusto como um BMW. Não quero ofender... mas tem alguma coisa neste mundo que está muito *errada*. Tipo essas cartas. Existe alguma regra contra distribuir um 10 nessa espelunca? E eu pedi gimlets uns cem anos atrás.

Ele estava sentado havia dez segundos, mas ninguém diz que está errado e "Thunder Road" é uma música do caralho. Sento-me a uma máquina caça-níqueis *Se beber, não case!*. Perdi dez dólares em alguns segundos e Forty divide os 10. Sei disso porque o crupiê chama o supervisor e as pessoas paradas por perto estão espantadas.

Ele perde.

Um casal recém-casado chega ao bar, todos batem palmas, e Forty se levanta e assovia com as mãos. Gesticula para a banda parar de tocar. O vocalista olha a porta onde um homem está de pé, de braços cruzados. Ele assente. Este é mesmo o playground de Forty. Forty sobe ao palco e pega o microfone.

— Antes de tudo — diz ele. — Parabéns, porra!

Todos gritam. Ele é o cara legal. O cara divertido. Ele bate *high-fives* com o noivo. Dá um beijo no rosto da noiva. — Agora, vamos nos divertir um pouco — diz ele. — Por acaso, também vim aqui para comemorar. Acabo de vender *dois* roteiros para a porra da Megan Ellison. — Ele espera por uma reação. Ninguém reconhece o nome dela. — O caso é que ganhei uma grana e quero espalhar o amor por aí! — Aplausos, evidentemente. — E é isso que eu quero fazer. Noivo, sobe nessa merda aqui.

O noivo *sobe naquela merda lá* e ele é um cara baixinho, mais baixo do que a esposa. Ele parece tímido. Tem um sorriso largo, dentes grandes, são grandes demais para seu rosto. A esposa aplaude.

— Qual é o seu nome, amigo?

— Greg — diz ele. — Sr. e sra. Greg e Leah Loomis, de New Township, Nova Jersey!

Provavelmente Greg nunca falou tanto em voz alta a um grupo deste tamanho. Forty gesticula para todos se calarem e para a noiva subir ao palco. Passa o braço em volta de Greg.

— Greg — diz ele. — Você tem uma linda noiva. E vocês têm uma longa vida pela frente.

A reação é confusa. Alguns riem. Alguns ficam enojados.

— Então, por que não me deixam dar a vocês um presente de casamento de que vão se lembrar para sempre? — diz ele. — Greg. — Ele ergue e baixa as sobrancelhas várias vezes. — Te dou três mil se me deixar beijar sua noiva. Aqui. Agora.

Greg, o noivo, não esmurra Forty. As pessoas vaiam. Elas apupam. Algumas pessoas assoviam. Elas querem ver. Forty tira do bolso fichas de cinco mil dólares.

— Um, dois, três, quatro, cinco! — exclama ele.

Mais do mesmo, vaias e aplausos — a América —, e a noiva apela ao marido. Acho que fala algo a respeito da hipoteca. O noivo fica mais vermelho a cada segundo, a noiva toma uma bebida, Forty brinca com suas fichas e finalmente a noiva vence; ela é a alfa, vai escolher as férias dos dois, programar o DVD, exigir que ele renove o *homem das cavernas* e que ele sem dúvida torça para seu time e coma seu molho. Não tem *guac* para esses dois; eles não são desta parte da América.

Ela termina de passar batom e sobe ao palco. Forty dá um pontapé, *Isso!*. Ele inclina a noiva. Olha seus peitos e ele não diz nada para animá-la — vaias e aplausos —, e ele se curva e agarra seu traseiro, com força, e mete a língua pela goela da mulher. Observo o noivo. Ele parece arrasado: dez minutos atrás, estava apaixonado, tinha *acabado de se casar*. E agora está *acabado*. Forty solta a noiva, ela limpa a boca, estende a mão e Forty joga as fichas no chão e soca o ar.

Então agora é claro que tem um milhão de pessoas que matariam esse sujeito. O vocalista pega o microfone e a noiva abraça o noivo, mas dá para saber que Forty estragou aquele casamento. Agora as possibilidades de felicidade são menores do que antes de eles conhecerem Forty Quinn.

Forty parte de novo, vagando pelo salão do cassino. Eu o sigo e mando uma mensagem a ele de meu telefone descartável: *Está nevando no Sapphire.*

Forty responde: *?*

Eu: *É Slim. Telefone novo. Sua irmã está te procurando.*

Forty: *Neve forte? Espero que melhor que da última vez.*

Eu: *Sim. Sapphire é de vinte.*

Forty: *Saindo do Bellagio agora.*

Mas ele não está *saindo do Bellagio agora*. Está se acomodando em outra cadeira de couro branca, gesticulando para o crupiê dar as cartas, como se não soubesse que o crupiê não pode dar cartas a ele enquanto manda mensagens de texto. Ele escreve: *Ouvi dizer que tem um gelo lá também.*

Confirmo que tenho *gelo lá* e estaciono em um caça-níqueis com tema de lagosta. Insiro meu ticket, agora vale apenas 2,11 dólares. Forty é o homem menos interessante do mundo, gabando-se a jogadores desinteressados em volta dele sobre sua *carreira* estar *pegando fogo*, como se as pessoas viessem a este lugar para falar de trabalho.

Minha máquina pira. A tela muda e um pescador de lagostas animado se apresenta para mim. A mulher a meu lado diz que é uma rodada premiada, e o pescador entra na água e retira gaiolas de lagostas. Meus 2,11 dólares se transformaram em 143,21. A banca nem sempre ganha e sei quando sair. Tiro meu ticket da máquina e troco o dinheiro. Mando uma mensagem a Forty: *Neve com gelo e coelhinhas também melhor vir agora.*

Forty levanta a bunda da cadeira e sai do cassino. Ele perdeu muito dinheiro, mas eu atravesso o cassino como um vencedor. Encontro meu carro no estacionamento e mando uma mensagem a Love: *Alguma notícia?*

Ela responde: *Nada. Mas provavelmente ele agora está desmaiado na cama de alguma prostituta.*

Escrevo: *Não se preocupe. Vou encontrá-lo. As coisas vão mudar. Elas vão mudar.*

E é a verdade. No mínimo, esta viagem a Las Vegas abriu meus olhos para como todos esses anos foram para Love. Ela está em Los Angeles mandando mensagens a ele e, aqui, ele a ignora, alimenta seu medo, devora a vida dela. Ele é um parasita, um explorador, e acho que gosta de torturar Love.

Não posso culpar Ray e Dottie. Não há pais no mundo que façam tudo certo. Não existem pais que possam controlar como amam seus filhos. Mas não se trata de culpa. Trata-se do amor da minha vida, a dor nos olhos dela, a fraqueza em sua voz, o fato de ela estar sufocando no silêncio dele. Não posso deixar que ele sufoque mais Love. Eu a amo demais para isso.

43

VINTE minutos depois, Forty sai de seu táxi e anda até os fundos de um posto de gasolina decrépito e afastado do centro. Leva uma mochila idiota, como um garoto que vai acampar, esperando ver seu monitor/traficante. Saio de meu carro e abro um sorriso, especialmente para a câmera de segurança pendurada por um fio, dizimada, quebrada, o motivo para eu ter escolhido este lugar.

— Meu Velho! — Só a alegria transparece nessa cara inchada enquanto ele galopa para mim e joga os braços em meu corpo. Seu abraço é forte demais e ele fede.

— O que está fazendo aqui? — ele grita.

— É uma longa história. O que *você* está fazendo aqui?

— Eu devia encontrar meu traficante, mas ele não apareceu. Por sorte estou bem equipado. — Forty sacode os ombros e dá um tapinha na mochila. — Isto quer dizer que... você finalmente está numa boa com tudo? Entrou na festa?

Concordo com a cabeça, embora deteste drogas, detesto como as pessoas ficam em torno delas, a necessidade que passam.

— Goldberg do caralho! — ele cantarola, depois fala de sua Molly e seu boquete, isso e aquilo dele. Tira o cabelo seboso da cara esticada. — Olha, sei que tivemos algumas conversas, alguns adoecem do negócio, mas a coisa é assim, meu amigo. Os negócios ficam doidos, merdas acontecem, e aí, o que você faz? Você fuma um pouco de crack.

Ele dá uma piscadela e entra em meu carro com sua merda de mochila.

— Vamos precisar disso — ele continua. — Aposto que é a sua primeira vez em Las Vegas, né? O Professor Vai a Las Vegas! Adorei! — Seus olhos se estreitam, curiosos. — Cadê a minha irmã?

— Em casa — digo. — Com seus pais.

— Legal — diz ele. Ele abre uma lata de 350 ml de cerveja. Ela estoura e chia. — Vocês, metidos em relacionamentos, eu não sei como conseguem. — Ele arrota e a cerveja escorre por seu queixo. — Parece que vocês precisam sustentar a casa e a grande pica e fazer filhos e dançar essa dança e é, tipo, foda-se. Eu respondo a mim e somente a mim. Foda-se o amor. — Ele ri. — Você entende o que quero dizer. Não o amor de Love. Eu amo minha irmã. Ela é minha rocha. Sabe quantas vezes ela me mandou uma mensagem hoje?

Conto até dois. Não adianta.

— Você respondeu a ela?

Ele nega com a cabeça.

— É uma coisa entre gêmeos, ela é minha rocha. Ela sabe que às vezes eu racho. Ela me entende. Quer um gole?

Egoístafilhodaputaporcodrogadodestruidordelove.

— Estou bem — digo. Penso naquelas situações em que as mulheres estão grávidas de gêmeos e os médicos precisam remover o feto que está sugando a vida do outro. É a atitude humana a tomar. Às vezes, um deve morrer para que o outro consiga viver. A biologia não é sentimental. Nenhum dos outros namorados de Love teve culhões para dar um fim em Forty. Mas eu tenho. Olho para ele, rolando pelas mensagens de texto dela. Ele só se sente amado quando ela está um trapo, preocupada com ele, consumida. Algumas pessoas são fortes para dividir um útero e um aniversário. Love é. Forty, não.

— Olha só esse rabo — diz ele, apontando uma garota do ensino médio que procura o banheiro. — Vamos levar a menina com a gente?

Eu quero matá-lo. Agora. Neste carro alugado. Dou a partida no motor. Não posso matá-lo aqui. Seguro firme o volante. Ele bate no teto. A garota encontrou o banheiro. Ela está a salvo. Partimos. O silêncio só dura dois sinais de trânsito e lá vem ele de novo.

— Você e a minha irmã são a minha porra de *rocha* — diz ele. — Você cuida dela e essas coisas, né? Você sabe disso, né? Tipo assim, você tá sabendo que é um homem morto se fizer mal a ela?

Seguro o volante com mais força.

— Você é um bom irmão.

— Eu sou o melhor irmão. O melhor, caralho.

Ele pega um saquinho no bolso e funga. Entro na via expressa, e ele está tão chapado que me pergunta aonde vamos. Só fica tagarelando que ele *nunca vai se casar* e que vai morar comigo e com Love, e sobre toda a diversão que teremos. Ele está selando o pacto com sua morte e o carro zumbe e estamos cada vez mais distantes das luzes fortes, o tempo todo o número de carros é menor. Por dentro, a cabeça de Forty é uma sepultura e está bem a meu lado, sugando o oxigênio. Ele é o anti-Love e confessa que compra no *Ralph's*.

— São só *mercadinhos* — ele escarnece. — É comida. E sabe o que é comida, Meu Velho? É pré-merda. Só isso. É pré-merda e precisamos sobreviver. E antigamente era um pé no saco para os homens das cavernas, entendeu, meu amigo? Quer dizer, você precisa sair com seu porrete e matar mamutes e arrastar aquela porra pra casa antes que as moscas cerquem o troço e é *por isso* que a comida é um pé no saco. Mas, qual é. São os tempos modernos. A comida é fácil pra cacete.

Ele esfrega o nariz e meneia a cabeça.

— Você só precisa entrar, comprar seus tacos e você come. Gente como meus pais, eles querem agir como se isso *importasse* muito, como se o que você come no jantar fosse muito interessante, só que não é! É comida, porra! É só comer e cagar e mandar ver e não fica especial porque você come aquela merda *com* alguém porque, no fim, vamos todos cagar sozinhos! Que porra importa que você coma a pré-merda *com* alguém se caga sozinho, em uma privada, de porta fechada, pronto!

Ele cheira mais cocaína. Eu podia parar o carro e empurrá-lo porta afora, mas ele agora está tão ligado que provavelmente viraria um papa-léguas, me alcançaria e pularia de volta.

— Bem que eu queria um taco — diz ele. — Dar uma boa dentada naquele troço.

Ele quer ligar para Love. Entro em pânico e minha mão escorrega no volante. Eu transpiro. Digo a ele que tivemos uma briga.

— Então acho que não *devemos* — diz ele. Ele abre a janela, todo sorrisos, como um cachorro procurando ar fresco. Estou te falando, o estado de espírito dele se eleva no segundo em que pensa que terminei com Love. Não quer que eu seja feliz. Não quer que ninguém seja feliz. Em particular, Love.

Ele se gaba do tempo que passou em Las Vegas, uma mentira depois de outra, distorcendo tudo, um quilômetro por minuto, demente, e estamos lentos demais, mas não posso ultrapassar o limite de velocidade — a caneca de urina — e ele não para de falar de cacifes e prostitutas se recusando a aceitar dinheiro. Ele não diz uma só coisa verdadeira por toda a viagem através dessa terra castanha, de céu azul, e ele está tão fodido, tão cheio de si, expurgando verbalmente, o homem mais solitário da Terra.

Nem sei te dizer como é ver nossa primeira parada reluzindo, minúscula, longe, enfim, o lugar onde posso começar a matá-lo: o Clown Motel.

— Chegamos — interrompo seu falatório sobre seu host em Monte Carlo.

Ele tamborila na mochila, um cachorro feliz. E me diz que já esteve ali — já esteve em todo lugar, eu entendi —, mas esta é minha primeira vez e é a maior coisa que vi no Oeste até agora. É o Velho Oeste que eu queria. O hotel branco e azul, decorado com cartazes de palhaço e o gigantesco letreiro Nevada acima da construção saiu direto de uma cidade fantasma ou de um filme de Tarantino: BEM-VINDO AO CLOWN MOTEL. O saguão deve ser um enxame lotado de bonecos de palhaços de épocas diferentes, mas não posso ver porque vou matar Forty hoje, então não posso verdadeiramente entrar na merda do saguão.

Finalmente Forty está calmo, sua mochila está fechada e ele joga o saquinho fora. Ele se olha no espelho e diz que esta foi uma boa pedida.

— Adoro palhaços — afirma, e é claro que adora palhaços. É um imbecil, ele próprio um palhaço, com seu nariz vermelho e inchado e sua cabeleira suja, a gordura da barriga se sacode na bermuda turquesa; um pesadelo que apavora Love, a assombra, a derruba para baixo, a coisa que ela devia amar, como o mundo no início instrui as crianças a amar palhaços, embora todo mundo, no fundo, saiba que eles são velhos inchados e arrepiantes de máscara que olham as crianças de banda.

— Ei, Forty — digo. — Você devia entrar na internet para saber se eles têm quartos.

— Meu Velho, você e eu *com toda certeza* vamos rodar algo aqui. — Ele suspira. — Vai ser demais. Podemos até a chamar de *Demais*. Tipo *Onze homens e um segredo*, mas com *Jogos mortais* e os palhaços são as vítimas e os bandidos são aqueles turistas de merda, aqueles namorados de merda de mãos dadas e essas coisas.

— Tudo bem — digo. — Então os palhaços são os mocinhos.

— Exatamente. O casal chega aqui e a garota fica toda *detesto palhaços* e o namorado bobalhão fala *eu também*, e eles reclamam e, no fim, arrumam uma metralhadora e simplesmente disparam nos palhaços.

— Forty — explodo. — Você viu se eles têm quartos?

Ele me ignora.

— Sabe de uma coisa — diz ele. — Da última vez que estive aqui, foi com Love e Michael Michael.

Finjo surpresa, como se já não soubesse disso, como se já não tivéssemos vindo aqui, porque eu sei disso. Love postou uma foto #TBT alguns meses atrás, voltando a outra época, quando ela usava drogas e tinha um *piercing na língua* e delineador abaixo dos olhos, e não acima. Os três vieram para cá a caminho do Burning Man — meu Deus, ainda bem que não a conhecia na época. Os comentários contam uma história: Love, Forty e Michael Michael Motorcycle viajaram para cá, seduzidos pelos gigantescos cartazes de palhaço prometendo WI-FI GRATUITO e BEM-VINDOS, MOTOQUEIROS. Forty sumiu com o carro. Apareceu um mês depois. Não pediu desculpas.

Chegamos em minutos. Entro no estacionamento e dou a volta para os fundos, a parte desta armadilha para turistas que eu mais queria ver: o antigo cemitério americano.

— Não acha um absurdo não termos salas de exposição? — pergunta Forty. — Você não pode estar neste cemitério sem salas de exposição.

— Porra, é verdade — minto. Estaciono no canto mais distante. Não vejo nenhuma câmera, mas a caneca de urina que deixei em Rhode Island fica comigo em momentos como este.

— Beleza — diz ele. — Olha, Meu Velho, eu sabia que você tinha esse lado descolado.

Estendo a ele minha nota de cem dólares, a que ganhei em Las Vegas.

— Se você usar um cartão de crédito aqui, toda a porra da sua família vai aparecer.

— Acha que sou um amador? — Ele ri e saca uma identidade falsa. — Eu sou Monty Baldwin, porra! Entendeu? O irmão Baldwin perdido. É isso aí.

E é claro que este seria o sonho da vida de Forty: ser um irmão Baldwin, cercado por irmãos homens, e não por Love.

— Esse Baldwin vai voltar — afirma. Ele corre até o escritório do gerente, com a mochila quicando, e me lembro daquela primeira noite no Chateau, quando me perguntei se ele e *Joaq* Phoenix eram amigos.

Saio do carro e entro no cemitério. O sol bate em mim e os mortos não passam de ossos embaixo da terra. As causas da morte são apresentadas: suicídio, tiro, peste. A causa da morte de Forty será eu, mas isto não vai aparecer em sua lápide, e me pergunto quantas dessas histórias são verídicas.

Tem uma pá encostada na lateral do hotel. Eu queria poder enterrá-lo aqui, mas tem gente demais por perto: motoristas de caminhão, hippies com câmeras GoPro, uma família brigando, sem saber se isto é demais para as crianças. Eu só preciso que Forty se registre, que fale com o gerente. Leio sobre o gerente na internet e ele é o tipo de cara que se lembra de *todo mundo.* Ele vai se lembrar de Monty Baldwin. Vai confirmar que ele parecia *tocado.* Mesmo que ele diga que Forty falava com alguém no estacionamento, estou irreconhecível com minhas roupas largas, camisa dos Colts e carro alugado.

Volto ao carro, de cabeça baixa. Pego cinco comprimidos de oxicodona. Esmago os comprimidos e os coloco dentro de uma garrafa de água que comprei no posto de gasolina. Enquanto sacudo, Forty sai do escritório do gerente e volta ao carro.

— Quer ver as fontes termais? — Sugiro quando ele desliza para seu banco. Procurei as fontes no Google quando pegava informações sobre o Clown Motel. É verdade. Você pode mesmo matar gente no deserto. — Elas parecem uma loucura.

— Álcali — diz ele. — Porra, é isso aí. Eu tenho um pouco de ayuhasca e ah, Meu Velho, você não viveu nada antes de entrar naquela água e você *vê* umas merdas. É disso que estamos precisando. — Ele arrota. — Só viajar de carro direto, escrevendo tipo Kerouac e aquele cara, aquele com Johnny Depp, aquele em Las Vegas com a mochila, as drogas e os óculos de sol.

Meu Deus da porra.

— Hunter S. Thompson.

Ele bate palmas.

— Hunter S. Thompson.

— É — digo, e estou demorando demais para sair desse estacionamento. Entrego uma garrafa a ele. — Toma. Vamos nos hidratar antes da viagem.

Ele abre a tampa. Não percebe que o lacre está rompido. E bebe.

— Meu Velho — diz ele. — Gosto desse novo você. Foda-se toda aquela merda em Hollywood, a família, a pressão e os absurdos. Somos artistas, cara. Minha irmã não é. Deus a abençoe, mas ela não é, sabe disso.

Ele liga a música, minha mash-up da piscina de *A escolha perfeita.* Ele ri para mim e diz que meu péssimo gosto para a música é prova de meu gênio criativo.

— É isso aí — diz ele. — Liberdade.

Engreno a ré no carro.

— É — consigo dizer. — Liberdade.

Ele abre o zíper da mochila, pega uma *faca para manteiga* e mergulha a lâmina sem gume em um saco de pó. Cheira e esta pode ser outra ocasião Fincher. Talvez eu não precise matar Forty. Nesse ritmo, ele próprio fará isso sozinho.

44

AS fontes de álcali são nojentas, só dois buracos marrons no deserto, como o que você veria em *Os Pioneiros* ou algum documentário sobre Charles Manson. É nojento de todo jeito que se pode imaginar. Tem uma merda de camisinha Magnum no chão ali perto, usada, gosmenta. A embalagem também está ali, junto com uma lata de Bud.

Forty pega a lata e bebe — eu podia vomitar — e tira a camisa e tem sangue nela — de algum jeito ele conseguiu se cortar com a faca para manteiga —, e eu viro a cara. Jamais quis vê-lo nu e não quero vê-lo aqui, sozinho, no meio do nada, quase Área 51, com o vazio enchendo a paisagem por quilômetros.

Ele grita e bate no peito ao entrar na água.

— É isso aí! — grita. — A porra das fontes, cara! Uhuu!

Ele tomou a água com oxicodona no caminho para cá e não só ainda está vivo, como falou durante todo o percurso de carro. Ele não é Henderson, e pelo visto é preciso uma farmácia para matar uma pessoa farmaceuticamente aprimorada como Forty. Torço para ter o bastante.

Forty se acomoda e a bunda de alguém esteve ali e animais provavelmente entraram nisso e as pessoas são porcas.

— Vem, Professor — ele me chama, acenando. — Sei que você é todo Nova York e essas merdas, mas não tem nada de gay em entrar numa fonte com outro cara.

— Eu estou bem.

— Sem essa — diz ele. — Esta é a banheira de Deus. Isto é o lar, Meu Velho. Entra aqui. Coragem. Ânimo! Sinta o fogo! Você entra aqui, é assim que faz um filme. Deixa sua mente viajar.

Ele agita os braços para o manto azul-celeste e uiva. Eu me sento no chão.

— Olha, existem tantas pessoas criativas lá fora que não entram nesse tipo de coisa. Woody Allen nunca entraria num buraco sujo de água quente.

Forty ri.

— Mas ele comeu uma adolescente. — Sorri. — É um artista! Nós somos esquisitos! Professor, você precisa assumir suas maluquices. Pare de querer tanto a segurança. Você pensa, se esforça, mas nunca *entra fundo*? Sinceramente, você é um ótimo escritor. Mas acho que seria *de ouro* se tivesse a coragem de entrar fundo.

Isso vem de um sujeito que vendeu meus roteiros com o nome dele, e volto ao carro para preparar mais água com oxicodona. Toda vez que ele cheira coca, combate meus calmantes. Ele está dificultando isso muito mais do que deveria e não podemos ficar aqui para sempre. Sacudo a garrafa de água e ofereço a ele.

— Eu tô legal — diz ele, rejeitando com um gesto. — Entra!

É minha vez de dizer a ele que tô legal e ele tenta nadar neste buraco pequeno, como se houvesse espaço. É bem adequado que se afogue em pouco mais de meio metro de água quando a irmã se nomeou uma defensora nacional da segurança na água. Bebo a minha água, sem drogas.

— Tem certeza de que não quer um pouco?

— Merda, sim, quero um gole!

A memória dele está corroída. Li a respeito dos efeitos do álcool no cérebro. Talvez seja isso, Forty tomando a água que ele disse que não queria um minuto atrás. Preciso dele mais suave, mais fraco. Henderson não tinha tolerância. Ele seguiu tranquilamente no fim, mas isto é ridículo.

— O que mais você tem em sua sacola de truques? — pergunto.

— Ayahuasca, cara! — Ele estende a mão para seu chá. Bebe. É um bom garoto. Que o chá se misture com a oxicodona. Que os venenos entrem em colisão. Ele passa a garrafa. Finjo beber. Sou um bom garoto.

Em *Closer*, Jude Law diz a Natalie Portman, "isso vai doer" e então dói mesmo. É nesse ponto que estou agora, por mais babaca que ele seja. Começa a doer em mim. Matar Forty vai magoar Love. De um jeito de merda, ela não vai saber viver sem o drama e isto será mais difícil do que eu pensava. Mas toda mudança é dolorosa. No fim, Love será uma nova pessoa sem o irmão. Ela vai dormir melhor. Não terá de encontrar um jeito de perdoá-lo sempre que ele esculhambar com ela. Não terá de recebê-lo em sua casa, nem racionalizar os próprios sentimentos. Imagine o que ela pode fazer com o poder, o poder que estou dando a ela ao me livrar dele.

Forty vira de barriga para cima, um filhote de baleia. Ele mergulha a faca para manteiga na bolsa.

— Eu me sinto UAU — diz ele. — Tipo, UAU.

— É só seguir o fluxo — digo a ele. — Pegue a onda.

— Não seria legal se tivesse ondas aqui? — pergunta ele. — Já pensou nisso? Que não pode haver ondas sem um monte de água?

Esta é a parte da faculdade que eu jamais quis: um parvo arrogante contemplando *o mar*. Pego meu celular. Não posso ouvir essa merda. Só vai piorar enquanto ele se esvai e perde acesso ao cérebro, ao que restou dele. Recebi um novo e-mail, um novo alerta do Google. Meu peito se aperta. Clico no link e ele me leva ao *Providence Journal Bulletin*. Há uma foto de Peach Salinger, parece mais feliz do que foi na vida real. Os pais de Peach a amam mais morta do que quando estava viva. Clarearam seu sorriso e ampliaram seus olhos, e agora procuram justiça.

— Uma onda. — Forty pontifica. — Uma onda nunca vai embora. Tipo assim, e se o mar simplesmente parasse? E então?

Forty tagarela. Suas palavras não são mais palavras, apenas ruídos, enquanto leio a notícia, a notícia inacreditável.

O Departamento de Polícia de Little Compton recebeu uma dica anônima relacionada com a moradora e pós-graduada na Brown, Peach Salinger. As autoridades não revelaram detalhes sobre a dica, mas confirmam que o caso foi reaberto. Eles estavam enganados quanto ao suicídio. Ou, pelo menos, pensam que estavam. A linguagem é delicada, hesitante, mas a mensagem é clara. Eles pensam que Peach Salinger foi assassinada. E abriram uma nova investigação. Ah, merda. Duas vezes três mil merdas da porra. Forty começa a bater na superfície para criar ondas e não tenho mais paciência para a baleia na água. Preciso sair daqui. Preciso cuidar disso.

Coloco o telefone no bolso e ando até o buraco na lama. Metade dele já se foi, as pupilas rolam para dentro do crânio, onde aquele cérebro cor-de-rosa e envenenado reduz o ritmo até parar. Ele está rindo, mas não posso esperar. Não posso ficar sentado aqui, não com uma investigação aberta do outro lado do país.

— Ei, amigo — digo. E quando ele nada na minha direção, eu me curvo e empurro a cabeça de Forty Quinn embaixo da água. Minhas mãos estão em brasa. A água tem pelo menos uns 30 graus, o ar é quente e sinto meu corpo virar uma fornalha, o calor sobe, enroscando-se por meu braço como algo saído de um poema do Dr. Seuss. Ele não é como Henderson. Não luta. Está fraco. Uma urina amarela e escura escapa de seu pênis mole e ignóbil. Desidratação. Olho para o céu e espero que seu corpo inconsciente pare de se debater.

Enfim acabou. Monty Baldwin morreu. Sua identidade falsa está metida em seu saco de cocaína. A embalagem de camisinha é uma dádiva dos céus, mais DNA, que não é meu. Tiro as mãos da água. Recupero o fôlego. A certa altura, a faca para manteiga caiu na água com ele e fica ali, brilhando no fundo. Nunca experimentei cocaína. Meto o dedo no saco. Faço como ele fez, uma cheirada mínima. Estremeço. Mas talvez seja esta a sensação que você tem quando está perto de um cadáver novo em folha.

45

NÃO há como escapar disso. Tenho de mentir para Love. Estou ao telefone com ela enquanto espero no terminal da JetBlue no aeroporto McCarran. Eles têm caça-níqueis aqui também, estou saindo de Las Vegas e vou a Little Compton, mas não posso contar isso a Love.

Não tenho nenhum plano definido. Deve ser estupidez minha voltar ao local do crime. Mas não posso ficar em Las Vegas e esperar que a polícia encontre Forty, e não posso ir a Los Angeles e me sentar no sofá com Love e atualizar os mecanismos de busca, procurando informações sobre Peach Salinger. Porque a verdade é que eu me fodi. Deixei a *canecadeurina*, minha única ponta solta, e não vou permitir que isto seja minha ruína.

Além disso, se eu for apanhado por assassinato daquela Salinger deprimente e cruel, prefiro que aconteça lá. É por isso que os pais não deixam que os filhos os visitem na prisão, por isso as pessoas que morrem de câncer não querem que as fotografem. Essa investigação pode expor aquela caneca de urina e não quero que Love me veja algemado.

Love está ao telefone, em silêncio, suspirando de vez em quando, um sinal de que ela quer que eu fique na linha. Nunca é bom quando uma mulher se cala. Tenho de perguntar insistentemente se ela está ali.

— Sim — diz ela. — Por quê?

— Porque você não está falando nada.

— O que você quer que eu diga? Estou irritada. Estou enjoada disso. Não consigo fazer nada e não sei se meu irmão morreu e isso é uma merda.

— Eu sinto muito — digo. — Estou tentando.

— Você começou pelo Caesars, como eu falei?

Respondo que sim, refaço meus passos e prometo continuar tentando.

— Você sabe que ele vai aparecer — digo.

— Em que cassino você está agora?

— Planet Hollywood — minto.

Ela suspira.

— Ele não gosta das mesas daí.

— Eu sei. Lembro que você disse isso, Love. Mas estou tentando de tudo. A não ser que você queira que eu vá para casa...

— Não. Meu Deus, não. Desculpe. Só estou tensa.

— Eu sei, está tudo bem.

Sei que ela quer ficar ao telefone sem dizer nada, mas chegou a hora do embarque em meu voo para Providence, Rhode Island.

— Você está aí?

— Estou! Joe! Pare de me perguntar! *Você* está aí?

— Estou aqui. Não vou a lugar nenhum.

Ela chora. Digo a ela que está tudo bem e agora terei de esperar. Não posso embarcar com o Grupo A. As pessoas são umas babacas com suas malas, estou com medo de não haver espaço para a minha, mas Love vem em primeiro lugar. De repente ela está rindo.

— Estou vendo *Friends* — diz ela. — Aquele em que...

— Merda — digo. — Acho que eu o vi.

Desligo e corro para a ponte. É uma merda de se fazer, mas assistir a *Friends* enquanto você está ao telefone com o namorado também é uma merda de se fazer. Mando uma mensagem a ela: *Desculpe, alarme falso. Eu te amo.*

Ela responde: *Bjs.*

Queria que ela tivesse dito *eu te amo*, mas preciso me preparar para a mudança. Entro novamente na internet porque ainda não acredito nisso. Vejo uma coletiva com os pais de Peach e a mãe dela é identificada como Florence "Pinky" Salinger. Ela é uma versão velha de Peach, com a boca mais feia e ombros mais largos. "Eu disse várias vezes à polícia que embora minha filha lutasse com a depressão, ela não era suicida." Ela respira fundo. "Embora seja reconfortante que agora as autoridades estejam tratando o desaparecimento de minha filha como crime, como homicídio, é profundamente desconcertante que a polícia tenha se recusado a investigar até alguém telefonar com uma dica anônima." A mulher dá náuseas. A mulher não tem alma. Não admira que Peach tenha sido tão horrível. "É um triste estado das coisas quando o instinto e o conhecimento de uma mãe não significam *nada* para um detetive. Mas estamos agradecidos porque o assassino de minha filha enfim será levado à justiça."

Ela endireita o casaco, como se importasse sua aparência, e dá um passo para trás no pódio. Eu me pergunto como é ser mãe e precisar fazer um discurso para repórteres sobre sua filha morta e, ainda assim, fazer o cabelo e a maquiagem.

O locutor explica que a família Salinger pretende fazer uso *de todos os seus recursos* para solucionar este homicídio e o vídeo termina.

Decolamos e é estranho estar de volta a Little Compton, pensar em uma época em que eu estava tão apaixonado por Amy. Não penso nela, nem em nossa viagem, há muito tempo, em Noah & Pearl & Harry & Liam, em *Charlotte and Charles*, em toda aquela comida e todo aquele sexo. Eu me lembro do gosto dela e me lembro dos lençóis sujos de mirtilo e do som de sua voz quando ela disse que ia tentar aprender a confiar. Se eu nunca tivesse levado Amy a Little Compton, ainda estaríamos juntos? A vida é predestinada ou você a altera metendo-se em cidades pequenas e pitorescas porque você é fascinado pelo quanto se sente deslocado ali?

É um risco voltar a Little Compton. Mas faço isso por Love; nosso amor nunca poderá estar a salvo enquanto a *canecadeurina* estiver lá fora, me atazanando. E na realidade é como o próprio amor, como beber. Todos nós temos o coração partido. Tomamos um porre, vomitamos, choramos, ouvimos músicas tristes e dizemos que isso nunca mais vai acontecer. Mas estar vivo é fazer tudo de novo. Amar é arriscar tudo.

POUSAMOS em Providence e nenhuma viagem de avião jamais demorou tanto. Mando uma mensagem a Love: *Meu telefone descarregou e vou dormir. Nada ainda, queria ter notícias melhores. Te amo.*

Ela responde imediatamente: *OK.*

Compro alguma porcaria no aeroporto. Uma barra de chocolate grande demais, um exemplar de *Mr. Mercedes* e um boné do Red Sox. Vou diretamente à locadora de veículos Budget. Não há como alugar um carro sem mostrar identidade e dar um cartão de crédito. Faço essas coisas. O que terão de mim: eu só estive aqui com Amy neste verão, de férias. Aquele cara que esteve aqui no inverno, aquele cara que bateu o carro e matou a garota? O nome dele era Spencer Hewitt.

Não pego um conversível. Pego um Chevy. Ligo o motor e dirijo para minha vida, para meu passado, meu futuro, meu código genético, meus erros, minha possível salvação, minha possível perdição, a porra de Little Compton.

46

O tema de minha vida parece ser trabalhar nas férias. Como muitos americanos, parece que sou incapaz de tirar uma merda de uma folga. E isso faz mal a você. É nisso que os europeus são mais saudáveis. Eles relaxam. Descansam. Desligam os telefones e deixam seu trabalho no escritório, e quando vão à praia eles tiram a parte de cima, mostram os seios e os peitos cabeludos, eles bebem, tomam banho de sol e eles vão fundo. Eu, por outro lado, sou um daqueles americanos workaholic fodidos andando em uma praia vazia, sem saborear o pôr do sol, nem brincar nas ondas — mas está frio demais, é outono — e estou me esforçando muito, decidindo como diabos vou entrar naquela merda de casa.

Depois de me registrar em meu hotel de merda, entro em um coma de sono. Las Vegas vai acabar com você. Penso que passei 28 horas sem nem um cochilo. Acordei na colcha tosca de poucos fios em uma poça de minha própria baba. Tomei um banho no box minúsculo e sufocante e usei aqueles horríveis retângulos pequenos de sabonete vagabundo, e fui de carro ao estacionamento público que fica mais perto da praia próxima à casa dos Salinger. E comecei a andar. Como se fosse possível só entrar a pé em uma cena de crime. Antes mesmo de chegar lá, vi o movimento, as viaturas policiais e os furgões dos noticiários de TV, os vários Salinger com suas roupas de inverno, e tive de voltar.

Finjo ser um cara andando em uma praia, relaxando e, enquanto isso, a merda da casa se enche de gente que pode encontrar minha caneca de urina. Preciso entrar lá, então tento entrar lá.

Vou de carro à Crowther's e peço uma tonelada de uma merda de comida para viagem. Compro uma das camisetas deles. Vou à casa dos Salinger e estaciono o mais próximo que posso. Os furgões de TV foram embora — a notícia só é notícia por algum tempo — e só tem um policial. Coloco meu boné do Red Sox, pego a pesada caixa de comida e ando rapidamente até a casa, como faria qualquer entregador. Bato na porta, como faria qualquer entregador. Ninguém atende, então toco a campainha, como faria qualquer entregador.

Atende um cara que não pode ter mais de vinte anos e é idêntico a Peach. Veste uma camiseta de Yale e coça a cabeça. Parece que ele nunca segurou um ancinho nem raspou um bilhete de loteria em uma 7-Eleven.

— O que foi? — pergunta ele.

— Tenho uma entrega — digo, como se isso não fosse inteiramente evidente. — Posso entrar e colocar aí dentro?

Os olhos de Salinger rolam para o lado de sua cabeça oval.

— Mããããe! — ele chama.

— Amigo — digo. — Minhas costas estão me matando. Se eu puder entrar e baixar isso.

Mas agora a mãe está aqui.

— Trot — diz ela. — Não grite. — Ela olha para mim. — Peço desculpas — diz ela. — Estamos requisitando que todas as flores, alimentos e presentes sejam enviados ao Abrigo de Mulheres Maltratadas em Fall River. Peach era muito apaixonada pelos direitos das mulheres e simplesmente não precisamos da comida.

Peach não era muito apaixonada pelos direitos das mulheres. Ela era apaixonada pelas xoxotas das mulheres. Queria comer Beck e foi por isso que a matei. *Os Salinger.* Essa vaca fica me olhando.

— Você... fala... minha... língua? — pergunta ela.

NÃO, MAS EU FALO BUCETA.

— É ótimo de sua parte — digo. — Mas meu chefe vai comer meu fígado se eu for a Fall River. Tem certeza de que não posso só entrar e deixar isso com vocês? — O que significa entrar e roubar as chaves que eles sem dúvida têm na mesa da cozinha, porque os ricos, em particular aqueles da Costa Leste, gostam verdadeiramente de largar suas merdas na mesa da cozinha.

A vaca solta um suspiro.

— Coitadinho. — Ela procura sua bolsa. Acha que quero uma gorjeta. — Fique com isso. Pode ficar com essa comida. — Ela me passa uma *nota de cinco dólares* e me abre um sorriso falso, do tipo que as pessoas dão quando querem que você saiba que estão fingindo. Ela fecha a porta, tranca e agora eu fui marcado não por um, mas por *dois* Salinger de merda, então não posso aparecer aqui amanhã com o uniforme da UPS. E nem tenho o uniforme da UPS. Só o que tenho é uma caixa pesada de comida.

Volto de carro a meu quarto de hotel de merda. Como. Mando uma mensagem a Love: *Nada ainda e, sim, sou o babaca que ficou absorto em uma mesa de blackjack por horas.*

Ela responde: *Não sou sua agente de condicional. Não precisa me fazer relatórios! Sei que está se esforçando muito. Estou ajudando meu pai com algumas coisas do Pantry.*

Esta foi a hora errada de ela usar a expressão *agente de condicional* e só quero falar com ela quando destruir aquela caneca de urina. Eu queria poder mudar as coisas. Queria ter cuidado desta caneca antes de nos conhecermos.

Sinto sua falta, ela escreve, e a maioria das mulheres teria um ataque histérico se seus namorados entrassem no modo silencioso em *Las Vegas* por várias horas, em especial quando a garota triste está no meio de uma crise familiar.

Meu telefone toca e agora é ela me ligando.

— Eu só queria ouvir a sua voz — diz quando atendo.

— Como você está? — pergunto. Ela começa a falar de uma mulher difícil no trabalho, Sam, eu bocejo, faz frio no quarto, vou à janela para fechar a cortina e deixei o farol aceso.

— Porra — digo.

— Que foi? — pergunta ela. — Está tudo bem com você?

— Está. Deixei a luz acesa. Está tudo bem.

Pego a chave e saio — o frio é de amargar —, apago os faróis, corro de volta para dentro e Love me pergunta onde estou.

— Em uma lanchonete — digo. — A Peppermill.

Ela diz que está feliz por eu estar comendo e quer que eu descanse. Diz que eu pareço tenso. Digo a ela que pareço tenso porque estou tenso. Ela me diz que quando eles estavam na faculdade, Forty desapareceu por *dois meses.*

— Logo depois de eu me casar — diz ela. — *Dois Meses,* Joe. Sabe que você não pode ficar em Las Vegas por dois meses.

— Não vou ficar, mas ainda não posso desistir — digo.

— Prometa que você vai se cuidar.

Eu prometo a ela. Depois faço meu café do hotel de merda e entro no Tinder. Por sorte, não existem *tantas* garotas nessa área. Navego sem parar. Navego enquanto urino e navego na cama e navego no carro, e então a encontro. *Jessica Salinger.* Eu a reconheço de uma foto da família no artigo. Ela é uma versão mais bonita de Peach e está *a menos de um quilômetro e meio.* É o que preciso saber, que ainda está aqui; a merda do Facebook e do Twitter dela são fechados, mas sua xoxota, pelo visto, é aberta. Seres humanos. Eu nunca vou entender.

Tomo um banho. Faço a barba. Visto-me. Vou a meu carro e agradeço a Deus por ter notado os faróis porque minha bateria funciona e eu preciso que funcione, preciso chegar ao Scuppers agora, o lugar aonde fui com a supervaca. É o único bar na cidade, na verdade, nesta época do ano, eu entro e a primeira coisa que noto são as banquetas elevadas do bar, marrons, não as cadeiras de couro branco do Bellagio. E duas banquetas são de particular interesse para mim porque uma acomoda Jessica Salinger, a outra a amiga em quem eu apostava, e há muito espaço para mim no bar.

Está tranquilo — alguma merda de Sade ao fundo; sinceramente, Rhode Island? — e não tenho concorrentes. Tem outros dois homens aqui, acho que operários de construção, os dois usam aliança, mais interessados no noticiário do que nas mulheres. Não tem banda para atrapalhar as coisas e provocar as garotas, não tem multidão, nem mesmo toda a empolgação envolvendo *a morta*. Esse pessoal da Nova Inglaterra é avarento e hiberna à noite, como se sair transformasse você em alguma puta.

É claro que não vou dar em cima de Jessica Salinger. Isso seria bizarro demais, porque estive na casa deles hoje mesmo. Preciso avançar na amiga, aquela com quem eu sabia que ela estaria, porque mulheres como Jessica *sempre* têm uma amiga por perto, e ela sempre é um pouco mais baixa, está um pouco mais bêbada, um pouco mais pé no chão, literalmente. Esta amiga está batendo o canudo e o retira do coquetel. Esta amiga está entediada. Esta amiga será minha. Moleza.

Já faz muito tempo que não dou em cima de uma mulher em um bar, mas sei como funciona. Você só precisa olhar fixamente o rosto da mulher, refletido no espelho no alto. Você deixa que a amiga note que você está encarando. Você não desvia os olhos. Ela encontra seu olhar no espelho, você ri e pede desculpas — é muito bom começar por *me desculpe* — e você diz a ela que não pretendia encarar, mas não pôde evitar.

— Você é tão linda — digo. — E não quero dizer isso daquele jeito imbecil arrepiante, e não vou dar em cima de você quando claramente você está com sua amiga.

E depois me retiro, sinalizo para o bartender e peço um *gimlet* — quero saber por que Forty gosta tanto deles —, e agora a mulher coloca a mão em meu braço.

— Qual é o seu nome?

— Brian — respondo. Tipo o Brian do Cabo. — Brian Stanley.

— Bom, meu nome é Dana e essa é minha amiga Jessica. Está sozinho aqui?

— Estou. E vocês? Estão aqui sozinhas?

Jessica revira os olhos e é exatamente isso que eu quero. Meu gimlet chega. Eu bebo. Pergunto a Dana o que ela está fazendo aqui e ela me diz que veio dar apoio moral à amiga Jessica. Jessica sente-se invisível a cada segundo — agora não vai demorar — e eu bebo lentamente meu gimlet. Dana divide o apartamento com Jessica em Nova York e Dana é aluna do primeiro ano de direito e Dana adora essa cidadezinha linda e Dana adora essa música e ela adora esse bar e Jessica não gosta de segurar vela. Ela se levanta.

— Vocês se importam se eu for embora daqui?

Peço desculpas — sou o sr. Boas Maneiras —, Dana diz que ela devia ir e Jessica diz que é ridículo. Ela diz que está cansada. Dana não sabe como vai chegar em casa.

— Aqui não é Nova York, onde você simplesmente pode chamar um táxi — diz ela. — Não, eu preciso ir.

Jessica diz que vai no carro. Jessica Salinger não tem utilidade para mim. Digo a Dana que é pouco ortodoxo e presunçoso, mas eu *posso* dar uma carona a ela, se ela quiser ficar.

— Obrigada — diz ela. — Mas eu nem mesmo conheço você.

— É. Desculpe. Eu não estava tentando...

Duas horas depois, Dana é uma bêbada vacilante e ela está em boas mãos comigo. Ajudo-a a sair do bar. Abro a porta do carro para ela.

— Igualzinho a *Digam o que quiserem*! — diz ela.

Ligo o motor. Agora vai. Terei de continuar com o número do cavalheiro e acompanhá-la até a casa dos Salinger. E ela está muito embriagada, não vai conseguir subir a escada sozinha.

— E aí — digo. — Aonde devo te levar?

— Ai — diz ela. — Espere aí. Preciso achar o endereço em meu celular.

Eu quase estrago tudo e digo a ela que já sei o endereço. Mas ela destrava seu celular — 1267 —, morde o lábio e rola a tela do e-mail.

— Achei — diz ela. — Starboard Way, 32.

Minha cabeça se vira de súbito. Este não é o endereço de Peach.

— Tem certeza?

Ela levanta o telefone e me mostra a página do Airbnb e eu estou fodido. Uma noite inteira desperdiçada.

— Normalmente eu fico com Jess e a família dela — diz ela. — Mas agora está acontecendo alguma merda doida com eles. Você viu o noticiário sobre a garota que eles acham que foi *assassinada* aqui? Era prima dela.

— Sério? — digo. Olho para os dois lados, ligo a seta e xingo o Tinder. — Isso é de assustar.

Quando acompanho Dana para dentro de seu Airbnb, ela tenta me beijar. Peço desculpas.

— Estou com alguém — digo. — Eu peço mil desculpas. Simplesmente não posso, entendeu?

Dana entende. Diz que já aconteceu com ela. Mas não tem a menor ideia. Volto para meu hotel de merda. Eu devia ter me hospedado em um Airbnb.

47

DESÇO para o desjejum na manhã seguinte e por que merda eu ia querer preparar meus próprios waffles? Eu pareço belga? Eu me coço e acho que meu quarto tem percevejos. E a principal coisa que eu não deixo passar sobre a Costa Leste: a *umidade*. Depois do frio vigoroso de ontem, Little Compton, em Rhode Island, de repente está no meio de um evento natural não planejado que eles chamam de *veranico*! A garota da recepção está radiante, queimada de sol, tacanha:

— Tu veio aqui pro veranico? É o máximo!

Eu vim aqui para minha *canecadeurina*, muito obrigado, e meu buraco na parede é uma zona quente e fétida de bactérias, sei disso, e esta manhã, quando tomei banho, senti que não estava sozinho. Eu me senti muito apertado ali, como se minhas liberdades civis tivessem sido tolhidas pela piranha da recepção, pela criança de onze anos que furou a fila do waffle na minha frente.

Estou nervoso. O pai gordo da garota assovia.

— Acho que seu waffle bipou.

Levanto a tampa do chapa e meu waffle está escuro e tem uma fila comprida; seria babaquice fazer outro. Retiro da máquina antiga meu carboidrato gratuito cru por dentro e preto por fora, coloco em um prato que está pegajoso, que claramente não entrou no lava-louças. Tem crianças para todo lado, conversas sobre parques aquáticos e um drive-in a uma hora de distância, e não é *outubro*? O que toda essa gente está fazendo aqui? Eu não tinha previsto uma multidão, o papo de xarope de mirtilo e o preço da gasolina, o caráter *Nova Inglaterra* de tudo isso. O café é fraco — não brinca, Sherlock, eu sei — e o pai joga um waffle no meu prato.

— Parece que você precisa de uma levantada — diz ele, dá uma piscadela e é um mundo gentil, um mundo justo. Preciso de minha energia.

Como o waffle, bebo meu café, depois passo de carro pela casa de Peach. Está mais lotada hoje do que ontem e não posso nem chegar perto, agora que estraguei tudo com minha entrega especial e Jessica Salinger acha que meu nome é Brian. Será que alguém encontra aquela caneca de urina neste exato momento? Saio do carro. Duas mulheres mais velhas estão em caminhada acelerada.

A magricela: "E você sabe que pelo visto ela era uma *sapata.*"

A mais magra ainda: "Eles acham que aquela mãe medonha dela pode tê-la matado? Você sabe que, para mim, ela seria bem capaz disso."

A magricela: "Ela está engordando."

A mais magra ainda: "Ela não devia andar por aí com aqueles pneus. Ela precisa de um lift."

Pelo menos Peach não veio de uma daquelas famílias felizes em que ninguém consegue conceber que alguém da família cometa um crime. O povo da Nova Inglaterra gosta de homicídio tanto quanto gosta da música de Taylor Swift e das travessuras dos Kennedy. Quero ouvir mais ironias de estacionamento, então vou à cidade, onde tem mais gente.

Entro no Art Café and Gallery e de imediato sei que isto foi um erro. Cabeças se viram. Moradores idosos deploram os *nova-iorquinos xeretas farejando por aqui* e me olham de cima a baixo. Se não fosse por meu bronzeado da Califórnia, provavelmente eu estaria enforcado no poste da calçada, mas felizmente há uma distração. Entra um bando de adultos de traje de lycra, *ciclistas,* são clientes constantes daqui, são bem recebidos e novamente sou invisível. Compro um café. Luto com a bomba ruim do dispenser de leite e um ciclista me aconselha a bater uma vez, com força. Funciona. Minha sorte está mudando.

— Obrigado — digo. Olho para ele e minha sorte está mudando de novo, como cada rodada em uma mesa de blackjack acaba por ser concluída com o crupiê fazendo 21. Luke Skywalker sabe que podia morrer em batalha e Eminem sabe que podia ficar comovido demais para fazer versos e eu, Joe Goldberg, sei que quando pego um avião a Rhode Island e volto a meu lugar ruim, a merda de Little Compton, é possível que entre em uma loja, baixe a guarda e me encontre cara a cara com o policial que conheci em minha primeira visita. Sim, é o policial Nico, de traje de lycra roxo e capacete azul. Seus olhos já estão se estreitando.

— Eu conheço você — diz ele.

E conhece. Ele me conhece como Spencer Hewitt, o cara que ele encontrou na garagem de barco ao lado da casa dos Salinger depois de ter batido seu carro. Ele conhece meu boné Figawi. Vai se lembrar de mim e vai se lembrar daquela noite fria de dezembro. Ele até pode ler o arquivo sobre Peach Salinger e perceber que ela desapareceu mais ou menos na mesma época em que aquele garoto Hewitt estava congelando na garagem de barco.

Dou um passo para trás.

— Obrigado pelo leite. Eu te devo uma.

Ele não se abala.

— Eu nunca esqueço um rosto — diz ele. — Espere aí.

Os outros ciclistas também precisam de leite e ele gesticula para que o acompanhe até lá fora — veranico! — e, mesmo de folga, ele tem a autoridade de um *agente da lei.* Ele é o motivo para que aquele Robin Fincher jamais devesse fazer a academia de polícia e está mordendo o lábio e tirando a tampa de seu café.

— Você mora por aqui? — pergunta.

— Não. Sou de Boston.

Ele é tão gentil quanto eu me lembro e me pergunto se ele comeu aquela enfermeira no hospital em Fall River que parecia tão a fim dele. Os outros ciclistas se espalham pelo gramado e são principalmente uns broncos, dentistas brancos, eles querem seu amigo policial negro de volta. Levanto a mão para tentar escapar, e levantar a mão desperta a memória do policial Nico, e é isso mesmo, esta é a *Nova Inglaterra,* onde as pessoas vigiam porque gostam de vigiar, onde as lembranças ficam intactas, gravadas porque as pessoas daqui não são paralisadas por *aspirações.* A única coisa que Nico aspira fazer é salvar a merda do mundo e ele estala os dedos.

— O Buick — diz ele. — Você era aquele garoto, o pobre garoto, você teve perda total naquele Buick.

Os ciclistas agora estão interessados e faço parte deste mundo do pior jeito possível. Se eu mentir, se disser que não era eu, Nico vai saber. Ele é um policial de verdade.

— É *você?* — digo e baixo meu café, quero apertar a mão dele. — Você salvou a minha vida.

Imagine que absurdo eu, um cara branco que passou pelo lugar mais branco da América no auge do inverno branco, não se lembrar do policial muito negro que o encontrou em uma garagem de barco e levou a um hospital. Estou fodido. Ou talvez não. Nico aperta minha mão com firmeza.

— Estou surpreso de você se lembrar de alguma coisa — diz ele. — Você estava machucado.

— Eu me lembro das partes importantes — garanto a ele. — Não reconheci você com esse traje. Vocês todos pedalam regularmente?

Agora incluí os dentistas, dei a eles a oportunidade de contar a alguém de fora sobre seus *passeios* semanais com o amigo policial, suas aventuras banais, os problemas com maus motoristas, os bichos atropelados na estrada, a vez em que Barry passou por cima daquela mangueira e caiu e todos estão gargalhando, *ah, Barry*. O policial Nico está relaxado, envolvido em algumas conversas, nenhuma a meu respeito. Eu estou bem. Eu me safei. Vou ficar algum tempo só para provar que estou tranquilo, e quando um cara pergunta o que me trouxe à *ensolarada aldeia litorânea* deles, não hesito.

— Veranico — digo e apelo à atitude amistosa de Harvey Swallows. Abro os braços. — Tô certo ou não tô?

Eu tô certo e logo é hora de os ciclistas seguirem adiante. Nico acena uma despedida; ele espera que desta vez minha estada não envolva uma ida à emergência do hospital. Bato na mesa. Ele estreita os olhos.

— Filho — diz ele —, esta mesa é de metal.

Ele ri, vai embora e encontro uma bétula. Bato três vezes.

AINDA estou com coceira. Pode ser psicossomático. Mas pode ser real. Talvez eu tenha contraído alguma coisa de Dana. Só Deus sabe que germes estavam se arrastando em mim em Las Vegas, no avião. Estou pouco à vontade em minha própria pele em Little Compton. Nunca devia ter ido ao Art Café e nunca devia ter vindo aqui. Tiro a roupa de cama. Procuro percevejos e não encontro nenhum. Viro o colchão, mas não há nada de errado com ele. Há algo de errado comigo. O amor nos eleva, mas também nos faz perambular por Little Compton como se não tivéssemos assassinado a garota do noticiário.

Estou com fome. O hotel não oferece um jantar continental e estou morto de fome e encalhado aqui, incapaz de me obrigar a sair pela porta atrás de um Burger King, com coceira demais para dormir, potencialmente fodido demais para tentar relaxar. Se eu não pegar aquela caneca de urina, a polícia vai pegar aquela caneca de urina. Se a polícia fizer testes naquela caneca e ligar os pontos, vou para a prisão, e não conseguirei voltar para a Califórnia e me casar com Love. Paro de me coçar. Só agora me dou conta.

— Quero me casar com ela — digo.

E de repente sei o que estou fazendo aqui. Estou sendo aquela pessoa que foge do amor, aquela que se sabota. Não acho que eu possa dormir neste quarto, nesta cidade, neste universo, e arrasto os lençóis para o banheiro, o único vórtice estéril neste buraco bolorento. Irrito-me com a tristeza de tudo isso, a bancada de granito e os pequenos sabonetes de merda, os xampus não orgânicos. Love não ia querer nada disso, e só o que quero é ela.

Meto os lençóis na banheira, lavo as mãos e escuto uma batida na porta. Meu coração se acelera, mas o resto do corpo fica petrificado e imagino a cara do policial Nico. Entro em pânico. Há outra batida. Parece o fim. A caminho da porta, tropeço. Bato o joelho na cama. Meu corpo protesta. Estendo a mão para a maçaneta. Preparando-me, abro a porta. Mas a pessoa parada ali não é o policial Nico. É alguém pior.

Love.

48

LOVE está de braços cruzados.

— Você disse que deixou sua luz acesa — diz ela. — Mas eram só cinco horas.

— Love, eu posso explicar.

— Espero que sim — diz ela. — Porque você devia saber que *A escolha perfeita* não passa nem nunca passou na Netflix.

Ela entra em meu quarto.

— Tem mais alguém aqui?

— Não — respondo. — Estou sozinho.

Ela olha a cama desfeita.

— O que é tudo isso? Destruindo as provas?

— Não — digo e não consigo acompanhar as perguntas que ela faz. — Love, me deixa explicar.

Ela eleva a voz.

— Iurru! Você pode sair agora?

— Love, não tem ninguém aqui.

— Olha, todos nós moramos no mundo, Joe. Você acha que eu não podia descobrir que você pegou um *avião* para Rhode Island e alugou *um carro*? E não quero dizer isso de um jeito babaca, mas você sabe quem é meu pai. O pessoal dele não conseguiu encontrar Forty porque ele sabe se esconder. Porque fomos criados assim e sabemos como desativar os celulares e pagar em dinheiro. Mas você acha que não posso te encontrar? Meu Deus do céu. Onde ela está? Oi!

— Love, por favor, pare com isso.

— Não. — Ela está com uma capa de chuva azul-marinho, jeans boca--de-sino e um suéter cor-de-rosa. Quero abraçar cada parte dela, mesmo agora, enquanto me acusa de traição, especialmente agora. Ela não vai a lugar nenhum. Não tem medo de mim, embora saiba que estou mentindo, embora eu tenha desaparecido enquanto dizia que procurava pelo *irmão* dela. Ela não é da polícia. É Love e é por isso que ela está chorando.

— Por que você não me conta as coisas? — diz ela. — Eu conto as coisas a você, mas você... você se cala, não me diz a verdade. Por que não me conta como viu *A escolha perfeita*? Porque não, Joe. Você não viu o filme por acaso na Netflix. Ele não está *na* Netlifx, e mesmo que estivesse, uma mentira *parece* diferente. Sei que você sabe disso. E eu *penso* nessa merda, está me entendendo, no meio da noite, quando você dorme, é nesse tipo de merda que eu penso. Por que você não me contou?

— Love — digo, e não consigo explicar, mas quero contar a ela. Quero que ela saiba.

— Olha, quando você faz coisas no telefone, e quero dizer desde bem no começo, tipo todo o tempo que ficamos juntos, eu sei que você está *fazendo* alguma coisa. Às vezes acho que você tem câncer. Na verdade, eu me consolo pensando que *ele só tem alguma doença e vai morrer e ele não sabe como me contar que eu terei meu coração partido.*

— Eu não tenho câncer — garanto a ela. Mas tenho; tenho a *canecadeurina*. É um tumor que se espalha, maligno, infiltrando-se em meu amor, em minha Love. Ela ainda está de casaco.

— Sei que você não tem câncer, Joe. É essa a questão. Mas eu preciso saber o que você tem. Não suporto mais. Já tenho problemas demais. Tenho um irmão que desaparece, um pai que nem mesmo consegue fingir que quer que ele volte e uma mãe que queria que nem existisse, antes de tudo. Não posso fazer isso. — Ela está chorando. Vou até ela, mas ela não me quer. — Não. Você não pode entrar nessa comigo se não estiver nessa comigo. — Ela enxuga os olhos. — Que merda você está *fazendo* aqui? Por que está em Rhode Island? Meu irmão está aqui? Quem *é você*? Porque eu não posso pedir mais merda nenhuma de você. Não posso pedir nada de você.

— Me desculpe.

Ela tem razão. Você não pode estar amando, não plenamente, não eternamente, se não pode contar a verdade. Ela se amontoa em cima de você. Ela me contou sobre a merda do Milo no Chateau. Mas como posso contar minha verdade a ela? Eu matei o irmão dela. Parece a versão atômica daquela verdade universal: você pode falar merda sobre a sua mãe, mas ninguém mais pode, não importa o que você diga, não importa o que ela faça. Não posso contar a Love o que estive fazendo e contar a ela é mentir para ela.

— Eu devia ir embora. Não sei o que estou fazendo aqui.

Ajoelho-me a seus pés.

— Fique, por favor.

— Por quê?

— Porque eu te amo.

Ela balança a cabeça com força.

— O amor não basta, Joe. Nem chega perto. Eu quero mais.

— Sei que você quer.

— Não sei mais o que dizer — diz ela. — Mas não suporto como você faz com que eu me sinta tão bem, melhor do que já me senti, e depois você estraga tudo, como se no fundo não me quisesse feliz.

— É claro que eu quero que você seja feliz.

— Então me diga quem é você. Me diga por que você disse que viu *A escolha perfeita* na Netflix.

— Love — digo, e se fôssemos casados, se eu tivesse deixado que fosse comigo a Las Vegas e se tivéssemos fugido, ela não seria capaz de testemunhar contra mim em um tribunal. Mas não somos casados e o sistema judiciário não reconhece relacionamentos como o nosso. Quero me casar com esta mulher. Quero ficar com esta mulher. Quero que nossas cinzas sejam misturadas, nossos corpos esfarelados enterrados lado a lado. Quero que ela saiba o quanto quero isso. Não quero viver sem ela. Não quero abrir mão dela. Se ela me deixar, o que vai acontecer?

— Então, é só o que você tem a dizer. Está tudo bem. Tudo bem. — Ela parece fria e se afasta um pouco de mim. — Joe — diz ela. — Acabou.

Olho para ela. Isto parece *Homeland* quando ele vai cortar um fio e a bomba pode explodir. Eu podia nos matar, matar tudo que temos. Mas talvez eu possa viver com isso porque, sem ela, eu vou morrer. Sei disso. Aceito que ela pode me bater, me xingar, correr para a polícia. Este pode ser o fim. Mas também pode ser o começo.

Quando você é batizado, cai de costas na água, com todo o seu corpo. Algumas pessoas tapam o nariz. Outras, não. Mas não há como contornar isso; você precisa se molhar se quiser ficar nas mãos de Deus.

Seguro as mãos de Love. Eu escolho o amor. Aceito o risco. Respiro fundo. Falo.

— A primeira vez que vi *A escolha perfeita* foi quando invadi o apartamento de uma garota.

* * *

QUANDO termino, depois de contar tudo a ela — tudo, menos Forty, é claro —, ela só fica sentada ali. Os minutos passam e seu rosto não me transmite nada, como o rosto de Matt Damon nunca parece o daquele fodido quando ele é Jason Bourne.

Penso no que fiz, em como tudo deve parecer a ela. Eu não fiz aquele lance em que você deixa de fora os detalhes grotescos para se fazer parecer algum herói imaculado e impenetrável. Contei a ela como roubei o telefone de Beck e estrangulei Peach na praia. Contei sobre o sangue em *O código da Vinci* da boca de Beck quando ela escorregou, que eu a enterrei no norte do estado. Contei a ela sobre a caneca de urina.

Dei a ela o máximo que tenho, mas é como a diferença entre um filme e um livro: um livro deixa você escolher quanto sangue quer ver. Um livro lhe permite ver a história como você quer, é sua mente que dirige. Você interpreta. Seu Alexander Portnoy não é parecido com o meu porque todos nós temos nossa própria visão singular. Quando você termina um filme, deixa a sala de cinema com seu amigo e fala prontamente sobre o filme. Quando termina um livro, você pensa. Love foi criada no cinema e acabo de ler um livro para ela. Dou-lhe tempo para digerir.

Estou me preparando para o pior, para a alteração na expressão de Love, para ela fugir daqui aos gritos. De um jeito estranho, todas as mulheres de minha vida me ajudaram a me preparar para este momento. Minha mãe. Beck. Amy. Mulheres me deixaram e Love vai me deixar. Ela precisa. Ela acredita no amor e decora sua casa com ele, o carrega em seu passaporte, em seu coração. Ela vai sair deste quarto e vai parecer que fez aquilo de novo, escolheu o homem errado, vai expulsar esses dois da infinita piscina de água salgada em que nunca mais voltaremos a entrar.

Eu nunca me abri desse jeito, nunca disse tudo isso em voz alta, e trago os joelhos ao peito e digo a mim mesmo que o que vai acontecer agora está fora de meu controle. Não posso obrigar Love a me amar. Mas fiz o que é certo. Contei o que queria saber. Parei de mentir.

A espera é eterna e os olhos dela estão fixos em uma mancha no chão. Penso em todas as pessoas que ficaram neste quarto e me pergunto se alguma delas foi parecida comigo.

E então, finalmente, ela ergue os olhos.

— Tudo bem — diz ela. — Vou contar a você sobre Roosevelt.

Roosevelt era um filhote de cachorro que eles tiveram quando eram crianças. Foi Forty que deu esse nome a ele. Na época ela não sabia por quê, não sabe por que agora.

— Ele é estranho assim — diz ela, como se ele ainda estivesse vivo. — Quer dizer, que criança de seis anos chama um filhotinho de Roosevelt? E também, ele não era precoce, não gostava de política nem nada disso. Ele só gostava da palavra Roosevelt.

— É um bom nome — digo.

Ela me ignora.

— Mas então, Roosevelt desapareceu. Procuramos em toda parte, colocamos cartazes, essas coisas. E depois Forty me acordou no meio da noite, me levou para fora e me mostrou que Roosevelt não estava desaparecido. Ele tinha morrido.

— Ah, meu Deus.

Ela me olha. Segura minhas mãos. Agora é ela que não está piscando, me encara diretamente.

— Ele amarrou Roosevelt no muro — diz ela. — Ficou zangado com ele porque insistia em dormir em meu quarto e não no quarto de Forty. Então ele o castigou. Ele o matou de fome, amordaçado.

— Love — digo. Nunca fiz mal a um animal; nem consigo imaginar ser um monstro desses. — Meu Deus do céu.

Ela retira as mãos.

— Você não faz ideia do que é ser irmã gêmea de alguém que faz coisas assim.

Sua voz treme quando ela diz *coisas assim,* e Roosevelt não foi o único; existem outros crimes, tenho certeza.

— Love, eu sinto muito.

— Então é isso — diz ela. — Eu amo aquele pervertido. Sei que ele é demente e sei que amarrou um cachorro a um muro, mas sabe do que mais? Não contei a ninguém. E sabe do que mais? Foda-se aquele cachorro por ignorá-lo. Foda-se aquela Monica por trocá-lo por aquele seu amigo *fracassado* e fodam-se as mulheres que agem como se existisse algo de defeituoso nele, que nem mesmo fingem que querem o dinheiro dele. Fodam-se meus pais por nem mesmo *fingirem* pensar que ele tem talento e foda-se Milo por ser melhor em tudo. Foda-se todo mundo que fala *quem nasceu primeiro, você ou Forty,* e fodam-se as pessoas que nunca se surpreenderam quando eu falei, *eu nasci primeiro* porque elas dizem, *é claro que foi você, você parece tão segura.* Foda-se todo mundo, Joe. Quer dizer, vou defender meu irmão fodido o tempo todo porque a vida não é justa. Ela não é. Roosevelt *gritou* quando Forty tentou abraçá-lo, e era Forty que queria aquele cachorro. Quem faz um mundo assim? Em que você não pode odiar alguém porque, em última análise, todo mundo suporta alguma coisa horrível e você não tem como saber o que é exatamente. Quer dizer, ele tem de ser Forty, mas eu tenho de ser a irmã de merda dele. Quem levou a pior? — Ela meneia a cabeça. — Me diga. Quem tem o direito de odiar alguém?

A respiração de Love é laboriosa. Está evidente que ela nunca falou nisso com ninguém; você sabe quando alguém está abrindo uma caixa tão privativa que nem mesmo tem uma chave.

Ela me olha.

— Eu só sei amar — diz ela. — Então, posso lidar com você.

— Ai.

Ela segura minha mão.

— Isso é um elogio — ela me garante. — É por isso que detesto quando as pessoas continuam se casando como se fosse muito simples. Não é. Encontrar alguém que entende você é especial.

Beijo o dorso de sua mão.

— De que raça era o cachorro?

— Golden — diz ela. — Roosevelt era um golden.

— Eu te amo, Love.

— Eu te amo — diz ela.

Eu me retraio quando um carro freia do lado de fora, canta pneu. Ainda estou nervoso, ainda não consigo acreditar.

Ela sorri.

— Olha, Joe, eu não teria vindo aqui se não soubesse que podia ser ruim.

— Ruim — repito.

Ela aperta minha mão.

— Chegou a hora para mim. Desse jeito confuso, sinto que vai dar certo. Você fez todas essas coisas horríveis, mas também se apaixonou por uma pessoa que pode te perdoar.

— Não sei o que dizer — falo, e penso na Love de seis anos olhando aquele filhotinho morto.

— Joe — diz ela, e meu nome agora pertence a ela. Tem mais. Ela diz que, quando Trey morreu, entendeu que se um dia encontrasse alguém de novo, seria para sempre, e ela olha para o chão, depois para mim. — Estou grávida.

Eu ouvi bem?

— Grávida?

Sim, eu ouvi bem.

— Grávida!

Agora existe permanência entre nós e isto significa que seu perdão é completo. Verdadeiro. Se ela tivesse medo de mim em algum nível, teria fugido deste quarto e nunca me teria contado sobre o bebê, o nosso filho.

E é aí que me cai a ficha. Vamos ter um filho! Estamos avançando, eu beijo sua barriga e ela me fala em fazer o exame — é cedo — e ela precisava vir me contar pessoalmente e está feliz por ter feito isso.

— Também estou — digo. Este filho é a grande força equalizadora entre nós, a definição do futuro. Não importa o que fiz, uma parte de mim está dentro de Love. É a coisa mais linda do mundo e Love e eu estamos firmes, unidos, nossos genes entrelaçados, um pequeno ser humano, em parte meu, em parte dela, inteiramente triunfante. Vendo Love cochilar, sinto o amor como nunca senti na vida.

— Tenha doces sonhos — digo e dou um beijo no ponto entre os seios adormecidos de Love, a parte dura acima do coração.

Entro no banheiro, abro o chuveiro e o box apertado de algum modo me parece maior. Agora o mundo todo parece maior, porque outra pessoa sabe de tudo, alguém que me ama. Entendo por que Peach Salinger estava em um lugar tão sombrio. Beck a conhecia. Ela não a amava.

Fecho o chuveiro e abro a cortina, mas quando experimento a porta, está emperrada. Eu não tranquei, ela se tranca por dentro e não entendo. Empurro a porta, mas ela não cede. Sinos de alarme disparam, experimento de novo a maçaneta, mas a porta claramente foi bloqueada pelo lado de fora. Entro em pânico. Bato na porta. Chamo por Love e jogo meu corpo na porta. Ninguém responde. Ela me prendeu aqui e provavelmente inventou Roosevelt, nosso filho e toda aquela empatia só para se livrar de mim com segurança. E deu certo.

49

AGORA sou um monstro. Moro neste banheiro branco e fuleiro e sou um macaco com esteroides. Sei que não posso sair, ainda assim bato na porta. Uso o corpo e tenho hematomas. Fico azul. Preto. Estou inchado. Porque minhas costelas não param de doer, uso os pés. Chuto. Quebrei o box e arranquei a tampa da privada. Pedi socorro aos gritos e é uma merda de hotel e alguém deve me ouvir. As pessoas embaixo, se é que tem gente embaixo, elas não se importam. Abro o box e a água, quando fica fria, atinge meus ferimentos e quando está quente, ela me queima. Não existe amor para mim em Little Compton e eu sabia que isso ia acontecer e é este pensamento que me coloca de pé, que está manchado de sangue. Bato na porta. Joe mau. *Gentilmente, Joseph*, o sr. Mooney costumava me alertar quando eu era garoto, quando havia esperança. Algum dia existiu esperança?

Não sei. *Bam*, faz meu tronco e desta vez acho que algum órgão se deslocou. Não vou usar o vidro quebrado daquela merda de espelho para me matar. Quero sair com um BAM e oriento meu outro lado para a porta. A porta é minha inimiga, mais forte, mais poderosa, sempre preparada para mim, sempre trancada, sempre dura, sempre NÃO. Respiro fundo. Choro.

Não existe nenhum filho. Agora sei disso. A epístola aos Coríntios lhe diz que o amor é paciente e gentil, mas Love também é inteligente. Ela é mais velha, mais sábia. Ela se casou duas vezes. Sabe das coisas. Conhece homens. Sabia como ganhar minha confiança. E agora está com a polícia.

Sou um idiota. Ensino sem parar e testo sem parar, ainda assim eu é que nunca aprendi. Sempre escolho errado. Vejo minha mãe com sua blusa do Nirvana, aquela com que Beck foi enterrada, e de algum modo está ali, como pode acontecer em um sonho, em um pesadelo. *BAM*. Jogo-me na porta e minha mãe só está apostando cinco dólares na mesa de blackjack de cacife de cinco dólares na Flórida, em Nova Jersey, importa onde? Ela está rindo e gosta de Forty e ele ri e eu fiz isso. Vim para cá. Contei tudo a Love e agora não consigo ter amor e não sei como suportar. Meus pés não funcionam. Pés maus. Joe mau. *Gentilmente, Joseph.* Sacudo a maçaneta. Bato na maçaneta. Não consigo quebrar a maçaneta. Eu tento. Puxo. Empurro. Caio para trás, bato na privada, puxo a descarga e escuto a água ir embora e voltar, e eu não sou assim. Não estou voltando disso.

Respiro e vejo Beck, no chão, sorrindo, abrindo caminho para fora com as unhas, a *Mona Lisa,* sorrindo, um esqueleto pode sorrir? Isso importa? Ela diz a Amy, *aimeudeus, preciso de uma bebida, isso foi muito louco, preciso tuitar essa merda agora.* Ela entra na mata e estou aqui no banheiro. O teto tem uma mancha amarela. Não consigo alcançar. Eu tentei.

Não vou sair do banheiro. Eu não serei pai. Morrerei aqui porque fui burro. Acreditei nela. *Não namore uma atriz, disse o sr. Mooney,* e Love é atriz. Pergunto-me se ela gravou o que eu disse e me pergunto como fiquei na gravação e me pergunto quanto tempo leva para morrer e eu gostava mais quando estava *BAM* na porta, mas agora existe muita dor e é difícil me mexer. Minha pele é o céu em uma tempestade, uma borrasca de preto, azul e branco, e o vermelho é quente e sei que é o fim do mundo. Fecho os olhos. Eu sangrei por Little Compton. Não sou pai de ninguém. Sou um assassino, vou para a prisão e não existe amor na minha vida, não existe mais.

Vão me deixar ver *O terceiro gêmeo* e *A trapalhada* na prisão? O sr. Mooney vai me dar conselhos? Eles vão me deixar escolher onde vejo a hora? Vão me colocar na cadeira elétrica e a comida será tão ruim como parece em *Locked Up* na CNN? Eu vou malhar ou ficar esquálido? Vou aparecer na Wikipedia? A mídia me dará um apelido? JoeBro? Taxidriver? Meu Velho? O Professor? Amante?

Haverá um julgamento que vai se arrastar por meses e Dez vai enterrar seus pacotes embaixo da minha cama, tirar seu boné dos Dodgers, balançar a cabeça, acalmar Little D e dizer à *Dateline* que eu era *meio suspeito, não um mano?* Será que Harvey estará no IMDB se aparecer na Deadline dizendo que eu nunca atrasei o aluguel? Será que Calvin vai chorar sozinho em sua cama, mas rir com os outros e usar sua ligação comigo como um meio de seduzir as putas do Tinder?

Grito: “Socorro!” Esmurro a porta. Minha mão sangra.

Será que o Departamento de Polícia de Los Angeles mandou alguém entrar para me matar de porrada? Será que minha estreia como diretor de

O amor foi mesmo apenas um sonho na Funny or Die vai viralizar, agora que meu nome estará aí fora? Vou ficar famoso?

Será que o policial Nico estará no noticiário local na frente daquela merda de cafeteria artística com sua turma de spandex ao fundo, dizendo a todos que se encontrou comigo ali e de nossa ida ao hospital em Fall River no inverno passado? Será que o médico que tratou de mim no hospital no inverno passado verá tudo isso no noticiário e balançará a cabeça, enojado? Ou ele nem se lembrará de mim graças aos muitos pacientes que vê todo dia, porque eu era só um cara, não era alguém que ele conhecesse, alguém com quem ele se importasse. Levo o corpo para a porta de novo e de novo não chego a lugar nenhum.

Nem preciso dizer que, a essa altura, Milo está em um jato a caminho daqui, com uma camiseta do *Wianno*, vendo um copião de *Sapatos e filhotes* e especulando de quanto tempo precisa antes que ele possa avançar em Love. Estará ele bebendo, ou está tão feliz por eu ter saído do quadro e ser o cavaleiro em tom pastel desbotado, que nem mesmo pensa em beber?

Será que a mulher do dr. Nicky vai aceitá-lo de volta quando o soltarem da prisão? Ele vai revelar detalhes de nossas sessões de terapia? Ataco a porta, com cotovelos e costelas. Nada além de dor.

Love. Um dia estarei dentro dela de novo? Será que Love um dia vai amar e confiar de novo, ou seu coração aberto e sua vagina pulsante serão as piores baixas de minha captura? A pior perda?

Coloco o ouvido na porta. Um barulho novo. Fico imóvel. Um cartão--chave de plástico destranca a porta. A porta se fecha. Meu coração é alto demais. Foda-se a pergunta. Foda-se a polícia. Foda-se Love. Vou lutar. Quando esta porta se abrir, nenhuma outra porta vai se fechar na minha cara e monto guarda. Eu me preparo. Tenho a mão na maçaneta. Quando os policiais começarem a destrancar, vou puxar. Vou brigar. Vou sair.

Ouço afastarem a cômoda que Love usou para manter a porta fechada e eles estão aqui. Acabou-se. Sinto a maçaneta começar a girar e rezo a Deus para Ele ficar comigo — é assim que acontece, é assim que você descobre Deus na prisão — e solto um rochedo, puxo a porta e é... Love. Eu paro.

ELA tapa a boca.

— Não — diz ela. — O que houve com você?

Engulo em seco.

— Eu caí.

— Caiu com força, né? — Ela se aproxima de mim e beija meu peito. Olha para mim de baixo e eu estava enganado.

Acho que abro um sorriso. Não sei. Meu rosto dói. Meu corpo lateja em variados lugares.

— Você me trancou aqui dentro.

— Eu sei — diz ela. — Desculpe. Eu simplesmente sabia que você tentaria me impedir e queria ter certeza de que você estava a salvo. E, bom... — Ela se interrompe.

E é quando noto que ela está diferente, como o Halloween, com a boca pintada de rosa e o cabelo de Jennifer Lopez puxado em um coque alto. Ela está de sobretudo e, por baixo dele, um vestido com cada tom pastel do arco-íris misturado, sobrepondo-se em flores. Depois ela põe a mão para dentro do casaco e é uma mágica tirando um coelho de uma cartola. É a caneca da casa dos Salinger. É mais azul do que eu me lembrava e eu a reconheceria em qualquer lugar, está seca e está nas minhas mãos, minha liberdade, os vestígios granulosos de minha urina visíveis em seu interior.

50

EU queria dar o fora da merda de Little Compton, e tenho uma curiosidade mórbida a respeito da Universidade Brown por causa de Guinevere Beck, e é muito estranho falar *abertamente* dessas coisas. Love estaciona perto do campus e é como você pensava, como uma faculdade da Ivy League, um ambiente idílico, com árvores e construções antigas. Na Thayer Street, a artéria principal deste campus, existem alguns bares, uma livraria universitária, uma Urban Outfitters e uma porra de Starbucks — a América é a América é a América — e entramos em um restaurante grego que tem mais o charme da Nova Inglaterra do que baklava ortodoxa. Love pede frango com salada e eu estou faminto. Parece que acabo de sair da prisão. Peço lula e spanakopita e pernil de cordeiro e moussaka, e Love ri.

— Precisa pedir alguma comida para acompanhar a sua comida?

Enxoto a mão dela.

— Cuidado, mamãe.

Ela faz uma dança feliz e diz que sua mente explodiu e eu digo a ela que precisamos conversar sobre nosso filho, mas primeiro ela quer me contar como conseguiu a merda da caneca.

— Tá legal. — Ela respira fundo e começa, muito mais articulada do que o irmão. A primeira ordem do dia foi passar por ali de carro e observar os Salinger para conhecer a *vibe* deles. Depois ela foi de carro a uma butique em Newport comprar roupas novas. — Eu precisava de um vestido Lilly Pulitzer — diz ela.

— O que é isso?

— Aquela coisa rosa e verde que eu estava usando — explica ela.

Depois, Love voltou a Little Compton, estacionou na casa dos Salinger, colocou *óculos de sol Chanel bem grandes* e passou batido por repórteres, passou por policiais. Ela entrou na casa dos Salinger. Começou a chorar.

— Quer dizer, eu *acho* que atuei um pouco — confessa. — Mas ainda não quero fazer isso profissionalmente.

— O que eles fizeram? — pergunto. — O que você chegou a dizer?

— Contei a eles que eu era amante de Peach, é claro — diz ela. Ela está orgulhosa. Nossa lula chega. Ela pega um tentáculo, coloca em sua boca pequena e perfeita. — Fiz todo um monólogo sobre nosso amor secreto, Nova York e todas essas coisas, que ela não me deixava conhecer sua família, nem assumir nada, e quero dizer que fiquei *descontrolada* e disse a eles que eu sabia que não tinha se matado. Eu sabia que *nunca* se mataria e, se quer saber, foi aquela chupadora de tetas da Guinevere Beck.

— Você não falou chupadora de tetas.

Ela mergulha lula em molho coquetel.

— Talvez tenha dito. Talvez não. Quer dizer, eu estava *mesmo no papel*, entendeu?

— Meu Deus.

Ainda não comi nenhuma lula e Love lambe os dedos e me diz como foi *incrivelmente besteirada conservadora e puritana da Nova Inglaterra.*

— Nisso sou uma californiana até a medula — diz ela. — Nós não ligamos, entendeu? Para nós, você pode fazer o que quiser. Relaxa. Seja gay. Seja hetero. Quer dizer, qual é o problema? Vamos todos morrer de qualquer jeito, entendeu? Quem quer passar sua preciosa vida odiando?

Agora entendo a profundidade do amor de Love por mim. Eu abri algum caldeirão de confiança dentro dela. Ela não se contenta mais em ficar sentada em uma sala escura, assistindo ao monitor. Love está *viva* e se sente mais ligada a mim do que ao irmão. Ouço Love falar de sua tramoia, não há *uma só* menção a Forty e ela me dá o crédito por esta liberdade recém-descoberta, aqui, no restaurante grego.

Chega o resto de nossa comida. Nós comemos. Toda ela.

Love continua a história. Diz que cavou fundo. Sua inspiração foram Rosalind Russell em *A mulher do século* e Goldie Hawn em *O clube das desquitadas.*

— De uma coisa eu sabia — disse ela. — Aquelas pessoas, que odeiam gays e que essencialmente odiavam *um membro da própria família* por ser gay, elas não querem pensar nela se esfregando em mim. Elas não querem pensar em *nada* disso. Quer dizer, talvez essa gente vá a uma festa beneficente uma vez por ano e tolere a coisa, mas eles não querem essa merda de *patricinha lésbica* em sua casa chorando sobre o corpo bonito de Peach.

Ela bebe a água e continua. Diz a eles para largar tudo aquilo de mão, porque não se pode processar os mortos. Ela disse que Peach estava *incontestavelmente apaixonada por Guinevere Beck* e que Beck certamente a matou.

— Olha só, a magia disso é que eles nem mesmo vão *soprar* uma palavra a ninguém, porque não querem que Peach seja gay, que dirá ser assassinada por uma garota gay, entendeu?

— Isso é meio brilhante — digo.

Ela concorda com a cabeça.

Chega nosso baklava. Pego uma porção e dou a ela a primeira garfada.

— Hum — diz ela. E ela está feliz. — Você devia ter visto a cara deles, Joe. Eu falei, "só preciso subir e ficar em nossa cama um pouquinho".

— *Nossa cama.*

Ela assente. Abre a boca. Coloco massa grega folhada ali dentro e estou louco para comer essa mulher.

— Isso também foi brilhante.

— Depois, é claro, eu sabia que *de jeito nenhum* um deles ia subir para ver o que a patricinha lésbica estava fazendo lá em cima, então fui de um quarto a outro e encontrei a caneca, e a coloquei em minha bolsa Kate Spade, depois me ofereci para fazer uma declaração à polícia sobre meu relacionamento com Peach.

Eu engasgo.

— Puta merda — digo. — Isso é hilário.

— É — afirma ela. — Eles quase perderam a cabeça, depois me acompanharam até *a porta dos fundos* e perguntaram se eu não me importaria de voltar para meu carro a partir de um estacionamento público. Sabe como é, assim podia parecer que nada disso jamais aconteceu.

— Genial — digo. — Mas tem um problema.

Ela limpa o rosto com um guardanapo.

— Qual?

— Quando *Sapatos e filhotes* for lançado...

Ela revira os olhos.

— Quer dizer quando ele for largado na Netflix.

— Tanto faz — digo. — Eles vão te reconhecer.

— E quem liga para isso? Eu nunca disse quem era, nem como conheci Peach, e posso dizer que sou bi ou coisa assim. Não ligo. A garota morreu e éramos amantes secretas. O que você pode fazer a respeito disso?

Não resta mais nenhum baklava, recebo um alerta do Google e os Salinger estão se preparando para pedir ao Departamento de Polícia de

Little Compton para cessar as investigações por *motivos pessoais da família que vieram à luz.* Existe luz, com violão grego vibrando no sistema de som, e as taças em todas as mesas são azuis Nova Inglaterra. Minha barriga está cheia. Meu amor é real.

— Precisamos falar de coisas do bebê — digo. — Não entendo nada disso.

— Mas você parece saber muito bem como se faz.

Sei o que ela quer e eu quero também, pagamos a conta e escapulimos para o banheiro, e é o sexo mais intenso que já tivemos na vida.

Lá fora, passamos pela Brown Bookstore, universitários caminham e temos muita sorte por sermos mais velhos. Todos eles ou estão bêbados, ou nervosos, e nem consigo imaginar ter *dever de casa.* Passo o braço por Love e ela me puxa para mais perto.

— A gente precisa comprar um daqueles livros *O que esperar*? — pergunto.

Love diz que sim, mas levanta um dedo. O pai dela está ligando.

— Oi, papai — diz ela, e agora me ocorre. Um dia meu filho vai me ligar e dizer isso, *oi, papai.*

O sinal no cruzamento abre. É nossa vez de andar. Mas não vamos. Love treme.

— Papai, papai, espere aí — diz ela. — Um segundo. — Ela cobre o telefone com a mão. Parece que teve um derrame e seu rosto é um campo de batalha. Seus músculos têm espasmos.

— Você está bem?

— Joe — diz ela. — Eles o encontraram. Encontraram Forty! Ele está vivo!

Ouço a voz fraca do pai dela pelo telefone: *Love! Love!*

E agora sinto que tenho um derrame, mas preciso fingir ou vou parecer um psicótico, abro um sorriso e puxo Love em um abraço.

— Isso!

Corremos de volta ao carro, nada de livros para nós, não há tempo. Forty está vivo. Vivo! Eu podia muito bem estar de volta àquele banheiro jogando meu corpo na porta. Ele está vivo. *Como?* Imagino dois universitários doidões de cogumelo imitando *Boyhood* e zanzando pelo deserto, encontrando as fontes termais. *Ele está vivo.* Imagino um deles localizando o corpo, sem saber se era uma alucinação, ou se o corpo era real.

Ela me diz que é um milagre.

— Uma garota o encontrou e ele está em um hospital em Reno, e está bem. — Ela estala os lábios. — Ele está bem. Isso é *tão* Forty, como na vez em que ele desapareceu na *Rússia.*

— Reno? — digo.

Love assente.

— Ao que parece, essa garota o encontrou no deserto, não sei onde. Ela o pegou, ele estava desmaiado, desidratação, e o levou ao hospital, eles o colocaram no soro e ele vai ficar bem.

É o pior diagnóstico do mundo. Eu não vou ficar bem. Estou fodido. Penso em meus manuais de interpretação. Não devo fazer perguntas. Love destranca o carro.

— O cara tem nove vidas — diz ela. — E eu quero dizer, *ufa.*

— Estou louco para falar com ele — digo.

— Bom, você vai — diz ela. — Meu pai disse que ele está falando pelos cotovelos.

— Que loucura — observo em minha voz mais animada.

— Não é? — pergunta ela. — Quer dizer, é claro que ele não se lembra de porcaria nenhuma de como conseguiu chegar lá e sua última lembrança é do Bellagio, mas, sabe como é, esse é meu irmão.

Seguimos de carro para o aeroporto. Não falamos de nosso filho. Só nos entusiasmamos por Forty. E isso é culpa minha. Não verifiquei a pulsação. Não terminei meu trabalho. Apesar de tudo que aprendi com a caneca de urina, não coloquei esse conhecimento em prática. Sou como um babaca em uma sitcom que aprende a mesma merda de lição toda semana e esta é a minha *vida.*

Meu telefone toca. É Forty.

Vejo você em breve, Professor.

51

É uma longa viagem de avião até Reno. Finjo ler *Mr. Mercedes* e falamos intermitentemente de nosso filho, mas principalmente de Forty. Love conta a boa notícia no Facebook e responde a vários amigos preocupados. Os e-mails de Love com a mãe tratam da questão de ele precisar ou não de reabilitação. A resposta é não. Ha.

Não falo em Roosevelt; é como se nossa conversa nunca tivesse acontecido. É insuportável como ela sorri por ele ter sobrevivido, por estar sentado em um quarto em Reno, consciente, ciente de que fui eu que o coloquei ali, que o deixei na água quente para morrer.

Chegamos a Reno, tem um carro esperando por nós no aeroporto e o motorista diz que não vai demorar para chegarmos ao hospital, e eu rezo por um acidente ou um terremoto, e mereço um Oscar porque sou muito bom.

Love diz que ainda não devemos contar a ninguém sobre o bebê e eu digo tudo bem, minhas orações não são atendidas quando chegamos ao quarto andar. O prédio não virou farelo, nem se sacudiu e já posso ouvir Forty no quarto, barulhento, consciente, ao telefone.

— Reese está interessada? Que loucura!

Sinto cheiro de desinfetante para mãos e caldo de galinha enquanto caminhamos até o quarto dele. Love aperta minha mão.

— Oba!

— Oba! — digo.

Dotty vai para o corredor e precisa olhar duas vezes.

— Lovey! — diz ela.

Love corre para ela, as duas se abraçam, e fico no corredor tentando não encarar o quarto onde um velho grita *me ajude*. Dottie assobia. Abraço Dottie enquanto Love desaparece no quarto de Forty. Meu coração está aos saltos.

— Você está quente — diz Dottie. Ela coloca a mão na minha testa. — Está doente?

— Não. É só o deserto, acho.

— Bom — ela passa o braço pelo meu. — *Precisamos* conversar. Forty tem uma ideia maravilhosa sobre o que podemos fazer com você.

Mematamedádecomeraoscãesmeprendameafoguemnumapiscinanomarmeamarremematemdefome.

— Sério? — digo. — E o que, hum, o que vocês dois têm em mente e, meu Deus, como ele está?

— Venha ver você mesmo — diz ela, e me leva para o quarto de Forty. Toca música, há várias bandejas de comida, e Ray deve ter trazido sua própria cadeira, porque está em uma poltrona reclinável e Forty está sentado na cama rindo com Milo, este sentado na outra cama.

Vou até Forty Quinn, ele olha nos meus olhos e sorri.

— Aí está ele. É bom te ver, meu velho. Sente-se, se puder. Ajeite-se para a hora da história.

Ray se levanta e boceja.

— Acho que não preciso ouvir de novo — diz ele. E seja qual for a história, sem dúvida é bobagem e Ray prefere sair a fazer a vontade do filho. Dottie assume a poltrona e Love se junta a Forty na cama. Sento-me em uma merda de cadeira dobrável de hospital.

— Bom — diz Forty. — A primeira coisa que vocês precisam entender a meu respeito, já de antemão, é que eu sou um *roteirista.*

Tenho vontade de vomitar.

— Tudo bem.

Forty respira, pomposo.

— O que isso significa é que roteiristas escrevem. Desligamos os telefones. A gente se manda. Ficamos perdidos na *narrativa.* Olha só, sei que fiz alguma merda maluca no passado, mas isso foi antes. E isto é o agora. Agora sou um roteirista trabalhando, o que quer dizer que eu não queria ficar na merda de Los Angeles, descansar sobre meus louros e dar tapinhas nas minhas próprias costas. Eu queria me entocar em um quarto de hotel sossegado, *pensar, fazer* e *criar.*

Dottie solta um gemido.

— Meu querido, estou do seu lado e amo você. Mas você podia ter telefonado.

Love: "Mãe! *Já chega.*"

Forty: "E da próxima vez vou telefonar. Eu só estava morrendo de vontade de começar um novo roteiro porque esta cidade é assim. Você só é bom enquanto está subindo."

Agora Milo com um *Amém, irmão.* Quero desmaiar.

— O que você esteve escrevendo? — pergunta Love.

Ele agora me olha, intensamente. Abre um sorriso.

— Outra história de sequestro — diz ele. — Quis vender na Paramount um tempo atrás, mas eles se acovardaram e agora que sou alguém, sabe como é, eles a querem de novo. Então prometi que terei um roteiro em breve.

Love fica perplexa.

— Bom, e como foi que você foi parar no deserto? Mamãe disse que você está começando a se lembrar mais? Que uma garota o encontrou?

Meu coração martela. Ele olha a televisão.

— Fui dar uma caminhada — diz ele. — Precisava fazer uma pesquisa. Às vezes, você só precisa sair e ver as merdas se quiser escrever sobre elas, entendeu? Se você quer escrever sobre os confins do deserto, onde não tem ninguém por perto, precisa ver.

Talvez eu consiga uma enfermeira para matá-lo e por que alguém não pode perguntar o que todos queremos perguntar: onde está o novo roteiro? Ele não consegue explicar o que aconteceu com seu computador, nem com suas anotações, porque não carrega anotações nem um computador. Ele carrega dinheiro e cocaína.

Meu cérebro dói. As palmas das mãos transpiram.

— Quem te encontrou?

Ele sorri.

— Aí é que está, Meu Velho — diz ele. — Tudo é um borrão. Num minuto estou sentado no bufê, dando cinco mil a dois garotos recém-casados que parecem não poder pagar por um bom restaurante — MENTIROSO DE MERDA — e no minuto seguinte, bum — MENTIROSO FILHO DE UMA PUTA —, estou no deserto e tem essa garota loura. — Ele suspira. Agita os braços. — Só tenho um lampejo dela.

Dottie atravessa o quarto às pressas.

— O que você viu?

— Um moletom — diz ele.

Dottie suplica a Forty — *vamos, procure se lembrar* —, mas ele não consegue se lembrar de nada. Só o que ele vê é a garota, sua blusa.

— E aí eu acordei aqui — diz ele. — Ploft.

Love beija sua mão.

— Precisamos dar 5 mil dólares *a ela.*

— Não podemos — diz Forty. — Ela foi embora. As enfermeiras dizem que ela se mandou. Ela nem mesmo entrou. Eles me encontraram lá fora.

Dottie começa a chorar e Milo passa o braço por ela. Love pergunta a Forty como o pessoal do hospital chegou lá e ele diz que *isso não é o Ritz,* e ele me olha e pergunta *como eu estive.* Olho bem nos olhos dele:

— Preocupado com você — digo.

— Ficamos *muito* assustados — diz Dottie e ela se levanta. Uma enfermeira aparece e diz que pode voltar depois, quando todos forem embora, e Love corre atrás dela e ficamos apenas eu, Milo, Forty e Dottie, que anda de um lado a outro, agitada, aflita, de mãos nos quadris. Imagino como eu teria me dado bem com uma mãe dessas, do tipo que se importa, do tipo que está aqui, sem maquiagem, com bolsas embaixo dos olhos pela preocupação.

— Bom, lembre-se disso — diz ela. — Você não pode escrever *nada* se estiver morto e seu pai e eu precisamos saber onde você está.

— Tenho 35 anos — diz ele. — Onde isso termina?

— Não em um deserto! — diz ela e agora está chorando. Forty amassa uma toalha de papel e joga para Milo. Ele aponta a porta.

Milo faz a vontade dele.

— Vamos, Dot — diz ele. — Vamos dar uma volta.

— Joe pode ficar aqui comigo, né, Meu Velho? — propõe Forty.

Sinto-me sendo assassinado, lentamente, como costumavam drenar o sangue das pessoas.

— É claro — digo. — Vocês precisam de um descanso.

Dottie dá um beijo na cabeça do filho.

— Não crie dificuldades para mim — diz ela. — Eu te amo. Papai te ama. Deixe a gente amar você. Deixe que estejamos presentes.

— Mãe — diz ele. — Foram só alguns dias.

Milo conduz Dottie para fora do quarto e quando eles saem, viro-me para Forty.

— Boca fechada — diz ele. — Primeiro a porta, depois sua boca.

Levanto-me, vou até a porta, fecho e volto para minha cadeira de merda. Ele não vai me estimular a me sentar na poltrona e ele não sugere que eu se me sente na cama. Ele aponta a cadeira ao lado de sua cama.

— Aqui — diz ele. — Estou sofrendo de exaustão e desidratação e não preciso ouvir gritos.

Sento-me em minha cadeira. Na televisão emudecida, começa *The Cosby show*. Forty abre uma gaveta na bandeja e pega dois sacos abertos de M&M. Coloca a mão em um deles, procurando o chocolate. Coloca a mão no outro saco procurando comprimidos. *O merda do Forty*. Ele abre uma garrafa de *Veuve*. Despeja o suco de maçã no chão, como se estivesse em um estacionamento, e serve champanhe em seu copo.

Não quero ser o primeiro a falar, mas não consigo evitar.

— Isso vai ajudar na sua desidratação?

— Não. Também não vai ajudar na minha exaustão, mas está tudo bem. Não sou eu que preciso trabalhar.

Olho para ele.

— Você ligou para a polícia?

Ele ignora minha pergunta. Olha a televisão. Ele ri, o doente mental demente.

— Adoro esse episódio — diz ele. — Você conhece esse, né, em que Theo quer a merda da camisa? Nunca envelhece. Ele quer aquela camisa. Seu pai sabe-tudo quer que ele *trabalhe* por aquela camisa e a irmã tenta fazer a camisa para ele em casa, mas, no fim, o único jeito de conseguir a merda da camisa é soltar a grana e comprar.

— Forty — digo. — Talvez a gente possa conversar.

Ele se vira repentinamente e joga um M&M em mim. Bate no meu nariz.

— Seu escroto. Você me deixou no deserto, no meio do nada.

— Desculpe.

— Eu podia ter morrido.

— Eu sei, me desculpe.

— *Talvez a gente possa conversar?* — Ele coloca M&Ms na boca. — Talvez você possa ir à merda.

— Você ligou para a polícia?

— Não é da sua conta — diz ele.

— Olha — digo. — É lógico que nós dois estamos aborrecidos.

Ele fica exasperado.

— Você sinceramente acaba de dizer que *nós dois* temos motivos para ficar aborrecidos?

— Espera só pra ver.

— Olha, seu psicopata, sei que você veio de um lar desfeito e sei que veio para cá sem amigos e sem família e sem nada, mas, meu Deus, *Professor*, você não é a porra de um retardado.

— Não use essa palavra, Forty.

— Tem razão — diz ele. — Os professores se formaram na faculdade. Eles *trabalham* em faculdades. Você nunca foi a uma faculdade.

Estou fervilhando. Forty come outro M&M.

— Que merda você quer?

— A regra número um de Hollywood. Uma merda que aprendi quando fui estagiário na CAA por duas semanas. — Só Forty teria um estágio de *duas semanas.* — Não queime suas pontes.

— É só me dizer o que você quer.

— Quero que você escute — diz ele. — Você não pode queimar pontes porque Los Angeles não é como um hospital. O babaca que limpa esse chão, ele não estará operando você no mês que vem. Não funciona assim. Nesse negócio, as pessoas conseguem posições e você não sabe como chegaram lá, mas elas chegaram. E aí o cara que limpa o chão está mandando no estúdio.

Odeio quando ele tem razão.

— Forty, eles todos vão voltar a qualquer momento — digo. — O que você quer?

— Eu sempre quis um cachorro — diz ele. *Roosevelt.* — Um cachorro branco e fofo, mas minha mãe é alérgica. É de onde realmente vem o título de *Sapatos e filhotes, Boots and Puppies.* Tivemos uma cadelinha, tipo, por um minuto, e nós a adorávamos. Demos a ela o nome de Boots e minha mãe nos obrigou a nos livrarmos dela porque ela era alérgica. Porra, isso partiu o coração de Love.

Os mentirosos mentem e não posso trair Love, e as famílias fazem isso. Cada um inventa uma história, uma versão das injustiças, os bichos de estimação, os nomes. Nunca vou conhecer os Quinn como Milo, Milo que provavelmente está sentado em um sanduíche de Quinn neste momento.

— O que está tentando dizer? — pergunto.

— Que eu sou a porra de um adulto — diz ele. — Um roteirista quente e sou minha própria pessoa, ganhando minha própria grana, então vou arrumar um cachorro. E sabe como vou chamar essa merda de cachorro?

Sei como ele vai chamar a merda do cachorro e não quero dizer em voz alta. Mas penso na minha infância. É o que fazem os pais. Eles se sacrificam.

— Você vai chamá-lo de Professor — digo.

Ele concorda com a cabeça.

— Professor — ele repete. — Prof, para abreviar. O negócio é o seguinte, *Prof.* Você vai escrever o que eu mandar, quando eu mandar escrever.

— Forty...

Ele atropela minha fala.

— Você vai produzir as merdas como o cara de *Louca obsessão* acorrentado na cama pela gordona — diz ele. — Vai escrever e eu vou ganhar, e se você chegar sequer a *pensar* em contar a minha irmã o que estamos fazendo, seu cachorro de merda, vou colocar seu traseiro na prisão com tanta rapidez que você nem vai saber o que bateu em você. — Ele late para mim, como se ele fosse o cachorro, e ele também está fodido de comprimidos e Veuve para sustentar suas analogias. — E você será leal ou eu vou *te foder*. Agora sou seu dono. Fim.

Tento respirar. Forty joga outro M&M em mim.

— Eu disse, você me ouviu? — pergunta ele.

Olho para ele.

— Você espera que eu acredite que você não vai procurar a polícia?

— Odeio a polícia — diz ele. — É um tédio e são muitas perguntas e advogados.

— Você podia ter morrido lá fora e quer *trabalhar* comigo? Espera que eu acredite nisso? — Meneio a cabeça. — Forty, aqui está o que eu espero. Espero sair deste quarto, ser preso e uma hora depois estar amarrado numa merda de porão.

Ele sorri com malícia.

— Aí está — diz ele. — Essa imaginação.

— Eu abandonei você no deserto — digo. — Então, não venha me dizer que seremos parceiros *nos negócios*.

— Você não é um bom assassino — diz ele. — É lógico. Mas você é um escritor do cacete. — O escroto doente come mais M&Ms e passa a me dizer que tenho mais valor vivo do que morto. — Olha — diz ele. — Não ligo pra nada dessa merda. Não ligo se vou adoecer, e melhorar, e não ligo se vou me casar, ter filhos e ficar saudável. — Ele se interrompe. Engasga. Volta a falar. — Só o que me importa é dourado. Quero um Oscar. Na porra da minha vida toda, eu quis um. Não dá para comprar um Oscar, quer dizer, não tecnicamente. E tenho certeza absoluta de que não cheguei perto de conseguir um nos últimos quinze anos e agora você, filho da puta, *você* vai conseguir o *meu* Oscar.

E ele volta a seu Cosby. Ele realmente não se importa com Love, com nenhuma das alegrias humanas que somos programados para querer, família, férias, júbilo. Ele sabe o que sou, o que fiz. E ele ainda deixou que eu comesse sua irmã, mas sua irmã sabe de mim também e ainda me quer e é claro que ela quer. É claro que ele quer.

— Eu trepei com Denise — diz ele. E é claro que faria isso. *Gêmeos.* E meu filho partilha seu código genético e é por isso que temos guerras, por isso nenhum pool genético é perfeito.

Uma assistente de enfermagem entra para tirar os sinais vitais de Forty, ela é animada e bonita e pensa que é *incrível* que Forty tenha uma *família tão grande e amorosa.*

— Eu queria que todo mundo pudesse ter o que vocês têm — diz ela. — É muito triste quando as pessoas estão aqui e não têm ninguém.

— Sabe o que eu gostaria de fazer? — pergunta Forty.

A enfermeira coloca algemas nele. Pressão sanguínea. Não são algemas de verdade. Bem que eu queria.

— O quê? — ela trina.

— Gostaria que você, quando tiver tempo, tire todas essas flores e todos esses balões, e distribua com todas as pessoas deste andar que não têm a família por perto.

Ela me olha.

— Será que posso morrer? — pergunta ela. — Essa família é o máximo, não é? Quando não estão trazendo sushi para nós, inundam todo o andar de flores. — Ela coloca um termômetro na boca de Forty.

— Detesto dizer isso, mas eu queria poder ficar conosco para sempre.

— Eu também — digo.

Forty olha para mim. A enfermeira diz que não tem febre e vai sair daqui *rapidinho,* e Love, Milo, Dottie e Ray voltam e a festa continua. Forty lembra à mãe do *plano* deles para mim e ela diz que eles querem criar um clube do livro nas lojas do Pantry.

— Você vai escolher um livro de destaque por mês — diz ela. — Podemos até usar você nos cartazes.

Love aperta minha mão.

— Amei essa ideia — diz ela. — Você não amou?

— Eu amei — diz Forty. — Pai, você não amou?

Ray concorda com a cabeça.

— Professor Joe — diz ele e agora os Quinn estão debatendo qual deve ser o primeiro livro, Love me dá uma cotovelada e diz que deve ser *O desfile de Páscoa,* eu me encolho, e não devia ter contado a ela esse detalhe sobre Amy. Não quero que ela faça referência a Amy, nunca. Forty diz que devia ser *Louca obsessão* e Ray acha que é uma boa ideia, e Dottie só viu o filme e Milo diz que o livro e o filme são ótimos e agora esta é minha vida. Ou será, até a memória de Forty voltar como que por milagre. Ele pode fazer isso comigo a qualquer momento, me denunciar, acabar com tudo. E não posso matá-lo, não agora que Love sabe o que sou, não quando pode suspeitar de mim. Ele é minha nova caneca de urina, está vivo, passa bem e assoa o nariz. Love pode ter me perdoado por todo o resto, mas jamais me perdoaria por machucar seu irmão. *Professor Joe* seria um apelido horrível para um serial killer.

NO quarto de hotel naquela noite, Love está rabugenta, batendo gavetas. Pergunto a ela qual é o problema.

Ela se senta na cama.

— Bom — diz ela. — Por que eu deveria me incomodar? Quer dizer, você sabe o que a enfermeira disse que *realmente* aconteceu?

Merda merda merda.

— Não. Pensei que ele não conseguisse se lembrar.

Love chora. Eu a abraço. Isso vai durar horas. Ela diz que o pai contou a ela que Forty torrou cem mil dólares em alguns dias.

— Meu Deus, Love. Não sei o que dizer.

Ela olha Reno pela janela, que parece Las Vegas e ainda assim também não é nada parecida com Las Vegas. É menor, inferior, pior.

— Não vai acabar nunca — diz ela. — Minha mãe vai ficar sentada lá, agindo como se ele estivesse limpo, e meu pai vai fugir de mau humor e eu não sei. — Ela enxuga os olhos e olha para mim. — Como acha que ele sequer *escreveu* aqueles roteiros se ele fica tão fodido ao ponto de parar no deserto, com a cabeça cheia de coca?

— Não sei.

— E quem é essa garota?

— Não sei.

— Acha que ela é *real*, ou acha que talvez os traficantes de drogas tenham fodido com ele?

— Duvido que ele deva dinheiro a alguém.

Love olha pela janela.

— Michael Michael Motorcycle disse que ele é o tipo de cara que só quer machucar.

— Michael Michael Motorcycle está na prisão — lembro a ela. — Você e eu, vamos cuidar de Forty. E...

Ela concorda com a cabeça.

— Acredite em mim — diz ela. Ela passa a mão na barriga. — Isto está me salvando.

Olho as luzes e vejo meu futuro — *au au* — e como vou aplaudir Forty quando seu filme tiver elenco, quando entrar em produção, quando ele for indicado, quando ele nos acordar com um telefonema — *eu consegui!* — E Love e eu vamos nos vestir bem para a estreia e seremos a *família* do roteirista. Vou sorrir e conhecer todas as pessoas que adoram meu trabalho, e não poderei aceitar seu amor. Não poderei contar a história de como cheguei a escrever *A trapalhada* e *O terceiro gêmeo* ou a história do sequestro que virá em breve.

Love acaricia minha perna.

— Estou muito cansada — diz ela. — Meu irmão, Deus o proteja, mas às vezes acho que ele literalmente me esgota.

Ela tira a roupa. Joga a calcinha na lixeira vazia. Ela está cansada demais para trepar comigo e eu estou cansado demais para dormir.

Minha carreira acabou. Viverei uma mentira, como tanta gente em Los Angeles. Pelo menos haverá verdade onde importa, nesta cama, em muitas camas. E vou encontrar um jeito de um dia me tornar conhecido. Serei um bom pai; criarei meus filhos para que eles não fiquem empacados desse jeito. Como tantos grandes escritores, só serei valorizado depois de minha morte e Love encontrará uma chave para um cofre, com uma carta ali dentro, explicando que escrevi todos os filmes do irmão dela.

Por fim, adormeço.

52

É verdade o que dizem a respeito da felicidade. Se você aborda a vida partir da gratidão, está mais apto a desfrutar das coisas. Estou completo. Não preciso da fama; jamais quis isso e não me mudei para cá por causa de *aspirações*. Para mim, basta escrever e saber que fiz o melhor que pude. Desfruto de minha vida. De *nossa* vida. Nosso filho! E eu amo que nosso filho seja um segredo.

Vamos a uma estreia, conheço Jennifer Aniston e Justin Theroux, como *guac* com eles e conversamos sobre o *Cabo*. Eles são limitados e gentis e me tratam como um igual, e a experiência toda é surreal. A melhor parte é o que acontece quando a festa termina e Love e eu estamos na cama discutindo tudo e conversando sobre o cabelo de Jennifer Aniston.

Vou ao Milk Studios e o fotógrafo tira fotos minhas para as promoções do Professor Joe. Não vão usar minha foto porque não quero ser uma figura pública — Ray pode respeitar isso —, mas vão produzir uma mascote parecida comigo. Dottie *ama* isso.

O primeiro livro será *O complexo de Portnoy*, e Love está cortando alface e aponta a faca para mim.

— *Isso* é um belo foda-se para aquela tal de Amy — diz ela. — Espero que ela veja as placas no dia em que saírem.

Tenho uma parceira na vida, a mãe de meu filho. Ela me atormenta para tomar vitaminas e me diz para escovar os dentes. Ela chupa meu pau, dorme antes do final de *Cocktail* e ignora os telefonemas do irmão quando ela *simplesmente não consegue lidar com isso*. Sei o código de nosso sistema de alarme e fico cada vez mais à vontade dirigindo em Los Angeles. Descubro que é mais fácil começar o dia *descendo* o morro em vez de *subir* e digo isso a Jonah Hill em uma festa, ele ri e diz, *não conte isso a minha acompanhante, cara*.

Love falou sério sobre abandonar a carreira de atriz e agora ela está diferente, e é difícil saber a origem de seu poder. Ela brilha. Diz que é por minha causa. Eu digo que é ela. Concluímos que somos *nós*. O bebê.

Encontro-me com Calvin para tomar cerveja no antigo bairro que não mudou. Ele e Monica só saíram por alguns dias; ele não sabe o que foi feito dela e não se importa. Está sendo esmagado pela dívida por ter sido flagrado dirigindo alcoolizado. Agora ele está derrotado; insiste em me dizer que passou 28 horas na prisão. Ganhou alguns quilos e não olha o Tinder. Diz que pode se mudar de casa. Eu digo a ele para pegar seu iPad e trabalhamos juntos no rascunho de *Food Truck Fantasma*.

— Ora, ora, ora — diz ele. — Isso é *bom*.

— Claro que é — digo a ele. — E sabe do que mais? Vamos adiante com isso.

— JoeBro — diz ele. — Eu sinto que fui meio babaca.

— Você não foi um babaca.

— Bom, fiquei preso na merda. Mas então, acho que devíamos apresentar FTF juntos.

Bebo minha cerveja. Digo a ele que nem em um milhão de anos.

— O conceito é seu, Calvin — digo. — Você pensou nisso, trabalhou nisso mil vezes e será você que vai fazer acontecer.

Ele me dá um tapinha nas costas. Quer saber o que penso do desaparecimento de Delilah.

— Acho que Los Angeles é um lugar difícil, Calvin. Acho que a cidade deseja o desaparecimento de todos nós e é um tremendo milagre quando as pessoas não somem.

— Profundo — diz ele.

Vemos um comercial de seguro de automóveis. Calvin diz que o dele é *uma loucura de caro* por causa do boletim de ocorrência. Curto o gosto da cerveja, a música no bar — "Take It to the Limit", dos Eagles, melodrama que só fica bom em um bar, quando os outros a colocam — e quando acabamos, *subo* as colinas de carro para chegar em casa e curtir isso também.

Em casa, Love está preparando vitela à parmegiana.

— Bebês para o bebê — diz ela. — Entendeu, porque vitelas são bebês. Ah, meu Deus. Isso saiu ruim. Me desculpem, vaquinhas inocentes. Amanhã teremos frangos velhos e amargurados.

Ela é perfeita.

Eu a abraço e beijo.

Ela quebra a massa em uma panela de água fervendo.

— Como vai com os livros?

— Estão indo — digo, e estamos felizes.

Localizo Harvey. Está em uma casa de repouso. Levo flores, bolo de chocolate e DVDs do Eddie Murphy e ele me agradece. Pergunta se vi Henderson na noite passada. Tenho calafrios. O enfermeiro diz que ele ficou confuso desse jeito. Digo a ele que Harvey vai ficar bem.

— Tô certo ou não tô?

Seu rosto se contorce. Quero acreditar que é um sorriso.

— Não sei — diz ele. — Tenho medo.

Sento-me com ele até que sua ex-mulher volte e ela me abraça e chora. Quando chego em casa para Love, eu choro. Love manda para eles um aparelho de TV. Ela diz que as TVs nesses lugares nunca são grandes. A ex-mulher de Harvey telefona. Ela adorou a TV. Harvey também.

Não consigo ver Dez; os traficantes de drogas que se fodam todos.

Todo domingo, vamos de carro a Malibu para ver os pais de Love. Às vezes, Forty está lá, e às vezes não está. Mas eu o vejo constantemente. Duas vezes por semana, nos reunimos na Taco Bell em Hollywood.

Hoje eu chego primeiro. Sento-me em uma cabine e quando ele chega, está visivelmente fodido.

— Vou pegar uma Coca para você — digo.

Ele segura minha mão.

— Obrigado — diz ele. — Meu Velho, Professor, seja lá quem você for, muito obrigado pelo que você fez. Sabia que isso vale ouro? Quer dizer, eu leio o que escrevi e, juro, acho que ser deixado no deserto foi a melhor merda que já aconteceu comigo.

Pego a Coca-Cola. Ele a derrama. Vou pegar guardanapos e ele me detém.

— Eles têm quem faça isso.

— Forty, me ajude aqui. — Eu não o vejo fodido desse jeito desde Las Vegas e me esqueci como é irritante. E, ao mesmo tempo, quero salvá-lo; Love passou isso para mim.

— Quer dizer, um emprego é um emprego — diz ele. — Você derramou, eles limpam.

Olho para sua cara inchada.

— Você não me odeia, não é?

— Odiar você? — diz ele. — Como eu poderia te odiar? Cara, Amy Adams vai fazer *A trapalhada.*

Mas será que esse nome nunca vai me deixar? Não.

— Ótimo — digo. — Meus parabéns.

— Ainda não é certo — ele recua. — Mas parece *Bom*. A porra da Amy Adams. Como eu poderia te odiar? Quer dizer, você nem sabe o nível de bunda que ganho. Xoxota de graça, meu amigo. Como eu poderia te *odiar*?

Lembro-me de quando eu pensei que seria terrível ser um cachorro e agora pego as chaupas e o molho de pimenta e os tacos e as gorditas. *Au!*

Love ganha outro prêmio por seu trabalho filantrópico e eu escrevo um discurso para ela. A caminho de casa, ela diz que talvez possamos ter um vinhedo. Depois do nascimento do filho, é claro. Nem acredito que esta é minha vida, em que a possibilidade de periodicamente pisar em uvas e ser dono de um vinhedo é real.

Ligo para o sr. Mooney no aniversário dele e conto sobre Love, sobre conhecer Jennifer Aniston e escolher livros como o Professor Joe. Ele pergunta se estão chupando o meu pau, depois me diz que ainda está na Flórida. Ele tem uma laranjeira e as laranjas não são nada parecidas com aquelas de Nova York.

— Elas são sarapintadas — diz ele. — Parecem jujubas com sardas, deixa pra lá, estou um chato. — Ele suspira. A conversa murcha e vou procurar Love. Ela está lá fora, em sua boia preferida, aquela com apoio para os braços e porta-bebidas, e está de óculos escuros. Pulo na piscina e empurro a boia. Ela grita de novo e cai na água. Vem à tona rindo, com beijos salgados. Nós boiamos.

— Sam voltou a atacar — diz ela.

— Sam, a piranha do trabalho?

— É. Contratamos estagiários e ela disse que precisamos ver se eles não estão no Pinterest, porque diz que as pessoas no Pinterest são todas idiotas.

— Idiota é ela.

— Eu sei — diz Love.

— Se você a detesta tanto, por que não a demite?

Love rola de lado e estende a mão para mim.

— Porque eu não detesto ninguém — diz ela. — Sinceramente, não detesto. Não vale a pena.

Ouvimos seu telefone tocar, ouvimos meu telefone tocar.

Love corre a seu telefone e atende.

— Mãe? — diz ela. E, segundos depois, deixa cair o telefone. Vou até ela.

Ela me encara. Está diferente. Está petrificada. Minha primeira preocupação é o bebê, mas como pode ser? Não era um médico ao telefone.

— É Forty — diz ela.

Ele procurou a polícia. Aquele escroto. Aquele verme. Vou matá-lo.

— O que aconteceu? — pergunto.

E então ela começa a chorar. É primitivo, é apavorante e não sei o que aquele escroto fez, ele vai pagar por isso. Pego o telefone.

— Dottie? — digo e tento abraçar Love. Ela treme. Todo o seu corpo está convulso e isso não pode ser bom para nosso filho. — Dottie, você está aí?

— O meu menino — ela soluça. — O meu menino morreu.

Meu corpo se acalma.

— Forty morreu?

Quando Love me ouve dizer isso, solta outro grito e digo a Dottie que preciso ir, e não sei se o bebê vai sobreviver, mas sei que nós vamos. Abraço Love, agarro-me a ela. Eu queria poder melhorar as coisas. Mas não posso. Forty morreu.

:)

53

FORTY não teve uma overdose de Xanax ou de gorditas. Ele não teve câncer e não se afogou na água salgada do Pacífico, nem na água clorada dos hotéis que ele adorava tanto, nem na água salgada que seus pais recolheram para ele. Um carro bateu em Forty Quinn quando ele atravessava a rua em Beverly Hills. A mulher que o atropelou não estava embriagada — Deus não é assim *tão* banal — e dirigia um Honda Civic. Tinha acabado de se mudar para cá. Seu nome é Julie Santos. As pessoas atrás dela buzinavam. Os angelinos, particularmente aqueles do Westside, não gostam de esperar. Julie Santos diz que o cara atrás estava colado nela e buzinava. A colega de apartamento disse a ela que é *basicamente legal* virar à esquerda depois que o sinal fica vermelho porque, caso contrário, ninguém vai chegar a lugar nenhum.

Forty estava sóbrio; não estava de posse de drogas, nem dentro dele. Ia ao Nate 'n Al's sozinho para devorar carne-seca e batatas fritas, de acordo com o garçom que diz que Forty ia lá sozinho há muitos anos. Nunca soubemos disso, nenhum de nós. Julie, que parece uma pessoa gentil e insegura, do tipo que nunca vai superar este acidente, queria ver o hotel de *Pretty Woman* e ela sabe que isso é tolice e ele nem mesmo se chama mais *Reg Bev Wilsh*, mas... ela chora. Resisto ao impulso de fazer piada sobre Forty e as prostitutas, que mesmo quando ele não está torrando dinheiro com elas, estão em seu domínio, a boa e velha Julia Roberts.

Uma análise das câmeras de segurança mostra que Forty atravessava com o sinal vermelho para ele. Os dentes de Love batem. Ela me conta que ele tinha *oito multas por atravessar fora do sinal.* Forty também não gostava de esperar; queria tudo *agora*, sua carreira, seu Oscar, até a porcaria da travessia da rua. Darão queixa contra Julie Santos e ela diz que vai voltar para Boston. Diz que nunca mais quer dirigir e isso parece ruim, mudar-se para um lugar e prontamente matar alguém.

Ninguém consegue acreditar. Eu não consigo acreditar. Penso muito em Julie Santos. Encontro-a no Facebook e no Twitter e eu podia criar uma religião em torno dela, e Deus *tem mesmo* senso de humor; seu sobrenome é *Santos.* Não rezei por isso, mas me dou o direito de me alegrar. Ninguém jamais saberá o que aconteceu entre nós no deserto. Ninguém jamais saberá sobre nossos acordos na Taco Bell, a malevolência dele. Estou na Neiman Marcus e tem *dois* alfaiates trabalhando em mim ao mesmo tempo porque, quando você é rico e alguém que você conhece morre, você vai à Neiman e compra um terno novo.

Love está sentada numa cadeira, de pernas cruzadas. Não está mais chorando.

— Será horrível se eu disser que você está um gato? — pergunta ela.

— Não. Você diz o que precisa dizer.

Ela concorda com a cabeça. Peço aos alfaiates para nos darem alguns minutos e eles obedecem, vou a ela e os espelhos nos cercam e para todo lado que olho, vejo nós dois. Só nós. O terceiro gêmeo sumiu.

— Eu te amo.

— Eu te amo também — diz ela. — Prometo que vou sair dessa.

— Não se apresse.

— É muito esquisito. — Ela olha fixamente seus lenços Kleenex. — Não sei como não ficar preocupada com ele.

— Eu entendo.

— É tipo meu lugar preferido — diz ela. — O que vou fazer? Me preocupar com Forty. Quer dizer, nem é tanto pelas drogas, embora pareça isso, é por ser uma *gêmea.*

Digo a ela novamente para usar todo o tempo que precisa e prometo estar presente, independentemente de qualquer coisa, e ela para de rasgar os lenços de papel e olha para mim.

— O que eu faria sem você?

— Irrelevante — digo a ela. — Não vou a lugar nenhum.

Ela me abraça, chora de novo, e um dos numerosos alfinetes em meu terno me espeta, eu enterro a dor e saboreio a dor. Ele morreu. Julie Santos o matou. Depois de todo esse tempo, finalmente consegui alguma ajuda do cara lá de cima, e aperto minha namorada e conto minhas bênçãos. Ela me dá um tapinha nas costas. Os alfaiates voltam e Love enxuga os olhos.

— Você está mesmo um gato — diz ela.

O terno ficará pronto a tempo para o funeral. Milo está triste demais para escrever um tributo, Ray está em choque e eu sou o amigo leal, então me ofereço e não escrevo nenhuma bobagem sobre seu senso de humor e seu coração grande e gordo. Não, merda. Escrevo a porra desse tributo e fica pau a pau com *O terceiro gêmeo* e meu roteiro sequestrado, aquele que me dispus a terminar, agora que ele não pode, porque morreu.

Love e eu saímos da limusine e o tapete que leva ao Beverly Hills Hotel é rosa e verde. Love diz que era o lugar preferido deles quando crianças, eles tiveram sua festa de 16 anos ali, ela está chorando de novo e eu a abraço.

— Eu nunca estive aqui — digo.

— Bom — diz ela. — Paramos de vir aqui há algum tempo, nem mesmo sei por quê. Nós praticamente fomos criados aqui. Eles têm uma fonte de refrigerante e costumávamos comer cheeseburger e depois ficávamos em um chalé, fugíamos e corríamos no jardim.

— Você é adorável — digo, e sou sincero. Quando nos conhecemos, fiquei pouco à vontade. Pensei que toda essa merda com as palmeiras e os vários banheiros importavam. Mas a infância fode com você, não importa como tenha sido. Agora vejo isso. Quanto mais perto chegamos de ter o filho, menos hostilidade sinto para com meus pais. Não me ressinto mais de minha mãe por ter me largado no Key Foods, porque encontrei calor humano ali. O coitado do Forty não encontrou calor humano aqui, neste paraíso rosa e verde, neste *Beverly Hills Hotel.*

Em sua essência, as lembranças são todas iguais; só nós tentando manter o outro vivo, pelo menos as melhores partes. Todos estamos fingindo que Forty era uma pessoa maravilhosa e Love fala alguma coisa sobre *Beverly Hills 90210*, sobre Brandon e Brenda Walsh, que eles costumavam chamar Forty de anti-Brandon.

Todo mundo que é alguém está aqui. Agentes, executivos, produtores, *Joaq*, e é comigo que Love fica abraçada, sou eu que sustento tudo, aquele que fará um tributo ao homem que era como um irmão para mim. As luzes baixam. Começa um vídeo, uma homenagem a Forty e toca "The Big Top", de Michael Penn, a música que encerra *Boogie Nights*, e aparecem fotos de Forty sóbrio e clips de Forty bêbado e lá está Forty esquiando na água e esquiando nas montanhas e ele está rindo, e ele é uma criança, depois é um adulto, depois volta a ser criança.

A vida.

Eu choro. É importante que eu mostre emoção, sei disso, mas também é verdadeira. A música sempre me comoveu, o barulho do circo, os aplausos, a tristeza bruta e a fatalidade da vida, como a música não termina, mas vai enfraquecendo. E agora é a música do funeral *dele*, então não pode ser do meu. Ou talvez possa; talvez os funerais sejam diferentes dos casamentos e as pessoas não se recordem nem falem sobre eles, com pormenores. O lamento orquestral de Michael Penn se abranda e a música mergulha no silêncio. As luzes se acendem. É a minha vez. Love me beija. Subo ao pódio.

— Acho que todos precisamos de um momento de silêncio — digo.

É a atitude certa, baixo a cabeça e todos fazem o mesmo. Só agora entendo por que um terno Armani custa tanto dinheiro, quando estou em pé ali, na expectativa, tentando não encarar Reese Witherspoon, preparando meus papéis. Pego o microfone.

— Boa tarde — começo. — Meu nome é Joe Goldberg e sou muito abençoado por conhecer os Quinn, minha família substituta.

Faço um tributo ao *merda* do Forty Athol Quinn e é uma sorte que eu tivesse um adiantado quando pensei que ele tivesse afogado no deserto. Precisou ser alterado devido a seu final extravagante, mas a reescrita é boa. É até ótima, e eu devia ter um emprego escrevendo tributos. Os melhores celebram o potencial da pessoa; destacam aquela contribuição única da pessoa para a sociedade. Falo de Forty me chamando de Meu Velho quando nos conhecemos.

Minha plateia está adorando e eu aproveito a oportunidade para instruí-las. Falo a eles de um de meus livros preferidos e tenho certeza de que a maioria não leu, porque a maioria dessas pessoas concentra sua energia na leitura de narrativas fictícias. Porém, existe uma importante obra de não ficção que é útil num momento como esse, em particular para Forty Quinn.

— O livro se chama *Life's Dominion* — começo. — E coloca uma questão filosófica. Qualquer um pode ficar aqui e falar da encantadora inteligência de Forty, de seu brilhantismo em pleno crescimento, sua generosidade, sua fanfarronice, sua bermuda de algodão e senso de aventura excêntrico, seu extenso conhecimento de cinema e seu senso idealista de compromisso. Nós vemos seu sorriso, sua alegria — digo, apontando a parede onde sua vida foi exibida há pouco tempo. — Mas o que não se pode ver nessas imagens é a filosofia de Forty sobre a própria vida, e é aí que penso que posso prestar o melhor tributo a ele, falando a vocês de *Life's Dominion.* — Respiro fundo, deliberadamente, encenando. — O livro coloca uma questão que enfrentamos todo dia, o dia todo. O que é o livre-arbítrio? Um ônibus está lotado de adultos, todos eles viveram, todos têm hipotecas e filhos, têm laços. E há um carrinho de bebê atravessando a rua. O ônibus pode frear, cair pelo penhasco e todo mundo morre. Ou o ônibus pode atropelar o carrinho e a criança morre.

Amy Adams vira a cabeça de lado. Joaq fica extasiado.

— Ronald Dworkin argumentou que não existe certo ou errado universal, porque é válido dizer que a vida é avaliada com base no que alguém já fez. Mas também é possível dizer que a vida não pode ser qualificada, que a criança podia ter chegado à cura para o câncer, ganhado um Oscar. — Conheço minha plateia. Vejo gente cochichando, perguntando-se quem eu sou. — Forty Quinn era um homem singular. Ele era a criança no carrinho, aquele que tinha tudo pela frente, o *potencial* que todos conhecemos, aqueles roteiros que ele vendeu, depois de trabalhar *tanto* por *tantos anos* para forjar ligações e melhorar. Ele conquistou seu sucesso e seria desleixo dizer que recebeu tudo de mão beijada porque foi criado correndo por aqui — digo. Amy Adams assente.

— Os Quinn doam. E Forty nos deu suas histórias, aquelas que ele se esforçou tanto para contar, ano após ano. — Meneio a cabeça. Megan Fox descruza as pernas. Ela me quer. — Falei em *Life's Dominion* e em Ronald Dworkin porque uma coisa que talvez vocês não saibam sobre Forty Quinn era o quanto ele lia, o quanto escrevia, como era apaixonado pelo aprendizado. — Esta é a farsa do amor; ninguém se zanga quando você não fundamenta com fatos tangíveis suas declarações excelsas sobre a vida triunfante de alguém. Olho para Love e ela sorri. Love gosta desta história que conto porque a verdade seria horrível. — Ele me disse o quanto aprendeu com *Life's Dominion* pouco antes de... — Eu me interrompo.

Reese enxuga os olhos e as lágrimas de Love encharcam o paletó do pai.

— Deixem-me dizer o que todos nós sabemos. Forty era um gigante. Ele era uma força. Era uma daquelas pessoas no ônibus, um de nós, uma pessoa com laços profundos com a comunidade, uma pessoa que espalhava sua alegria aonde quer que fosse. Sra. Quinn, se puder tapar os ouvidos, posso lhe dizer o quanto o adoravam na Taco Bell. — Arranco risos junto com as lágrimas e espero por meu silêncio. — Muito poucas pessoas são capazes de percorrer esses quadrantes da vida. Forty é a única pessoa que conheci que podia fazer isso. Ele podia usar brinquedos, podia fazer você sentir que o melhor ainda estava por vir, e ele podia fazer você sentir que o que você fez valia tudo.

Choro, depois encerro.

— Forty Quinn me chamava de o Professor, mas Forty Quinn foi meu professor. — Joaq sorri. Seremos amigos.

— Certa vez perguntei a Forty como era ter sido criado com tanto privilégio. Ele me disse que foi difícil. Disse-me que quando você tem pais que incorporam o melhor do amor humano, pais que se amam mais com o passar do tempo, que vivem para o amor, era difícil ser constantemente incompreendido pelas pessoas que supunham que a riqueza dele fosse puramente financeira. "O que acontece com meus pais", disse ele, "é que eles podiam estar trabalhando no Pantry, na caixa registradora, na delicatéssen, e do mesmo modo eles teriam dado muito amor a mim e a Love." — Faço uma pausa. Agora Love está aos prantos. Reese Witherspoon curva-se para frente e seu marido e agente passa o braço por ela. Eu *venci*, caralho. — Forty Quinn sabia que o amor é só o que existe; todo o resto é efêmero e impermanente. Se ele tivesse conseguido atravessar aquela rua, garanto a vocês que teria se livrado da multa. Não se conseguia dizer não a Forty Quinn. Ele era o outro tipo de homem afirmativo, aquele que faz todos nós dizermos *sim*. Descanse em paz, meu irmão.

Quando volto a Love, ela transfere seu corpo trêmulo do abraço do pai para o meu. Isto é *O poderoso chefão* e vamos para um salão com garrafas de *Veuve* para todo lado e fotos gigantescas de Forty que são projetadas nas paredes, alternadamente. Ele é jovem, ele é velho, mas, de qualquer modo, está morto. *Sim!*

Todo mundo que eu quis conhecer na vida está aqui e eles querem *me conhecer* e Reese Whiterspoon quer me abraçar — é, ela quer — e seu marido quer conversar comigo e *Joaq* quer tomar uma bebida e Love tem orgulho de seu namorado vendedor de livros, está arrasada e destruída, mas orgulhosa.

Barry Stein me puxa de lado.

— Gosta de charutos? — pergunta ele.

— Claro que sim — digo, e ele será útil em minhas negociações com Megan Ellison. Conseguirei que Stein proponha comprar minhas merdas, depois darei a volta e fecharei contratos com *ME*. Por enquanto, começo pela amizade. Forty tem razão; não vou queimar pontes. E primeiro preciso construí-las. Preciso ir para o gramado e ver Barry Stein lutar com sua gravata-borboleta e procurar por um jeito educado de fazer a transição para uma conversa sobre negócios, como se houvesse um jeito educado de entrar numa conversa sobre negócios.

Ele masca seu charuto. Cospe.

— Sabe de uma coisa, Forty e eu brincamos com umas ideias ultimamente. Você e eu, acho que devemos conversar.

Concordo com a cabeça.

— Claro que sim.

— Acho que seu trabalho não deve morrer com ele.

— Claro que sim.

Fumo um charuto e *Barry* quer que eu ligue para seu escritório e marque uma reunião. Lá dentro, a comida é inacreditável. Kate Hudson está me abraçando. Tem casquinha de siri e antipasto e bebidas e não param nunca, gimlets e iscas de filé que derretem na boca e pedaços frios de lagosta. Tocam as músicas preferidas de Forty, a maioria delas sobre a merda das drogas que quase o mataram, mas não o mataram, e George Clooney aperta minha mão — *ótimo discurso, garoto* —, e a melhor parte de tudo isso é a verdadeira beleza de tudo.

Eu a matei com meu discurso e não matei Forty Quinn.

É tolice fazer jogos, imaginar como ele teria vivido. O que Julie Santos estava fazendo em Beverly Hills? E se ela tivesse continuado e ido direto a Santa Monica, se tivesse ido ao Pacífico? É como em *Match Point*, com as bolas de tênis, depois mais tarde, com a aliança. Tudo na vida depende um pouco da magia. A morte também. Se o corpo dele tivesse sido encontrado na fonte, se sua pele tivesse começado a se desintegrar, a merda dele sujando a água quente, seu corpo entupido de cocaína, bom, o funeral seria diferente. Quer dizer, eu o teria matado e encontrado um jeito de trazer a luz, mas teria sido um dia mais sombrio. Graças a Deus, se existe algum, por Julie Santos e sua virada à esquerda.

— Joe — diz ela, e ela é Susan Sarandon. Ela me abraça. Afasta-se. — Eu só precisava fazer isso.

Espero que Reese tenha visto e espero que Amy tenha visto, mas o que realmente mais importa é que Love viu. Ela passa o braço por mim.

— Você foi muito bem — diz Love. — Sabia disso?

Não é a hora de eu me gabar, então sou humilde, dou apoio, faço carinho em seu braço, beijo o alto de sua cabeça e ela se afasta, obrigações da família.

Gente como Forty Quinn é seu pior inimigo, aumentando a probabilidade de uma morte precoce se entupindo de codeína e, com sua morte, sou libertado. Posso ir aonde quiser e entro no saguão, todo aquele verde e rosa, a liberdade. Sento-me em um sofá circular e Love me encontra. Ela se planta em meu colo. Acaricia meu cabelo.

— Vamos passar a noite em The Aisles — diz ela. — Não quero ficar aqui. Quero minha própria cama.

Quando uma mulher quer a própria cama e quer você nela, você sabe que é pra valer.

— O que você quiser — digo, e darei quatro semanas antes de dizer a ela que estou inspirado pelo trabalho de Forty, que acho que gostaria de tentar escrever alguma coisa sozinho.

Coloco a mão em sua barriga. Forty não pode levar este momento, o amor tranquilo neste salão e o som inaudível de um novo coração batendo.

54

ACORDO cedo. Feliz. Ainda estou eufórico com o funeral, com a bunda de Kate, os olhos de Reese, a intensidade de Amy, meu *filho.* E eu sentia falta daqui, de The Aisles, da quadra de tênis, da areia e a grama se misturando para sempre, sem jamais se fundirem. Agora sou um corredor e a praia me parece diferente, útil. É minha pista. E que ótima sensação é revisitar o quebra-cabeça de sua vida e dizer, *ah, sei para que serve essa praia. Ela existe para mim.*

Meu corpo não quer dormir. Penso que tem alguma relação com toda a mudança. Da última vez em que estive aqui, matei Delilah. Love não fazia ideia de quem eu era, mas quis descobrir, então me convidou para ir a um set de filmagem com ela. Ela se sentou naquele banco e me viu chegando na Donzi e não sabia onde eu tinha estado, nem por que tinha saído de lá. Um milagre da vida, a mulher em minha cama; ela me ama mais agora do que naquela época. E agora há tanto amor novo em minha vida, reuniões, oportunidades e propósito. Vou cuidar de Love. Honrarei o legado de Forty e verei seus projetos concretizados. Serei forte para meu filho e vou me proteger.

Estou feliz demais para ficar parado e Love é minha Bela Adormecida. Seu irmão gêmeo está morto; isto levará algum tempo. Beijo sua testa pequena e perfeita e visto um short cor-de-rosa com estampa de baleias e uma camiseta, pego meus óculos de sol e saio do quarto de Love. Cantarolo "Thunder Road" e ando pela casa que Forty nunca mais percorrerá e é real! E abro um sorriso.

Lá fora, ando pela calçada, descalço na grama arenosa, a areia gramada. Escuto as ondas e elas são lentas e indolentes, e quando chego à praia, tomo um susto porque a névoa é densa como a neve, uma névoa de Stephen King, grossa e branca. De repente sou uma criança de novo e monstros podem viver nesta neblina e como é surreal ouvir a água, mas não conseguir enxergá-la.

Lembro-me de sentir essa felicidade uma vez, quando eu era criança. A neve cobria as ruas e era perfeita e branca, como se o mundo fosse recoberto de sorvete de baunilha. Minha mãe havia dito que as aulas tinham sido canceladas e que eu podia sair. Eu já havia visto a neve, mas tinha algo na neve naquele dia. Era cedo, antes de as pessoas aparecerem e destruírem tudo, e eu andei na rua, ela chegava a meus joelhos, eu era o primeiro andar nela e fiquei muito *feliz* por ser o primeiro, ver minhas pegadas, gigantescas e fundas, saber que tinha o dia todo, que não teria aula, nem dever de casa. Existe magia em um dia de neve e que estranho deve ser crescer no sul da Califórnia, sem essa possibilidade. Será minha primeira pergunta para Love quando ela acordar.

Entro na névoa em direção à água e escuto um cachorro latindo. *Sapatos e filhotes.* Assovio. O cachorro late. Ele parece ter medo.

— Está tudo bem — chamo. — Vem aqui, garoto.

Mas ele só mia, quase parece um gatinho.

— Ei, amiguinho, está tudo bem. — Dou uma batida na areia. Eu me lembro do filhote em *Mulher solteira procura* que não corre para Jennifer Jason Leigh, então ela mata o filhote porque ele não a ama. Depois penso em Forty assassinando Roosevelt, versão de Love, e Love chorando quando os pais se livraram de Boots, versão de Forty. Não existe uma coisa chamada verdade, mas existe uma coisa chamada felicidade, e posso imaginar a expressão maravilhada de Love se eu levar esse cachorro para ela.

Os cães gostam de autoridade, então eu ordeno.

— Muito bem, venha aqui, garoto. Agora. — Mas os ganidos estão mais distantes. Começo a correr, abrindo caminho pelo branco rodopiante, e depois de 15 metros eu tropeço e dou uma topada. *Merda.* Areia é mais dura do que você pensa.

— Pode vir aqui agora? Não vou machucar você! — Continuo e o filhote ainda está gritando lá, em algum lugar. — Está tudo bem! Estou aqui.

O mar flui e reflui depois da neblina, ouço o cachorro de novo e me agacho. Quero estar preparado para abraçá-lo, para ficar coberto de baba de filhote, ser amado. Por isso as pessoas em Franklin Village têm cachorros, e penso que o vejo. Ele é branco como a névoa, com uma boquinha preta, e olhos pretos e uma língua cor-de-rosa entrando em foco. O cão está ofegante, correndo, e me pergunto que nome vamos dar a ele. Ele tem cara de Charlie, Cubby ou George. Assovio para ele. Ele me ignora. Babaca.

Eu rio. Qual é o meu problema? É um filhote. Não é um babaca. Mas talvez seja. Os bebês podem ser babacas e os filhotes podem ser escrotos. Mas você aceita o risco quando faz um bebê, quando adota um cachorro. Acho que vou escrever algo sobre um bebê babaca e um filhote escroto e será como um daqueles antigos desenhos animados *Peanuts*, em que você não consegue ouvir o que os adultos falam porque tudo é sonoplastia.

Bato palmas e é quando vejo um clarão de linho branco, uma blusa amarela berrante e percebo que o cachorro não está sozinho. O filhote late e o ser humano joga alguma coisa, uma bola de tênis verde cítrico. O ser humano assovia e é uma mulher. Vejo seu cabelo na névoa, louro e embaraçado, e vejo seus ombros elegantes e duas pernas compridas e

Amy? Amy. Amy? Amy?

Ela pega nos braços o filhote que ia pertencer a mim e a Love. Beija o filhote, depois levanta a cabeça. Ela toma um susto.

— Joe? — diz ela. Parece apavorada, culpada. O tempo para. Eu estou em choque.

Ela abraça o filhote com muita força e ele luta, e o filhote tem garras e vence. Ela larga o filhote e ele corre, e ela fica parada ali, petrificada, e essa vaca fodeu comigo. Ela me roubou. Me ludibriou. Mentiu para mim. Me usou. Ela me enganou e enganou as pessoas legais de Rhode Island, Liam & Pearl & Harry & Noah, e eu a amava. Eu a amava, mas ela não me amava.

Amy? Amy.

— O que está fazendo aqui? — pergunta ela, e acha que é bonita e inteligente, colocando o cabelo atrás da orelha, fingindo confiar em mim, mas as pessoas não mudam e a vejo se preparar para correr. Agora não vai escapar de mim como no passado, não depois do que ela fez. Ela se vira, o cabelo solto, e o instinto assume. Disparo à frente. Ela corre, mas sou mais rápido e a derrubo no chão. Ela grita, cubro sua boca com minha mão e olho nos olhos que conheço muito bem.

Ela me dá uma joelhada na virilha e eu reajo, afrouxando a mão, mas consigo agarrá-la pelo cabelo e prendê-la na areia. Cubro sua boca de novo, ela se debate como um marlim e nem acredito que depois de todos esses meses Amy está aqui.

Seu rosto mudou com todo esse sol, tem mais sardas, a pele está mais macia, o cabelo mais comprido, a maquiagem em crostas em volta dos olhos, ela saiu ontem à noite. Ela é quem eu amava. Quem eu cobiçava. Quem eu queria matar, mas de quem me esqueci de me preocupar depois de me apaixonar por Love.

Ela me chuta de novo e bato na sua cara.

— Não grite — digo. — Entendeu?

Ela diz que sim com os olhos. São tão brilhantes quanto eu me lembrava, mesmo na neblina. Afasto a mão.

— Meu Deus, Joe, o que você está fazendo?

— Cala a boca — ordeno. Tapo sua boca com a mão. — Você não vai gritar. Entendeu?

Ela assente enfaticamente.

— Joe, por favor — ela começa.

Ainda estou voltando a me familiarizar com seu rosto, como são loucos os rostos humanos, como os narizes são tão diferentes, alguns bulbosos, outros pontudos. O de Amy é aquilino. Antigamente eu adorava seu nariz. Adorava beijar seu nariz. Agora adoro o nariz de Love.

— Joe — diz ela. — Sobre o dinheiro...

— O dinheiro? — Não consigo evitar. Já faz muito tempo, mas tudo me domina de novo. A humilhação que senti quando encontrei meu computador na gaiola, as chaves que fiz para ela, o bilhete em *Charlotte and Charles*. — Como pode pensar que isto se trata do dinheiro?

— Porque eu roubei os livros — ela arqueja. — Posso pagar a você.

— Não quero a merda do seu dinheiro, Amy. Não sou como você. Não dou a mínima para *dinheiro*.

— Eu entendi, tá bom? Fiz merda. Mas, por favor, me solta — ela pede.

Eu a prendo no chão.

— Você fez merda. Você é uma vaca cruel e vazia.

— Você parece um louco. Me solta.

Cuspo nela. Ela pisca.

— Vai se foder — digo.

— Joe — diz ela. — Pare com isso, por favor.

Aumento o aperto em seu pescoço. Eu devia acabar com isso. Devia espremer a vida dela por todas as coisas que *fez*. Em vez disso, estou deixando que ela fale, que conte sobre o que fez.

— Peguei alguns livros — confessa. — E isso é uma merda e sei disso. E sei que deve ter sido horrível para você descobrir. Mas você sabe, Joe. Você sabia que eu estava naquela só por mim. Eu sei que você sabia.

Eu não sabia. E é isso que dói. Eu a amava e ela não me amava. Ela não acha que tenha sido real, nunca achou. Minhas faces ficam vermelhas. Preciso matá-la porque ela diz coisas como *só estávamos trepando* e *era verão* e *eu não roubei de você. Roubei da loja.* Ela não estava apaixonada por mim e sempre que promete que pode me dar o dinheiro, sei que tenho de matá-la. Ela desperdiçou meu coração, meu tempo. Ela me pede para soltá-la e pode arrumar um *adiantamento em dinheiro* e pode *conseguir o que você quiser* e está vivendo como caseira e existem *obras de arte que eu posso vender, tipo, muitas obras de arte* e ela é um animal comercial.

Beck nunca me amou também e se Love soubesse disso, da verdade sombria e humilhante disso, que eu amo mulheres que não me correspondem, não sei como eu poderia olhar em seus olhos. Não sei se poderia continuar, porque o verdadeiro horror de minha vida não é eu ter matado algumas pessoas horríveis. O verdadeiro horror é que as pessoas que amei não me amavam. Eu podia muito bem ficar me masturbando na gaiola, contando os livros sobre as mulheres, porque todas as mulheres antes de Love não estavam ali comigo, não verdadeiramente, em particular esta, esta vaca loura e alta que implora por sua vida e promete que pode me devolver tudo, *até o último centavo.*

— Você não entendeu — digo a ela. — Não há nada que você possa fazer.

— Me solta — ela pede, se contorce.

Tudo em seu tom de voz, sua linguagem e seus olhos parecem confusos. Ela está agindo como se eu fosse um dos caras que ela conheceu e eu a estou olhando como se ela partisse meu coração. Mas só está falando do trabalho que dá vender livros pela internet. Ela realmente acha que se trata de *O complexo de Portnoy*, de Yates?

— E tudo que você escreveu em *Charlotte and Charles*?

Ela engole em seco.

— O quê?

— *Charlotte and Charles* — vocifero. — Você leu para mim na praia e um dia depois fugiu de mim e me escreveu uma carta nele, e quero saber por quê.

— Porque ele estava na minha bolsa da praia, quando voltei à loja — exclama ela, e não foi isso que eu perguntei.

— Você leu o livro para mim na praia e me deixou um bilhete no livro e agora quer me dizer que não *se lembra.*

— Joe, eu já te falei. Você estava olhando meu telefone. Quer dizer, você também não confiava em mim.

— Por que você deixou o livro para mim? — pergunto.

Ela me pede para soltá-la. Peço a ela para me falar do livro. O ar está frio e barulhento da água, e ela geme de novo.

— Porque você é muito triste e solitário! — diz ela. — Meu Deus, se é assim, foda-se. Desisto. — Ela estala os lábios. Dá um pigarro. — Me solta — diz ela. — Me solta e eu vou te dizer.

— Não. Diga agora.

— Eu te deixei aquele livro porque eu *me sentia* mal — diz ela. — Você é muito triste e solitário, e você devia saber ficar sozinho. Você é muito *deprimido* e usa isso como um emblema da maneira que você fica sentado naquela loja sozinho, e você está tão obviamente desesperado por alguém entrar e mudar sua vida e essa porra é irritante. Tipo assim, vai cuidar das suas merdas. Controle-se. Pare de ser tão inseguro com sua música e cada coisinha que você diz. Eu te dei aquele livro porque aqueles gigantes são dignos de pena, eles não conseguem lidar com eles mesmos e esperam que todo mundo seja tão decente quanto eles. Eles não têm o direito de ficar chocados quando os humanos os atacam. É tipo, que vida de merda. Supere. Não pode andar por aí esperando que todo mundo seja como você. É essa a questão.

As palavras dela me ferem.

— Se sou tão deprimido e digno de pena, então por que você me namorou?

Ela revira os olhos.

— Joe, no dia em que nos conhecemos, eu estava usando o cartão de crédito do meu ex-namorado e chefe e você não chamou a polícia.

— Não sou de julgar ninguém.

— Você precisa ver as coisas como elas são — diz ela. — Quer dizer, eu não tentei te enganar, nem nada. E você sabe, eu pensei, tá legal, esse cara é muito bacana com minhas merdas suspeitas. É evidente que ele tem suas próprias merdas suspeitas. Não tem como fugir disso.

— Eu não sou como você.

Eu a machuco, finalmente, e ela se mexe.

— Bom, meus parabéns, porra — diz ela. — Agora posso ir? Quer dizer, sem essa. Isso é ridículo. O que você vai fazer, me *matar*?

Amy Adam não sabe nada a meu respeito. Ela pensa que sou uma pessoa triste e solitária com fracas habilidades de interpretação de texto. Ela me usou. Ela não é inteligente o bastante para me amar ou me conhecer, e de repente sinto pena dela. Ela não entende que *Charlotte and Charles* fala da resiliência do espírito humano, aquelas pessoas felizes sendo fodidas, nadando para outra ilha, aguentando-se e passando por tudo de novo.

Amy não é uma vigarista e não é uma ladra dissimulada. Ela é uma garota triste e solitária. Carregou um livro por aí que ela nem mesmo entendeu e quer que o mundo seja como um livro de Richard Yates, com finais tristes. O único livro de Philip Roth que conseguiu terminar de ler foi *O complexo de Portnoy*. Ela não é a garota que pensei ser, falando comigo agora sobre seu chefe, de ser babá de cachorro, e eu não vou matá-la.

De um jeito estranho, Amy Adam tem razão. Eu *sou* incapaz de matar alguém agora. Eu tenho Love. Serei pai. Eu mudei. Afasto-me dela completamente e ela limpa a areia dos braços, da blusa. Ela sacode as pernas.

— Uma coisa sobre a praia — ela reclama. — Areia.

Do ponto de vista dela, isto foi uma briga de amantes e assim fazemos o que fazem todos os ex-amantes: revemos nosso passado juntos. Mas nossas lembranças são muito diferentes. Eu levanto aquela última noite em Little Compton.

— Lembra-se de nossos grandes amigos, Noah, Pearl, Harry e Liam? — pergunto.

Ela fica perplexa.

— Você se lembra *dos nomes* deles? Como consegue se lembrar dos nomes deles?

Ela não é como eu, não é como Love. Não tem o fardo de um coração sensível. O dela simplesmente bate. Ela ri.

— Lembra quando eu flagrei você olhando meu telefone?

Tenho uma onda de humilhação no estômago.

— Arrã — digo. — Você ficou zangada.

— É — diz ela. — Paranoica. Eu já havia colocado dois livros na internet e procurava alugar alguma coisa aqui. Eu pensei, *merda*, ele descobriu.

— Nossa — digo, e penso em *Match Point*, em que Woody Allen nos lembra de que todos os melhores tenistas também têm sorte. Amy tinha várias janelas abertas no Safari em seu telefone naquele dia. Eu só vi aquela com Henderson. Se ela tivesse esperado na fila, se tivesse lavado melhor as mãos, se tivesse passado batom, eu teria descoberto as outras janelas. Tive azar com ela. Mas, sem ela, eu nunca teria encontrado Love.

— Eu sei — diz ela. — Quer dizer, dei um ataque porque pensei que você soubesse o que eu fazia e que você ia querer *conversar*, essas coisas.

Ela me pergunta o que estou fazendo em Los Angeles e digo a ela que me mudei para cá porque era algo a fazer, porque era hora de sair de Nova York. Ela diz que pode se mudar para Austin. Digo a ela que parece que um monte de babacas fala em se mudar para Austin. Ela ri.

— Você é engraçado — diz ela. — Você ainda é o mesmo, Goldberg.

Não sinto nada. Não anseio pelo que tivemos, como se tudo que pudéssemos fazer fosse zombar do outro. Olho o mar, mas não consigo enxergar através da neblina. Ela joga o cabelo pelo ombro esquerdo. Seu pescoço tem um hematoma, prova de minha violência, uma nova caneca de urina. Meu coração começa a bater acelerado e talvez eu tenha de matá-la. Eu a machuquei. Fiz isso. E se eu me livrar dela, nunca terei de me preocupar com ela de novo. Ela não será uma ponta solta, outra *canecadeurina*. Posso fazer isso. Ela passa o dedo na areia. Este pode ser seu último ato como humana. Mas então a maré sobe até nós e recua, e o traço desaparece, como vai sumir a marca vermelha em seu pescoço. A natureza é essencialmente uma fera que avança; pegadas desaparecem, as mágoas do passado desbotam. Não vou matar Amy. Não vou eliminar vida deste planeta enquanto Love e eu estamos no processo de trazer vida para este mundo. Já confessei meu passado a Love e não quero confessar meu presente.

Eu me levanto e estendo a mão, mas Amy se levanta sem a minha ajuda.

Ela pergunta se tenho certeza de que não quero dinheiro pelos livros. Digo a ela que estou bem, ela sorri, depois se vira e volta a entrar na neblina. Mantém a cabeça baixa e os braços cruzados. Sento-me de novo na areia onde ela esteve, fria e molhada, e sinto o peso passar, como se ela saísse de mim a cada vez que respiro, a cada vez que pisco.

Não sei dizer a você o momento específico em que não consegui mais enxergá-la, porque ela desaparece em segmentos. Primeiro a neblina leva seus pés descalços, depois a parte de trás da blusa amarela. Seu cabelo volta a mim por um breve momento, louro, embaraçado, depois ele some, em seguida ela desaparece, toda ela, na névoa, quase como se nunca tivesse estado aqui.

55

É muito diferente estar na Taco Bell com Love. Ela já tem os desejos de grávida e queria se entupir de enchiladas e gorditas. *Gêmeos.* Mas não pedimos tudo que tem no cardápio, só gorditas e dois tacos de frango. Ela quer refrigerante, embora se sinta mal pelo açúcar, e digo a ela que vamos começar uma dieta melhor amanhã.

Ela me pede para pegar uma cabine e escolho aquela perto da janela, longe da cabine onde sempre me sentava com Forty. Ela enche nossos copos de gelo e mistura um pouco de salsaparrilha em nossas Cocas.

— Eu meio que adoro isso — diz ela.

— Eu também — digo. — Talvez a gente deva se casar aqui.

— Está me fazendo uma proposta na Taco Bell sem uma aliança?

Faço que sim com a cabeça. Ela ri. Acha que fez xixi na calça e digo a ela que não se faz xixi na calça quando se tem poucas *semanas* de gravidez. Nos damos as mãos pela mesa.

— E você quer? — pergunto.

— Sim. — Ela sorri. — Mas não me faça uma aliança de canudinho nem nada disso, está bem?

— Fechado — digo.

Esperamos pelo banquete e conversamos sobre o quarto do bebê e onde morar e quando contar às pessoas. Digo a ela que acho que quero escrever alguma coisa, talvez até a ideia com que estive brincando sobre um ghostwriter, chamada *Os impostores.* Ela diz que gosta do título — puta merda, Love gosta — e diz que Forty soube que eu era um roteirista no dia em que nos conhecemos.

Vemos os carros passarem pela PCH, relembramos o funeral, ela diz que meu tributo foi a melhor coisa do mundo e quer ver o vídeo esta noite.

— Isso é esquisito? — pergunta ela.

— De jeito nenhum — digo. — A morte é esquisita.

Quando nossa comida fica pronta, vou ao balcão e agradeço ao cara. Ele é novo. Não me conhece e nunca conheceu Forty. Love dá uma dentada em sua gordita e metade dela cai na blusa, e agora penso que *eu* vou me mijar de rir, pego o taco de frango e jogo na boca, e assim metade dele cai na *minha* camisa de propósito, e agora ela está rindo.

Saio da cabine, ela fica de olho em mim e só Love fica sexy com gordita por toda a blusa. Passo para seu lado da mesa e sinto que ela reage a mim. Na verdade, sinto o amor crescer dentro dela, em suas pernas, no jeito como ela se mexe na minha direção, muito levemente, pétalas ao sol. Quando a beijo, ela estremece como se tivéssemos nos conhecido agora e acaricia minhas costas como se nos conhecêssemos há uma eternidade.

— Eu te amo — digo.

— Eu também — diz ela.

Estou sorrindo de orelha a orelha. Se é assim que ficamos depois da morte chocante de seu irmão e nossa gravidez surpresa, imagine como vai ser bom quando não tivermos nenhum estresse na vida.

— Tá legal, eu preciso mesmo fazer xixi — digo, e a caminho do banheiro cumprimento com a cabeça o cara do balcão.

É um daqueles banheiros com um espelho permanentemente embaçado que é principalmente de lascas e pichação, e não consigo ver meu reflexo. Depois a dar a descarga, lavo as mãos mais do que Amy fez no Del naquele dia de maio. Aperto o botão para o ar sair na secadora de mãos, mas está com defeito.

Um dia, se eu conhecer o dono da Taco Bell, vou aconselhá-lo a reformar esses banheiros de merda. Vou explicar que eu e minha mulher — *minha mulher!* — gostamos de vir a esse estabelecimento com muita frequência. Direi a ele que viríamos com mais frequência se os banheiros não fossem tão nojentos.

Passo pela porta, animado para contar a Love sobre meus planos para reformar os banheiros, e paro de súbito. Sua gordita está ali, gorda como quando a deixei, mas ela não está na cabine. E o cara do balcão sumiu também. A cozinha está em silêncio e lá fora a PCH está vazia. Nada. Nem um único BMW. Arrepios cobrem meu corpo e corro para dentro do banheiro das mulheres, mas todos os reservados estão desocupados.

Meu telefone toca, fazendo eco no vazio do silêncio desta Taco Bell deserta. É Love, e silencio a ligação porque sei, agora, o que isto significa.

Love recuperou minha caneca de urina, mas a caneca de urina não foi meu único erro. Tenho certeza disso. A única outra explicação possível para o vácuo de silêncio é uma explosão atômica, e neste caso o céu estaria laranja.

Abro a torneira. O sabonete aqui é mais novo, mais rosa. Pergunto-me se meu filho será menino ou menina. Lavo as mãos com água quente e enxáguo com água fria. Esta é minha última ida ao spa por algum tempo, aperto o botão da secadora e sopra ar quente. Fecho os olhos e deixo as mãos receberem o calor.

Meu telefone toca de novo. Love. Eles a estão fazendo telefonar para mim para saber o que está demorando tanto. Fazem merdas assim nos livros de Dennis Lehane. Mas não dá para guardar rancor deles; o trabalho deles é me pegar.

E eles devem me querer muito, porque o perímetro foi isolado. Por isso não tem ninguém na caixa registradora, e nenhum carro na PHC. Se eu tivesse sido um cavalheiro, teria deixado Love ir ao banheiro primeiro e teria sido eu que veria a polícia entrar, furtivamente e em silêncio.

Abro a porta e saio do banheiro das mulheres. Memorizo os ladrilhos do piso desta Taco Bell e dou uma última mordida na gordita de Love e é agora. Abro a primeira porta e entro no hall. Abro a segunda porta e chego ao estacionamento. O sol penetra meus olhos. Tem um policial no telhado, acima de mim.

— Mãos para cima — diz ele.

Obedeço.

Ele lê para mim os direitos de Miranda e pipoca polícia de todo lado, de trás dos carros estacionados, contornando a lateral do prédio, dos arbustos. Não ligo para eles. Não ligo que eu esteja sendo preso pelo assassinato de Guinevere Beck e pelo assassinato de Peach Salinger.

Eu me importo é com Love e agora ela aparece, as lágrimas escorrendo pelo rosto. Ela tenta correr para mim, mas eles a seguram. Se ela tiver um aborto espontâneo por causa das artimanhas ridículas e exageradas do sistema judiciário federal dos Estados Unidos, vou matar cada uma dessas pessoas.

Toda aquela merda evoluída de *Charlotte and Charles* sobre a confiança e o otimismo é boa e tal, mas não quando sua esposa grávida está chorando no estacionamento da Taco Bell e ela tem gordita por toda a blusa e você não pode fazer nada porque vai para a *prisão*. Mas não preciso me preocupar. Agora sou um dos ricos, os intocáveis. Esses escrotos não podem me pegar. Terei os melhores advogados que o dinheiro pode pagar. E eles que tentem provar que matei uma dessas garotas sem uma lasca que seja de provas, sem a *canecadeurina* que Love pegou para mim.

Olho fixamente nos olhos de Love. Digo que a amo. Ela assente. *Eu também.* O policial me pergunta se acabei e antes que eu responda, ele abre a porta e me empurra para o banco traseiro. Isto é real. Não é uma pequena infração de trânsito, em que te dão uma advertência e perguntam sobre Nova York. Não é uma multa por atravessar no sinal vermelho lavrada por algum policial com fome de poder. Aqui são *dois homicídios e um suspeito em custódia, câmbio final.*

Vai se foder, rádio. Final coisa nenhuma. Nem chegou perto.

56

A polícia está fixada demais no passado e quero dizer a eles que tudo isso acabou. Sou um homem mudado. Vi Amy na praia, Amy, o motivo para ter me mudado para cá, a pessoa que me roubou e partiu meu coração, e não a matei. Não sou mais aquele sujeito e isto parece importante, mas, legalmente, não é. Meu cérebro se deslumbra com minha defesa, aquela que não posso revelar, porque o caso contra mim não envolve Amy, mas que merda, eu queria que envolvesse.

Essencialmente, é o seguinte. O detetive Peter Brinks e o Departamento de Polícia de Nova York não são como as blogueiras feministas. Eles levaram a sério as queixas do dr. Nick Angevine. Uma de suas queixas era relacionada com o Paciente X, aquele *Danny Fox*. Eles não conseguiram localizar Danny Fox. É como se ele não existisse.

Enquanto isso, em Little Compton, Rhode Island, o policial Nico passava muito tempo em torno da casa dos Salinger. Na atividade policial, há muito tempo livre, fica-se muito tempo sentado, tem muito café, muita espera, e enquanto estava sentado por ali sem fazer nada, o policial Nico concluiu que seria divertido folhear uma revista de náutica. E nessa revista de náutica, ele viu a foto de um cara em um barco. O cara foi identificado como Spencer Hewitt. "Eu olhei aquela foto", diz ele. "E pensei, quais são as possibilidades de existirem *dois* caras chamados Spencer Hewitt?" Embora os Salinger insistissem em encerrar o caso sobre Peach, o policial Nico foi à oficina que trabalhou no meu Buick. Ele se perguntou: será que eles têm um registro dessa transação, talvez a placa do carro? E eles tinham o número da placa em um recibo. O policial Nico descobriu que o carro estava registrado no nome de certo sr. Mooney. Ele leu sobre a livraria em algum artigo no BuzzFeed sobre livrarias antigas de Nova York. Viu o nome *Joe Goldberg* e depois me encontrou na porra do Facebook.

A porra do Facebook.

Ele me reconheceu, levou a foto aos Salinger e eles me conheciam, é claro, como o entregador, como o cara do bar. E então o alerta vermelho foi disparado. O policial Nico não é burro, e ele sabia que a *amiga* de Peach, Beck, também teve um fim precoce. Eu quase queria poder estar lá no dia em que o policial Nico visitou o dr. Nick na prisão e lhe mostrou minha fotografia — *a porra do Facebook* — e disse, "Este é Danny Fox?".

E foi assim que este turbilhão aconteceu, como qualquer sistema de tempestades na natureza, uma confluência de circunstâncias. É tão absurdo quanto eu encontrar Amy em uma praia de Malibu depois de procurar por ela em Hollywood durante meses. Como as coisas se juntam neste universo, como não se juntam, é injusto. Fui muito prudente com Amy. Deixei que fosse embora. Não a castiguei. Penso que o sistema judiciário devia ver onde estou agora, a que ponto cheguei, tudo de bom que tenho a perder. Eles deviam parar de sondar meu passado. É muito vingativo, muito quinta série o jeito como querem reduzir toda a minha vida a essas duas garotas mortas.

E eu não fui alertado sobre a tempestade que vinha, mas, graças a Love, consegui fechar os alçapões. Tenho um advogado chamado Edmund que fica sentado comigo durante todo o interrogatório. Ele cuida da minha defesa. Ele assente quando não tem problema responder e nega com a cabeça quando quer que eu fique calado. Edmund diz para me concentrar nos fatos e me lembra que a polícia ainda não apresentou nenhuma evidência que prove que fiz alguma coisa. Eles só têm certeza de que eu gostava de usar pseudônimos. Em nossa primeira conversa, lembrei ao detetive Leonard Carr que *muita* gente usa pseudônimo.

— Como os escritores — eu disse. — Como os famosos que se registram em hotéis.

Já se passaram três dias e a vida nunca é como você espera. A comida aqui não é ruim. Não é boa, em si, mas não estou passando fome. Nos jornais, me chamam de *Killer Joe* e é uma decepção, o fracasso da mídia moderna, a falta de originalidade. Love me visita. O pai dela também. À noite, me preocupo. Pergunto-me se existem outras canecas de urina, se eu me esqueci delas. Penso em *Charlotte and Charles.* Tenho momentos de devaneio com Love. Penso no bebê, correndo de Love para mim e voltando a ela. Sonho com o bebê aprendendo a andar e acordo pronto para enfrentar meus longos dias de café vagabundo e interrogatórios.

Leonard Carr é *o policial bom*. Ele diz que sou inteligente demais para me incomodar com o *policial mau* e diz que não vai me chatear com jogos mentais. Mas é claro que ele está me chateando com jogos mentais. Pensa que vou relaxar e por acaso admitir ter matado alguém. Ele tem filhos. Devia saber. Porém, ele é humano. Todos nós somos.

Depois do almoço, ele volta à sala sem janelas onde temos nossas conversas. Oferece-me água e coloca os pés para cima.

— E então — diz ele. — Estive pensando em *O lobo de Wall Street*.

Há algo de saltitante nele e infrinjo minha regra sobre olhar para a câmera, aquela focalizada em mim o tempo todo, todo dia, o globo de vidro determinado a me capturar enquanto eu me incrimino. Edmund cutuca minha perna, um lembrete para eu ficar calmo. O detetive Carr tem novas informações. Sei disso. Ele está animado, se esforçando tanto para não demonstrar isso, que acaba demonstrando. Mas talvez isto faça parte da estratégia dele.

— O que gosto no filme é o seguinte — diz ele. — Gosto quando o cara come o peixinho dourado. É muito simples. Tem algo nisso que ficou em mim. Nunca vi ninguém comer um peixinho dourado. E você?

— Não — digo, e me pergunto o que ele sabe. Estou com sede, mas não bebo a água.

— Nunca?

— Não — respondo. Gostaria de abrir o crânio dele e descobrir o que ele sabe, assim podemos evitar essas provocações, posso sair daqui e cuidar da minha vida.

Ele assente.

— Você não viu coisas assim no Cabo?

Olho para Edmund. Ele assente.

— Não — respondo. — Não vi ninguém comer um peixinho dourado no Cabo.

Fincher. Peixe, fish, Fincher. Mas que merda eles sabem sobre *Fincher*? Meu coração bate alto. Digo a ele para parar. Ele não me ouve. Não controlo meu coração. Ninguém controla. O detetive Carr ainda mexe a cabeça. Tortura-me. Coça o pescoço.

— Olha — diz ele. — Como está o seu amigo Brian?

O merda do capitão Dave. Engulo em seco.

— Ele está bem.

— Agora, ele me parece um rato de festa, não é? — Ele ri. — Um cara como aquele, aposto que *ele* engoliria um peixinho dourado, não é?

— Não sei — digo.

O detetive Carr olha fixamente a parede. Edmund me encara. Há um silêncio singular nesta sala e sei o que aconteceu. O capitão Dave é um homem temeroso — *regras são regras, Joe* —, e quando a polícia perguntou sobre o tempo que passamos no Cabo, ele entregou cada detalhe. Contou sobre meu amigo imaginário *Brian*, aquele que inventei quando tentava conseguir o barco para me desfazer do corpo de Fincher. Agora a polícia vai querer falar com Brian e provavelmente tem outros neste caso, policiais examinando registros de companhia aérea, de passaporte, policiais tentando encontrar Brian, o americano que foi ao Cabo San Lucas. Eles não vão encontrar Brian. Mas vão perceber que um policial chamado Robin Fincher pegou um avião para o Cabo. Eles verão que ele desapareceu enquanto eu estava no Cabo e amava Love, mas isto é a América. Se você matar um policial, eles não largam do seu pé. A polícia protege os seus. Eles são a família definitiva, leais até o fim.

— Como você conheceu Brian? — pergunta o detetive Carr.

— Em uma festa — respondo.

— Na festa de Henderson?

Valeu a tentativa, escroto.

— Não. Eu não o conheci na festa de Henderson.

É claro que Henderson é seu assunto favorito, o fato de que eu estive lá, que estive na casa dele, no YouTube, na noite em que ele morreu. Eles acham que é coincidência demais. Mas eles não têm provas.

— Parece que vocês não eram chegados — diz ele.

— Não somos — digo. Os dias são longos aqui dentro. Não vou reclamar quando estiver livre, acordado o tempo todo, ajudando a cuidar do bebê.

— Por que Love o detestava tanto?

Olho para ele.

— Hein?

Ele sorri. Eu me fodi. *Hein* foi a resposta errada.

— Estão perguntando a ela agora — retruca. — É só uma daquelas coisas, sabe, estamos curiosos a seu respeito, Joe, com o tipo de gente com quem você andava e coisas assim.

— Não sei por que ela o detestava — digo. E isto é aquele game show *Newlyweds* de antes de eu nascer, em que testavam o conhecimento que você tinha de seu parceiro. Mas isso não é justo. Não estamos jogando por uma merda de férias no Cabo. Estamos jogando pela minha vida, pelo meu direito de ser um pai para meu filho. Meu *filho*. Love e eu não nos inscrevemos nisso, mas tenho de jogar.

— Adivinha — diz ele. Ele recebe uma mensagem. Lê o texto. Ele assente. — Hein — diz ele. Ele está me imitando. Ele tem a resposta de Love e eu não tenho a resposta de Love e não sei o que ela diria.

— Joe, você não precisa responder — Edmund me lembra, mas ele está errado, eu preciso. O detetive Carr só vai sair desta sala quando eu responder a uma pergunta sobre alguém que não *existe*, ou eu estarei um passo mais perto de uma vida sem amor. Milo vai criar meu filho. Meu filho vai correr para os braços dele.

Minha cabeça gira. Brian não existe. Não há nenhum Brian. Mas Love respondeu à pergunta. O que ela disse? Isso parece *Magnólia*, quando o garoto tem um colapso. Estou rachando sob a pressão e o detetive Carr sabe disso. Ele bate o telefone na mesa e este é o som do fim da minha vida.

— Está com sede? — O detetive Carr empurra a água para mim. — Pode beber — diz ele. — Confie em mim, não colocamos nada aí.

Olho para ele e estou fazendo isso de novo, cavando minha própria sepultura. Será que ele sabe do cacto? Tinha uma câmera na casa? A câmera estava no céu? Era um drone? Ele bebe sua água.

— Quando foi que Love conheceu Brian? — pergunta ele. — Ela o conheceu antes de vocês saírem da cidade para fazer o filme? Ou ela o conheceu em Palm Springs?

Ele pode estar mentindo. Love pode ter se recusado a responder à pergunta. Ela pode estar fazendo o mesmo jogo que eu. Procuro imaginar que eu sou Love, grávida, apaixonada, e tem um homem me fazendo perguntas e se eu der a resposta errada, o homem que amo tanto vai embora. Meu coração bate cada vez mais acelerado e queria poder carregá-lo em uma mala de rodinhas. É irritante que ele seja ligado a outras funções corporais minhas, que a merda dos meus poros permitam que o suor escorra por minha testa, que minhas pupilas babacas se contraiam e expandam e eu não consiga ter controle sobre elas. Não sou uma merda de sociopata.

O detetive Carr volta a colocar os pés na mesa.

— Joe — diz ele. — Qual era o sobrenome de Brian? Love não consegue se lembrar. Você se lembra?

Edmund me olha sugestivamente.

— Não — respondo. — Não me lembro.

Eu não me lembro. Palavras mágicas, de acordo com meu advogado, de acordo com Love. Se eu continuar dizendo que não me lembro das coisas, sairei daqui em breve. Não vou deixar o detetive Carr me quebrar. Love e eu não devíamos estar participando do *Newlywed Game*. Ainda nem somos casados. Desejo que meu coração se acalme, pego a água e estou louco para esta sessão acabar. Anseio por voltar a minha gaiola. Eu me sinto capacitado quando estou ali dentro, trancado.

Love é a chave para a felicidade na vida e não tenho dúvida de que vai me libertar. Love, e Edmund, é só do que preciso e eu tenho tudo, e sei que se eu acreditar em Love e seguir as regras — *não dizer nada, não me lembrar de nada, falar o mínimo possível, não dizer nada* —, sei que sairei daqui logo, verei meu filho surgir pela vagina de Love, o lugar de que mais gosto no mundo.

Se Love estivesse aqui, nesta sala, ela me envolveria com os braços e me diria por que detesta Brian, qualquer que seja seu sobrenome, ela me contaria todos os detalhes complexos e específicos de quando e onde eles se conheceram, como ele a ofendeu. Sei que é ridículo dizer uma coisa dessas. Afinal, Brian não existe. Eles nunca se conheceram. Eu o inventei para ter acesso a um dos barcos. Assim, como não existe *nada* como Brian, não existe nada para Love saber. Ainda assim, sei que ela saberia, porque é o que acontece quando você se sente tão ligado a alguém, tão arraigado, tão unido. Acredito que ela me conhece melhor do que eu mesmo e espero conhecê-la igualmente bem.

— Joe — diz ele.

— Sim?

— Como Love e Brian se conheceram?

Não digo nada. O que Love diria?

— Qual é o sobrenome dele?

Não digo nada. O que Love diria?

— Por que ela detesta esse cara?

Não digo nada. O que Love diria? Conheço Love e preciso acreditar em mim mesmo agora. Tenho de andar pela prancha e tenho de pular. Paro de transpirar. Meu coração se reajusta e meus poros sossegam. É agora.

— Primeiro — começo. — Eu mal conheço esse Brian. E o caso é que Love não o detesta.

Ele engole em seco e é um sinal inconfundível de que passei no teste. Love disse a mesma coisa à polícia e eu me lembro das exatas palavras dela na piscina naquele dia, falando sobre Sam, a piranha do trabalho, nossa conversa em Little Compton sobre Forty. *Eu não detesto ninguém*, disse ela. Quando você ama alguém, você escuta. Vai se lembrar de tudo.

— Verdadeiramente — digo. — Love não detesta ninguém.

Ele cerra o maxilar.

— É — diz ele. — Foi o que eu soube.

Por dentro, dou um soco na mão. Eu sabia. Eu a conheço. Eu a amo.

Mas a maioria das pessoas apaixonadas enfrenta obstáculos e aqui está o nosso, o detetive Carr, de volta, disparando:

— Mas você disse ao capitão Dave que Love detesta esse cara. Por quê?

— Eu não queria chegar a isso. Ray e Dottie já sofreram o bastante... — Forço algumas lágrimas. Meu advogado pede um minuto, mas eu digo que não. — Olha, detetive, nada do que eu disser será suficiente. Eu prefiro que Ray e Dottie não saibam que Forty estava envolvido nisso, mas, bom, foda-se. Brian era amigo de Forty — digo, e é a melhor cena, meu quase futuro cunhado me salvando do outro mundo. — Eu só o conheci no Cabo. Ele e Forty ficaram muito mal e Forty não queria deixá-lo daquele jeito, mas ele estava fodido demais para cuidar de si mesmo. — Dou de ombros. — Eu só estava tentando fazer um favor a ele.

— Por que não o deixou dormindo na festa? La Groceria tem muitos quartos de hóspedes. — É o detetive Carr que está suando agora, tamborilando os dedos na mesa. E esta é a beleza da dúvida razoável. Ele pode suspeitar de que invento tudo isso, mas, no fim das contas, não pode provar e Forty não está aqui para lhe dizer outra coisa.

— Porque era nossa festa de encerramento — digo. — Não era liberada para todos.

— Quem mais conheceu esse Brian? Alguém *vivo*, quero dizer? — pergunta ele.

Dou de ombros.

— Não me lembro.

Tive medo de parecer sarcástico, como o filho de um senador em um julgamento de estupro, mas não fui. Eu consegui. Dei um salto de fé, fiz uma conjectura fundamentada sobre o que Love falou e imaginei corretamente. Eu consegui. Nós conseguimos. O detetive Carr está de pé, irritado. Diz que é estranho que eu conheça tanta gente *que não existe mais* e eu deixo ele tagarelar. Não conto a ele que a última pessoa que me disse isso acabou morta.

Tenho minhas prioridades em ordem: Love vem em primeiro lugar, acima de tudo. Ela é paciente e gentil, como diz a epístola aos Coríntios, e eu trago paciência e gentileza para esta sala enquanto vejo este pobre filho da puta andar de um lado a outro. Ele é mais velho do que eu, mais cansado; provavelmente mora em Torrance, em alguma casa cheia de Bud Light, cupons fora da validade, armas de fogo e fraldas sujas. Não deve ser fácil ser um policial na Califórnia e ele não é muito fotogênico, nem articulado. Aposto que ele jamais quis ser ator e aposto que nem sequer amava sua esposa quando propôs casamento a ela. Aposto que ele só estava com ela e aposto que ela ficou dando dicas e aposto que ele era um daqueles caras que propõe casamento porque tem trinta anos, porque imagina que está na hora de se casar e sossegar. Aposto que não havia amor no coração dele quando se ajoelhou e pediu à mulher em casamento, quer dizer, não mais do que o de costume.

— Você não sabe me dizer mais *nada* a respeito desse Brian?

— Sinto muito — digo. — Pelo que sei, esse nem era o verdadeiro nome dele.

— Não fique de sacanagem comigo.

— Não estou de sacanagem — digo. — Eu o conheci brevemente. Ele era amigo de Forty e Forty conhecia umas pessoas suspeitas, sabe como é. Ele usava drogas, conseguia por aí.

— Dá azar falar mal dos mortos.

— Não estou falando mal. Estou tentando ajudar vocês.

O detetive Carr se senta na cadeira. De certo modo, acho que seria horrível morar em Los Angeles sem aspirações. Como você faria isso? Como enfrentaria o trânsito e a monotonia do sol, o jeito como as pessoas usam a palavra *mermo* e mentem tão livremente? Como você suportaria isso aqui se não estivesse prosperando para algo melhor? Ah, é verdade; ele gostou de *O lobo de Wall Street.* Ele aspira a pegar alguém como eu, um *serial killer.* Mas ele escolheu o cara errado. Eu acabei com tudo isso. E não vou deixar que meu passado dite o meu futuro.

Ele esfrega a testa.

— Sabe de uma coisa, Joe. Temos todos os nossos policiais procurando por Brian. Você sabe que vamos encontrá-lo. Vamos ver se ele está bem. Estamos verificando registros de hotéis e descobriremos tudo, quem era ele, o que você fez com ele, por quê.

— Tudo bem — digo.

— Tudo bem — diz ele, e me sinto mal por ele. Ele chegou muito perto. E vai chegar mais perto. Ele vai entrar aqui amanhã falando de *O poderoso chefão parte III* e me perguntando se eu soube de um policial desaparecido no México, um sujeito chamado Fincher que também visitou o set de *Sapatos e filhotes.* Mas o caso é que todas as provas são circunstanciais. Não é o bastante para me manter aqui. Fui muito competente matando as pessoas quando precisei ser.

Fui. No passado. Eu me aposentei.

E na verdade, quando você fica adulto e se enxerga, quando você *manda o narcisismo à merda* e deixa as hashtags na porta, você vê o que realmente importa na vida. O que importa é o que você vai fazer. Eu entendi. E esta é a América. Você precisa provar que alguém fez alguma coisa, e eles não podem provar que fiz nada.

Em *Velozes e furiosos 5*, Dom está em um ônibus de presídio, abatido. Seus amigos forçam o ônibus a bater, assim eles podem libertá-lo. Mas minha equipe não precisa fazer isso por mim. Eles não seriam capazes de me condenar nem me colocar em um ônibus, porque não existe prova de meus atos do passado. Bom, tirando o bebê que cresce dentro de Love.

A prisão não é assim tão ruim e valorizo a solidão. De tudo que sei a respeito de ser pai, espero que em alguns meses eu vá ficar feliz ao passar algum tempo sozinho antes de ter um filho. Todos precisamos ficar com nossos pensamentos. Os angelinos gostam de meditar e olhar caras estátuas de buda, e eu olho o cimento. A mesma diferença. Aprendo a sorrir para todos e sinto que o mundo retribui.

Os guardas são educados. E depois, quando não estou sozinho, estou na sala. De certo modo gosto dali, do jeito como o detetive Carr me desafia todo dia. Meu advogado diz que eu sou *bom pra cacete* sob pressão. Tudo isso é ótima pesquisa para minha carreira de roteirista e posso me ver escrevendo um filme que acontece durante um julgamento. Uso este tempo para aprender a me tornar o melhor pai possível, para imaginar como sustentar minha família. Um dia, Love e eu seremos enterrados juntos, ou cremados, ainda não decidi, e o detetive Carr sem dúvida vai passar a eternidade em uma trama escolhida por sua esposa controladora.

— Não se mexa — diz o detetive Carr. Ele sai e este é o tempo mais estranho para mim, quando tenho mais medo por minha segurança, quando sei que estão me observando, examinando meu rosto, tentando ao máximo me entender, falando merda a meu respeito, especulando. Não tenho telefone para mexer, nem televisão para assistir. Olho o globo que me conecta com eles. Espero. Em minha cabeça, recito os Coríntios; *o amor é paciente, o amor é gentil.*

É assim que você se livra de homicídio, é assim que você sai da sala de interrogatório — uma policial diz para mim, *tudo bem, vamos virar você de costas* — e assim você é acompanhado até a segurança de sua cela, trancado, deixado sozinho para se recuperar das alfinetadas do dia, sonhar com o que pode vir amanhã ou no dia seguinte. Você acredita no amor. É de fato só dele que você precisa, embora, sim, um bom advogado de defesa ajude também. Mas eu acredito no amor, em Love, e quando chegar a hora vou abraçar nosso filho. A ideia me tranquiliza e o colchão parece mais macio.

A vida o coloca na gaiola para que você valorize sua liberdade, a sorte que teve de correr em uma praia, como sua namorada olhou para você por cima do ombro, a aliança que você não produziu com um canudinho. Todo tempo é bom. Nenhum tempo é difícil, não se você pensar nele como um tempo para celebrar o amor.

Rolo o corpo para a posição fetal e penso em meu filho, na mesma posição, muito mais novo, inconsciente, sendo gestado, preso como o pai dele, à espera. Ele ainda não existe plenamente, mas Love e eu criamos um ser humano, um menino ou uma menina, não sabemos, não podemos saber. É cedo demais. Você pode dizer o mesmo sobre meu destino. O futuro é uma fronteira que não podemos explorar plenamente antes de chegarmos lá, mas depois chegamos e o horizonte distante se transformou em outra coisa, algo menos romântico. É só o presente — as molas do colchão em minhas costas, as grades em minha cela, Love esperando que eu volte para casa.

Você pensa nessas coisas na prisão para não enlouquecer. Percebe que sua intuição é mais forte do que a paciência, mais verdadeira do que uma molécula. Eu a sinto em meus intestinos presos. Logo estarei livre. Também sei que teremos uma menina. Não preciso fechar os olhos para vê-la, uma versão pequena de Love, com minhas íris escuras em seu rosto com formato de coração. Eu sorrio. Nós existimos. Ambos estamos em uma jornada e ambos estamos apaixonados e isso é tudo que se pode esperar da vida.

AGRADECIMENTOS

É hora de agradecer a todas as pessoas que trabalharam com tanto zelo para colocar este livro em suas mãos. Todos da Emily Bestler Books, Atria e Simon & Schuster, obrigada. Minhas editoras Emily Bestler e Megan Reid fizeram perguntas inteligentes. Linha por linha, vocês se importaram e investiram. Fico continuamente assombrada. Sei de minha sorte com Josh Bank, Lanie, Davis e Sara Shandler da Alloy Entertainment. Seus olhos e ouvidos significam tudo para mim. Vocês entenderam. :) Sou grata a Les Morgenstein, Judith Curr, David Brown e Jo Dickinson. Vocês são campeões. Natalie Sousa, obrigada por sua impressionante capacidade de contar uma história com imagens. Santino Fontana, obrigada por sua voz.

Um grande agradecimento à equipe da WME. Jennifer Rudolph Walsh, Claudia Ballard, Laura Bonner, Maggie Shapiro e Katie Giarla, vocês fazem acontecer coisas maravilhosas.

A minha mãe: você sempre me fez sentir que tudo que escrevo é um acontecimento, como se importasse. Você é corajosa e sincera. Obrigada por dizer *humm.*

A meu pai: obrigada por sua voz. Você sempre esteve comigo. Sua clareza e sua audácia, sua natureza poética e seu amor pelas palavras, você vive tudo isso.

Adoro o mundo dos livros. É uma alegria me relacionar com leitores, blogueiros, bibliotecários, livreiros, escritores, jornalistas e podcasters. O lado bom da tecnologia é um tuíte de alguém que passou a noite acordado lendo seu livro. Adoro vocês por se manifestarem e por pedirem mais Joe.

Por fim, levanto meu copo de vodca a meus amados amigos e familiares. Vocês me matam de rir. Vocês me fazem pensar. Obrigada por acreditarem em mim. Obrigada por seu amor.

Impressão e Acabamento:
LIS GRÁFICA E EDITORA LTDA.